宝马河

陈曦 著

四川文艺出版社

图书在版编目（CIP）数据

宝马河 / 陈曦著. — 2版. — 成都：四川文艺出
版社，2019.4

ISBN 978-7-5411-5287-0

Ⅰ.①宝… Ⅱ.①陈… Ⅲ.①长篇小说—中国—当代
Ⅳ.①I247.5

中国版本图书馆CIP数据核字（2019）第037780号

BAOMAHE

宝马河

陈 曦 著

责任编辑　王其进

责任校对　汪　平

封面设计　张　妮

版式设计　张　妮

出版发行　四川文艺出版社（成都市槐树街2号）

网　　址　www.scwys.com

电　　话　028-86259285（发行部）　028-86259303（编辑部）

传　　真　028-86259306

邮购地址　成都市槐树街2号四川文艺出版社邮购部　610031

印　　刷　三河市华东印刷有限公司

成品尺寸　147mm×210mm　　　开　本　32开

印　　张　14.25　　　　　　　字　数　360千

版　　次　2019年4月第二版　　印　次　2021年4月第三次印刷

书　　号　ISBN 978-7-5411-5287-0

定　　价　58.00元

MULU 目录

001 / 第一章 / 神秘大火

011 / 第二章 / 外乡人

041 / 第三章 / 选 择

064 / 第四章 / 乱世情缘

089 / 第五章 / 活 着

110 / 第六章 / 灭 口

134 / 第七章 / 坝坝电影

151 / 第八章 / 哑巴敲钟人

164 / 第九章 / 王家坪

188 / 第十章 / 飞来巨款

205 / 第十一章 / 风 水

238 / 第十二章 / 军 人

249 / 第十三章 / 发现古墓

275 / 第十四章 / 大龄青年

279 / 第十五章 / 朱四娃

296 / 第十六章 / 爱在高山之巅

307 / 第十七章 / 擒牛少年

319 / 第十八章 / 小草屋

333 / 第十九章 / 一盘大棋

344 / 第二十章 / 黑　手

361 / 第二十一章 / 交　锋

374 / 第二十二章 / 又见白衣人

392 / 第二十三章 / 步步紧逼

418 / 第二十四章 / 你是谁

428 / 第二十五章 / 最后的疯狂

450 / 第二十六章 / 余　音

1978 年初夏，川北一个叫建兴的山区小镇。

星光熹微，夜色苍茫，绕镇而过的宝马河一如既往地默默流淌。山区的夜，寂寥宁静，清幽舒缓，一如梦中的婴孩，无牵无挂。然而，一场巨大的灾难却已无可避免地逼近这块善良的土地。

和平村着火了！

不知第一个呼救者是谁，也不知第一声呼救来自哪里。大约是后半夜，当人们从睡梦中惊醒后，或提着水桶，或端着脸盆，叫叫嚷嚷地从远远近近的村落蚁聚到这里时，火势早已如发疯的野牛无法控制。

云红了，天红了，整个山村都红了，数里之外都能听到冲天火柱的哗哗声和木材爆燃的噼啪声。大火一会儿呈柱状，一会儿呈带状；一会儿幻化成扇形，一会儿又拧成麻花。火柱挟着滚滚浓烟，像一个醉酒的魔鬼，或东倒西歪，或横冲直撞，同时发出嚯嚯的狞笑。

突然哗啦一声，院子的屋顶坍塌了一角，露出还未倒下的木梁木柱。木材都已着火，远远看去，像极一片正在燃烧的十字架。几只老鼠叽叽叫着从火堆中蹿出，慌不择路地冲向救火的人群。一条筷子长的蜈蚣，蠕动在一端正在燃烧的木柱上，摇动着红红的头，绝望地四下张望。

当大火借着风势排山倒海扑来，火场附近的竹木东倒西歪，柏树、桉树、榆树，被大火舔中，也燃成火把。院后的竹林已成片燃烧，竹竿正乒乒乓乓地爆裂。烘焦的竹叶随着热浪飘向空中，然后复燃着火，像一群夜空精灵。远处庄稼地里，玉米苗在大火的烘烤下正由绿变白；南瓜叶在慢慢地卷曲，发出轻微的沙沙声。从大火中飘出的絮状白灰，如雪花般漫天飞舞。空气中弥漫着呛人的烟尘和焦土气味。

在哭哭闹闹的救火现场，有人却幽幽地嘟哝了一句："恁个大的院子，哪个四只角一下子就燃起来哒？有鬼，有鬼啊！"

川北农村，一个生产队大多住在一个院落。这种院落住着少则几户，多则几十户人家。村民大多说不清所住院子的确切修建年代，只知道是祖宗传下来的祖业。

这些木柱木檩木楼板的老屋，最怕的就是火灾。由于地处山区，既无消防设施，也无消防队伍，一旦失火，只能靠村民自救。当火灾一发生，只要一有呼救，不管平日里认识与否，也不管交恶还是友好，闻听者或前往施救，或快速爬上自家屋后山顶，朝着可能听见声音的人家大声呼救："某某院子着火了！救火啊！"如此一而十，十而百，很快，十里八村的村民都能准确地快速驰援。

井水已经取干，人们于是自发组成几条人链，从火灾现场一直连到河边，一头取水，一头泼水，中间是乱哄哄的交换传递。随着火势迅速扩大，水一泼出，便被热浪反击，大都回淋到泼水者身上，或者泼出去的水，根本就够不着燃烧的木材。尽管泼水者已浑身湿透，脚下一地泥泞，大火却越烧越猛。渐渐地，救火者节节后退，最终被逼得远远地呆立着，眼睁睁地看着大火汪洋恣肆。

搜救还在继续，但已力不从心。一时间，呼天抢地的哭喊声、绝望无助的求救声、祈祷声、痛骂声，与从火场上传出的令人心悸的哗哗声搅成一团。人人一脸惊惧，现场混乱杂沓。

一位救火者手里提着一只脸盆，浑身湿漉漉地面对大火呆立良久，突然带着哭腔问身边的人："不是说这是一个废弃的仓库吗，咋还住着这么多人呢?"从口音上判断,此人不是本地人。旁边那人像看怪兽一样认真地盯了他一眼,然后把木桶往地上一放,痛心疾首地说:"啥子仓库哦,这里住的是几百个学生娃呀!"

哐——脸盆掉在地上,再顺着斜坡骨碌碌滚去。那人慢慢转身,僵硬地移动着双腿,一步一步离去。

"王——八——蛋——"又是那人的声音,远远地,近乎哀号。

和平村原名敬家祠堂,是川北众多院落中的一个,但又不是普通的院落,一则和平村历史悠久,建筑气势恢宏,翘角飞檐,朱漆黛瓦,历来传说众多,神乎其神;二则和平村是半里之外当地著名学府——建兴中学的发祥地,目前为学校男生宿舍,是该中学的标志性建筑和精神圣地。

大火从半夜一直烧到次日中午,余火才渐渐熄灭。一座宏伟华丽的标志性建筑,一夜之间化为灰烬,整个建兴区的百姓无不伤感和痛惜。而对于建兴中学的三千余师生来说,更意味着一个图腾的幻灭。

穿着蓝色制服的两名警察,在建兴镇调查了一周,走访了大量群众,多次勘查现场,拍了照,做了笔录,最后向县公安局上交了一份事故调查报告。报告还原了火灾事故的大致轮廓。

第一声呼救的确是一个怪怪的外地口音。当同学们被惊醒后发现和平村四角已燃起了大火。住在这里负责管理学生的张永泰老师被惊醒后,迅速从一楼咚咚咚地冲上三楼,然后从三楼到一楼拼命将所有寝室门逐一拍开,并组织学生迅速逃离。在熊熊大火中,同学们惊叫哭喊着鱼贯而出。当最后一名同学冲出大门时,还隐约听见张老师急急的呼叫声和打门声。学生会主席随后组织各班清点人数，发现一个不差时皆感欣慰。然而惊魂未定中，独独忘了张老师。

年轻的张老师牺牲了！

关于这场大火，有很多离奇的传说。有人说亲眼看到大火中有一个魔鬼在煽风点火；有人说是修建和平村的祖先最先叫醒并救了这些娃娃；有人说和平村地势太旺，孩子们压不住；更多的人说听到一个不是本地人的怪怪的口音。

夜，一片死寂；和平村废墟，阒无一人。

火灾之后，众多关于和平村闹鬼的传闻越来越令人毛骨悚然。偏僻的乡村，鬼始终是人们茶余饭后百说不厌的谈资，他们借此吓唬别人，娱乐自己，同时也显得自己见多识广。有人一口咬定那天晚上那个行为怪异的人就是鬼，甚至还模仿那人的声音和神态，吓得旁人惊叫逃离。因此，火灾后的和平村一带，大白天也少有人来，更别说晚上。

然而，一个人影出现了，就在和平村，半夜。此人身材瘦高，三十多岁年纪，平头，戴眼镜，灰衣灰裤。

"那个外地人会是谁呢？他怎么下得了手？永泰兄弟呀，你咋就没逃出来呢？多珍贵的古建筑啊，破四旧的时候都没毁，现在却毁在我手上啊……"此人喃喃自语，越说越激动，进而一屁股坐在地上，嗷嗷地哭起来。说累了，哭累了，然后倒在地上昏昏睡去。

一阵轻缓的脚步声惊醒了此人，他睁开眼睛，看见一个黑影正旁若无人地朝他轻轻飘来。此人一个激灵，挺身跳起："谁？"黑影也似一惊，僵在原地，然后"哇呀——"惊叫一声，转身便跑，此人拔腿即追。黑影边哇哇大叫边没命狂奔，沿着麦田田埂一直逃到宝马河边，然后机敏地扑通一声扎入水中不见了。此人站在河边，静静地注视着水中涟漪一圈圈散去，苦思良久，才摇摇头向建兴中学的大门慢步踏去。

此人正是建兴中学新上任的校长——陈德愚。

学校行政楼小会议室，气氛凝重。教导主任、副主任、三位副校长，以及"文革"期间因受迫害而提前病退的老校长赵启贤均已在座。年轻的陈德愚校长身穿一件白色的确良衬衫，精神饱满，黧黑而硬朗的脸上透出刚毅与干练，镜片后深邃的目光充满睿智和不容置疑，但偶一微蹙的双眉，证明他心情并不轻松。

"各位领导，各位老师，本人在和平村读书的时候，你们都是我的老师。'文革'结束后，学生临危受命，担任本校校长一职，当然也感谢各位老师抬爱。而今，建兴中学遇到了麻烦，和平村毁了，张永泰老师牺牲了，学生住宿问题十分严峻。县上处分决定还没有下来，我这个刚上任的校长肯定难辞其咎。这不重要，经过'文革'的各种磨难，个人荣辱早已如过眼云烟。关键是高考临近了，这可是'文革'后第一次夏季高考啊。唔——唔——"

可能觉得会场气氛过于低沉，他把右手食指和中指搭在嘴唇上，面向蒋副校长尴尬一笑。蒋副校长也会意一笑，从口袋里摸出一盒压得皱巴巴的"春耕"，扔给陈校长及另外一位副校长各一支，然后自己嘴里也衔上一支。陈校长啪地划燃火柴，耐心等到火苗在他眼前燃成火海才把烟凑上去，美美地吸上一口，然后从口中噗地吐出一股蓝色的浓烟。

他注视着火柴燃烧后的炭梗渐渐弯曲成"9"字，才抬头继续说："去年冬季的高考，由于通知太突然，全县都考砸了。县上下了死命令，作为重点中学的我们，今年务必要有所作为。县上连考生每人五角的报名费都代为支付了。今年全国考生人数估计与去年冬季差不多，也有五六百万。十年动乱，谁都耽搁不起呀。听说为了筹措试卷纸张连'毛选'都暂停印刷了。所以，目前我们所有的工作重心便是准备高考。

"至于和平村的事，县公安局已责成建兴派出所所长任家刚正在调查，大家不必分心。我宣布几点：一是由欧阳轩副校长负责组建学校治安联防队，加强校园及所有师生宿舍的安全防范；二是由教导主任董尚林负责抓毕业生及全校学生的学习工作；最后，我一——旦——有事，由常务副校长蒋永平接替我主持全面工作。"他把"一旦"两个字说得很慢很重，好像随时都有意外发生。

和平村大火，陈德愚隐隐觉得十分可疑。他感到一双罪恶的黑手正在伸向自己。

晚自习结束后，喧嚣的校园渐渐静下来。陈德愚配合蒋校长检查完当天的工作，顺道看了一下食堂的文师傅，提醒他注意学生的饮食安全，禁止一切不相关的人进入食堂里间。挨着看完西侧门、正门、东侧门，在昏暗的灯光下，踏着沙沙作响的煤渣小路，向缓坡上的教师宿舍走去。

当路过小路一处由木工房临时调整的男生宿舍时，他听见有人学着阿庆嫂的腔调，尖起嗓子在唱样板戏《沙家浜》：

垒起七星灶，

铜壶煮三江。

摆开八仙桌，

招待十六方。

……

他苦笑着摇了摇头，双手后剪，继续前行。

推开寝室的门，拉开灯。一张白纸从门框上方掠过他头顶飘然落到地上，他俯身拾起，连同手里的黑色仿皮提包，啪的一声随手扔到暗红的木桌上，然后将自己四仰八叉地砸到床上，张臂张腿嗨呀连声地伸着懒腰。突然，他像被锥子锥到屁股似的猛地从床上弹起，捡起地上那张白纸。纸上歪歪扭扭地写着两个字，笔画凌散生硬，像刚上学的小学生所写——

"小心！"

沿嘉陵江溯流而上，进入南部县境内，从该县王家镇往左便进入嘉陵江在该县境内的一条支流——西河。著名的升钟湖便位于西河上游的南部县升钟区。沿西河继续上行，在定水场再往左，便进入宝马河。宝马河是嘉陵江的二级支流，建兴镇（也称建兴场）则是宝马河深情相拥的一个宠儿。

现代文明或许早已遗忘了这块古老的土地，然而，拂开岁月的尘埃，我们很容易发现这里厚重的历史。这里北上剑门，南下三峡，西进成都，自古乃兵家重镇。现在的国道212线和省道101线仍在这里交会。相传唐玄宗避难入川，曾行宫于此；蒙古王窝阔台率蒙古铁骑曾在这里与南宋军队鏖战数载；张献忠与李自成激战汉中，就是以建兴一带为大后方，并最终被鳌拜射杀于相邻的西充凤凰山。

古镇据说始建于东汉末年，屡经战火，张献忠驻兵前方臻鼎盛。那时，平桥码头帆影交错，商贾云集。街上至今仍保留有少量古建筑，以清末或民国初期所建居多。这些建筑属于典型的川北民居

——木架木楼，竹篾泥墙，青瓦盖顶，一楼一底。而今，临街商铺林立，店招满目，临河则为吊脚楼。

建兴镇背靠莲花山，面向宝马河，全镇只有一条主街道——建兴正街。建兴正街东西走向，与宝马河大致平行。宝马河包裹着建兴镇，同时也将建兴镇通往外界的主要通道截断。因此，建兴正街两头便通过两座桥梁往外延伸，东头叫拱背桥，西头叫平桥。平桥与正街垂直，是212线与101线的交会点，拱背桥则是从建兴镇东头流过的另一条小河——碾盘河与宝马河的交汇点。

从平桥进入建兴镇，街道左边一排房屋便建在宝马河的右岸上。右边有两条与正街垂直的小街——莲花街和拱背桥横街。莲花街位于一段缓坡上，沿街上行，可通往镇后的莲花山山坳，区公所和派出所便位于那里。拱背桥横街与拱背桥垂直，人民医院和东方红旅社则位于这条小街上。

跨过拱背桥，就算走出建兴镇的中心区域了。宝马河也像履行完自己护送职责似的，在这里吞下碾盘河后突然北折，在河道拐弯处，形成一片水域和一个半岛。水域名曰映月湖，半岛名曰白鹤洲。由于映月湖实为宝马河的一段，如果不需要特别说明，人们仍习惯称映月湖为宝马河。

6

沿河北行，一条干净清幽的青石板小路，洗脱市井繁华，直通两里外的建兴中学大门。

建兴中学与建兴镇隔着宝马河遥遥相望。学校后坐幸福山，前临宝马河。幸福山巨木森森，三峰环扣，山中百鸟鸣和，奇葩竞秀，将建兴中学牢牢地拥入怀中。学校中心是足球场，随时可见莘莘学子活力四射的身影。教师宿舍是位于幸福山脚下一处缓坡上的几排红砖红瓦筒子楼，教学楼则是一座相邻宝马河的巨大灰色建筑。

坐在教室里，学生只需一抬头，绿洲翩翩白鹤、河湾潋潋碧波尽收眼底。校园大致呈矩形，正门面向宝马河，东西两侧各有侧门。从侧门出去，学生可上山晨读，老师可临渊垂钓。学校外面的平地全是农田，墙内书声琅琅，墙外瓜果飘香。阳春三月，教室外菜花怒放，浓香袭人，微风过处，金波一片，与颗颗躁动轻狂的心遥相呼应。

建兴中学的前身为西水学堂，据传始建于北宋年间，校址就在和平村。新中国成立后，人民政府以和平村为基础建立了建兴中学，后迁现址。

1957年，一批高级知识分子因被错划右派，被派到建兴农村劳动。对于这些只会提笔不善捉锄的人来说，建兴中学成了他们的绝佳去处。这批精通理工农医、文史经哲的知识分子，奠定了这所学校日后名震一方的坚实基础。"文革"前，国务院还授予建兴中学"红旗学校"的称号。摘帽平反后，这批知识分子因看破世事，同时也迷上了这块钟灵毓秀的读书圣地，都留在这里献了青春献终生。他们再也没走出这山沟沟，许多人已长眠于此，看校园人来人往，听河水滚滚东去。

出学校东侧门，是一条直直的长约半里铺满炉渣的田间小路，小路的尽头便是和平村。和平村坐东向西，面朝建兴中学。踏上七级石阶，走过昂首奋蹄的石狮，推开高大厚重的对开木门，跨过尺余高的木质门槛，便进入一座两楼一底的四合院。抬头望天，四合院将天空切成规规矩矩的四方形。地面青石板虽已凹凸不平，但勾勒石板的线条横平竖直，依然精准。院落四周巨柱林立，一插到顶。柱身绕以飞龙，柱基为石礅，并饰以龙凤狮虎。南北两面扶梯从一楼盘旋转折直达三楼。二三楼有走廊，串联所有户室。

整个建筑木楼木墙，石阶瓦顶，粗柱粗梁，厚椽复檩。顶部斗拱宏大，重檐欲飞。屋脊鸥吻、滴水裙板、栏杆扶手、窗棂门楣，均雕有花鸟虫鱼，玲珑精细。信步院内，目光所及，处处描红抹绿，堆金沥粉，不吝夸张，极尽奢华。

　　岁月变迁，政权更迭，和平村几经翻修整缮，其最初的面貌早已湮没于历史的厚厚尘埃。从院内院外的部分痕迹来看，和平村最初的规模要大得多，也要精致得多，现在看到的只是残留的部分主体。关于和平村的修建年代，历来众说纷纭。有人根据其宏大气派的建筑风格，认为可能始建于唐代；有人认为其装饰风格如宋词般奢靡秀丽，从而推断其为宋代建筑；有位历史老师从一根横梁上发现一些用锐器刻写的类似回鹘文字的八思巴文，从而推测可能为元朝窝阔台所建；比较靠谱的说法是张献忠可能在此住过。

　　新中国成立前，当地一位叫柳麻子的农民，在院后地里挖出一块石碑。石碑上隐约可见"我生不为逐鹿来，都门懒筑黄金台"两行字，这是张献忠著名的《七杀诗》中的词句。可惜柳麻子将石碑修了猪圈，后又被不懂历史的猪拱入粪坑不知所终。

　　建兴中学人才辈出，许多人认为全靠和平村占尽风水。而关于和平村地下埋有张献忠巨额财宝的传闻更是一直流传于民间。一些摸金寻宝的冒险分子常常觊觎这里，只是不得其便而无从下手。因此，和平村能保存至今，不是历史的侥幸，便是上苍的保佑。

早春二月，乍暖还寒。

建兴区区公所灰黑色的宿舍楼三楼，区长家里阴云密布。苦口婆心、喋喋不休人正是本区大名鼎鼎的区长李元成，而唯一的听众，便是老婆梅兰。

"我说过很多次了，过去的事情我的确有不对的地方，但那是个啥子年代呀，都是他妈些疯子，我也是他妈个疯子。你摸到良心说说看，从一开始到现在，这么多年了，我对你咋样，有没有二心，是不是巴心巴肝地疼你？别人以为我好风光，你是知道的，我当龟儿子的时候还少哇？我混到今天不容易呀……"任凭区长认错自责、软言相劝，甚至苦苦哀求，坐在藤椅上满脸冰霜的梅兰始终一言不发，急得区长只得围着藤椅一边转圈，一边狠狠地吸烟，连烟屁股都嚼碎了。

区长三十六七岁年纪，中等身材，高脑门儿，大背头，右下巴有颗豆大的黑痣，平时走起路来双手后剪，挺胸抬头，很容易让人想起"气宇轩昂"这个词。

建兴区下辖六个公社，人口众多，加之目前正在开展轰轰烈烈的真理标准大讨论，作为一区之长，他每天要处理大量复杂琐碎的事情。然而，一个面对"文革"后全区各种棘手问题都能得心应手的人，却对自家后院一筹莫展。

"你开句腔嘛，我的先人板板嘞，我马上还要去开会呀！"区长一边说一边抬腕看了一下时间，然后把烟头往地上用力一砸，啪的一声甩门而去。待他囊囊地下了楼，梅兰这才缓缓站起，很累似的长长吁了一口气。她找来扫把，认认真真扫完烟头烟灰，然后双手举到耳后，将长长的秀发熟练地往后一抛，抻了抻衣服下摆，边看手腕边出门上班去了。

建兴正街人来人往，闹闹哄哄。新华书店门口，两个愣头愣脑的家伙一脸坏笑，时而朝着书店指指点点，时而神神秘秘地小声议论。

"嗨呀，太好看了，可能全建兴区也没有比她更漂亮的女人了。你看她个子好高哟，腰身好细哟，小嘴好红哟，鼻子好挺哟，皮肤好白嫩哟。看到没，她笑起来那双眼睛，嗨呀——简直太迷人哒！"

"我就说嘛，你斗大的字认不到一箩筐，还硬拉我来逛新华书店，原来是想瞅美女嗦。就你那个龟样子，傻不戳戳、鬼眉鬼眼的，二天结得到个二婚麻婆娘或者秃子寡妇，就对得起你先人板板了。一天还想来看这等美女，各人赶快给老子爬哟。"

"你个短命害寒老二的晓得个铲铲，这等宝贝，一辈子看得到几回嘛。不信你谝嘴，你在哪里看到过恁个好看的女人嘛——说嗦？我看你盯人家的时候，眼睛还不是鼓得像两个牛卵子啊。也不晓得结婚没有？"

"结了。"

"也不知是他妈哪个龟儿子的婆娘，美死那畜生了。"

"日你先人，小声点，你找死嗦——李区长的婆娘！"

"我就说嘛，当官——好啊——"

……

不错，梅兰绝对是这小镇上一道靓丽的风景。她线条优美，秀腿颀长，走起路来步态轻盈，油亮亮的黑发在细腰上轻轻扫动。在新华书店，梅兰热情地为前来购书的人做参谋，或者就书上的一些内容与购书人进行探讨争论。她说话柔声细语，眼角含笑，偶尔能听到她清脆的笑声。街上认识她的人很多，不时有过往行人与她大声招呼，她也会微笑着大声回应。

　　工作期间，她是快乐的。

　　天气一天比一天暖和了，妩媚而多情的阳光，烘得人懒洋洋，痒酥酥。

　　今天是礼拜天，李元成开会去了。梅兰洗完几件衣服后，斜倚窗户，双手托腮，看着五彩绚烂的满天霞光出神。她虽然艰难地推掉了何菊芳等几个书店的好姐妹到升钟湖踏青的邀请，但又实在不知自己到底有何事可做。

　　区公所位置较高，站在窗前，能俯瞰全镇甚至宝马河与白鹤洲。穿过河湾，她的目光落到了远处的幸福山上。

　　梅兰身着一件绛红色对襟毛衣外套，脚穿饰以蓝色线条的白色半胶鞋，白手绢将长发在脑后扎成马尾，步履轻快地踏过拱背桥，沿着青石板路向建兴中学走去。她显得格外轻松，细长的双臂轻轻摆动，时而忍不住像小学生一样来一个小跑跳跨。小小拱背桥，长不过十丈，却一头连着喧嚣烦躁，一头通往宁静幽远。

　　河水清澈见底，一溜溜灰黑的鲤鱼出没于水中石缝，黛绿色水草被流水梳理得一丝不乱并轻轻摆动。几个女生在河边洗衣服，她们动作麻利地抹上肥皂，用力揉搓，然后将衣服在水中几涮，再提起衣服并拧成麻花，任水滴在河面上敲出一串叮叮咚咚，对岸树木的倒影，就被一圈圈荡开的水纹扯成"弹簧"。同学们说说笑笑，青春洋溢在脸上，歌声飘荡在河湾。

梅兰走走停停，她显然已沉醉于这迷人的春日美景。来到一无人处，她找来一块薄薄的小石片，身子右倾，迈开右弓步，抡圆右臂，将石片朝河面激射而去。石片如离弦之箭，贴着水面凌厉滑翔，嗖嗖嗖地在水面上划出一串漂亮的圆圈。她很满意自己的水漂儿技术，然后拍拍手上的泥土，摇摇头，暗自傻傻地笑。

经过学校校门，她没有进入校园，而是沿河岸缓步前行，来到提灌站抽水房处，然后顺着支撑粗大水管的石梯向幸福山上爬去。爬上山顶，她解开毛衣纽扣，坐在一块石头上，面向河湾娇喘微微。

这真是一处观光取景的绝佳位置。左边能看到球场上同学们生龙活虎的身影。向下看，河湾绕着白鹤洲形成一个巨大的"心"形图案；一群白鹤从河边跃起，鼓翅向山林飞来；一位教师模样的人，头戴草帽，正怡然垂钓。右边山下农舍正升起蓝色的炊烟，房舍后几头水牛在悠闲吃草，时而传来哞哞的欢叫声。对面的建兴镇凌乱一片，在白花花的春日暖阳里，像一幅胡乱涂鸦的油画。

山下处处是绿油油的麦苗、金灿灿的油菜花，醉人的香气弥漫于天地之间。梅兰大口呼吸，感觉肺都绿了。她看看四下无人，情不自禁地唱起了"麦苗儿青来菜花儿黄，毛主席来到咱们农庄"的歌谣。甜润的歌声惊起林中一群小鸟，叽叽喳喳。

从树叶间筛下的光斑使林间变得烟气氤氲。在山林中，梅兰背靠一棵粗大的香樟树，面向山下校园长时间发呆。过了很久，她喃喃自语道："幸福山，幸福山，幸福在哪儿呢？"一只野兔从脚下窜过，她受到惊吓，收回思绪，按原路慢慢返回，沿途采摘几朵不知名的小花，凑到鼻尖轻嗅。在先前坐过的那块石头旁，当她看到对面莲花山坳的区公所时，隐约看到了宿舍楼上自己那双幽怨的眼睛。

几个从西侧门出来的学生大声说着话爬上山来，梅兰等他们走近便轻声询问："同学，请问芋头在不？"几个学生看了她一眼，说在。"芋头"是学生给陈德愚取的外号，因为"愚"、"芋"谐音，加之他又是一校之"头"，故而得名。最初该称呼仅限于小范围传播，渐渐地全镇皆知。时间一久，他自己也领而受之，甚至有学生当面直呼芋头，他也笑着答应。

她跨进西侧门，向学校办公室慢慢走去。这时，她看到足球场一角，一个圆头圆脑剃着光头的男孩正在忙着堆沙丘，于是收住脚步，远远地看了一会儿，然后慢慢走过去。

"小朋友，叫什么名字呀？"梅兰笑着问道，并伸出玉笋般的五指，轻抚男孩的光头。

"黑狗。"小男孩头也不抬，认真研究沙丘的造型。

"几岁啦？"梅兰蹲下来，看着男孩的光脚丫问。

"十岁。"小家伙有点不耐烦了。

"十岁？十岁……"梅兰脸色一阴，同时缩回手，站起来望了一眼学校行政楼，然后重重地叹了口气，便转身离开了校园。

4

"文革"结束后，以前收废品的人又开始活跃了。在建兴区的流马、新华、三官等地，也有人开始身背背篼，手提杆秤，走进一家大院便一声吆喝——收破铜烂铁、鹅毛鸭毛、旧衣烂裳、胶纸凉鞋、废书废报。这些人被俗称为收荒匠。吆喝声一起，与此相和的最先是狗的汪汪声，收荒匠只得将秤砣与秤盘抖得哐啷作响，逼得狗群只能退而远吠。

整个院落渐渐热闹起来。在院坝中央，以收荒匠为中心，很快便形成一个小小的交易市场。家家户户将无法再用的废旧物品堆在收荒匠周围，然后便是讨价还价、争斤较两。最后当然是皆大欢喜，卖废品的微笑着将一摞硬币在手上颠得啪啪响，收废品的背着沉甸甸的背箦高兴离去。

这些收荒匠都是相邻大队的人，因为靠人力背负废品，不宜远距离作业。但，也有例外。

一天中午，流马场一条老街上，一个操外地口音的青年人，中等身材，面黑微胖，头戴草帽，斜挎一个大大的帆布包。他每走到一扇开着的门前，先轻轻敲一下门板，同时向屋内主人问一声好，然后压低声音问："有老货卖吗？"如果此时还将破铜烂铁交与此人，那就错了。他可不是普通的收荒匠，他所说的"老货"指的是汉玉唐彩、宋画清瓷之类的古董甚至文物。

冯文普是流马场一位远近闻名的老中医，他见过此人，知道他对古董有非常高的鉴赏水平。不管什么古董，据说只要他用手一摸，通过物件温度在手中的传递速度和细微的触感变化，就能大致判断其年代。此人对古董几近痴迷。只要发现一件好货，他会软磨硬泡、不惜代价搞到手，实在不行，能仔细看一眼，亲手摸一下，也足以自慰。

冯文普曾拿出一块家藏玉佩向他讨教，他或眼观，或手摸，然后从玉件的形状、色泽、质感、刀法、纹饰等方面，一一讲解。他根据该玉佩上蟠螭纹头部的一道极难发现的很浅很细的阴刻线，断定那是一块典型的战国蟠螭纹玉。虽然他愿出很高的价钱收购那块玉，但冯文普始终不肯出手。

"破四旧"期间，私藏古玩，可能会被造反派扣上资产阶级的帽子抄家游斗，因此，家家户户稍微有点年月的老货都或砸或烧了。那天中午，那人在流马场，除淘到一件并不值钱的民国时期的水烟壶外，一无所获，于是花八分钱买了一个椒盐锅盔边嚼边百无聊赖地瞎逛。

不知是有意还是无意，他又溜达到了冯文普的中药铺外，站在旁边等看病的人都走了，才笑着踅了过去。他对那块战国玉仰慕得如痴如狂，想再碰碰运气。冯文普端出一条黑色长凳，热情地请他就座，并与他高兴地交流一些古玩方面的见闻。当那人一谈到希望收购那块玉时，冯老先生双眉紧锁，右手从左到右决绝一挥，示意不用再谈。

恰逢李元成那几天正在流马公社检查油菜小麦的生长情况，他对冯老中医早有耳闻，工作之余，便独自抽空来到药铺上，一脸困倦地向冯文普讲述自己噩梦失眠的痛苦。据李元成讲，他多次梦见自己在宝马河里游泳，随手就能抓起一条肥肥的鲤鱼；鲤鱼先看着他笑，但笑着笑着嘴里就长出尖牙，还吐着红色的芯子，鲤鱼就变成了大蟒蛇。他拼命往岸上逃，脚却被人拉住动弹不得。

冯老先生听完他的病情描述后，边切脉边听那位外地人聊旧货古物。

话题是冯文普引起的。他告诉那人，其实家里原来还有一块玉件，后来被老婆拿去垫桌腿压碎了。听完冯老先生对那块玉形状刻纹的描述，那人像被人掏掉心肝一样，哭丧着脸，边将自己大腿拍打得啪啪响，边绝望地天啦天啦叫个不停。不知情的人看到那场景，还以为那人家里的祖坟被冯文普挖掉修了猪圈。

那人告诉他，那块垫桌腿的玉件刻纹为双钩阴线，且阴多阳少、直多弯少、粗多细少，穿孔外大里小，状如马蹄，这是商代玉器的典型特征。那人站起身来，双唇紧闭，五官紧缩，其状如胃部绞痛，然后面向冯老先生，目光凄楚，一字一顿地说："你毁掉了一块旷世奇珍——商代夔纹玉。你——呀——"

倒是冯文普看得开："毁就毁了呗，身外之物，该来则来，该去则去。'文革'期间，造反派砸毁烧毁的珍稀文物还少哇？"

冯老先生并不认识李元成。李元成对他们聊玉虽也很感兴趣，但认为中医切脉应全神贯注，静心感测，心想冯老先生盛名之下也不过如此，于是心里不悦，但又不好发作。

"先生心里不痛快，可以讲出来，不必憋在心里。你的病因就在这里。"冯文普看都不看李元成继续说，"先生初来脉搏缓和，应是心平气和之脉象，现在脉尾拘直而细颤，明显在压抑不悦之气，这会加重病情。"

区长心里一惊，喉结猛一滑动，然后翻眼认真地审视着老先生那张莫测高深的脸。

"总的来看，沉脉于里，脉象弦长实大，高峰拐点涩滞，肝脉略呈郁象，偶显无序躁动。"冯文普盯着李元成的眼睛，"先生外相光鲜，实则内心憋屈；算计太多，提防太甚，何来高枕而眠？病在何处，先生自知。此病不需用药，心病心药，解铃系铃哪。"

李元成频频颔首，心服口服。他从别着一支钢笔的上衣口袋里掏出一张"大团结"付与冯文普，却被冯老先生断然拒绝："本药铺尽管本小利微，却只收药钱，不取诊费。先生好自为之。"

李元成起身辞谢，临走时像突然记起什么似的，对那位外地人说："刚才听你们交谈，深知这位先生精通古玩。本人家里也有几个祖传小件，'文革'期间侥幸得以保存，但苦于见少识短，既不知其年月，更不知其价值。先生若有缘路过建兴场，望赐教一二，如何？"那人刚从夔纹玉的遗憾中渐渐"苏醒"过来，听说有古玩，精神马上一振，自然满口答应。

5

午饭后，梅兰习惯性地坐在藤椅上看《南充日报》，李元成则在屋内边抽烟边来回踱步。突然，他停在梅兰身后，先清了一下嗓子，然后小声问道："又去建兴中学了？"见梅兰没有吱声，于是继续说，"偶尔去一次不是不可以，但要注意影响嘛。"他语调平和轻缓，看似轻描淡写。梅兰头也不抬："我去哪里你还派人跟踪哇？"她尽量压低声音，但明显山雨欲来。

李元成想起了冯老先生说的话，苦笑着摇了摇头："你去哪里还用得着我派人跟踪吗？全建兴场有几人不认识你，又有几人不认识我呢？那些杂种老爱告诉我说在哪里哪里看到过你，还以为我多想听呢。寡妇门前是非多，孤男门前是非还少得了吗？一个三十多岁的大男人，还是个校长，就是不结婚，这很不正常啊。你多替我想想好不好？求你啦，先人板板。"

梅兰将报纸哗地一摔："李元成，你把话说清楚，我怎么是非啦？人家怎么是非啦？我去爬山都不行吗？我连别个影子都没看到，就算看到了那又怎么样？人家作为一校之长，天天要见的人多了，为啥就不能见我呢？何况学校还有我哪个多老同学的嘛。"

"你不要生气嘛。兰兰，我年龄虽然比你大一些，但，我对你好不好，难道你不晓得吗？"李元成努力和风细雨，"你发发脾气，使使性子都可以，但一定要珍惜这个家。我们这个家不容易呀，别人都看到起的呀！流马有个老中医，我看那人很厉害，改天下乡的时候我陪你去看看，抓几服草药试试。要是能怀上娃儿，你也就安心了。"说到动情处，李元成伸手欲抚摩一下梅兰黑亮的秀发，却被梅兰扭身避过，他只得悬手于空。

"我没有病，也不想要娃儿。我不是繁漪，你最好也别当周朴园。"梅兰并不领情，她微微叹了口气道，"唉——我看咱们是过不下去了，那就好说好散吧，大家都轻松。"

"绝对不可能，你趁早死了这条心！"李元成一改刚才的温言软语，盛怒堆于脸上，太阳穴青筋暴起，如同两条大蚯蚓。他将烟头砸在地上，大声吼道："你不就想着那姓陈的王八蛋吗？告诉你，梅兰，从搬到建兴后，咱们就经常分床而睡，这我都忍了，心想过段时间也就好了，没想你却得寸进尺，简直欺人太甚。人家说一日夫妻百日恩，将近十年都过了，现在咋就过不下去了呢？你怎个做，让我这个区长还有脸在建兴场上走吗？不要把事做绝了，梅兰！"李元成一脸的苦大仇深。

"谁把事情做绝了谁心里明白。不要骂别人是王八蛋，这建兴场的王八蛋多得很啰。"梅兰今日既不回避，也不退让，一改往日的幽怨与隐忍，这让区长大人很不适应。

"听、听哪，还'别人，别人'地护着人家，嗨——呀——"李元成突然抡起右手，狠狠地抽自己的耳光——啪——啪——啪——。扇罢耳光，见梅兰仍木然不动，恼羞成怒的李元成于是在木桌上猛砸一拳，震得印有红色主席头像的茶盅当当跳舞。

咚，咚，咚，三声轻重适度、有礼有节的敲门声不识时务地响起。梅兰慌忙调整一下神态，弯腰捡起地上的报纸，然后轻轻打开题有白色毛主席语录的红色木门。

"请问李先生在家吗？"来人小声问道。梅兰一愣，在全建兴区，还没有人称李元成为"李先生"的，何况她从来没有见过此人，更没有听过他说话的口音。李元成慌忙迎了出去，认出来人正是在流马场碰到过的那位外地人，于是说："你来啦。"那人见李元成一脸怒气，已猜出八九分，于是告诉他自己暂住东方红旅社 207 房，请他在方便的时候过去一叙。说完，立即退去。

6

一连几天，李元成因忙于传达各种指示而到处开会，高音喇叭里依然是他雄浑而充满革命豪情的男中音。权力真是一味神奇的猛药，一旦坐上主席台的中间，他便眉宇生辉，踌躇满志，抓革命，促生产，长袖善舞，得心应手。他不仅忘记了后院的烦恼，也把那位外乡人忘在了旅馆。

当一切归于平静，李元成回到他那寒气逼人的家时，才想起那位外地人。他立即翻出床下木箱里两件老货，做贼似的悄悄走向东方红旅社。

那人走州过县，见多识广。在流马场的时候，他就看出李元成身上透出一股明显有别于普通乡民的气息，知道他可能不是寻常百姓，本就有意结识。这几天在建兴场，那人通过暗中了解，果然证实了自己的判断。

交谈中，那人自称姓林，叫林锡平，广东人，"文革"前在当地文物店工作。"文革"初期，文物店被当成"三家村分店"砸毁了，他本人也被戴上"反革命修正主义分子"的帽子被抄家游斗。凭着对古玩的痴迷，"文革"甫一结束，他便从沿海来到内地，偷偷摸摸地干起了私自收售古董的行当。

"文革"虽结束了，但"两个凡是"还是让人放心不下，他也无法确认自己所干的营生是否还算投机倒把，因此一直谨小慎微、如履薄冰。不认识他的人看他形容猥琐，还以为他是一个不务正业的流浪汉，但一看到或一说到古玩，他会两眼放光，立刻就变成了林专家、林教授。

李元成带来的两个小件，林锡平一眼就认出是一对嘉庆年间南方大户人家卧房使用的纯银三脚双耳小香炉。香炉云头镂空，色泽温润；纹饰精致，线条优美；一凤一凰，品相完好；虽不算上品，但仍具有收藏价值。林锡平笑着说："如果这对凤凰银香炉果真为区长祖上所用之物，那贵府以前非富即贵——看来富贵有根哪！"

也许因为林锡平是外省人，李元成与他相处得十分轻松，也很赏识这位博闻广记的民间文物专家。在整个建兴场甚至南部县，李元成要找到几个可以毫不设防的说话对象，还真不容易。

林锡平也毫不掩饰自己对古玩的痴迷和疯狂，他说，为了古玩，他甘冒任何风险。他同时流露出对目前国家古玩买卖政策的隐忧，希望区长能指点迷津。李元成当然明白林锡平不光是向他打探政策风向，也希望在建兴区能给他提供支持和便利。他告诉林锡平："目前形势还不明朗，还在进行真理标准大讨论。古玩买卖早已中断多年，目前还没有放开，应该还算投机倒把。我不想抓你，但要是落到别人手上，就只能怪你该背时，所以你最好小心行事。"

立夏已过，下过几场大雨，河水一天比一天高，一天比一天急。天气渐渐变热了，人们衣服越穿越薄，光脚赶场的人也越来越多。小麦开始灌浆，油菜也已满荚。立夏小满正栽秧，各生产队都在抢插秧苗。沉寂了一冬的水田渐渐热闹起来，耕田、耙田、垒田坎、起猪窝、撒干粪、泼稀粪，忙忙碌碌，人来人往。

李元成又要到各地检查春耕生产了，所到之处，皆是一派繁忙与兴盛。

高高低低的田坎上，处处都能看到两人一组的凫水场景。凫斗又称水筲箕，是一种用篾条编成的口圆底尖口径约两尺的锅盖形农具，两侧对称系有两组丈余长的麻绳，每组两根，麻绳两端系在一根长逾一尺粗若手臂的木棒上。相对站着的两人，双手握着木棒两端，身子向后一仰，同时用力一拉，将斗绳拉直，凫斗便平悬在空中。两人再将身子向前一俯，将凫斗朝田坎下的水呦呦轻轻一甩，同时微微倾斜手中的木棒，将凫斗一侧边口插入水中。待凫斗舀满水后，其中一人开始喊起号子，两人身子同时向后一仰，拉起凫斗，再次倾斜木棒，将凫斗里的水倾入高处的水田内。如此往复。

有凫水处，必有号子声。号子很简单，就是数数，每凫一斗水，就数一次数，两人交替着喊，简单而重复。喊号子当然不是为了数数，而是通过号子声，协调动作，激发力量。号子声高亢悠长，在热闹忙碌的田野里悠悠回荡，给一派繁荣的山村平添了一分亢奋与生气——

　　一箩喂～

　　二箩哟～

　　三箩喂～

　　四箩哟～

　　……

水田里，耕田的老农用使牛棒将牛屁股打得啪啪响，一会儿吁吁地吆喝，一会儿瘟丧瘟丧地骂个不停，或者用使牛棒在水面拍起长长的水花。耕牛在各种催促压力下只得拼命拉犁，不敢懈怠。有的实在拉不动了，干脆伏卧在水田中抗议，鼻孔重重地喘着粗气，在水面上吹起一圈圈波纹。直到耕田人将枷担从牛肩上松开，并诱以青草，耕牛才停止罢工。

当地民办小学的老师挖苦不认真学习的学生时往往这样说："你这个样子，将来也只有给牛充老子、打牛大胯、当犁耙驾驶员哦。"说的是将来没有出息，只有耕田当农民的意思，但也十分荣幸地把耕田与当驾驶员扯到一起。可见耕田不光是体力活，也是农业生产中技术含量较高的工种。年轻人需要跟着老农学习很久才能独自扶犁下田，老农也经常一边驾犁，一边向年轻人传授个中奥妙——

耕田人要将人、牛、犁熟练地控为一个整体，着力、起步、平衡、深浅、宽窄必须准确娴熟，自然流畅。一般水田泥面以上水深约三寸，耕田过程中水面浑浊，看不清泥巴，下犁的深浅宽窄全凭耕田人感知把控。下犁不能太深，太深了会犁出熟泥下的死土，不利于作物生长，同时会加大耕牛的负担；也不能太浅，太浅了达不到犁田翻泥的目的。下犁不能太窄，太窄了只能犁上少量泥土，影响工作效率；也不能太宽，太宽了会留下没有犁上的泥塄。

　　犁田人左手捏牛鼻索和使牛棒，通过挥棒的幅度和扯索的轻重缓急，将自己的意图准确无误地传递给耕牛——或快，或慢，或左，或右。耕田人右手执犁把，边走边不停摇动。新犁出的一溜泥巴刚爬上铧肚，耕田人顺势将犁身向左一倾，泥巴便上下翻转顺从地向左侧卧进上一犁犁出的水沟里。犁到尽头，需要掉头，耕田人左手一扯，在牛掉头的瞬间，右手将犁把交于左手，然后抓住犁腰下的把手提起犁身，急转方向，不宽不窄、不深不浅地将亮亮的铧尖倏地插入水田，再将犁把还到右手，悠悠前行。

　　男人们干的是硬邦邦的体力活，想偷懒也难，而女人们就幸运多了。她们十来人一字排开，手握锄把，共进共退。看似整齐划一，实则出工不出力，锄头高高举起，轻轻落下。或者干脆将锄头在田里一杵，双手合抱锄把末端站着摆龙门阵，直到队长过来一声吆喝又才动起来。收工到了，活路准时干完，至于质量如何，队长不看到，不影响评工分就行。

　　检查完毕，李元成终于空闲下来，于是回到区公所，坐在办公室闷闷不乐地抽烟。

　　纸没有包住火，区长两口子间的矛盾还是从区公所那间小屋悄悄传了出去。李元成毕竟是公众人物，就像大多数官员一样，面子问题大于一切。他从来就没有想过梅兰真的会离开他。不管关起门来如何争吵对立，梅兰是他老婆这是毋庸置疑的，只要外面不知道，他会给梅兰足够的时间。李元成现在空前紧张了，他感到了事态的严重性，进而坐在那里双眼发直，抽烟的手微微颤动。

建兴正街沿河一侧有家小饭馆，门口一只大大的蜂窝煤炉正喷着蓝色的火焰。大铝锅热气蒸腾，远远地飘出卤肉的浓香。旁边一台纱窗橱柜里堆放着已经卤熟的猪耳猪尾，橙黄油亮、色香诱人。老板是一个微胖的不到三十岁的男子，穿着印有手捧红宝书的工农兵头像的白色汗背心，系一条米黄围腰，手里拿一支竹拍东挥挥、西晃晃，不时拖着长长的腔调，唱歌似的招呼着已经在里间坐下的食客："要得，猪蹄子一根——苕干酒二两——马上就来——"

饭馆最里的一个小间，其实就是悬在宝马河上的吊脚楼。吊脚楼木楼木墙，走在上面吱嘎有声。食客面向宝马河靠木方桌往长条板凳上一坐，然后响响地吼一声："半斤猪脑壳、一盘椒盐花生米、二两老白干。"待酒菜上齐，食客自己慢慢地将小杯斟满，在酒菜飘散的浓浓香气中，虔诚地注视着漾着细纹的酒杯，然后轻轻端起，一仰脖子，嗞的一声，喉结一滚，咬牙咧嘴瞪眼，好像在喝毒药。待美酒汩汩下滑，食客才松开眉眼，爽爽地"嗨"一声，惬意无限。

建兴中学下晚自习的钟声，踏着宝马河的汩汩清流，远远地飘向吊脚楼。今天坐在这里的人，却一脸的"世界末日"，他正是李元成。

"三娃——"李元成酒已微醺，他在喊饭馆老板朱三娃——他的表弟。三娃在外面呃了一声就跑进来，一边在围腰上抹着油腻腻的双手，一边问道："哥儿，还要点啥子？"

"三娃，咋就只看到你一个人在忙呢？四娃跑到哪去哒？"

"哼——你嘟个说那个做火匣子板板的哟，他一天吊儿活甩的，懒得连油罐子倒哒都不得扶一下。他成天就只晓得跟街上那几个二扯火娃娃打打杀杀的，只有吃饭、要钱的时候才会来，其他时候连个人花花都看不到。"

"管球他的。三娃，过来陪哥——整两杯。"李元成指了一下旁边的板凳。"哥儿，"四娃听话地坐下后说，"我从来还没看到你一个人喝过酒。你今天闷闷不乐地喝了恁个久，也喝得不少了，该煞搁了。不就一个女人嘛，身体要紧噻。"

"你也听到了哈？"李元成哭丧着脸，绝望地问道。

"也没——没听到啥子。哥，恕弟娃直言，我看嫂子也不像不守妇道之人。那些人只知道你们两口子在打床头官司，根本不晓得她为啥老爱去爬幸福山。爬就爬呗，她爬累了还不是要回到你那窝里去啊。"

"我说你个害寒老二的晓得个铲铲，你就只晓得干的扒，稀的喝，面条就往嘴里嘣。她爱爬幸福山，总有一天就爬到别人的幸福山上去啰。"

"哥，你堂堂一区之长，人又长得伸展，想跟你的婆娘一抹多。强扭的瓜不甜，捆绑不成夫妻，实在没法过了就离哒算球了。"三娃说得轻松，顺手抓起一粒花生米，投篮似的精准地射进自己张着的嘴里，嘎嘣嘎嘣嚼得山响。

李元成放下刚刚拿起的箸子，像看一只蛆虫似的嫌恶地盯着三娃，然后竖起右手，往面前一刬，示意三娃靠近点。待三娃怯怯地探过身来，李元成抓起箸子朝三娃肥滚滚的大脑袋连连猛拍，边拍边恶狠狠地骂："猪脑壳，猪脑壳，猪脑壳。"三娃吓得慌忙举臂相挡，边挡边退。拍完骂完，他顿觉气顺，见三娃还做随时举臂欲挡状，觉得好笑，于是又指了一下板凳："坐。"三娃这才涎笑着顺从地坐下。

"三娃，兄弟，我见过的女人难道比你见的还少哇？有几个我打得上眼，有几个比得过你嫂子呢？这还是其次，关键是我们一闹离婚，别个就会说我一当上区长就想换婆娘，骂我是陈世美，组织上就会调查我的作风问题。你知道有多少人绿起眼睛盯到我的位子吗？只要组织上一调查，我就黄泥巴掉裤裆——不是屎也是屎了，'文革'期间我整过的那些就会趁机下我的烂药。那样的话，你哥我不仅当不上区长，弄不好还得进去几天哪。我混到今天不容易呀，兄弟。其他都但球疼，想让我在政治上栽跟头——万万办不到！"李元成用箸子头在桌上杵得咚咚响。

三娃现在不得不承认自己还真就是猪脑壳，他哪里想得到这事会如此复杂，后果会如此严重。他好半天才木木地从嚼着花生米的嘴里冒出两个字："妈呀！"

"现在唯一的办法就是整垮那个姓陈的王八蛋。这儿没外人，我也不怕你兄弟笑话，现在梅兰的全部心思都在他那边哪。她三天两头就要往学校跑，他们天天都在互相写信哪！"

"嘟个整，你说句话。"三娃捋了捋并没有袖子的光手杆，摆出一副两肋插刀的架势。他很清楚，这个小馆子几乎就是区长的指定接待点，区长要是有个三长两短，他这馆子也就该寿终正寝了。

"嘟个整？你还能咬他一口？还能擂他两砣子？建兴中学是全地区数一数二的重点中学，他那个校长可是个正县级，比老子的级别还高，鸡毛蒜皮的小事是动摇不了人家的。"

"要不怎个，给他整点大事摆起。"

"啥子大事？"区长看似若无其事，端起酒杯闻而不饮，用眼睛余光期待地看着三娃。

"放把火把和平村给他烧球哒，他娃憨憨要遭整垮。"这个猪脑壳随口一说。

啪——酒杯掉在地上摔得粉碎。李元成从板凳上跳起来："你敢！"然后一步抢到小间门口，拉开门缝看看外面，才一脸恐惧地将门轻轻碰上，好像自己已经点燃了和平村似的。

李元成噩梦加失眠地熬了一夜，早晨起来，眼如熊猫。三娃那句不知深浅的话一直响在耳边——放把火把和平村给他烧球哒。他一想到这句话就心惊胆战，眼睛都不敢直视旁人，好像别人已看出他心思似的。不过他转念幸灾乐祸地一想，要是学校真出点那样的大事，他陈德愚必倒无疑。他隐约看见一人正手持火把走向和平村，这个人的面孔一会儿是朱三娃，一会儿又幻化成林锡平。

从人民医院开了几片安眠药出来，他沿着石板铺就的斜坡路缓步下行，远远地看到一人走过来朝他大声招呼："嗨呀，李区长，好几天没看到你了，越来越精神啰！"区长以手做檐遮住强烈的阳光，才看清来人是供销社主任刘文庆。李元成嘴角一扯，挤出一丝苦笑，心想你虾子眼睛球日瞎哒，我这个鬼样子精神个铲铲。刘文庆走过来满脸堆笑地说："区长放心，你交办的事我一定办好，保证下周亲自把钥匙送到你手上。"李元成本来就恍兮惚兮，半天没整明白他在说啥。

新华书店由供销社代管经营。昨天梅兰找到刘文庆，说家里来了亲戚一时住不下，她知道供销社还有多的房子，希望能要一间住一段时间。刘文庆以为是区长的意思，知道区公所住房紧张，心想这是讨好区长的绝佳机会，自然满口答应。听完刘文庆的解释，李元成脸色一沉，目露凶光，从咬着的牙缝里狠狠地挤出两个字："你——敢——"

李元成愤然离去，丢下刘文庆呆立原地像根木桩。李元成边走边咬牙切齿地自言自语道："好哇，都在找新房了，准备搬出去了，终于开始行动了。欺人太甚，欺人太甚。你们不仁，就别怪老子不义；你们做得出初一，老子就做得出十五。都是你们在逼我啊！"

走到东方红旅社外，他看看周围无人，便径直走了进去，来到207房间门口，神态稍作调整才举手轻敲房门。

"谁?"广东人警惕地问。

"我，老李。"区长回答。

房门吱地打开一条细缝，林锡平举头紧张地看看李元成身后，发现无人才放心地大开房门，歉意地笑着把他迎了进去，边请坐边找茶杯。李元成看着床上收拾停当的大包小包，不解地看着林锡平。林锡平说近期在建兴一带一无所获，准备明天离开这里，沿盐亭、三台、中江、金堂一线走走，再到成都看看在那里发展的几个兄弟。他不无失望地说以前高估这里了。

广东人对建兴的不屑惹得区长很不高兴："收不到货只怪你娃运气臭。经过'文革'的打打砸砸，本来古玩就不多了，就算有，人家也不敢贸然拿给你这个不知底细的外地人哪。十多年来反反复复的斗争还少哇？今天破四旧，明天破五旧，哪个整球得醒豁。你看嘛，现在连个真理标准都还没有扯伸抖，局势不好说啊，你要有耐心哪。"

"我在南充、西充一带就听说过建兴曾经藏龙卧虎，历史厚重，想来这里老货一定很多，所以才寄托了很大希望，没想到……"广东人抓抓头发，尴尬地笑笑，算是对建兴失礼的歉意。

"建兴的好东西多得很哪，只是你没有找到而已。"区长慢言细语，意味深长，并用眼角乜斜了广东人一眼。

林锡平果然精神一振，眼睛一圆，一扫刚才的灰暗底色，把木椅朝区长面前一靠："请区长指教，一定重谢。"

李元成看在眼里，却右手在大腿上一拍，仰头爽朗地哈哈一笑，然后按照鲁迅的逻辑，看着窗外白花花的太阳："今天天气——真他妈的好啊！"突然，他脸色一凝，身子微微前倾，双眼上翻直刺广东人，然后压低声音问道："听说过和平村吗？"

广东人一惊，也将身子前倾："早就听行家说过了，张献忠的宝贝全在下面，堆积如山，价值连城，我就是冲着这个传言才来这里的。但听说现在那里已经是学校了，恐怕不好弄哦？"他无限期待地望着李元成。

"以前是学校，后来改为建兴中学的男生宿舍，再后来——"区长目光游移，避开广东人急切的目光，"再后来，建兴中学修了新楼——呃——新楼。对，和平村就交给生产队做了耕牛的草料仓库，啊——仓库。那房子煞气太重，可怕传闻又多，学生人多，才压得住。学生搬走后经常闹鬼，没人敢住——呃——知道吗，有鬼，晚上没人敢路过那里。有人亲自看到过鬼，戴铁盔，拿长刀，这么长——"李元成张开双臂一比画，咽口唾沫，"八大王阴魂不散哪，他怕别个拿走他的宝贝。有个学生娃，定水那边的，前年有天晚上转路也碰到'他'了，第二天到宝马河洗澡，现在都没起来，呃——没起来。"他边说边用手擦高高脑门儿上沁出的细细汗珠。

林锡平掘墓挖坟的事见得多，也干得多，对鬼神并不为惧。他不解地问："我昨天路过那里，咋看到还有学生呢？在井架那里打水。"

"哦——井架？对，对，对，对头。"李元成一拍脑门儿，做出恍然大悟的样子，"忘了，忘了，那是建兴中学的水井，学生用水还在那里。大白天，学生娃儿都得三五个一路才敢去。有胆子大的还进和平村耍哩。所以，你看到那就是——是对的，对的。"

"哦——"林锡平嘴成"O"形，然后轻吁一口气，目光平直，深谋远虑地遥视着梦想中的远方。窗外一位头戴破草帽，面如古铜，身形佝偻的老农挑着担子，拖着长长的声音尖声吆喝："补——锅——哦——"

"那——区长的意思——是——？"林锡平再次身子前探，几乎触到区长的鼻子，迫不及待地试探着问，眼神里满是期待。

区长看着窗外，欣赏《红灯记》似的听那破空悠长的"补锅"声。他眼睛微眯，余光却将广东人严严罩住，一丝不易觉察的自信从鼻翼间一漾而过，然后轻描淡写、答非所问地说："你收那些玩意儿有啥用啊？哪有那么多钱去收啊？"依然面向窗外。

"我在文物店工作的时候，认识很多香港地区、台湾地区、新加坡一带的同行，跟他们做过买卖。他们路子广得很，与欧美等地的文物商都有往来。'文革'开始后，我们联系中断了；'文革'一结束他们就通过各种渠道找到我，要我出山。我在'文革'中被整怕了，不愿再干这行了，但这是我干了好多年的行当，心里还是难以割舍，何况政府一直没给我落实政策，不干这个又干啥呢？经不起他们多次劝诱，就又偷偷摸摸地干起来了。我们在深圳、成都都有联络点，我进货，他们出货。我赚得很少，风险却很大。"林锡平认为区长其实是可以以心换心的人，于是推心置腹，毫无遮拦。

"和平村地下有宝，哪个都晓得，但要搞到手，也不容易，多多少少有点风险哪。"李元成说得随随便便，慢条斯理。

"当然，那是当然。干我们这行的天天都在冒险，只要有好货，多大的风险都值。"林锡平也一脸轻松，意在为区长鼓劲。

"不过，没有我的允许，没有我的支持，谁也休想。"其实他是想说——只要我让你干，你就放心地干，不会有事的。

"那是，那是，在建兴还有你区长办不了的事？不过你放心，我们有行规，只要有好事，大家——"广东人用双手做了一个空捯烧饼的动作，示意一人一半。他将区长的话做了另一番看似准确无误的解读，然后会意地拍拍区长肩膀："哈——哈——哈——"区长也顺着迎合："哈——哈——哈——"表示心照不宣，皆大欢喜。

"这样，"区长收摄心神，恢复严肃，"你今天先不走，但哪儿也不要去。你的四川话还有很重的广东腔。不要跟任何人说话，不要说认识我，更不能主动和我接近。晚上十点，正街朱三娃饭店里间，我在那里等你。"

下午，李元成小睡了一会儿。起床后抹了一帕冷水脸，顿觉神清气爽。站在区公所的走廊上，他远远地望着建兴中学，一支接一支地抽烟，脸上阴晴不定。渐渐地，他眼中聚满杀气，并将手中的烟蒂在黑色烟缸中狠狠一杵。

初夏的夜，凉快清爽。小镇上灯光昏黄，行人稀稀拉拉。商铺开始收摊，噼噼啪啪地响起活动门板的碰撞声。街道渐宽，夜色渐浓。

宝马河上的晚风携着河水的哗哗声，从吊脚楼开着的木框窗户徐徐而入。远处，建兴中学教学楼上，学生还在挑灯苦读，为即将到来的高考紧张备战。灯光洒向波光粼粼的河面，碎金万点。

桌上烧腊还剩一块骨头渣，花生米也仅余七八粒。在东方红旅社里李元成打死也说不出口的东西，现在却变得轻松自如、无遮无拦了。

"和平村那个塌塌，风水好得不得了，出人物，但人少压不住，不适宜住家。现在房子空在那里，又没人敢住。我想把区上的礼堂搬到那里，可是有人说那是古建筑，不能动。听说破四旧的时候就差点遭拆球哒。"李元成拿起筷子，往盘中一瞄，发现瓷盘空空，便把筷子放下。"你——"他伸出食指朝林锡平一指，"把地面上的问

题解决了，地下的事，就由随你处理。修礼堂总要挖地基嚓，挖地
基就可以——”他使劲在林锡平肩上一捶，意味深长地笑着说，“那
个了嚓！”

“咋个解决呢，那么大个院子？”林锡平显然被那梦幻般的满眼
珍宝迷住了，于是急切地问。

李元成没有回答，而是大喊一声三娃。三娃“呃”了一声便推
门而入，问还要啥子。李元成说再来半斤酒，两根猪尾巴。按李元
成事先吩咐，三娃只能守在外面，没有呼叫不得入内，更不能听里
边说话。其实李元成平时在此密谈，三娃才懒得理睬那些天远地远
与自己毫不相干的玩意儿。可今天李元成特意吩咐，倒多多少少引
起了三娃的好奇心。

三娃放下酒菜，带门而出，同时认真地瞅了一眼这个腔调怪异
的外地人。这时，李元成又大叫一声三娃，三娃收脚回转，用眼睛
征询区长有何吩咐。“三娃，”李元成仰起脖子往嘴里倒一杯酒才说，
“我多次提醒你哈，三娃，你这个房子可是全木结构哟。你一天又是
油又是火的，这种房子一旦着火的话——”他放慢语速，斜斜地看
了林锡平一眼，“就——毁——啦！”此时，李元成发现广东人也在
表情复杂地看着他。

林锡平身子猛地一直，盯着李元成的眼睛却僵直不动。待三娃
关门出去，他才用颤抖黏滞的声音说：“区长，那可是——”他咧着
嘴，举起手在自己脖子上狠狠地比画了一个砍切的动作。

李元成却哈哈一笑，满脸轻松：“那房子已没人要了，迟早得
毁。破四旧的时候就该毁掉，你只是帮了造反派一个忙而已。在建
兴这个塌塌，只要老子不追究，谁还对那堆烂木头感兴趣？话又说
回来，只要老子安了心要做的事，还怕整不成吗？”

林锡平神情渐渐放松，对区长的话微微点头，然后讷讷地说：
“可是我从来没干过这种事啊，感觉还是有点缺德哟。”那神态如丧

考妣，又像有人逼他卖儿卖女。

"放你妈的狗屁。"这就是饮酒的妙处，借着酒力，李元成第一次骂了这个文物土专家，并将酒杯往桌上一顿，"你给老子听清楚，我看你是外地人，认识你的人少，做事利索些，事后也好隐藏，才想到你。也算你娃娃祖宗积德，遇到了我。你知道有好多人在打那个塌塌的主意吗？现在我恰好坐镇这里，机会千载难逢啊。要是老子哪天调走了，错过这个村就没这个店喽，你娃这辈子就再也别想这种好事了，你就慢慢后悔吧。"

他恨恨地灌了一杯酒，盯着广东人继续骂："啥子缺德？你一年四季到处挖人祖坟不缺德，我毁旧建新倒缺德啦？敢骂老子，全建兴区你还是第一个，胆子不小。信不信老子马上通知派出所把你狗日的抓起来。投机倒把罪、走私文物罪、私通美帝罪，还和台湾蒋家王朝有瓜葛，典型的叛党卖国罪，随便哪条罪，你娃颈项上那个锤子菠萝都得割下来给别人当夜壶。"

李元成骂得酣畅淋漓，顿觉浑身通泰，林锡平却吓得面如土色，目瞪口呆。喝酒前后，面前这个区长判若两人，看来选择酒后谈事，是有意为之。李元成虽然骂得狠毒，却句句在理，广东人无可辩驳。

林锡平想，李元成不愧为区长，自己的命门已被他严严把控，不过，与叛党卖国罪比起来，毁几间朽屋简直就是小巫见大巫，况且就如区长所言，在建兴与他合伙干事，还怕啥呢，许多人正求之不得呢。想到这里，他觉得李元成一点也没冤枉他，自己就该被狠狠地骂，甚至庆幸区长把他骂醒了。是的，要是错过这个机会，就真将终生遗憾了。想着想着，他对李元成渐渐有了一种感激之情——面前这位区长其实多像一位严厉而慈爱的兄长啊。

广东人的眼神由恐惧而疑虑，由疑虑而平和，由平和而庆幸，由庆幸而感激，每一个细微的变化，都落入了区长看似漫不经心的眼中。李元成见火候已到，便故意嗓门儿大开："三娃，算账，老子懒球得对牛弹琴。"然后站起身来，怫然欲去。这下广东人真的害怕了，慌忙从板凳上弹起，一边死死吊住李元成胳膊，一边挥手示意推门而入的三娃退去。

林锡平把骂骂咧咧的李元成轻轻一带就放回板凳，然后一边慌忙道歉，请区长息怒，一边将自己的酒杯灌满，颤颤巍巍地连干三杯，才在自己位子上坐下道："区长、区长、区长，小弟不是东西，小弟混账。在建兴要不是区长照顾，兄弟恐怕早就'进去'了。现在区长将如此难得的机会交给我，我还不知好歹，惹区长生气，我真他妈不是人。我背井离乡来到这里，天天走村串户，偷偷摸摸，常常被当成小偷，被野狗追咬，有时还被当成了讨口子。难得碰到几个可以倾心交谈的人，更何况你还是一个区长，嗷——嗷——嗷——"说到心酸处，广东人居然痛哭起来，鼻涕眼泪，凄楚动人。

"好啦好啦。"区长拍拍广东人肩膀，算是既往不咎，言归于好，然后语重心长地说，"林老弟呀，我把这么重要的事交给你，就是对你的重视和信任噻。毛主席教导我们要开展批评和自我批评的嘛，我说你两句也是为你好，你就不要往心里去哈。何况东西弄出来后，还得靠你找下家呀，我总不能天天来搞这个名堂噻，所以咱们是绝对平等的合作关系——我晓得你担心啥子，你就踏踏实实地把心放到肚皮头，我可以绝对保证你的安全。理由很简单，你不安全了，我还梭得脱个锤子。"区长一脸真诚，凭最后这一句话，荡除了广东人的所有疑虑。林锡平狠一抿嘴，右手握拳抬臂往下重重一压。

李元成说："完了马上离开这里，到升钟场红星旅馆躲几天，我会来找你的。事情要做干净哈，要是中途被人救下了，你就白辛苦啰。"林锡平用眼睛询问此话的具体含义，区长却呵欠连天地起身出门。走到里间门外，区长边伸懒腰边漫不经心地问三娃："平桥北头生资门市部还在卖汽油没？"三娃说多球得很。

广东人与区长目光微微一碰，便倏地扯开。

一大早，恰逢县"革委会"副主任魏中华到建兴中学检查高考准备工作，地方行政长官李元成当然全程陪同。魏中华与李元成曾在升钟区公所共事，坊间传闻二人关系甚密。

检查结束，领导自然要座谈，要讲话。像当时所有重要讲话一样，魏中华先虔诚地注视了一下并排贴在墙上的毛主席和华主席彩色画像，然后喝一口水，噗噗地往杯中吐出口中浮茶，目光平扫全场："同志们，'四人帮'耽搁了整整十年哪。为了恢复高考，中央高校招生工作会都开了四十多天。高考快到了，学校领导及师生都面临很大的压力，都很辛苦，但越是关键时刻越大意不得。要特别注意校园安全，不能出事啊！同志们，要严防隐藏在群众中死不悔改的'反革命分子'的疯狂反扑，要严防别有用心的人破坏目前的大好形势，阶级斗争这根弦还不能就完全松了。"

魏中华话音一落，李元成满面红光地带头拼命鼓掌。

下午，区长李元成与副区长万建国随魏中华一行同进县城，参加继续讨论《人民日报》特约评论员文章——《实践是检验真理的唯一标准》的工作会议。

为了减少与外人接触，林锡平去平桥打了一壶汽油后就哪里也没去，躺在床上扯伸睡觉。天刚黑，洗了个冷水澡，便开始收拾行囊，然后坐在床沿上静静思考。他将与李元成认识以来的所有细节理了个遍，又将即将实施的行动在心中反复推演，同时对事后的各种后果做了精心推测，最后得出结论：此事由区长主导，绝对错不了。他似乎已经看到了堆积如山的奇珍异宝，满眼金光灿烂。

为了熟悉路线，晚上九点过，他去了一趟和平村，发现那里果然空无一人，阴森恐怖。其实这时学生还在教室上晚自习。他再次来到和平村已是后半夜。直到点火前，他才完全明白李元成说"把事情做干净"的确切含义。偌大的院子，若仅从一处下手，起火势必很慢，一旦惊动附近村民，很快便会被扑灭。于是他找来干柴，堆附于四角木柱木墙上，泼上汽油，划燃了手中的火柴。

　　烈焰从四角腾空而起，火苗迅速爬升蔓延，火光透过窗框立即将室内映亮。林锡平本欲即刻逃去，但就在转身回眸的一瞬间，他发现屋内有人，而且有很多人，于是本能地发出了第一声惊呼。

　　离开建兴镇，林锡平并没有马上去升钟场，而是躲在附近的碾垭公社以观动静。他当夜就知道了和平村并非如李元成所言是一堆废弃的朽木，依然是建兴中学的男生宿舍，住着几百学生娃。既然事情并非如当初想象的那样简单，后果自然也将复杂严重得多，何况还烧死了一位老师。他非常后悔自己利令智昏，财迷心窍，这才明白自己仅仅是李元成玩于股掌的工具而已。如果这是李元成精心设计的一场阴谋，那他动机又是什么呢？林锡平决定在逃离之前，一定要当面问清其中缘由。

　　就大火的纵火者，县公安局调查了几天，连一条像样的线索都没有。那个外地人是否就是纵火者，专案组内部进行了激烈的争论。一方认为其形迹可疑，应该就是纵火者；而另一方则认为他既然要纵火，为何又要呼救呢？要不是那人呼救，后果不堪设想，所以那人其实才是大大的英雄。而那人究竟是谁，长相如何，家住哪里，因何而来，现在何处，却没一个人说得清楚。甚至有人一口咬定那人就是鬼。

事后第三天，李元成去了一趟升钟场，却没有找到林锡平。他乐观地推断，广东佬可能已被吓得逃之夭夭了。对李元成来说，这当然是最好的结果。从升钟场回来，李元成发现一切风平浪静，他精心策划并冒着巨大风险实施的行动，却没有达到任何目的，这让他十分沮丧。

他间接从县上了解到，为了不影响高考，至少高考前不会处分陈德愚。李元成想，等到高考结束会有两种可能：一是时间一久，很多事情就会大事化小，最终不了了之；另一种情况是，他清楚建兴中学的实力，要是高考成绩大好，县上可能会对其将功折罪。真要是这样，他此次的冒险行动将一无所获。更为严重的是，他再也没有扳倒陈德愚的机会和勇气了，那么梅兰与陈德愚的结合就是迟早的事。想到这里，他绝望地倒吸了一口凉气。

黑夜沉沉，孤枕难眠。年轻漂亮的妻子就在隔壁，李元成似乎看到了她丰腴的身体和白嫩的肌肤。她睡着了吗，她做梦了吗，她会梦见谁呢？李元成辗转反侧，心如锥刺。陈德愚的出现，给他带来了太多的压力和痛苦。他痛恨陈德愚，恨得牙酸齿痛。想着想着，他对策划本次行动最初的一点点内疚和恐惧一扫而光，取而代之的是对事故伤亡太少的遗憾。于是，他翻身下床，一气呵成了下面的文字：

> 陈德愚，"文革"前就是研究西方经济学的反动学术权威，满脑子资产阶级腐朽思想，典型的右倾修正主义分子。"文革"后，此人趁建兴中学缺人之机，采取非正当手段当上了建兴中学校长，但仍然不思悔改，不接受"无产阶级文化大革命"的教育，不听伟大领袖毛主席和华主席的教导，灵魂肮脏，道德败坏。

陈德愚三十多岁，至今不结婚，专门勾引良家妇女，致使别人家庭破离，在建兴镇影响极其恶劣。和平村乃千年文物，多年来保存完好，却毁于陈德愚之手，结合此人长期的反动思想来看，其中必有蹊跷。建兴中学历任校长均为德高望重之士，因此，陈德愚不再适宜担任该校校长一职。

有关部门应彻底调查他与和平村大火的关系，追究其刑事责任，否则，毁掉和平村只是他毁掉建兴中学的第一步。

李元成奋笔疾书，大口吸烟，致使屋内青烟弥漫。

当外地人纵火的传闻进入梅兰耳朵的第一刻，她本能地一惊。她想起了那个敲门的外地人，但又实在不愿意去想此人是否就是纵火者，以及此人与李元成的关系。经过长达近一年的冷战，梅兰对这名存实亡的婚姻已感到极度厌倦和烦恼，这个令外人羡慕的家庭，却是令她痛苦绝望的牢笼。与李元成摊牌后，她明显发现他常常眼含杀气。凭着女人的细心与敏感，和平村大火后，梅兰暗自为陈德愚担心。

梅兰对李元成日益冷漠，平时都不愿正眼看他一眼，而近几天她却开始不露声色地观察他的一举一动。趁李元成不在家，她在他桌上发现了那封针对陈德愚的检举信。看完信，梅兰气得浑身发抖，眼中立刻聚满鄙夷和愤怒。

"李元成，你敢把这个东西大声念出来吗？"梅兰把那张纸在木桌上轻轻一拍，声音不高，却满脸鱼死网破。

"梅兰，我承认过去对不起你们，但都是因为我舍不得你嘛。你也知道，我与陈德愚是势不两立的仇人，他恨死了我，我也恨死了他。只要他还在建兴场一天，我就提心吊胆一天。我也是被逼的呀，梅兰！"李元成暗自为自己的疏忽而后怕，他没想到那封自觉底气不足的检举信，会被很少进他房间的梅兰发现。当他伸手去拿那张纸时，却被梅兰唰地一下抢在手中。

"难道你把我、把他，害得还不够惨吗?"梅兰将那张纸举到李元成面前，逼视着他，然后慢慢地一下一下撕得粉碎，而眼中已满是泪花。

1

从建兴正街出拱背桥，沿着一条宽宽的碎石马路东行二十里，便到了建兴区所辖的新华公社。新华公社史称四龙驿，传说四海龙王曾在此聚会商讨天下大事，并推举黄龙为众龙之首。这里有黄龙、青龙、黑龙、赤龙四座大山，尤以黄龙山最为著名。

黄龙山山高八百丈，方圆数十里，峰峦起伏，巍峨壮阔，十二高峰直插云天。山上原始森林密布，怪石奇洞、碧潭飞瀑处处可见，飞禽走兽、奇花异木漫山皆是。黄龙山终日云雾缭绕，仙气蒸腾。位于最高峰擎天峰上的黄龙寺，修建于明成祖年间，距今已有六百余年。黄龙寺气势恢宏，古朴肃穆，终日香火繁盛，信客如云。暮鼓晨钟从黄龙寺悠悠传出，祈福天下苍生，昭示世间太平。

黄龙山与黑龙山毗邻。两山一支余脉欲接未接处，形成一个大大的豁口。豁口名叫土地垭，因黑龙山脚下的土地庙而得名，该庙现为土地垭小学。黄龙山与黑龙山主脉相夹成一条宽约三里，长约二十里的巨大峡谷。土地垭与峡谷垂直并将其一切为二。峡谷地势起伏，山湾众多，土地肥沃，林木茂密，实乃吆牛犁田、栽桑养蚕之佳境。

公元1713年，即康熙五十二年，随着湖广填四川的洪流，数百户人在官差的护送下，拖家带口，背井离乡，挥泪告别故土湖北麻城县孝感乡，穿巫峡，过夔门，风餐露宿，历经艰辛，朝着梦幻中的天府之国一路西行。

其中四户人家，跋山涉水数月后，终于到了富饶迷人的黄龙山下。他们将两山之间的峡谷地带分为四段，即将土地垭两端再一分为二，然后抓阄决定各自领地。最终彭、张两家居土地垭以南，陈、代两家居土地垭以北。至今，土地垭以南有彭家湾、张家湾，土地垭以北有代家湾、陈家湾。现在的四龙中学便位于垭南的张家湾，土地垭小学位于垭北的代家湾。他们日出而作，开荒垦田，修屋建舍，栽麻种桑，养猪饲牛。经过世代繁衍，人丁日趋兴旺，四户人家逐渐成了当地的旺族大户。

　　陈家湾因地势较低，因此又名底下湾。底下湾三面环山，形如圈椅。门口是一块波光粼粼的水田，水田外有一条宽约五尺的石板铺就的旧时官道。官道西通建兴镇，北可进县城。湾中四合院坐东向西，石基木柱、青瓦龙脊，属于典型的明清建筑。四合院正房五间，两侧横房各七间，倒坐西房与正房对应也为五间。正房居中的堂屋是供奉着祖宗牌位的堂屋，设有神龛、香炉、蒲团、灯烛台，是整个家族的精神、文化中心，神圣而肃穆。堂屋对开大门厚重高大，平日以粗木杠横穿铜环而锁，牢不可破。

　　倒坐西房居中与堂屋对应的一间，则是院门兼进出大院的通道。四合院屋脊水平，而地基却有一层楼的落差，正房地基高出整个大院地基一层楼，即南北西三面房屋均为三屋，而正房只有两屋。从院坝上堂屋须爬上宽宽的两侧饰以石栏石鼓的九级石梯。南北两侧也有小型石梯与正房相连。正房与横房之间是转角房。通过转角房窄窄幽暗的过道，可达南北两后院。后院地基与正房水平，也是一个全封闭的袖珍四合院，如整个大院的两耳。

　　修建此院的人便是从孝感迁徙而来的四姓之一的陈家主人陈国鹏，陈德愚便是其嫡系后代。

　　陈德愚一家住在北侧横房。父亲陈元礼，是一位饱读诗书、为人友善且远近闻名的老中医，与流马场的冯老中医师出同门。母亲早已去世，兄弟三人，陈德愚排行老二。哥哥陈德智没上过学，是一个老实本分的篾匠。弟弟陈德慧从建兴中学初中毕业后，当了土地垭小学的民办教师。哥哥弟弟既不智也不慧，反而陈德愚自小聪慧过人，四岁能口述宋代话本，十六岁便从建兴中学毕业考入四川大学经济系。

1965 年 8 月，成都。

锦江的晚风，带着淡淡凉意，穿过四川大学校门内如盖的法国梧桐，吻过莘莘学子青春洋溢的面庞，直抵校园中心的荷花池，撩得荷花荷叶微醺浅舞。右边图书馆的灯还亮着，左边化学系实验室还有人在苦苦钻研，足球场已没有了白日的喧嚣。荷花池四周水泥靠椅上，还有人三三两两地乘凉聊天，时而发出清脆的笑声，惊得荷叶下的游鱼猛地甩尾拨浪。沿着荷花池左侧理科楼前的针叶松小路，走到文史楼前再右折，穿过生物系茂密的热带植物试验林，便到了清幽静谧的桃林村。

桃林村并无桃树，而是桃、李、梅、竹四个教授院落之一，由几栋三层青砖青瓦的小楼构成。这一带又称专家楼，住着当时国内一流的专家学者。这些专家学者承担着建设新中国的诸如核工业、天体物理等尖端科研任务及重大学术课题。

从楼上洒下的灯光，艰难地穿过厚密的玉兰树叶，给树下聊天之人涂上一层豹纹。在栀子花浓浓的醉人香气里，树下水泥靠椅上坐着的三人正在激烈争辩。他们是陈德愚、陈德愚母校班主任——建兴中学现任校长赵启贤、陈德愚经济系老师兼系主任——著名经济学家李尚伦。

陈德愚已从川大毕业一年多，现为李教授助手。在研究《资本论》的过程中，他发现马克思大量引用了苏格兰古典经济学家亚当·斯密的《国富论》及英国古典经济学家大卫·李嘉图的《赋税原理》。本着追根溯源的学术精神，陈德愚从川大图书馆找到一套俄文版的《国富论》，并从李教授那里借来一套英文版的《赋税原理》进行研究。

从这两本西方古典经济学巨著中，陈德愚发现，马克思的劳动价值论几乎就是直接引用斯密和李嘉图的。同时，他认可利己心是人的天性，是自然赋予的；主张财产私有；政治不应干预经济；私利与公利由一只看不见的手所引导，并最终达到两者的和谐均衡等。

陈德愚就相应的研究论文向李教授请教时，李教授在其论文末尾只签下八个字：潜心研究，不得声张。

作为国内著名经济学家的李尚伦，早年在牛津大学攻读经济学博士期间，便认真系统研究过西方古典经济学，他何尝不知道其中的精微奥妙。新中国成立后，马列主义毛泽东思想是治国纲领，无产阶级专政理论是毋庸置疑的。马克思十分推崇斯密和李嘉图，也大量引用他们的研究成果，但由此却形成了主张财产私有与主张无产阶级专政一对学术矛盾，这让许多经济学研究者倍感困惑。李教授十分赏识陈德愚的学术精神，认定他是难得的好苗子，于是决定悉心栽培。

随着建兴中学规模的日益扩大，高水平的教师捉襟见肘。校长赵启贤对教师的要求又近乎完美与苛刻，不仅要学术水平高、知识广博、品性端直，尤其要能扎根农村，耐得住寂寞，对农村教育具有赤诚的献身精神。从建兴中学出去深造的学生陈德愚自然就成了他心仪已久的目标。

他们争论的焦点是，陈德愚是留在川大研究经济学还是回建兴中学教书。

"赵校长，德愚是研究经济学的，你们又没开设经济学，到你那学校能教啥？"李尚伦毫不掩饰对赵启贤的不悦。

"李教授，我们的政治课——《辩证唯物主义和历史唯物主义》，他总可以教嘛。还有，他的功底我是知道的，教语文、英语都应该是把好手。"赵启贤觉得自己在夺人所爱，与李尚伦的咄咄逼人相比，显得卑微而底气不足。

"大材小用，明珠暗投啊！他留在这里，将来肯定会是一位出色的经济学家，跟你回去，顶多也就是个蹩脚的中学教师。你可以不考虑我的建议，难道你就不考虑他的前途吗？"

"怎么是明珠暗投呢？我建兴中学也是当地一流名校啊。"赵启贤无法接受李尚伦对建兴中学的不屑。

"对不起，我不是瞧不起贵校，我的意思是说，他留在这里肯定比到建兴中学创造的社会价值更高。"

"李教授，你的意思我明白。可是，没有高质量的中学教育，哪来高质量的高校生源，走一个陈德愚，会为川大输送大批的陈德愚啊。从这个意义上讲，你说他在哪里创造的社会价值更高呢？"

由于长时间争论无果，两位老师都把目光落到自己的爱徒身上。谁知陈德愚双腿一屈，咚的一声跪在李教授面前，哽咽着说："李老师，学生对不起您的栽培。毛主席说农村是一个广阔的天地，在那里可以大有作为。我家有老父，家乡孩子也需要良好的教育。我愿回到农村去，但我会常来看您的。"

李教授一惊，双手轻轻扶起陈德愚，自言自语道："好啊，好啊，少一个经济学家，多一个教育家。"然后转身上楼，拿出几本从牛津大学带回的英文版西方古典经济学著作及凯恩斯的《货币通论》交与陈德愚，并嘱咐他可抽空看看，但只许研究，不可传播。

看着昏黄的灯光下陈德愚随赵校长从桃林村离去的背影，李教授眼睛湿润了。凭着陈德愚的学术天赋及其对经济学的痴迷，李教授料定陈德愚依然会对经济学中那些尚未破解的难题继续钻研下去，但在目前的政治环境下，这究竟是福还是祸？离开川大的陈德愚，谁来提醒其中的风险呢？

站在母校的讲台上，陈德愚英姿勃勃，声若洪钟。他上课或深入浅出、寻幽探微，或旁征博引、气势如虹，或谈古论今、引经据典。他时而神情凛然，时而幽默风趣，时而嬉笑怒骂，时而推心置腹。他从不以师长自居，而是与学生以朋友相处。他的课堂上总是充满着热烈的讨论和轻松的笑声。由于教师紧张，他上四个班的政治，同时还上两个班的英语。还有人提议让他再上两个班的语文，但被赵校长否决了。

渐渐地，全校师生都很感激赵校长相了一匹好马，赵校长暗地里也高兴地发出人才难得的感叹。其他班一旦没有正课，学生便偷偷混进陈德愚的课堂，甚至有些年轻老师也向他提出听课请求。陈德愚的课堂只得从小教室换到大教室，最后不得不换到阶梯教室，但这样明显会影响课堂秩序。于是，赵校长决定由陈德愚每周六下午举行一次讲座，以满足学生的要求，同时禁止串班听课。

讲座的主题由学生会、陈德愚与校长一同确定，大多是一些同学们关心的热点话题及国际国内政治经济形势。陈德愚在川大苦读五年，加之又受牛津博士李教授的熏陶，许多观点同学们闻所未闻，因此这些山里娃听得如饮琼浆。一次讲到兴奋处，西方经济学的一些有争议的观点还是一不小心露了出去，吓得赵校长不得不以李教授"只许研究，不可传播"的教诲提醒他，但覆水难收。

每周六下午，陈德愚也像其他学生一样，离校回家。他步行二十里，回到底下湾，踏着熟悉的石板小路，推开嘎嘎作响的院门，见到坐在中药铺里正用毛笔为人开处方的老父亲，一股醉人的亲情几乎将他融化。他恍然大悟，或许这才是他离开川大回到故乡的真正原因吧。他噔噔噔地从木扶梯爬上自己的木楼，将帆布书包往床上一扔，又噔噔噔地下楼来到药铺帮父亲抓药。由于从小受父亲影响，他几乎可以算半个中医了，甚至还能开一些简单的药方。父亲原本打算将自己的衣钵交棒于他，但未能如愿，致使父亲常常发出后继无人的唏嘘。

星期天，他或帮哥哥弟弟干农活，或帮父亲打理药铺。对于陈德愚舍川大而取建兴中学，父亲起初十分反对，但后来木已成舟，见儿子又干得春风得意，也就不再抱怨。父亲提醒他，为人师表当谨言慎行，要有真才实学，莫误人子弟。同时告诫儿子要居安思危，不可得意忘形，小心言多必失，祸从口出。

愉快地听完父亲的唠叨，陈德愚实在闲得无事，一阵愁绪便油然而生——他想起了川大。于是，他爬上楼，铺纸提笔，向川大的老师和留在成都的同学一一去信诉说对他们的思念。在给李教授的信中，他汇报了回到建兴中学的大致情况，并说他十分留恋九眼桥的旧书摊、锦江的晚风、望江公园的竹林以及图书馆的书墨香。他惦记着李教授的失眠症，于是请父亲开了一张治疗失眠的方子一并装入信封。

人民创造历史，陈德愚在向学生讲历史唯物主义时也这么说。但在巨大的历史洪流中，作为人民的每一个个体仅如沧海一粟，何其渺小。在历史的滔滔巨浪里，置身其中的每一个人，要么随波逐流，要么粉身碎骨。历史是无情的！

正当陈德愚踌躇满志、信心百倍地准备为家乡教育事业大干一场的时候，一场史无前例的大浩劫开始了，多少人命运从此改变。

1966 年 8 月 5 日，毛主席用铅笔在一张报纸的边角上写下了《炮打司令部——我的一张大字报》。8 月中旬，中共八届十一中全会通过了《中国共产党中央委员会关于"无产阶级文化大革命"的决定》。"无产阶级文化大革命"全面爆发了，中国从此步入疯狂。

大串联刚刚开始的时候，农村中学还算相对平静。但随着全国红卫兵革命热情的日趋高涨，从南充、南部到建兴中学串联的学生越来越多，他们带来了北上南下大串联种种诱人的传闻和新鲜神秘的故事。比如吃住行全免费；冷了可以凭证借到军大衣；可以坐火车，住干净的楼房，吃奇奇怪怪的食物；可以看大海，钻森林，爬高山；可以看到一马平川的大平原、白雪皑皑的大雪山；可以到北大清华贴大字报；最让人热血沸腾的是可以去天安门广场，亲眼见到日夜想念的伟大领袖毛主席！

各种诱人的传说，越来越神乎其神，对于建兴中学这种闭塞的农村中学，对于许多连汽车都从未坐过的农村娃，其震撼无异于山崩海啸。加之自 6 月 18 日《人民日报》发表建议废除高考制度的社论后，学生自觉已失去继续上学的必要，于是理所当然地陆续汇入浩浩荡荡的大串联洪流。

有人将大串联的红卫兵分为天真革命型、接受教育型、煽风点火型及到此一游型，其中大多数属于到此一游型。从建兴中学出发的一群学生乘上从未见过的火车，一路北上，来到首都北京，虽未亲眼见到毛主席，当看到天安门城楼上的主席画像时，依然激动得泪流满面。他们继续北行，来到哈尔滨，透过车窗见到了美丽的北国风光。由于受不了北方的寒冷，他们不下火车，随原车南下。

他们每到一个红卫兵接待站，吃饱喝足后便自发形成多个信息交流中心，以交流串联心得：哪里好玩、哪里饮食好、哪里人客气，然后集体商议、民主决策下一站向哪里进发。当这些人跑遍大江南北，蓬头垢面、破衣烂裤、满身走虱地回到建兴中学时，简直就如一群叫花子。但个个情绪高昂，人人豪情万丈。

串联急先锋带回的革命火种，正欲在建兴中学形成燎原之势，而各地交通、住宿、饮食却日益不堪重负，全国进入混乱状态的传闻不断传来。中央"文革"小组提议革命师生返回居住地进行革命，但被毛主席否决，于是串联只得改为长途步行。不到三个月，拥向首都的红卫兵超过一千一百万，致使红卫兵纠察队不得不冒险下逐客令：革命的欢迎，不革命的请回。年底，步行串联也陆续取消。

由于高考已被废除，中学教育无考一身轻，学生不做作业，不考试，上课也以学习红宝书为主。开门办学是"文革"期间中学教育的主要形式，即学生走出校门，学工、学农、学军。建兴中学地处偏僻农村，既无军队，也无工厂，开门办学的唯一选择便只有学农，而这些农民的娃娃从一懂事起便跟父母在学农，个个都是农业劳动的好手。于是，学校只得组织学生在校后山上开荒种地，背粪、挑粪、喂猪、犁地、栽树等农活便成了他们的主要功课。

陈德愚本来在很短的时间内便已在学生中积累了较高的威望，但试图阻止学生串联还是得罪了几个红卫兵领军人物。

踢开党委闹革命后，武斗开始了。陈德愚第一个被造反派抓起来，关在位于幸福山东侧山脚下的石垭子小学一间废弃的教室内。其罪名是在集会上公开怀疑马克思主义，鼓吹反动的资产阶级思想，污蔑伟大领袖毛主席，是罪大恶极的修正主义分子，是赫鲁晓夫在中国的代言人，是藏在革命内部的伯恩施坦。

尽管他苦苦向红卫兵小将解释，自己仅仅是做一些学术上的探讨，与政治无关，并非修正主义分子，也从不反对马克思主义，更不敢污蔑毛主席；尽管学校众多老师及赵校长纷纷为其求情；尽管那些小将们连伯恩施坦是谁都没搞清楚，但那些因陈德愚的阻挠而未能免费旅游的红卫兵对他恨之入骨，因而折磨起他来奇招百出，甚至连为其求情的赵校长都不放过。

在石垭子小学的教室内，陈德愚却没有享受到写汇报材料的恩惠，而是双手被红卫兵牢牢绑在一根木柱上。绑人本是一件十分简单的事，而绑陈德愚却绑得极具技术含量。其双手被定在木柱上的位置，恰好使其既不能直起腰身，也不能坐于地上，只能一直保持着伛偻姿势长时间站在那里。

不幸的消息接踵而至。弟弟陈德慧上午来看他，向他讲述了家里的种种遭遇：药铺被当成"三家村"分店砸毁了，父亲本人被关进了生产队的牛圈，家里珍藏的几大箱线装古籍及药书全被烧毁了，堂屋里神龛上的祖宗牌位也被砸烂扔进了茅坑。

今天下午，红卫兵送来一封已被拆开的信，是川大李教授寄来的。信中讲述了他已被当成了反动学术权威。由于受不了造反派的打斗和羞辱，从牛王庙挨批斗结束后押回川大，途经九眼桥时，趁红卫兵没注意从桥上跳下锦江。由于河水不深，很不幸没有淹死。捞起后又新添了不思悔改、畏罪潜逃的罪名。他以为农村会平安无事，还指望一有条件便来避避风头。

红卫兵送信给他，并非是为了保障个人通信自由，而是前来兴师问罪。头头将军用皮带在木桌上打得山响，逼问陈德愚串通反动学术权威居心何在。陈德愚有气无力地解释说："李教授是我老师，不是反动学术权威，我们更没有串通。"

头头跳起来，用皮带指着陈德愚的鼻子："好啊，还敢替反动派狡辩。反动的老师必然教出反动的学生。你们鼠蛇一窝，都是反革命分子，这就是证据——"头头将信纸朝他一扬。

陈德愚苦笑着说："红卫兵同志，如果反动的老师必然教出反动的学生，你们也听过我这个反动老师的课，那么你们也必然就是反动的学生啰？"头头张开的嘴巴半天没合上，然后愤然踹门而去，边走边歇斯底里地指天怒吼："必须革命，必须造反！"

夜深了，外面寂静无声，一片漆黑。寒风从窗外灌入，刺割着陈德愚伤痕累累的光身子。他想蜷缩于地以尽量减少体温散失，但双手被定在木柱上，想尽办法也蹲不下去。他浑身不停哆嗦，牙齿嗑得咯咯响，他不知道自己还能支撑多久。他清楚自己无罪，却不明白这个国家究竟哪里出了问题。他想象着李教授跳锦江的情景；想象着被焚毁的家里的藏书及漂浮于粪坑的祖宗牌位；想象着牛圈中年老体弱的父亲，坚强的陈德愚终于流下了无助的泪水。

突然，门像是被什么东西用力撬开了，进来一人，没有点灯，陈德愚看不清那人的面孔。那人一边快速解开他身上的绳子，一边急急地说："陈老师，你白天羞辱了头头，他极度恼怒，他们计划今晚半夜将你装入麻袋扔进宝马河。快逃吧！你还不知道吧，金成俊老师由于受不了侮辱，今天下午已在家上吊自杀了。现在看守你的人都怕冷睡觉去了，我在下面地里守了好半天才等到这个机会。估计他们马上就要来了。我给你带来了两件厚衣服，穿上快跑。"陈德愚感激地接过衣服穿上，慌忙中始终没有认出那人是谁，也忘了问一声他的姓名。他与那人一同出门后分手各自逃散。

刚逃到中学围墙处，远远地看见一群人手持火把，气势汹汹地走向石垭子小学。陈德愚快速闪到路旁一个稻草垛后藏起来。当那群人渐渐走近，他才清清楚楚地看见他们果然拿着麻袋、绳索和粗大的木棒。那个头头面带杀气地说："他居然敢反咬我们是反动派。看来此人必须尽快除掉。否则，反动的走资派，会随时对无产阶级政权进行疯狂反扑。你们动作要快，一定要将他嘴堵上，不能让他出声。他敢反抗就用木棒一棒敲死再说，明天宣布他畏罪自杀就是了。"草垛后的陈德愚听得双腿发软。待他们走过，他才朝着自己也搞不清的方向拼命逃去。

脱离绳索的捆绑，四肢总算能伸展自如了。他很想认真地思索一下一年多来自己人生抉择的得失是非，很想搞清目前国内的政治形势及自己的处境，还想为自己的将来做一些哪怕十分渺茫的打算，但他实在无从想起。许多事情他都觉得莫名其妙，甚至怀疑自己在做一个长长的噩梦。他思绪并非一团乱麻，而是一片空白，一如月光下的沙漠，满是沙子，却空无一物。

四野漆黑，他不敢走大马路，只能沿着人烟稀少的乡间小路漫无目标地瞎窜。他不知道走了多久，也不知道现在身在何处，但确信已远离了建兴镇，远离了那间令人恐怖的小学教室。他慢慢爬上一座山梁，想努力辨认一下方向，但目光所及是黑黢黢的起伏群山及山下雾蒙蒙的田野村庄。没有一点星光，没有一星灯火，甚至没有一点活物的生气。在一处浅山坳，他发现了一间草屋。由于无法判断屋里住着何人，也不敢贸然敲门，他走到房后，背靠土墙屈腿抱膝而坐，然后沉沉睡去。

一觉醒来，天已大亮，屋内依然没有动静。他不敢在此久留，于是站起身来，百无聊赖地朝屋后山坡走去。饥饿已使肚腹隐隐作痛，他无力继续行走，干脆一屁股坐在地上，看着草屋出神。过了一会儿，他再次站起来，折回草屋。走到门口，他才发现木门是从外面扣上的，没有上锁，仅用一根细黄荆棍竖插在门扣上将木门别住。他拔掉黄荆棍，轻轻推开木门。

屋内床铺锅灶齐全，木桌木凳上并无积尘，看来平时有人居住。他四下查看一番，发现别无他物，也没有找到可吃的东西。当他打开灶后一台黑色矮木柜时，发现柜中有一只小簸箕。簸箕中满是白花花的红苕干。他迫不及待地抓一根放在口里有滋有味地嚼起来。嚼完一把又脆又甜的苕干，他干脆又抓一把放到桌上，面朝开着的木门，坐在板凳上边慢条斯理地咀嚼，边等主人回来好向人家道歉。等了一袋烟工夫也未见有人进来，他起身出门，将门扣上，照原样插上黄荆棍，大步离去。

当再次走到屋后山坡上时，他回身满含谢意地看了小屋一眼。突然，他想起自己毕竟还是个逃犯，何时才能再次吃上如此香甜的红苕干呢？自己的下一顿美食会在哪里？于是，他做了一个让自己都吓了一跳的决定——偷走所有的红苕干。他再次返回小屋在床上找到一条破烂的蓝布裤子，撕下一条裤筒，将裤脚打上结，做成一只布袋，端起簸箕将苕干一根不剩地倒进布袋，然后提起布袋朝房后山上跑去。

由于害怕被人发现追踪，他从清晨一直走到中午，不知翻过几座大山，跨过几条小河，绕过几个村庄，来到位于一座大山山腰的一块平地上。平地上满是枝丫浓密的柏树，立于林中，不见天日。站在平地外沿，能望见远处山脚下的农家院落和袅袅炊烟——一幅看似平安祥和的山村画卷。连日的囚禁与逃亡，难得身心自由地登高望远，他真想面对逶迤的群山，面对自由飘拂的白云，面对广阔的田野，声嘶力竭地尽情呼号。他没有呼号，只是呆坐在一块石头上，盯着放在身边的一裤筒苕干出神。

他实在不愿承认自己是在偷窃，但不是偷窃又是什么呢？在他眼前不停地晃动切换着几幅图画：一幅是坐在川大图书馆遨游书海的自己，一幅是在建兴中学的讲台上传道授业的自己，一幅是在石垭子小学被人剥光衣服任人抽打的自己，一幅是提着裤筒袋贼眉鼠眼的自己。他不知道哪幅图画更接近真实的自己，当他看到满满当当的一裤筒苕干时，心里居然生出一丝微妙的踏实感。

老家是不能回了，成都也不能去了，哪儿才是逃亡的终点呢？他不愿提心吊胆地东躲西藏，甚至想回到建兴中学找红卫兵论理，但是，那些革命热情如熊熊烈火的小将们会与自己讲理吗？现在连校长都不能自保，一旦回去，谁又能保护自己的安全呢？何况这次逃走已是罪加一等，那些一心要置他于死地的造反派会轻饶自己吗？他想到那令人生不如死的教室木柱以及红卫兵手中的麻袋木棒，就不寒而栗。

吃过几把苕干，饮过一些山泉，太阳渐渐偏西，雾气渐渐变浓。行者归家，耕者收犁。千万不要为这乡村的黄昏吟诗作画，千万不要赞美这迷人的夕阳晚照，千万不要无病呻吟地"断肠人在天涯"。对于一个在寒冷的冬夜无家可归的逃亡者，夕阳西下，便是一场酷刑的开始。

当西天的晚霞由绚烂而灰暗，红红的太阳还是无可阻挡地慢慢下沉了，随之一同下沉的还有那颗近乎绝望的心。山腰这块柏树林，白天还能藏身休息，而半夜的山风灌入林中，砭肌刺骨。他将身子努力缩成一团，藏在一块石头后躲避山风。心想只要这样一分一秒地熬下去，天一亮就好了。而山风却一阵紧似一阵，他渐渐难以支撑了。他知道山下肯定比山上风小，于是一手提布袋，一手摸着山石一步一步磕磕绊绊地向山下转移。

山脚果然比山上风小多了。黑暗中，他找到一处凹地，将苕干袋系好横放于地，然后坐在袋上静待天亮。山下虽然风小，但他发现这里风刮起的哗啦声比山上还响。在四野漆黑、死气沉沉的冬夜，这种声音令人毛骨悚然。他屏息细听，辨清声音就在身旁。他摸索着蹚过去，用手胡乱一摸，突然"妈呀"一声惊叫，然后抓起布袋便跑。他摸到了一只花圈，纸花纸带俱在，显然刚插上不久。他竟然在黑夜里孤身藏在一座新坟旁边。

由于慌不择路，奔跑中脚下一滑，他重重地摔倒在一处斜坡上并不断下滑。他已听到哗哗的流水声，从而判断脚下必是急流。慌乱中他抓到一个树桩阻止了身体下滑，但手中的布袋却落入水中。当发现用于维持生命的苕干已落入水中，他居然放手松开树桩去抢布袋。水流湍急，冰冷刺骨，他一滑下去，水便没于大腿。他一阵乱抓，可惜布袋已被冲走。

8

天亮了，他只得脱掉湿透的鞋裤隐身于山林中。他必须尽快解决鞋裤问题。将近中午，他光腿赤脚、瑟瑟发抖地悄悄探近一处院子，躲在院后竹林中暗观动静。院中恰好无人，可能都出工去了。他蹑足从一扇虚掩的后门进入房中，很容易便找到一条棉裤、一双布鞋并穿上，临走时还顺手抓起一件长长的棉袄。他发现自己现在干起偷偷摸摸的事来越来越心安理得、得心应手，甚至连最初的恐惧与愧疚感都已渐渐淡去。其实，小偷干的事，知识分子也干得出来，只是知识分子干的事，小偷永远也别想搞明白。

沿着通向院外的大路边走边埋头扣棉袄，他已经感到一阵从头到脚的温暖。一抬头，猛然看见三十步开外，一位留着"刷子"辫，身穿军便装的十七八岁的女红卫兵，正疑惑地看着他并大步走来。

是一直被他们跟踪还是天降神兵？惊惧中，他立刻明白现在唯一的选择便是尽快脱身。他认为自己已"罪恶累累"，要是再落入他们之手，下场必将十分悲惨。他猛一转身，猫身踩着嚓嚓作响的满地笋壳穿过竹林，朝着院后另一条上山的小路奔去。女红兵愣了一下拔腿便追。

他本已又困又饿，加之刚穿上厚重的棉袄棉裤，跑起路来浑身不利索，因此，红卫兵越追越近。翻过一座山梁，发现面前却横卧着一条河流。当他正悲叹穷途末路时，突然听到巨大的水流轰鸣声。循着水流声，他发现河流流经两个山嘴之间有一处窄窄的峡谷。峡谷宽约丈许，上游宽阔的河面在此处被突然挤瘦，水位被抬高，落差加大，形成一个天然水坝。水坝哗哗然激流喷涌，令人目眩。

峡谷上有一块被当作便桥的木板。他两步踏过木板飘到对岸，本欲向山上疾冲，却在脚踏木板并使木板弹跳的瞬间判断木板并未固定，于是急中生智，转身用尽全力搬起木板，往下游河中使劲掀去。木板哐当一声掉下峡谷，然后骑上峡谷喷出的白色水龙如一艘快艇疾射而去。

切断来路，气得红卫兵女将在对岸踩着脚哇哇大叫，他却死里逃生似的边解棉袄边大口喘气。他虽然放慢速度却不敢稍作停歇。既然已被红卫兵发现，他们决不会轻易放过自己，一定还会从其他地方追捕过来，所以必须尽快爬过这座山逃走。他现在对红卫兵产生了前所未有的畏惧，自己历经苦难逃了这么久还是落入了他们的天罗地网。他对自己的逃亡前景逐渐悲观起来。现在幸好只有一名女将，要是碰上了红卫兵大部队，也许早就束手就擒了。

山上林木茂盛，灌木丛生，一条崎岖小道满是杂草，看来平时少有人去。山比他想象的大，也比他想象的高。山势险峻，起伏多姿，山中有山，山中有潭，有飞瀑，有石洞，有绝壁，有平地，山顶却是一块久经日晒雨淋而发黑的光秃秃的大石坝。站在山顶，极目四望，他发现山的北面是一片一碧万顷、波澜壮阔的湖泊，其余三面均是激流滚滚，他逃进此山所经过的东面的峡谷却是进出此山的唯一通道。

经过连日没头没脑的逃亡，到现在他才搞清自己所处的确切位置。这个岛叫太子岛，北面的湖泊叫升钟湖，属于升钟区保城公社。升钟区位于南部县西北角，是该县离县城最偏远的一个区。这里东临阆中，西近梓潼，北接剑阁，南抵盐亭，是鸡鸣五县之地。这一带位于剑门山余脉，群山巍峨，起伏连绵。从剑门山一路南下的西河，流经这里的崇山峻岭，形成了众多的良田和湖泊，同时也留下许多千年不灭的动人传说。

南部县共十个区，按西河的流向分为上五区和下五区。上五区最优秀的初中毕业生，通过每年的毕业考试，被择优录取进入同样属于上五区的建兴中学读高中。陈德愚虽从未来过这里，但通过来自这一带的同学和老师的描述，对于保城、太子岛及升钟湖并不陌生。公元 1231 年，蒙古铁骑追赶着腐败的南宋军队，一直打到这里。这里军民为了保卫家乡，与元军进行了长达三十多年的拼死抗争，并最终打退了敌军，保住了城池和村庄。为了纪念那些不畏强敌、英勇斗争的先人们，七百多年来，这里一直都叫保城，而且至今还保留有抗元古战场遗址及纪念碑。

传说东海龙太子与如来佛发生战争，最终全军覆没。龙太子走投无路之际孤身逃亡于此，入赘于当地农家而幸免于难。龙太子夫妇男耕女织，恩恩爱爱。一天，龙太子获悉老龙王驾崩，要他回龙宫继位，临别时，他告诉爱妻，自己有要事将外出一段时间，而此时妻子已有身孕。执掌龙宫后的龙太子决定雪洗前耻，于是又与如来佛进行了一场长达数年的战争。

丈夫一去不归，妻子终日站在院门口望眼欲穿，最终积郁成疾，孕身而亡。当结束战争后的龙太子来看妻子时，才知道爱妻早已离世，因此无限悲痛，并跪在妻子的坟前伤心痛哭。他无法原谅自己，无论旁人怎样劝慰他都长跪不起，如此数年。渐渐地，眼泪汇成了湖，便是升钟湖；太子化成了岛，即为太子岛。

西河从剑门山奔腾而来，在太子岛前的一大片开阔低洼地带形成湖泊，然后被太子岛一分为二。被分开后的两股水流绕过太子岛，在下游再合而为一，继续东去。根据这一带独特的地势和水文特征，据说国家计划在这里修建西南地区最大的水利工程——升钟水库，估计其规模将超过现在的升钟湖上千倍。

由于担心红卫兵会重新找来木板进山追捕，他来到东面山坡上，藏于密林中以观动静。峡谷依然巨流轰鸣，不要说红卫兵，附近连个鬼影都没有，纵然大声呼叫也很难被人发现。他真不知道自己是该庆幸还是该懊悔。他无奈地摇摇头，抓起一块石头朝河中猛力掷去。石头没有落入河中，却在山脚下惊起一阵狗叫。他急忙走向峡谷，发现一条三尺来长的成年黄狗，正站在峡谷这边对峡谷大叫。看来自己断路逃身，也断了这狗的归家路。他歉意地看着黄狗，黄狗也警惕地望着他，不时发出几声低吠，像是在埋怨他的鲁莽与自私。

这一年的春节就这样在举国混乱、风雨飘摇中到来了。陈德愚通过晚上从远处村庄传来的稀稀落落的鞭炮声而知道春节到了。春节，对于一个逃亡中的"野人"有什么实际意义吗？自从逃离建兴中学，他已中断了与所有人的联系，他既不知道目前的局势有何变化，也不知道所有亲人朋友的近况。他思念成都的李教授及众多的老师和同学；他思念建兴中学的赵校长及同事；他思念老父亲、哥哥、弟弟以及陈家湾的所有叔伯亲人。

他们春节都过得好吗？从小到大，他已过了多少个愉快的春节哟！过去大年中的热闹和幸福情景历历在目：穿新衣、包水饺、荡秋千、看大戏、串门、赶场、走亲戚。人们总是满脸幸福的微笑，一见面便问好："张大妈，年过得闹热呀！""闹热哟，年在你那儿嘛！"千篇一律的问候，千篇一律的回答。大家绝不嫌枯燥乏味，绝不认为是装模作样，心里都美滋滋的。

远处村庄的炊烟袅袅升起，他呆呆地望着炊烟出神，似乎已看到炊烟下飘着哗哗火苗的灶孔、锅里喷香的腊肉以及一家人映着火光的笑脸。哪缕炊烟才是自家房上的炊烟呢？哪张笑脸才是亲人的笑脸呢？饥饿和寒冷固然可怕，而更令人难以忍受的却是孤独与寂寞。他甚至饶有兴趣地回味起在石垭子小学与红卫兵的对话来，那里毕竟还是"人间"。

暮霭褪去，夜色渐浓，窸窸窣窣地刮过一阵寒风，山上飘起了零零星星的雪花。他慢慢爬上光秃秃的山顶，站在这荒无人烟的孤岛顶端，遥望着建兴的方向良久，良久。

一连几天，既无人在峡谷上再铺木板，更无人上山追捕。或许那名女红卫兵早已清楚这是孤岛，料定他插翅难飞，任其在这无衣无食的孤岛上自生自灭，于是也就懒得理他了。他决定尽快逃离孤岛，但许多方案均告失败。环岛一周，河水又宽又深，峡谷相对较窄，但水流湍急，他不习水性，一旦落水凶多吉少。他脱下棉裤试着探足入水，但冰冷的河水刺得他触电似的猛地回缩。

山上大大小小的洞窟为他提供了暂时的遮风避雨之所。他必须先战胜饥饿，保持必要的体力，等到天一暖和再设法过河。在农村长大的孩子，从小便练就了一套在山野觅食的本领。山上遍地皆茅草，已经枯黄。在一块坡地上，他紧握茅草根部，用力缓缓拔起，带出的白白嫩嫩的草根便是难得的美食。草根又甜又脆，富含糖分。

山泉比河水暖和得多。他来到泉边，一边洗草根吃，一边捧起甘洌的泉水酣畅地喝上几口。他美美地嚼着草根，吞下甘甜的根汁，吐出残渣。

茅草是川北一带山里生命力最顽强的一种植物，只要有土壤，哪怕是石缝都能蓬蓬勃勃地连片生长。茅草根系十分发达，夏天若将茅草从根部铲掉，深藏在泥土中的根系会为其提供充足的养分，几天便又新芽吐绿。冬天经过霜冻的草根营养最丰富。地面以上的草苗已经枯黄而不需要养分，地面以下的根部还在不断蓄积能量，等待来年春风吹又生。

除了找草根吃，他慢慢地在山上发现了许多诸如蕨根等可食的植物根部，甚至还找到了野生的花生和核桃。野花生是飞鸟从附近花生地里衔到这里而生长的。他折下树枝制成刨土工具；拣来枯枝堆在栖身的洞口算是门户；在洞里地上铺上厚厚的干草以作床铺。他折断桑枝，剥下又长又韧的桑树皮，用桑树皮将干蓑草一缕一缕地绑成一床蓑被。他用劳动战胜孤独，他用智慧保全自己。

一天上午，他正坐在水潭边洗草根吃，隐约听见身后有轻微的吧唧吧唧声。他猛一转身，发现是那只已被自己遗忘了的同样困于孤岛的黄狗。黄狗明显瘦了，被他的一转身吓得后退了几步，并恐惧地盯着他。原来黄狗饿慌了，正在捡他嚼过的根渣吃得津津有味。他从黄狗的眼神中读出了哀求，而黄狗也从他的眼神里看出了友善。丛林法则并不适合他们，他们谁也不想吃掉谁，谁也不想战胜谁。他们同陷孤岛，沦落天涯，理应成为患难与共的朋友。

当他看到黄狗时，心里立刻涌起一阵激动与狂喜，他预感自己再也不会孤单了。在这荒无人烟的孤岛，黄狗有如梦中天神，令他信心倍增。黄狗不会批评他，不会嫌弃他，不会揭露他，不会诬陷他，更不会关押他。在这世上，还有谁比这黄狗更让人放心呢。他给黄狗取名为"天黄"，意为上天赐我黄狗。他将口中的根渣吐在手上，然后边叫天黄边向黄狗轻轻抛去，并发出啧啧的轻唤声。这狗真是畜中灵物，它似乎完全明白陈德愚的心思，于是舔起地上的根渣，轻摇尾巴，眼含感激地看着他并一步步走近。

自从有了狗叫声及人唤狗的声音，空寂的深山突然有了灵气。当他第一次呼唤天黄时，竟被自己的声音吓了一跳。他已经很久没有听到过人的声音了，当然也很久没有听到过自己的声音。有了天黄的陪伴，他感到无比的幸福和快乐。天黄也渐渐接受了这个新主人以及主人赐给它的名字。

他们形影不离，一同爬山，一同钻树林，一同饮山泉，一同觅食。有太阳的时候，他把天黄带上山顶，为它捉虱子。天黄温驯地躺在地上，很受用地迎合并享受着主人的抓挠和抚摩，还不时舔舔主人的手背以示礼尚往来。捉完虱子，他再把天黄带到水潭边，捧水为天黄洗澡。天黄完全明白主人的意思，干脆咚的一声跳下水潭，几番游弋后浑身湿漉漉地爬上岸来，然后四脚抓地猛地一摇，便将身上的积水抖得干干净净。

人怕寂寞，狗也怕孤独。有了新主人后，天黄明显活泼多了。无聊的时候，人狗便相互追逐嬉戏。人在前面跑，狗在后面追。天黄知道主人不是自己的对手，故意压低速度，做出气喘吁吁的样子在后面追，但始终不追上。有时狗在前面跑，人在后面追。天黄一旦发现距离拉大，便吐出红红的长舌头停下来等他，见他追近便转身再跑，并发出欢快的叫声，像是在为主人鼓劲。遇到高高的石崖，天黄一纵便冲了上去，而主人只有望崖兴叹。

为了报复天黄的炫耀卖弄，一次在玩狗追主人的游戏中，他跑着跑着突然爬上一棵大树，坐在树杈上朝天黄挑衅似的喊道："上来噻，有本事就上来噻。"气得天黄坐在树下扭头向天汪汪大叫，似乎在抗议他不讲游戏规则。突然，他故意从树杈上咚的一声摔在地上，然后仰躺着闭上眼睛假装摔死。这下可急坏了天黄，它不停地在他耳边大叫，或用舌头舔他的脸，或咬住他衣服拼命拖摇。当听到天黄渐渐发出凄惨的呜咽时，他突然坐起来，抱住爱犬泪如雨下。

他再也不敢开这种令天黄伤心的玩笑了。他知道自己之于天黄正如天黄之于自己一样重要。天黄总是变着花样讨主人高兴。在陈德愚看着远处发呆的时候，它也顺着主人的目光朝远处观望，再扭头看看他的眼睛，似乎在揣摩他的心事；或者躺在地上用肚皮蹭他的双脚，或者在他站着的双腿间窜来窜去，或者将前腿搭在他身上去舔他的手。如果主人仍不理它，它便四蹄在地上扒得嚓嚓响，同时望着主人呜呜叫唤。

有时在草地上，只要主人在远处朝它大喊一声，它便像百米冲刺似的向他发起冲锋。冲到主人面前的一瞬间，前蹄突然猛抬，将他仰面扑倒，然后自己也倒在地上，侧头观看主人的反应。一旦发现并未惹恼主人，它马上跳起，横躺在他身上，将其死死压在身下，并得意地呼呼喘气。

天黄从此成了陈德愚心中的牵挂。于是，为天黄寻找食物，几乎成了他每天的主要工作及生活目标。有了目标的生活多好啊！他用树枝在湿地上刨出许多蚯蚓、虫子、蚂蚁等，然后示意天黄享用。在得到主人的许可后，天黄便迫不及待地一扫而光。看着天黄在吃完后美美地舔着嘴巴的样子，陈德愚目光中满是慈爱。

一天下午，陈德愚发现天黄好一阵子不在自己身边，大声呼喊也不见回来。他惊恐地爬上山头四处寻找，好久才远远地发现它伏在一块凸起的山石后一动不动，目不转睛地盯着前方。顺着天黄的目光望去，几只斑鸠正在觅食。陈德愚立刻明白了这家伙的军事意图，于是躲在一丛灌木后欣赏它的精彩演出。

天黄趴在地上，身子紧贴地面如一块石头，目光一刻也不离开斑鸠。斑鸠边咕咕叫着边将头一点一点地走向天黄。当走到离它五尺远的时候，天黄猛地腾空而起，将受到惊吓刚刚展羽的斑鸠稳稳地衔住。时间的判断，起跳的高度，着力的角度，它都掌握得恰到好处。天黄起跳前与斑鸠的位置，以及二者在空中的遭遇点，刚好形成一个等边三角形。它早已算准了斑鸠起飞的角度和速度，似乎一张嘴，斑鸠便飞入了它口中。

待确信斑鸠已死，它才将斑鸠放在陈德愚面前任其处置。很遗憾山中无火，陈德愚还没有"进化"到茹毛饮血的程度，于是将毛拔净，扔给天黄饱餐一顿。看来这狗东西已经逐渐掌握了野外谋生的本领。后来天黄居然浑身水淋淋地从河里叼来一条还在甩尾的大鲤鱼。陈德愚再次发出了人不如狗的感叹。

月如银盘，遍地皆霜。远山的轮廓比白日还清晰，近处的树林却比白日还迷蒙。微风拂过，升钟湖银波点点。湖水轻舔岩石，发出细微的啪啪声，像母亲在亲吻怀中的婴儿。

淅淅沥沥地下过几场夜雨，太阳一天比一天有骨力，春天快到了。没事的时候，他带着天黄到山脚沿河侦察地形，以做离岛准备。气温虽略有上升，而河水却一天比一天高，一天比一天急。天黄的狗刨式虽不算优美，但要逃出去却比他要容易得多，也许天黄还不敢做此冒险。他甚至计划扶着天黄一起渡河，但这得冒人犬同亡的风险。他来到峡谷口，希望能从这里找到过河办法。

突然，天黄像发现什么目标似的朝着对岸发出异样的吼叫，并四脚不停抓地，做出随时欲奔的姿势。顺着狗叫的方向朝对岸望去，陈德愚惊惶地发现那位追他上岛的女红卫兵正朝峡谷快步走来，边走边大声呼唤"黄黄"，只是已将军便装换成了一身蓝布衣服。陈德愚如见瘟神，抱起仍在汪汪大叫的天黄便向山上撤退。

一切都十分清楚了，黄黄便是天黄，红卫兵女将便是天黄的主人。发现了天黄的女红卫兵可能会设法上岛，到那时，不仅相依为命的天黄会离开他，多日苦苦逃亡的自己也最终会被捉拿归案。想到这里，初春的暖阳立刻黯然无光，迷人的湖光山色立刻变成了阴森森的牢狱，天地瞬间罩上了一层灰色。他的心变得沉重、变得冰凉了。他蹲下来，用微微颤动的手一遍遍轻抚天黄的脖颈，然后重重地叹着气，目光呆滞地摇着头。

令人担心的事还是不可避免地发生了。第二天下午，当他搂着天黄坐在地上面向升钟湖晒太阳时，天黄猛地一声狂吠，从他的臂弯下滑脱，沿着身后通向峡谷的小路奔去。像所有知道大难结局的人一样，他没有慌张，没有叫住天黄，没有站起来逃走，甚至连原来的坐姿和神态都未稍做改变。他突然感到一种前所未有的解脱和轻松。天黄欢快的喘气声和人的脚步声从背后由远而近。他用手轻刨了一下飘在前额的乱发，紧了紧棉袄，然后双手抱膝，静静地欣赏湖上翩翩起舞的白鹤。

脚步声在背后大约五步之外停止，只有一人。天黄跳到他面前吐着长舌头猛摇尾巴。突然背后传来砰的一声，是木棒杵地的声音，接着是一声大喝："好啊，偷了东西，还毁木桥，你这个罪大恶极的坏分子。等生产队收工了我马上就叫人把你押起来。"正是那位红卫兵女将的声音。

找到黄狗，她本来很高兴，但还是忍不住想教训这家伙一顿。在天黄的引领下，她很顺利就找到了陈德愚。她原以为这人应当做贼心虚，见到她不是慌乱逃窜，便是跪地求饶，或者大诉苦难以博同情，不料这家伙居然背对着她若无其事地观光望景。她没想到天下竟有如此放肆、狂傲、目中无人的小偷。她感到了莫大的羞辱，同时也产生了几分畏怯。在这深山之中，她肯定不是这个家伙的对手，于是将手中的木棒在地上狠狠一蹾，这样既告知对方自己有武器，最好不要乱来，同时也为自己壮胆。她真后悔没有等收工了多叫几个人一同上山。

"红卫兵同志，我逃得辛苦，你们追得也不容易。你们这么远一路跟踪，不就是想把我抓起来，想把我整死吗？我不想逃了，我逃累了，也无路可逃了。你们把我绑起来吧，拴上石头沉到升钟湖喂鱼算了。你们也省些事，我也少受些折磨。来嘛！"他依然面朝湖泊，然后把双手剪在身后给人捆绑。

"呸，哪个是红卫兵，哪个想整死你，哪个拿你喂鱼？你偷了我家东西我还不该追你？你又偷东西又毁桥，你不是坏分子是啥子？还不该对你这种人实施专政吗？"她觉得这个头发蓬乱、胡子拉碴的人说话虽然有点怪怪的，但还挺老实，没有反抗的意思。

陈德愚慢慢听出了点眉目。看来这女将并不知道他是谁，也并非在一路跟踪他，只不过把他当成了一个普通的小偷而已。他一阵窃喜，同时又后怕刚才说得太多，差点暴露了真实身份。不过他还是不明白，这女将那天明明是一身红卫兵打扮，怎么今天突然又否定自己是红卫兵呢？他扭头认真审视了姑娘一眼，发现姑娘也在看他。他再次确认了这姑娘就是那天追他上岛的红卫兵，于是试探着问："你——凭啥——说我——我是坏分子？"

"你偷衣服，你身上穿的衣服、鞋都是我爹的，你还敢抵赖，我——"她呼地举起木棒。陈德愚听到声音本能地闪避一旁，扭头见她只是将木棒高高举起，并没有要砸下来的意思，但已杏眼圆睁。

"你胆子不小，还敢对我进行专政，"陈德愚觉得这姑娘并不可怕，反倒理直气壮起来，"我偷衣服，那是我没有衣服穿。我是贫农，彻底的无产阶级。我没有吃，没有穿，没有房住，我是根正苗红的无产阶级，应该是我对你们这些有产阶级进行专政。你敢棒打无产阶级，反了！"他越说越得理不饶人，好像偷衣服是件很体面的事。

"我——我又没打你。"姑娘果真被陈德愚的大话镇住了，怯生生地说。她觉得陈德愚的话句句在理，无可辩驳，于是将高高举起的木棒缓缓松于地上。

陈德愚偷偷瞟了姑娘一眼，发现她目光游移，局促不安，暗自觉得好笑，于是问道："你不是红卫兵吗，咋现在又不是了呢？"

"我不当红卫兵了，我爹——被他们整死了，呜——呜——呜

——"姑娘说着伤心地大哭起来，然后丢下手中的木棒，抬起袖口揩眼泪。

"嗯——?"他觉得姑娘其实也挺可怜，但又找不到合适的话去安慰，于是便转移话题，"你——是怎么过来的呢?"

"你还好意思问。"姑娘果然停止了抽泣，又恢复了先前的凛言厉色，"生产队再也找不到你掀掉的那么宽那么厚那么长的木板了。平时本来就很少有人上岛，现在更没人管便桥的事了。要不是发现了黄黄，我才不想过来呢。我用的是一根橼子，又窄又薄，勉强能承得起一个人。"姑娘不满地看了他一眼，然后懒懒地说，"你走吧，黄黄找到了，我要回了。"

尽快离开孤岛是陈德愚多日的愿望，姑娘一转身，他便迫不及待地尾随其后走向峡谷口。天黄兴奋地在前领路，步履轻快地踏着橼子跳了过去。姑娘却怯怯地看着仅容一足的薄木板，迟疑了半天才一声尖叫地踏着木板冲了过去。

陈德愚本来就担心这薄薄的橼子能否承得起自己的体重，当他一脚踏上橼子的瞬间突然想起，跨过峡谷，自己虽然逃出了这长期被困的孤岛，但离开这里又去哪里呢? 还不是一样逃亡吗? 更何况不论逃往哪里，过了这峡谷，他都得和心爱的天黄分手。他心里一酸，收回刚刚迈出的一只脚，对着已经走到对岸并不停前行的姑娘的背影大声喊:"姑娘，谢谢你爹的衣服。我没地方可去了，我已经习惯这里了，还是想留在岛上。请把狗还我吧，我离不开它了。"

姑娘回过身，吃惊地盯着他。她本以为这人至少应对她有所感激，却怎么也无法理解这家伙居然会拒绝如此难得的逃身机会。当她听见这人要从她手里要回黄狗时，气得朝着对岸恶狠狠地大吼:"你想得美。"说到黄狗反而把她提醒了，她担心黄狗会跑过峡谷去找他并被他带走，于是重新回到峡谷口，弯腰涨红着脸吃力地抽回橼子并托于右手转身便走。她看都不看陈德愚一眼，边走边恨恨地骂："不知好歹的死叫花子，让你在岛上活活饿死才好。还想要我们的黄黄，休想！"

回到家里，姑娘将橡子狠狠往地上一掼，好像正是这根橡子惹得她十分气恼，同时吓得黄狗紧张地直起头看着她。她抽回橡子的行为一直令她心神不宁。如果那人果真饿死在岛上，自己不就成了凶手了吗？她将从第一次看到那人直到今天与之有关的所有记忆碎片进行拼接回放，发现那人言谈举止、仪容神态都迥异于普通的叫花子，而且说话思路清晰，逻辑严密，充满雄辩。她觉得自己对这个叫花子的声音和容貌十分熟悉，只是一时想不起在哪里见过。

姑娘叫梅兰，家住升钟区保城公社，建兴中学高六六级学生。她多次听过陈德愚的讲课及讲座，对他广博的知识、丰富的见闻、幽默的谈吐、高深的学问、充满睿智的辩驳以及潇洒的举止崇拜得近乎痴迷。只要一有机会，她便会去听其讲课或讲座。因此，她心目中陈德愚的光辉形象与一位偷鸡摸狗、狼狈不堪的叫花子实在没有任何联系。

与那一年所有的高中毕业生一样，梅兰无缘高考，并身不由己地汇入了浩浩荡荡的红色潮流。当她与同学们一同进行大串联、破四旧、斗私批修等轰轰烈烈的革命运动时，与她相依为命的父亲却成了这场运动早期的牺牲品。

她父亲是县供销社主任，运动一开始便被莫名其妙地当成剥削阶级进行批斗。他与红卫兵头头据理力争，坚决否认自己是剥削阶级，并奉劝他们要头脑清醒、能辨善恶，不要敌我不分、祸害百姓。他也真是不识时务，那些革命闯将正激情澎湃，岂能听得如此言论。

他们变着花样折磨他。一天夜里，他跪着倒在炉渣上，再也没有醒来。

母亲在她刚上初中的时候便去世了，她无兄弟姊妹，父亲去世后便成了孤儿。好在她已满十八岁，大爹大妈成了她暂时的监护人。她无限悲痛地配合大爹大妈将父亲葬于村口，并亲手制作了花圈。陈德愚那天夜里误撞的新坟便是她父亲的长眠之所。估计是害怕连累女儿，父亲连句遗言都没有留给她，唯独留下了那条黄狗。听大爹说，黄狗是一路流着眼泪随父亲的遗体回来的。父亲下葬后，黄狗在坟前一连守了三天三夜，给什么都不吃，怎么赶都不走。后来还是梅兰才把它带回家。

父亲的去世除了让梅兰极度伤心孤独，便是对红卫兵由最初的狂热一下变得厌恶甚至痛恨起来。既然已经高中毕业了，她计划为父亲守孝二十一天后，便到县供销社找父亲生前最好的朋友韩叔叔打听到供销社工作的事。那天陈德愚在村里碰见她的时候，她还没来得及改变自己的装束。如果陈德愚不慌忙逃跑，她根本就没有心思去追一个仅偷了件棉衣的小偷。她怀疑他可能还偷了其他东西，所以才一路狂追。谁知小偷断路求生，她也只得就此作罢，并很快将此事忘得干干净净。

从建兴中学毕业的高中生，在当时当地，其影响绝不亚于后来毕业于名牌大学的高才生，更何况梅兰还是一位身材高挑、皮肤白皙、五官俊俏的女学生。于是，攀亲求婚者络绎不绝。这可乐坏了大爹大妈，也忙坏了大爹大妈。其中最有竞争实力也最积极的求婚者便是相邻大队的李元成。

李梅两家是世交，李元成比梅兰大六岁，大人让他们从小便以哥妹相称。李元成有个幺妹叫秀英，十分喜欢梅兰，一见到梅兰就围着她姐姐姐姐的叫个不停。

随着年龄的增长，哥哥渐渐对妹妹有了儿女之意，可是两人在读书求学方面的天赋却天上地下。李元成在本地一所民办初中校混过一年后，便跟随在升钟区当副区长的父亲到区上临时谋了个差事，而梅兰后来却令人羡慕地考进了全地区的重点中学——建兴中学。当地人都清楚，进了建兴中学，一只脚便已跨入了大学的门槛。这让李元成极度失落和无奈，也渐渐对这位越飞越高的妹妹失去了幻想。

"文革"开始后，读书成绩一塌糊涂的李元成，在父亲的荫庇下居然一步步当上了升钟区区公所文书，而梅兰却失去了上大学的机会，从终点又回到起点。她父亲去世后，以哥哥自居的李元成自然忙前跑后，大献殷勤，的确让孤苦无依的梅兰倍感温暖。但是，当李元成通过媒人找到梅兰大爹大妈正式向其求婚的时候，梅兰却以家父新丧为由而婉拒了。

在被当地人称为洋学堂的建兴中学里熏陶几年的梅兰，骨子里有一种孤傲和清高，以及对知识分子的认同感。她对李元成这位仅仅在民办初中混了一年的"哥哥"，有一种不忍言表的蔑视和排斥。李元成则自信与她的差距正在不断缩小，也认可守孝期间不宜谈婚论嫁的习俗，在责备自己莽撞和性急之后，便不露痕迹地细心照顾着妹妹并耐心地等待时机。

3

心事重重地与大爹一家人吃过夜饭，梅兰回到自己的木楼上，划燃火柴，点上用墨水瓶改造的煤油灯，从书堆里抽出一本中学课本百无聊赖地乱翻。熟悉的书香令她沉醉，也令她百感交集。她的思绪穿过橙色的灯火，回到了美丽的宝马河畔，回到了那充满激情与躁动的校园。

大学梦被残酷的现实无情地击碎了，她将永远告别难忘的校园生活。她想起了批斗学校老师的红卫兵，也想起了被红卫兵批斗的父亲。父亲去世后，狂热的革命激情被浇灭了，她被迫回到这鸡鸣犬吠的山村。尽管人们对这位全大队唯一毕业于重点中学的女秀才都非常尊重，尽管大爹大妈对这位聪明漂亮的侄女十分疼爱体贴，尽管父亲的同事及朋友正在为她的工作跑前跑后，但是，孤独与寂寞却如影随形，挥之不去。

　　往日清脆的笑声没有了，甜甜的歌声没有了，甚至连说话的声音都变少了。她能说什么呢？与谁说呢？大爹一家人唯一认得几个字的便是二女儿梅菊，而梅菊也仅在本大队的民办小学上过两年学。大爹大妈除一个"毛"字外，连自己的名字都不认识。她的满腹愁苦能向他们倾诉吗？

　　想起父亲，她很自然地想起了黄狗。父亲生前十分喜欢黄狗，黄狗也非常通人性。去年暑假，父亲因出差把黄狗带回来交与她照顾，她第一次见识了黄狗的聪明可爱。当她在夏蚊如雷的晚上看书学习的时候，黄狗一定会静卧在她脚下，不断地大幅度扇动尾巴为她驱赶蚊子，一刻也不离开。

　　想起黄狗，她又想起了那个藏于孤岛的叫花子。天寒地冻的，岛上没有房子，没有食物，这么长的时间他与黄狗是怎么活下来的呢？从黄狗对他的亲热程度来看，此人对黄狗一定巴心巴肝。父亲去世后，黄狗能重新得到那人的喜爱和照顾，这让梅兰倍感欣慰。

　　当她回想起那人希望黄狗留下时的哀求，她的心在微微收缩。同为孤苦无助之人，自己却带走了他唯一的聊以排遣寂寞的伙伴，还抽掉椽子，让其仍困居孤岛。她意识到自己太过残忍，并对那人有所同情了。

　　她回想起那句"不就是想把我抓起来，想把我整死吗"的话来，发觉其中另有隐情。哪里的红卫兵在追他呢？为啥想把他整死呢？

她很自然地想起了建兴中学，想起了那几位被红卫兵批斗过的老师，想起了已经逃走的陈德愚。陈德愚的面孔和那位叫花子的面孔在她眼前循环切换。突然，她双手颤抖起来，鼻子一酸，然后压低声音一声悲喊："妈——呀——"

她几乎是哭着叫了两声黄黄，但黄狗不在，于是慌乱地点亮马灯，扛起那根椽子，小跑着来到峡谷口。黄狗早已守在峡谷此岸，望着彼岸发呆，看到她去了，便远远地迎过来猛咬其裤脚。椽子刚一搭上，黄狗便射了过去。当听到洞外熟悉的呼哧呼哧声，陈德愚没有做任何思考便本能地边叫天黄，边往外冲。天黄异常兴奋，差点将他拱倒在地。他蹲下来，左手一把抱着天黄，把脸贴到它头上，然后一边用右手轻抚其背，一边动情地喊："天黄，乖乖，天黄，乖乖！"

他只顾和天黄亲热，根本不去想天黄是怎么过来的，天黄能过来意味着什么。他对其他人的到来已经毫无所惧了。还有什么能比失去天黄更可怕的呢。与天黄嬉闹了半天，他才缓缓站起来。此时，他隐约听到身后有轻轻的抽泣声，于是猛地转过身来。这时，姑娘已慢慢将马灯举到他面前，认真地看着他的面庞，然后将马灯轻轻置于地上，一步冲过来，带着哭腔喊了一声"陈老师"，再将陈德愚紧紧抱住，肩膀一耸一耸地伤心大哭起来。

"你——你认识我？"无法描述陈德愚此时的复杂心情，或者恐惧，或者惊喜，或者疑虑，或者莫名其妙。他双手轻扶姑娘双肩，然后微微用力，缓缓地将她身子推直。

"你怎么变成这个样子了啊，陈老师？我是梅兰，建兴中学高六六级一班的，你给我们上过课。你说有些政治家既肯定尼采的唯意志论，又否定其群众工具论；你说看来尼采并没有疯，而是他把大家搞疯了。"梅兰笑笑地抹了一把眼泪。

"哦——看来你真听过我的课，不过我现在这个样子，都是我那些鬼话造成的呀！别人抓住我不放，说我影射政治人物。我有今天，你们红卫兵功不可没啊。"他边说边走过去提起马灯，也认真地看了一眼梅兰，发现这姑娘真诚的脸上还有泪痕，他对这位十分活跃的文体委员有点印象，于是往洞口一指："找地方坐下谈，外面有点冷。"

山洞有一间教室大，既干燥，又暖和，洞口是成堆的树枝干草。他将马灯往高处石台上一放，整个山洞一下就亮堂起来，然后抓一团干草放在一块石头上请梅兰坐下，自己也在一块石头上坐下。他们相互对视了一眼，都不说话，接着便是长时间的沉默。梅兰提议能否在洞里生点火，陈德愚高兴应允。

火啊，这山上一旦有了火，就有了灵魂，有了生命力，这孤岛就会变成天堂。要是能早一点得到火源，他会少吃多少苦头啊！干柴噼啪燃烧，不时爆出火星，整个山洞一下便暖和了。他们把手探到火堆上取暖，脸都烤得红扑扑的，四只瞳仁里火影跳动。

"陈老师，我早就后悔在学校与他们一起打打斗斗了，但是要整你主要是头头的意思。有许多同学还是反对整你的，要不然那天晚上就不会冒险安排人来救你了。"

"哦——"陈德愚身上一直，着急地问，"是谁，是谁救的我？"

"想救你的人多，只是都不敢冒险。后来听说那天晚上要将你扔进宝马河整死，大家才急了。是二班的王文昭冒死救了你。救了你之后，他也被别人告发了。在抓他之前，他得到风声后逃走了，现在还不知道在哪里呢。"

"天啦！但愿他能平安。感谢你们，谢谢！"陈德愚激动得声音都变了。他本想伸手去握一下梅兰的手以示谢意，但手刚伸出去又觉得不妥，于是顺势张开十指罩在火堆上佯作烤火状。

"山上什么都没有，你是怎么活下来的呀，还有黄黄？"梅兰心中的谜团始终没有解开。

"山上除了批斗诬陷，其实什么都有。现在又有了火源，这里简直就是人间天堂。此处乐，不思蜀也——"陈德愚拖着川剧唱腔，脸上浮起难得的微笑。

"下一步怎么办？总不能一直躲在山上吧。"梅兰抓一把干柴添到火堆上，同时用眼睛询问陈德愚。

"从今天起，本大人自封太子岛岛主，别号山顶洞人。我哪儿也不去了，我将在此开荒种地，躬耕垄亩，然后独处一隅，静观世间风云变幻。"他用开玩笑的腔调说完，抬眼发现梅兰正笑笑地看着他，目光中满是少女迷人的温情。他将目光压到火堆上，抓起一根木棍扒一下火堆，才一脸严肃地说："我还能去哪儿哦。"

"也好，现在外面到处都在打打杀杀，要是实在没地方去了，就暂时在山上躲一段时间，等局势稍有缓和再出去。明天我给你拿一些东西上来，你需要些啥子？"

"书、纸、笔、火柴。麻烦你啰！"

"嗨——呀——你要再这么客气，我就，我就——"梅兰跺一下脚，嗔怒着没有说完，却一脸羞怯。

4

那一夜，他们谈得十分高兴，也谈得很久。梅兰已经好长时间没有这么高兴、这么兴奋了。回到家，躺在床上，青春萌动的她心潮难平。她愉快地回忆起陈德愚在她印象中的点点滴滴，直到后半夜才迷迷糊糊地进入梦乡。在梦中，她又回到了建兴中学书墨飘香的教室。她梦见陈德愚一身乞丐模样地牵着一匹马到教室上课，说自己是尼采，提醒大家不许虐待马匹，惹得同学们哄堂大笑。梅兰被自己的笑声唤醒，发现天快亮了，赶紧起床收拾东西准备上岛。

接下来的一段日子里，梅兰陆陆续续为陈德愚送去了各种生活必需品。她把父亲用过的被子、衣服等都搬了上去，还送去了食盐、大米、红苕、毛巾、牙刷、肥皂、铁锅、木瓢、碗筷、父亲用过的渔具等，另外还应陈德愚的请求送去了一把斧头、一些钉子。

有了"先进"的生产工具，陈德愚拉开了架势。他用斧头砍来树木、竹子，用钉子为自己钉了一架小床、一套简易桌凳，还为山洞做了竹门。勤劳和智慧改变着孤岛，也改变着他的生活。他不用再拔草根了，而是改作采野菜、钓鱼、掏早春野鸟产下的蛋，加之天黄的帮助，食物逐渐丰富起来。

梅兰总是一早出门，很晚才回家。她告诉大妈，自己到升钟场的同学家去了。大妈担心她的安全，想让大爹晚上去接她，但被她拒绝了，说有同学送她，不会有事的。大妈不好多问，只是提醒她早点回来。过了峡谷，她便转身抽掉椽子，藏于旁边的灌木丛中，以防其他人上岛，要回家时再将椽子搭上。

升钟湖各种鱼又肥又多，在其中钓鱼几乎没有任何技术含量，钓钩一垂下，很快便会拖上一条活蹦乱跳的大鱼。一次钓到一条重约十斤的大鱼，还是在天黄的帮助下才将它搞上岸来。梅兰采来一大堆野葱，将其洗净，再填于掏空了的鱼腹内，撒上食盐，然后用宽大的树叶将鱼反复包裹，或埋于火堆，或架于火上。等到浓浓的香气喷溢的时候，他们便能围着火堆大快朵颐，当然天黄也能美美地饱餐一顿。

他们渐渐发现彼此都悄悄地依恋着对方，谁也离不开谁，一刻不见便会心烦意乱，只要一见面，他们的世界立刻就会阳光灿烂，晴空万里。

劳动的时候，梅兰是陈德愚的助手，没事的时候，他们便爬上山顶晒太阳。梅兰没去过成都，也没上过大学，川大校园的逸闻趣事，成都街头的繁华市井，她都在晒太阳的时候，逼着陈德愚一遍又一遍地讲给她听。有时听得入迷了，听着听着，她便不自觉地双手紧抱陈德愚一只胳膊，并将头枕在他肩上，直到自己发觉后才红着脸猛地松开。于是，陈德愚从她温柔的目光中看到了柔情，她也从陈德愚饱经沧桑的眼中读出了怜爱。

爬较陡峭的山岩的时候，陈德愚总是先爬上去，然后再伸手拉她。下来的时候仍由陈德愚先下去，再用双手把她接下来。一次梅兰在下跳的时候，陈德愚还没站稳脚跟，便被她扑倒在地并重重地压在身上。梅兰顺势紧紧抱住他的脖颈，不顾一切地送上了青春少女醉人的初吻。

月亮像被狗啃剩的半块烧饼，自惭形秽地藏在树杈后。像往常一样，陈德愚把梅兰送到峡谷口，然后从灌木丛中抽出椽子搭在峡谷上。天黄依然当仁不让地第一个冲过去，然后才是梅兰紧随其后。经过多次跨越，梅兰过桥时早已驾轻就熟。走到中间，她还略带表演地转身向站在岸上目送她过桥的陈德愚亲热挥手。

突然，事故就在此刻发生了。嚓的一声，椽子从中间折断。梅兰一声惊叫落入峡谷，被激流高高抛起然后再重重地按入水中。陈德愚妈哟一声大叫，朝着下游梅兰被卷走的大致方位，像一块石头一样笨拙地砸了下去。

结果是被救者救了施救者。在水边长大的梅兰，从小便练就了一套劈波斩浪的功夫。在建兴中学读高一时，她曾跳下宝马河救起一位落水儿童。在经过她猛压其胸部、做人工呼吸等急救措施后，儿童终于得救了。此事在建兴场一度传为佳话。梅兰知道峡谷水急，但越往下游走，水流会越平缓，然后便能轻松游到岸边。当她抓住岸边一棵桑树靠岸时，才发现陈德愚在水中一起一落地挥着双手，还惊恐万状地呼喊梅兰。

当地人称不会游泳的人为旱鸭子。对于水边长大的人，当旱鸭子是十分丢人的事，陈德愚便是一只不折不扣的旱鸭子。当梅兰拖着陈德愚靠岸时，盯着惊魂未定的他便破口大骂："笨蛋，你以为水里好耍得很哇？这河里每年要淹死多少人你晓得不？"然后一把抱住他大哭起来，"我知道你想救我，可是你明明晓得自己不会水的嘛。好险，要是，要是——"她突然哭得更伤心了，好像不幸的事已经发生。当他们浑身湿漉漉地拥吻在一起的时候，其实还泡在水里，好在河水已不十分寒冷了。

回到石洞，陈德愚急忙点起火堆，然后瑟瑟发抖地脱下一身水沥滴答的衣服。当他准备将衣服架起烘烤时，才猛地发现梅兰也已脱光一身湿衣服，脸红得快沁出血珠了。于是，熊熊火堆旁，两个火光中的剪影边界渐渐模糊，进而合而为一。两个饥渴的生命开始疯狂燃烧，两个孤独的灵魂在充满野性的山洞里战栗，两个年轻的生命在万物勃发的春天里酣畅交融。他们没有花前月下，没有海誓山盟，有的只是对命运的抗争和对幸福的渴求。

> 烟波浩渺的升钟湖啊，
> 请为他们支起罗帐。
> 多情的太子岛啊，
> 哪儿都是温馨的洞房。
> 双双对对的鸟儿啊，
> 别再吝啬你们的歌唱。
> 让云朵抛下五彩霓裳，
> 让山泉化作对饮琼浆。
> 愿你们没有忧愁，

恩爱绵长。

愿你们不再烦恼，

爱如晨光。

太阳暖暖地烘着大地，天地间渐渐浸出一层清新的绿意。蔚蓝的天空白云悠悠，软软的春风撩人心性。升钟湖碧波涟涟，像一块轻轻抖动的绿色绸缎。湖面上野鸭戏水，与翩翩起舞的鹤群相映成趣。多么醉人的春日美景，多么迷人的湖光山色哟，可惜进入升钟湖这么久，陈德愚才第一次发现。

有了梅兰的陪伴，他不再孤单，也不再怨恨，整个身心都沉浸在满是爱意的幸福之中。他相信否极泰来，相信冥冥中有一只手，把自己推向太子岛，然后，上天再用另一只手把梅兰与他牵在一起。他终于明白了天作之合的真正含义。

几个月来受尽折磨，历经苦难，总算苦尽甘来，他还求什么呢？他甚至认为那些红卫兵不仅没有整死他，反而硬把自己往蜜罐子里捧。是的，梅兰不仅活泼漂亮、温柔善良，对他也十分尊重体贴、细心周到。更重要的是，他们在一起总有说不完的话，总有诉不完的情，好像上辈子就已有约定。两颗心已经紧紧地连在了一起，他们互相都是对方的全部。陈德愚一句笑话会让梅兰心花怒放，而梅兰每一个温柔的回眸都会让陈德愚心醉神迷。

他们总算有了牵挂，也总算有人牵挂了，生活突然变得有了方向。二人终于有了百年之约，誓言白头偕老。他们决定，如果局势不能尽快好转，陈德愚回不了学校，梅兰也去不了供销社，他们干脆就在这山肥水美的地方男耕女织，终其一生。

最先看出破绽的是细心的大妈。她发现梅兰心情越来越愉快，脸色也越来越红润，话也越来越多，甚至还能听到她久违的歌声。她以为梅兰总算走出了丧父的阴影，还暗自为她高兴。后来，她发现梅兰总是一早出门，很晚才回来，便渐渐担心起来。

一天早上，她远远地跟在梅兰后面，终于发现了秘密，甚至亲眼看见梅兰和一个男子手牵手地走在一起。她吓得不敢跟丈夫说起这事，想等个合适的机会先试探着问一下梅兰再说。落水事件后，梅兰居然三日未归，这可急坏了大爹，他要亲自到升钟场去找她，大妈这才不得不说出实情。大爹气得当即就跑到弟弟坟前悄悄哭泣，说没有管教好梅兰，对不起含冤而死的弟弟。

大爹当时就想上岛去揪住那个家伙，但被大妈死死劝住，说此事万一传出去对梅兰名声不好，无论如何也得等她回来问清情况后再说。而这期间，一直暗中关注梅兰的李元成，来过几次都没有发现她的身影，大妈只得告诉他说梅兰到升钟同学家去了。就梅兰的婚事而言，大爹大妈是十分乐意李元成的，因此也常在暗中努力撮合。李元成去找梅兰以前说起过的升钟场的同学，但这些同学说好长时间都没有看到过她了，这令李元成十分不安。

他们在天堂般的太子岛上度过了恩爱缠绵、如胶似漆的五天后，梅兰决定离岛。一是她怕大爹大妈担心；二是梅兰想回趟建兴中学看看学校的局势，同时也受陈德愚之托，想打探一下救命恩人王文昭的下落。有了斧头的帮助，陈德愚很容易便砍来竹子钉了一架便桥。当梅兰刚去建兴，李元成便忧心忡忡地找来了。在得到无论如何也不许影响到梅兰的名声的承诺后，大爹大妈终于含含糊糊地向他透露了岛上的秘密。

当两个升钟区派出所的警察全副武装、满脸杀气地封堵在洞口的时候，陈德愚正在自制的简易木桌上奋笔疾书，他在写一篇经济学论文。他没有惊惧，没有哀伤，更没有逃跑，甚至庆幸梅兰已离开这里了。他知道自己的行踪被暴露了，心想只要不牵连到自己的患难情侣，多大的痛苦都能一肩扛过。

当警察嚓地抖开亮闪闪的手铐时，他顺从地递出双手。他看见一位与警察一同前来的穿着中山装的人在洞里认真地翻掀搜寻，并将桌上的书本及手稿全部装进一只蛇皮袋，于是不满地问："这位同志既然不是公安局的，为啥要拿走我的东西。那些可是我的论文手稿，请你还我。"声音不高，却不容置疑。谁知那人瞪了他一眼，恶狠狠地吼出两个字："带走！"他还欲争辩，却被警察死死扭住。

刚往外走，天黄不知从哪里钻出来，汪的一声便恶狠狠地扑向中山装。中山装"妈呀"大叫一声向后猛退，脚却被一块大石头绊住，咚的一声重重地倒在地上。天黄张开大口，一下咬住他肩膀，他用力一甩，哧的一声，肩膀血流如注。天黄顺势再袭向面部，吓得中山装慌忙抬臂护脸并大喊枪、枪、枪。

枪声一响，天黄在腹部中弹的瞬间，迅疾调头扑向那名持枪的警察。那名警察向后退一大步，顺势将枪喂入天黄张开的大嘴。一声闷响，天黄惨叫一声倒在地上，鲜血从头顶喷射而出，噗噗地泼在地上，殷红一片。它愤怒地瞪着双眼，浑身痉挛，四腿痛苦地乱蹬，并发出凄厉的呜呜声。

另外一名警察这才跑过去，对准其瞪着的眼睛再补一枪，并无比勇敢地一下一下猛踩天黄头部，边踩边咬牙切齿地说："看哪个凶，看哪个凶，看哪个凶。"中山装也从地上爬起来，双手吃力地抱起那块将他绊倒的大石头，将石头举过头顶，喊一声"让开"，然后嗨的一声朝天黄头部狠狠砸下去。

陈德愚被这血腥的一幕惊呆了，于是近乎疯狂地怒吼："你们凭什么杀我的狗，你们还讲不讲理？它也是一条命哪！"

中山装却轻蔑地说："讲理？好，有你讲理的地方。"然后抬起腿猛踹陈德愚屁股一脚，"滚——"两名警察一左一右挟住他，将他强制拖走。他终于忍不住大声哭喊："天黄啊——"

关于陈德愚在建兴中学及升钟湖的所有案情上报到县"革委会"和县公安局后，公检法三位一体，步调高度一致，很快便有了结论——陈德愚不仅反党叛国，是典型的右倾修正主义分子，而且还是一名罪恶滔天的汉奸。

证明他罪名的全部证据便是从山洞里搜出的那几页手稿。手稿是陈德愚用俄文书写的，其内容大致是说：西方经济学中关于财产私有的观点并非洪水猛兽。一个人想从别人那里获得自己所需要的东西，往往会先给别人所需要的东西，最终大家都得到了好处。此论调并非西方独创，早在两千多年前，中国的古典哲学家老子便有了"将欲取之，必先予之"的说法，二者是完全一致的。

检察院由此认为陈德愚是在大力鼓吹西方资产阶级私有制，同时断定他用俄文书写一定是在给苏修写信。更为严重的是，在手稿末页一块空白处，居然用汉字赫然写着"修正主义万岁"几个字。而认为他是汉奸的证据则是，在被抓捕时，他居然高呼日本天皇，两名警察和那位中山装都证明说是亲自听到的。

中山装便是李元成，陈德愚是在与他当庭对质时才知道他是区公所文书。陈德愚本想说学术不能与政治混为一谈；他想解释他喊的"天黄"是狗而不是日本"天皇"；他想弄明白"修正主义万岁"那几个字究竟是何人所为。可是有他说话的地方吗，有他解释的机会吗，有人采信他的辩解吗？他几次申辩都被李元成粗暴打断。他并不认识李元成，因而无论如何也读不懂李元成那满脸的幸灾乐祸。

种种迹象表明，他已难逃此劫了。他向办理此案的法官请求，希望能单独见一次李元成，法官说可以。

"请问李文书以前认识我吗？"陈德愚显得平静而轻松，他真想知道个中缘由。

"我干吗要认识你，你是谁，我是谁？你我可是持有不同阶级立场的人。是别人向区上举报的，我是奉命行事。"李元成用手摸了一下别在上衣口袋里的钢笔，摆出一副居高临下的姿态。

"那几个字是你写上去的吧。"陈德愚直视着他。

"什么字？不要乱咬哦，你自己干的事还想抵赖嗦？"李元成神色慌乱，不停地用手摸钢笔。

"如果不是你写的话，那就请你将那几个字再抄写一遍，免得我冤枉了你。"

"你——我，我凭什么写那些乱七八糟的东西，哼。"李元成一直避开陈德愚追问的目光，支吾着转身便走，刚走到门口却被陈德愚大声喊住。李元成一惊，转头却看到陈德愚满眼不共戴天的怒火。

陈德愚明白写那几个字的人是在蓄意栽赃，但最初并不清楚何人所为，动机何在。当他看见由法官转交给他的李元成手写的证明材料时，才认出那几个字就是李元成的笔迹。他后来就此向主审法官提出抗议，法官还没听完便大声呵斥："我看你都变成乱咬人的疯狗了，小心再加一条诬告罪。"

数罪并罚，陈德愚被判有期徒刑十二年，押往广元县朝天区曾家山煤矿劳动改造。从抓捕到押送广元，时间不过一周，连最基本的法律程序都没有走完。

梅兰在建兴中学耽搁了一周才回来，当她得知这一噩耗后，顿觉天旋地转。她来到那个给他们带来无比幸福和甜蜜的山洞，扑到那张简易木床上失声痛哭起来。她太了解陈德愚了，知道他无非是知识比别人广博点，读的书比别人多点，见解比别人独到点，说话比别人真实点。她不明白一个如此善良、如此诚实，一个对家乡教育事业充满热情的年轻人，怎么会是一个反党叛国的犯罪分子。她向大爹大妈询问有关抓捕陈德愚的所有细节，他们都说不是很清楚，只是听说岛上一个坏蛋被抓走了。

她找到李元成，希望他能帮忙了解一些情况，而李元成却一脸惊惧地告诉她："陈德愚的问题严重得很。这家伙居然敢公开宣扬修正主义，宣扬修正主义就是反对毛主席，还得了啊。这已经不是人民内部的矛盾了，而是敌我之间你死我活的斗争。他的案子听说已经惊动了中央，现在正在深挖与他有牵连的所有同党，从而将藏在人民内部的反革命分子一网打尽。你现在最好在家好好待着，啥也不许乱说，更不要到处打听，免得惹火烧身。"他连哄带骗，吓得梅兰哇的一声大哭起来。

看着梅兰伤心无助的样子，他暗自得意，并不无怜悯地说："梅兰哪，我看那个家伙也不是啥子好东西，你就不要同情他了，自己身体要紧。敢跟人民作对，你说他是不是活得不耐烦了嘛。"

谁知梅兰却着急地哭着说："他是个好人，我了解他。"

李元成慌忙跳过来，动作夸张地伸手欲捂其嘴："天啦，你胆子也太大了嘛。要是有人听到你还敢替他说话，不但你完了，我也完了，知——道——吗？"他咬着牙重重地小声说，并故意神色慌张地左右张望，像在搞地下工作。

"梅兰，你父亲的事情现在还没有完全了结，你就不要再来蹚这个浑水了，否则，你到供销社工作的事可能就麻烦了。你暂时乖乖地在家待几天，需要啥子就给我说，我好给你带过来。我爹多次问起你，希望你忙完了就搬到我们那边去，与幺妹秀英住一起，她天天都在问你哟。"他看着无限伤感的梅兰，突然提高嗓门儿，"不过你也不必过分害怕，谁要是敢动你一根毫毛，我这个当哥哥的就和他拼命！"这让孤苦无依的梅兰的确十分感动。

10

气温渐高，衣衫渐薄。梅兰告诉大爹大妈及李元成，自己要回建兴中学与留在学校的师生一起继续闹革命，可能要很长一段时间才会回来，希望他们不要担心，更不要去找她。她走后，大爹及李元成虽然去乱哄哄的建兴中学找过几次，却没有发现梅兰的身影，也没有打听到她的下落。

寒来暑往，直到这年年底，她才面色憔悴、疲惫不堪地回来。

她果真去学校闹革命了吗？没有。她先去了一趟广元县，希望能到劳改煤矿探视一次陈德愚。在山高路险、江水滔滔的朝天区，她历经艰辛才找到人烟稀少的曾家山。煤矿重兵把守、戒备森严，听说关押的全都是重刑犯。由于没有县一级"革委会"的介绍信，她连矿区最外一道岗哨都没有进入，便被荷枪实弹的哨兵轰走了。

面对直插云天的高山，她无助地大声哭喊陈德愚的名字。她多么希望陈德愚能听到呼喊，并大声回应。然而，只有悲怆的哭喊声回荡于山谷，与江水一同呜咽，与山风一道悲鸣。

更为严重的是，她怀孕了。这在当时连谈恋爱都会被戴上腐朽的资产阶级帽子的年代，未婚先孕何其罪大恶极，何其大逆不道。衣服越穿越薄，肚皮却一天比一天高，她的体形眼看就难以遮掩了，这才是她决定尽快离家外出的主要原因。家里是待不下了，学校更不能去，唯一能避身的地方只有舅舅家了。舅舅住在建兴区三官公社，位于建兴场下游的宝马河边，是一个在当时难见的独门独户的小院。

这一带名叫彭家桥，地因桥而得名。彭家桥横跨宝马河，是一座石礅石面的巨大桥梁。桥长约十五丈，宽逾一丈，桥面由两排厚约两尺长约一丈的石板铺就。这里人家都姓张，无一家姓彭。

关于桥名的来历，却与黄龙山下四姓之一的彭家有关。新华一带的人去三官场，必经彭家桥。修桥之前，这里只能靠小木船摆渡，后来，黄龙山下的彭员外捐资修了此桥。据说在建桥过程中，有一块桥面始终不能平稳地坐于桥墩，工匠们想尽办法也无济于事。后来，彭员外拿出自家一柄祖传宝剑塞入石面与石礅之间细细的缝隙内，石桥才得以平稳建成，并风雨无阻地迎送着宝马河两岸世世代代的百姓。

新中国成立前，当地一位贪婪的保长想得到那柄宝剑，便带上锤子錾子去撬。刚一动剑身，一块桥面便从中间断裂，与那位贪婪的保长一同落入宝马河。至今这座桥还缺一块石面。站在桥上，一探头便能看见那把宝剑露在外面的剑柄——长约五寸，黑黑的。

舅舅名叫张朝书。母亲在世的时候，梅兰经常与母亲一起到舅舅家，舅舅一家人都十分喜欢她。母亲去世后，两家来往就越来越少了。看到长相酷似母亲的梅兰，张朝书立刻想起了已经过世的苦命的姐姐，于是一把将她抱住，二人便旁若无人地大哭起来。在得知梅兰的所有遭遇后，张朝书决定竭尽全力为她营造一个相对安全舒适的藏身之所。

好在这里是单家独户，只要平时不多外出走动，外人是很难发现什么的。在舅舅一家的尽心照顾下，梅兰终于安顿下来，直到孩子出生。是个男孩，还算健康，唯一遗憾的是孩子右脚只有四根脚趾，少一根幺脚趾。孩子还未满月，她便决定离开舅舅家。她说要把孩子带回家，交给大爹大妈抚养，自己好回供销社工作。张朝书夫妇虽然苦苦挽留，她还是抱着孩子走了。

　　舅舅家并不宽裕，娃娃又多，生产队分的那点口粮仅能勉强维持生计。现在不仅增加了她，还添了一个孩子。家里的精米细面全都照顾梅兰了，舅舅一家只能吃红苕、酸菜和苞谷面。孩子的哭声一天比一天响，她担心迟早会被外人发现而连累舅舅一家。老家是不能回的。她住的那个大院共有十多户人，一旦暴露秘密，不仅自己会被挂上破鞋批斗，同时还得追查孽种是谁，那么陈德愚又会罪加一等。

　　走投无路之下，她将孩子一层一层地细心包好，放于彭家桥桥头。她将一张写有孩子生辰八字的纸条藏在他身上，希望好心人收养。孩子还睁着水汪汪的小眼睛看着她。她俯身重重地亲吻一下孩子后，便泪流满面、伤心欲绝地跑步离开了。

　　又是一个山花烂漫的季节，陈德愚服刑快满一年了。一个暖洋洋的午后，梅兰只身爬上太子岛，来到那个山洞。以前用过的东西还在，只是洞口已长满杂草。她轻抚陈德愚自制的简易木床木桌，两行清泪悄悄滑落，滴在木凳上，嗒嗒有声。在洞外，她找到黄狗的遗骨，并将它埋在洞口，然后坐在她第一次看见陈德愚呆坐的地方，面对升钟湖出神。

"梅兰——兰兰——"突然，远处传来李元成急急的喊声。她边大声答应边走向峡谷口，远远地看到李元成快步走了过来。他带来了一个十分重大的消息——陈德愚出事了！

李元成是从县"革委会"一个朋友那里得到这个消息的。大约是两天前，曾家山劳改煤矿发生了严重的瓦斯爆炸，井下四十六名重刑犯无一生还，陈德愚也在其中。由于矿井破坏严重，加之井下地形复杂，离地又深，救援还没有完全展开便宣告结束，四十六名重刑犯全部变成了死刑犯。尸体因损毁严重而就地集体掩埋，禁止外运。

在那个人人自危的年代，随时都有人入狱，随时都有人死亡，人们根本无须追问原因，也说不清原因。当消息传到建兴，乡亲的反应居然出乎意料地冷漠：哦，又死了一个。

听完李元成不紧不慢地讲述，梅兰不知大叫了一声什么便昏厥过去，醒来后已躺在自家床上，大爹大妈、李元成，还有本大队的赤脚医生都候在床前。梅兰本来产后身体一直虚弱，她实在难以承受如此巨大的打击。

三天后，她找到李元成，说要亲自到曾家山煤矿去一趟，希望李元成能陪她一同去。李元成找到县"革委会"和县公安局的朋友帮忙，以了解有关情况为由开出介绍信，然后前往广元。事故的确十分严重，有关部门正在紧张忙碌地做事故调查及善后工作。从官方提供的遇难人员名单上，梅兰亲眼看到了陈德愚的名字，编号为"6781"。

在离井口约一里外的一处山脚下，一堆并不十分显眼的新土便是遇难人员的集体坟冢。据说这里原来是一个大坑，由于尸体被清理出来后大多面目全非，甚至残缺不全，管理方仅凭下井记录和尸体上的囚服编号，对他们作了简单的身份确认后便草草埋于坑中。在劳改煤矿，犯人只认编号，不用名字。

由于害怕暴露身份，梅兰连放声痛哭的机会都没有。她多想一个人扑倒在坟堆上痛痛快快地号啕大哭一场啊。她在心里疯狂地哭喊着生死爱人的名字，他能听见吗？随着嘴角的轻轻抽动，她不停地扑闪着眼睑，想努力压回满眼泪花，然而泪水还是汩汩滑落。

她缓缓仰起头，努力把目光押向远处高高的山冈，而山头却是挥之不去的黑压压的云团。一阵山风刮过，如泣如诉、呜呜咽咽，土堆旁一株孱弱的小草在风中无助地摇晃。静立良久，她才俯身伸出颤抖的手，从坟堆上抓起一把泥土，用力慢慢捏搓。泥土从指间滑出，再和着泪滴纷纷扑落到坟堆上。待手中空空，再抓再搓，一遍又一遍，久久不起。一名狱警过来催他们尽快离开，她使劲咬住嘴唇，抽泣着悄悄抓几把新土放于衣袋，才艰难地离开。

从广元回来，她把带回的泥土用手绢包好，与陈德愚用过的衣服一同葬于他们曾经生活过的山洞洞口，并垒一个小小的衣冠冢，使其依然与他心爱的黄狗为伴。之后，梅兰渐渐变得木讷呆滞、沉默寡言了。她经常一个人爬上太子岛坐着发呆，一坐就是半天，直到后来去保城供销社当了一名售货员后才有所改变。在已经是县供销社副主任的韩叔叔的大力帮助下，梅兰的工作总算以接父亲的班的名义而落实了。

在大爹大妈及李元成父亲的反复劝说下，在李元成跟前跑后的软磨硬泡下，在命运多舛的无可奈何下，她别无选择地答应并嫁给了李元成。这年秋天，李元成还当上了保城公社"革委会"主任，可谓双喜临门，春风得意。

陈德愚没有死，他还活着！

服刑初期，他真想到过死亡。十二年的冤狱，对于一个风华正茂的饱学之士，就是一个无休无止的漫漫长夜。所谓事业、爱情及人生，都如那漆黑的矿道，看不见，摸不着，永无尽头。思念、牵挂以及对未来的迷茫，无时无刻不在啮噬着他那千疮百孔的灵魂。

从牢房到井口要经过一条由煤矸石铺就的窄窄山间小路，路边是数十丈高的悬崖，悬崖下便是白浪滔滔的嘉陵江。好几次他都想跳下悬崖，结束这生不如死的煎熬。死亡太容易了，他只需闭上眼睛，从小路向悬崖跨出一大步，所有的烦恼和折磨都会随流水滚滚而去。

不，他不能死。慈祥的老父亲还好吗？梅兰现在怎样呢？更为重要的是，他发誓今生一定要再见两个人，一个是冒死救他性命的王文昭，一个便是将他逼入绝境的李元成。有恩报恩，有仇报仇。悲悯能救赎一个罪恶的灵魂，而仇恨却能支撑一个不死的信念。他必须活着，咬着牙也得撑下去。

想起梅兰，他心就碎了。多好的姑娘啊！今生能遇上她，并获得了虽然短暂却无比销魂的爱情，他知足了，永远无悔。他对梅兰充满无以为报的谢意，同时也担心梅兰还恋着他。刚到煤矿不久，他给梅兰写过一封信，说自己已成了重刑犯，今生今世恐难再见面了，劝她忘掉自己；他说梅兰还年轻，希望她早日另作打算；他感谢梅兰的爱，并真心地祝愿她有一个好的归宿。

　　而就在这期间，梅兰也给他写过几封信，信中希望他好好改造，她会永远等他。然而，在那个混乱的年代，他们都未收到对方的来信。梅兰以为监狱没有通信自由，而陈德愚则以为梅兰可能已不再牵挂一个重刑犯了，这倒多少让他感到轻松和释然。

　　矿难的前一天晚上，为了迎接上级检查，监狱主管干部要求全矿区的最高知识分子陈德愚写一篇名为《向资本主义当权派发起总攻》的演讲稿，准备在上级检查时向所有犯人演讲。稿件必须连夜完成，领导允许他第二天休息一天。矿难发生时，他还在床上睡觉。当他被各种闹闹嚷嚷的声音吵醒后，才知道是出事了。他起床后怎么也没找到自己的囚服，唯独找到一件却不是自己的，编号为"6731"。于是，他未穿囚服便和其他没有下井的犯人一同冲到救援第一线。

　　当地煤矿大多是低瓦斯矿，很难也很少发生瓦斯爆炸，更没有发生过如此严重的矿难。矿难发生后，监狱所有领导干部全都吓蒙了。由于平时缺乏相应的演练和准备预案，救援根本就不知从何下手。全矿顿时陷入一片混乱，连所有站岗的狱警都被派到山下去搬运从外面抢运过来的排风管和柴油机等救援物资，陈德愚也在其中。

　　在扛回一根排风管出来准备扛第二根时，他猛然发现身边一个人都没有。一道亮光快速闪过他脑际，他几步跨上旁边一处坡坎，钻入山中消失在茫茫林海。

　　在后来的矿难报告中，监狱领导特别提到了"81"号，说他在休息期间依然下井，积极接受改造，可惜不幸遇难，而"31"号却趁乱逃走了。

2

自从离开建兴中学，陈德愚已经练就了一身亡命江湖的好功夫。他几乎没吃什么苦头便远远地逃离了曾家山，逃离了朝天区，并一直逃到旺苍县国华区燕子沟煤矿。

这家煤矿是当地一个大队的小煤窑，煤质差，产量低，效益不好，安全设施落后，当地农民都不愿下矿干活，煤矿领导还得四处派人去外地找工人。陈德愚在曾家山煤矿劳动一年，早已是一名熟练的煤矿工人了。当他找到煤矿领导说愿下井干活时，领导啥也不问便十分高兴地收下了他。煤矿包吃包住，一天所挣工分折算成人民币大约可值一元二角。他便从此隐姓埋名地在此当了一名矿工，而且一干就是八年。

没有人知道这八年他是怎么一天一天咬着牙熬过来的。如果心中没有爱，他不会支撑这么久；如果心中没有恨，他也不必支撑这么久。他平时很少说话，干活十分卖力，有时甚至一个人干两个人的活，却从不主动要求加工分。煤矿统计工分的时候，他连看都不看一眼，别人说多少就是多少。吃穿住都由矿上提供，他从不外出，自然也没有其他开销，钱对他来说实在没有什么用处。他总是乐于助人，甚至连工友的衣服他都帮着洗，所以全矿上下都十分喜欢他。

没事的时候，他便一个人爬上山去晒太阳，或者望着远处黧黑的群山发呆。从来没有人听他谈起过自己的家乡和亲人，就连过春节他都主动申请留在矿上守矿。有几年春节期间，矿上领导来看他，问起他的过去和家人，他都慌忙回避，说自己没有亲人了，是一个独人，致使领导摇着头连说可怜可怜。他清楚自己是个逃犯，只要煤矿不追查他的身世，并能为他提供一个栖身之所，便谢天谢地了。

其实，从曾家山煤矿逃出后很快他就后悔了。要是当时他再稍作思考也许就不会逃走了。逃离监狱并不意味着重获自由，如果再次归案，判罚将会更重，刑期将会更长。现在他照样不能回家，照样不能回学校，照样得亡命天涯。

有时他真想回一次家，告诉人们自己还活着，但这等于自投罗网。他想让父亲、让梅兰知道自己还活着，可是大家都确信他已经死了，或许所有的伤痛都已被岁月渐渐冲淡。好吧，死了就安安静静地死了吧，免得扰人清静。但复仇的烈焰一天也没有熄灭。如果既能复仇，又不惊扰所有亲人，"死人"可比活人方便得多啊。

关于复仇，他想了很多年，从进入监狱的第一天起这便是他每天思考得最多的问题，甚至是他每天思考的唯一问题。他决定要么与李元成同归于尽，要么复仇后再返回煤矿继续当矿工。为了做到万无一失，他近乎苛刻地追求复仇计划的精准和完美。他若干次地在心中演练所有的细节和动作，但越想越觉得计划不够周密，越想越觉得准备不够充分，因而越想心里越没谱。他就这样天天假想，天天犹豫，天天等待，八年光阴就这样慢慢流逝了。

1976年10月6日，在叶剑英、李先念的支持下，华国锋通过由汪东兴统率的8341警卫部队，一举逮捕了"四人帮"所有成员。十年浩劫宣告结束。

当这声平地惊雷通过有线广播慢慢滚到偏僻闭塞的燕子沟煤矿时，没有人看出陈德愚的不安与躁动。他应当狂喜，"四人帮"一垮台，他的冤屈或许便可得到洗雪了，他的灾难也该结束了。但他没有狂喜，反而多了一层深深的焦虑。他蒙冤已整整九年，人生的黄金季节已在暗无天日的煤矿里悄悄溜走，而将他一手推入灾难的人至今却没得到应有的惩罚。他甚至莫名其妙地担心，"四人帮"的垮台会成为他复仇的阻力。

一种前所未有的紧迫感逼着他一刻也不愿再等了，他当天便向煤矿领导请假，说老家有事要耽搁一段时间。领导意味深长地看着他欲言又止，当即为他结清了这么多年一直攒在矿上的将近三千元工资，这在当时可是一笔巨款。领导及另外两个工友依依不舍地把他送到矿外大路上才分手，并提醒他注意安全，早去早回。

秋高气爽，孤雁南飞。升钟湖波平浪静，碧如翡翠。太子岛上，一个人肩挎黄色布包，衣衫破旧，旧草帽遮住了半张脸。他径直来到一个山洞前，静静地伫立良久，然后钻了进去。他伸手轻触洞壁，并不停地摇着头长吁短叹。

陈德愚化作乞丐，来到他九年来日思夜念的地方。山河依旧，物是人非。忆往昔，年少轻狂，饱读华章，而今却历经苦难，受尽凄凉。他现在的身份或者是活着的逃犯，或者是死了的重刑犯，总之偌大个世界，就是没有让他合法存在的一席之地。从洞里出来，他爬上那光秃秃的山顶，坐在曾经和梅兰一起坐过的地方遥视远方。这里曾经有他和梅兰的醉人私语，也有他与天黄的打闹嬉戏。太阳绚烂如昨，心境却无限惆怅。

由于害怕引起怀疑，他不敢向人直接询问，在保城，他没有打探到梅兰的下落。他想，梅兰可能已经是几个孩子的母亲了，过着平静的生活，他不愿打破她生活的宁静。他真心希望她能平安幸福，也只想远远地看她一眼便知足了。不过，在升钟场，他很快就掌握了声名显赫的李元成的所有情况。

经过十年的打打斗斗，深得政治斗争秘传的李元成，一直活跃在"文化大革命"的前沿阵地，并一路左右逢源，高歌猛进，从区公所文书到公社"革委会"主任再到升钟区副区长，可谓官运亨通，平步青云。

而婚后头几年的梅兰，却一直沉默寡言、郁郁寡欢。她平时除了上班便深居简出，因此认识她的人并不多。对陈德愚的绵绵思念，以及对丢弃孩子的无尽悔恨，令她婚后的日子晦暗无光。

矿难之后，她心中一直充满着对陈德愚的深深歉意，她丢掉的可是陈德愚唯一的骨血啊！后来她多次到彭家桥一带悄悄打听弃婴的下落，均伤心而归。当她听说有人专门拐骗小孩并取卖器官时，更加惶恐不安。她不知道孩子是否还活着，每年七月半，她在给陈德愚烧纸钱的同时，总是不忘轻唤自己的孩子。

陈德愚被押往广元时，父亲陈元礼尚关在生产队牛圈。矿难的噩耗传来，这个一生好强的老人没有扛住老年丧子的打击，当即晕倒在牛圈，醒来后便疯了。他要么不停地喊着儿子的名字，要么整天坐着发呆。弟弟陈德慧为了去大队小学当民办教师，早就宣布与走资派哥哥划清了界线。只有老实巴交的哥哥陈德智，一个人躲到弟弟住过的木楼上悄悄抹泪。

从院外的官道进入底下湾，右边有一处长满芦苇的缓坡，叫碑坪子，是进出院子的必经之地，陈德愚从小便与伙伴们在此"打仗"或捉迷藏。这里是湾内与湾外的分界点，人们迎来送往大多以此为界，迎接客人到此就算"远迎"，送别客人往往也到此止步。因此，碑坪子算是除了院子内，便是整个底下湾最热闹的地方了。

陈德愚压低帽檐，躲在碑坪子的芦苇丛后，认真用目光招呼着从这里路过的每一个人。叔伯婶嬢、堂兄表妹他都认识，他甚至还看到了扛犁吆牛从此匆匆而过的哥哥。他差点大喊一声哥哥，但理智还是将嘴紧紧捂住。从上次离开陈家湾算起，他已整整十年没有见到过亲人了。其实，在这十年间，哥哥弟弟已相继结婚生子，父亲疯疯癫癫的毛病也渐渐有所好转，只是依然很少说话，依然会长时间坐着发呆。

看到出工的成年人和上学的娃娃们都陆续离开了院子，他才慢慢走过去推开那扇木门。父亲果然一个人呆坐在原来的药铺外，须发尽白，目光呆滞，面无表情，苍老憔悴。陈德愚走向父亲，目光越过帽檐虔敬地看着他，而父亲依然旁若无人地呆视着没有焦距的远方。他小声叫了一声"老人家"，父亲这才微微抬了一眼，但很快又恢复了先前的神态。

他走到父亲跟前，单膝跪地，抓起父亲一只手，把十张"大团结"塞到他手上，哽咽着说："老人家，这是你儿子给你的，他还活着！"然后起身，边擦眼泪边大步离开了院子。走到碑坪子，突然听到院门口一个苍老的声音在着急地大声呼喊："喂——喂——等一等，等一等哪！"他反而加快了步伐，很快便消失于村口的官道上。

碾垭场场口，喧哗热闹。一块空地上，一群中学生在用课桌搭起的舞台上唱样板戏《红灯记》。"李玉和"正瞪眼握拳、大义凛然地唱着"穷人的孩子早当家"的片断，其装容、神态、唱腔、摇头晃脑、转身迈步都极具革命性。这时，桌子猛地晃了一下，吓得"李玉和"妈哟一声从桌上跳了下来，头上帽子掉在地上滚出老远。周围一大堆袖着手看戏的农民登时哗然大笑。

经过一上午的打听，陈德愚也找到了这里。在人堆外面，他向一位看来并不喜欢样板戏的大娘小声询问："大妈，请问你晓得王文昭是几大队的不？我是他老同学。"

"王文昭?"大娘看了他一眼，然后一边抬袖擦鼻涕，一边斜眼看天，一副苦苦追忆的样子，"王文昭？碾垭只有我们那儿才有姓王的。你说的是不是六大队王大贵那个娃儿哦？"

陈德愚被她反问住了，他只听梅兰说过王文昭是碾垭人，根本不知道他是几大队，更不知道他父母的名字。他试探着提醒："就是从建兴中学毕业的那个，都十年啰。"他期待地看着大娘。

"嗨呀，我还以为说的是哪个呢，就是腊狗的嘛，都叫小名，我们是一个大队的。还王文昭呢，你看这儿哪个晓得王文昭嘛，说腊狗都晓得。"大娘啪地射出一口浓痰，然后惊乍乍地大叫，"谢二嫂，谢二嫂，腊狗的老庚儿在找他。"她四下一张望，才发现她叫的人不在，于是骂骂咧咧地说："嗨——这个烂货，刚才都还在的嘛，又跑她姐儿妹子的哪个塌塌去哒，走草哇，舅子。"她呼地吸溜一下鼻子上挂出的两条肥蚕似的鼻涕，然后看着陈德愚说，"他妈，腊狗的妈刚才还在。那娃儿有出息呀，打越南去了，西沙群岛吗啥子哟，反正我也整球不醒豁。立功了，县上都给他屋头送大红花了。你看他爹现在那个样儿啰，嗬，屁眼儿都笑歪起哒。"

其实，他只想见一眼王文昭，并亲自对他说声谢谢便心安了，没想到王文昭已光荣参军入伍，为保卫祖国跃马横枪。他似乎已看到救命恩人一身戎装驰骋疆场的飒爽英姿。一丝由衷的喜悦从心底漾起，慢慢堆于脸上。

6

在升钟场，陈德愚已经秘密跟踪李元成一个礼拜了，就连他的住家、办公室、主要活动场所及大致步行路线都烂熟于胸。他已对下手地点及逃跑路线都做了多次勘察和踩点。

他带着一柄锋利的木工斧头，来到山上一处柏树林，抡起利斧一阵猛劈，手臂粗的树枝纷纷应声而断。他确信自己已经变成了一名现代侠客。他用左手拇指轻探一下斧刃，再用右手挥动几下斧头，感觉斧头既锋利，又应手，十分满意。陈德愚不想杀死李元成，因为那样太便宜他了，他要斩掉其四肢，让他也尝一尝生不如死的滋味。

李元成所住的那个小院，只稀稀落落地住着两三户人。他比较过几个地点，觉得这里相对容易得手。天刚黑，家家户户已开始吃晚饭，李元成家的灯也亮着。陈德愚躲在院子北侧一排石梯下的一间公共厕所内，透过厕所外几株柳叶桉树的枝丫，密切注视着院子东头的李元成家。他发现李元成进屋后一直没有出来，估计也在吃晚饭。选择这个时候动手，是因为这时既不算安静，有利于掩盖声响，又便于在夜色中逃遁。

一切已准备就绪，他慢步走过去轻敲木门。里面传来一个女人的声音："来啰——"他突然觉得这个声音十分熟悉。果然，木门吱的一声打开，一个令人心颤的面孔探到门口——梅兰！

他太熟悉这张面孔了。这么多天，他满脑子都是李元成，却忽略了另一个重要元素——他的家人。看来他一直担心自己准备不够充分并非过分谨慎。智者千虑，必有一失啊！

可能刚刚吃过晚饭，李元成头也不抬地坐在灯下看报，梅兰系一条围腰，一副家庭主妇的模样。无须猜测，梅兰已是这个家庭的女主人了。他没有想到会与日夜思念的梅兰在这里相遇，他更没有想到自己的患难情侣居然成了不共戴天的仇人的老婆。他思绪一阵混乱，当即明白今天在此必将无功而返了，于是歉意地说："不好意思，找错地方了，对不起哈。"他多年来早已习惯用流利的旺苍腔调与人交流了，梅兰没有认出他，当然也不可能想到是他，连说没事的，没事的，随即掩上了木门。

他把自己入狱前与李元成有关的所有细节回忆了一遍，认为梅兰成为李元成的老婆与自己蒙冤入狱有一种必然联系。他渐渐意识到，或许这才是李元成陷害他的真正原因。他决定先当面向梅兰问清此事。

接下来的几天，他的观察重心便从李元成转移到梅兰身上。他在梅兰工作的升钟百货门市部上买了一副墨镜，是梅兰亲手递给他的。他埋头戴上墨镜后才抬头近距离地认真看了梅兰一眼，然后转身离去。其实，就在梅兰递给他眼镜的同时，也长长地看了他一眼。

去李元成居住的小院，要经过一条窄窄的碎石小路，小路右侧是高约三尺的石坎，石坎上是一片杂树林，林中落叶满地。这里是梅兰回家的必经之地。下班后，梅兰慢步往家走，经过石坎时，突然听到一个男子的声音："这位女同志好福气呀！"梅兰转身一看，未见有人，于是继续低头前行。刚走两步，又听到那个声音："五日之内，你家必遭大难。可怜，可怜啦！"梅兰一惊，这才意识到这个声音可能是在跟自己说话，于是再次猛一转身，才发现一人衣衫褴褛，头戴草帽，背对着小路坐在几棵榆树下一块废弃的磨盘上。

"你在说我吗？"梅兰小声询问。

"九年前，有一桩冤案，与你家夫君有关。那个冤魂已找上门来。我看你家房上近日戾气汹汹、血光弥漫，皆是不祥之兆啊。"

"你是——?"梅兰声音有点发沙，朝石坎挪了一步。

"知生知死，知因知果，新华黑龙观云松道人。贫道多年修炼，初晓阴阳盈亏，略知吉凶祸福。十年前，道观被毁，从此闲云野鹤，流离民间。而今不求得道升天，只求祈福万民，消灾减难，助天下苍生逢凶化吉，否极泰来。我看你慈眉善目，故而冒昧提醒，多有惊扰，恕罪，恕罪，贫道告辞了。"他站起身来，压低帽檐，扶了一下墨镜，转身踏向小路。梅兰这才看清他的正面，也认出此人便是到她门市部买墨镜的那人。她瞬间对他产生了一种莫名其妙的亲切感。

"道长请留步。"梅兰两步爬上石坎，踩着嚓嚓作响的落叶，走到他面前，从裤兜里掏出一张十元纸币双手恭恭敬敬地交与他，"这算是本人向贵观敬上的三炷清香，望道长务必收下。"她知道新华公社的确有个黑龙观，也知道许多道观寺庙的确毁于破四旧期间。

"道观无存，香火已断，钱财粪土，过眼云烟。贫道与清风同在，与寒月同行，只替人消灾，不收钱财，何况道士也从不化缘哪。"他依然低着头。

"刚才道长说我家将遭大难，既然你已告知于我，还求给个消减之法呀。"

"现在大家相信人定胜天，从不问道求佛。贫道担心没人相信，反而徒生是非，因而只做提醒，不敢多言。至于消减之法嘛——那得先弄清你家夫君与那桩冤案的关系，再看看那个冤魂是否会原谅。"他抬头望天，然后重重地叹了一口气。

"我知道九年前的确有一桩冤案，但与我丈夫无关，与我倒有点关系。我不知道冤魂为何人，请道长明示。"梅兰变得焦躁不安，不停地揉搓那张未送出去的纸币。

"冤有头，债有主，举头三尺有神明。九年前，你丈夫栽赃陷害了一个好人，并将他送进了监狱。后来，这个人因矿难死在了曾家山煤矿，成了孤魂野鬼，直到今天才找到回来的路。难道你一点也不知道吗？"他努力控制住情绪，但声音在微微颤抖。

"天——哪——"梅兰一个趔趄，慌忙伸手扶住身旁一棵柏树，手中纸币像一片树叶飘落到地上。她慢慢背靠柏树，双手捂脸，泪水从指缝间汩汩流出。好半天，她才强忍哭泣，抽抽搭搭地说："我真不知道有这回事，只是一直有点怀疑。在我问起抓捕那人的细节时，我大爹大妈及丈夫总是躲躲闪闪的。但他当时的确有证据落入公安局的手里的嘛！"

"那几个字是你丈夫写上去的！"

"嗯——？"

"你可以当面问那个冤魂！"

"嗯——？他不是——？"

"是的，他已经死掉八年了。贫道多年修炼，能通阴阳，虽然你们两世相隔，但只要法力所致，或许能让你们见上一面。"

"谢谢道长。只要能与他见上一面，你就让我待在阴间，永不还阳都好啊！"梅兰说完，咚的一声跪在他面前，又双手捂脸，泣不成声。

陈德愚扫视了一下小路，然后双手慌忙将她扶起，叹着气说："唉，难得一片痴情哪！好吧，为道之人，就该成人之美，贫道哪怕耗尽一身法力，也要成全你们。本月十五子时，那是日月轮回、阴阳交替之际，也是阳气渐亏、阴气渐盈之时，你到九年前抓走他的地方等我。只能一个人去，否则阳气会驱走阴气，那我就爱莫能助了。"说完，跳下石坎，飘然而去。

在当地，的确有许多自称偶然得法的江湖异人，他们号称能通阴阳、驱鬼邪，当地人称这种人为阴神子。一些久病未愈者，大多会怀疑撞到鬼了，于是重金将阴神子虔诚地请到家里，并待以好酒好菜。待其仰躺在一张睡椅上慢慢进入"阴间"，便能完成一次人鬼对话。阴神子此时全是代鬼说话，而这些鬼都是村里已经死去的亲戚或熟人。说到动情处，阴神子还会大呼小叫、摇头晃脑、顿足拍胸，吓得听者一边化纸，一边磕头请其原谅生前对他的种种不是。以前这些人对"死人"做过的一些亏心事，此时大多一览无余。

事后，按阴神子吩咐，在七月半为死者烧一个厚厚的钱封，同时在死者坟头埋一些铧铁、头发之类的避邪之物，或者在病者房中遍撒绿豆。据说此法果真能降魔除鬼，治病救人。

梅兰见过不少阴神化水之类的半仙神婆，但像云松道人那样法力高深的得道之人还是第一次遇见。他居然对九年前的事了如指掌，而且看得出他的确是在祈福苍生，拯救万民。她对那道人深信不疑，心中满是钦佩与谢意，同时觉得道人身上有一种十分熟悉的气息。

晚饭时，梅兰一口也吃不下，她静静地等李元成吃完，才轻描淡写地说："听说陈德愚是被人栽赃陷害的，你知道这事吗？"她说完直直地盯着李元成的眼睛。李元成肩膀猛地动了一下，稍一沉默，才哈哈大笑起来，好像真有什么可笑之事，但与屋内的气氛极不协调。

他边打哈哈边说："我就说你今天咋个气色恁个不好，原来是为这个渣渣事嗉，哈哈。梅兰哪，这是哪年的陈谷子烂芝麻哟，你还提它干啥？他那个案子可是事实清楚，铁证如山，县上公检法都参与了的。我敢打包票，绝对错不了。他都死哒好多年啰，恐怕骨头渣渣都烂完球了。未必有人还想再搞一次翻案风哇？我才不球相信。连'四人帮'都遭整垮球哒，不要说他一个小小的陈德愚，哈哈哈。"

"听说那几个字不是陈德愚写的。"梅兰依然直视着他的眼睛，想努力从他的眼神中寻找到哪怕一丝丝的蛛丝马迹。李元成果然眉头微锁，刚才的满脸哈哈渐渐凝住，然后端起茶盅猛灌一口，咕咚一声吞下，才忧心忡忡地说："梅兰，你是不是听到啥子啰？现在'四人帮'还没有最终审判啰，好多事情还说不清楚哦。不该听的不要听，不该说的不要说，不该信的不要信。过去这十年间你是亲眼看到的，那些乱听乱说乱信的，哪个不是背了时的？毛主席说，没有调查研究就没有发言权，那些空穴来风的东西千万信不得哟。要随时保持高度清醒啊！"

她请了假，并告诉李元成，说大妈病了，要回去一趟。她并没直接去大妈家，而是买上糖果，来到大妈的二女儿梅菊家，说是来看她刚刚出生的第三个娃。

梅菊比梅兰小两岁，小时候两姐妹一同玩耍，一同学习，甚至同睡一张床，直到后来梅兰越飞越高，她俩才渐渐生分起来。梅菊早已嫁给了本大队杜家沟的一个泥瓦匠，日子不算富裕，但也平静祥和。梅菊前两个孩子都是女儿，杜家发誓要生个儿子，第三胎终于如愿了。

梅菊正坐在床上给孩子喂奶，听到梅兰前来祝贺，梅菊激动地说："到底是我的好姐姐哟！"喂过奶，梅兰从梅菊怀中抱过婴儿，认真地看了一阵，说长得像梅菊，然后伸手摸了一下婴儿肉嘟嘟的小脸蛋。逗了一阵婴儿，她把孩子还给梅菊，梅菊再把他放到身旁，顺手拉过被子盖上。

梅兰坐在梅菊坐月子的床沿上，姐妹俩十分兴奋地回忆起小时候一些难忘的旧事，禁不住笑声一片。她们多日未见，梅菊谈兴甚浓，自然口无遮拦。

"姐姐命好啊，现在又成了官太太，哪像我们啰，一天面朝黄土背朝天，还要拉扯三个娃儿，上有老，下有小，命苦啊！”

“妹妹，我怎个远来看你，就是来听你开诉苦大会的哇？妹妹，不是我说你，现在哪家又不是这个样子？你比上不足嘛，比下有余噻。你们老杜手艺又好，人又本分，你不要身在福中不知福哈。”梅兰伸手帮梅菊轻轻拽了一下被角，并慈爱地看了一眼梅菊身旁的婴儿。婴儿睁着一双水灵灵的眼睛，似乎在认真听她们说话。

“哎，姐姐，要不是我妈当时告诉你们老李岛上的事情，你可能就跟你那穷老师跑了吧？哈哈哈，那你恐怕就没得今天了哦。你真该好好感谢你那亲爱的大妈哟，哈哈哈。”

“嗬，”梅兰本想礼节性地应和着哈哈一下，但她实在笑不出来，于是生硬地挤了一下面部肌肉，也不知看起来像笑还是像哭，“是的，应该感谢呀，可是你妈却一直说不晓得那件事的嘛。”

“嗨呀，当时怕你知道了要生气的嘛，哪个敢给你说哟。你想嘛，你每天好晚才回家，她不着急吗？后来妈跟在你身后才知道了秘密。那几天你们老李天天来找人，妈就只有说出真相了噻。恰好你去建兴中学了，李元成便通知警察把那个人逮走了。你晓得我那时还没结婚的嘛，所有经过我都是亲眼看到的。”

“哦——”梅兰恍然大悟，脸上却凄风苦雨。

月华如水，升钟湖银鳞片片，像一块轻轻飘动的巨大鱼肚。梅兰提着马灯，准时赶往那令她曾经心醉神迷的山洞。深夜独闯孤岛，她没有一丝畏怯，反倒平添了些许神秘的期待。

洞中已燃起了火堆，在洞口映出红彤彤一大片，给孤岛上冷寂的夜色抹上一笔浓浓的暖意。那人已坐在洞内，装束与上次完全一样。他面朝洞外，自顾埋头添柴扒火，火堆噼啪燃烧，火苗欢腾跳跃。

梅兰在洞口十步之外站住，她突然有了一种时空错乱的感觉。眼前的情景与九年前何其相似啊，这情景不知多少次进入过她的梦乡。她似乎又来到了那如梦如幻、缥缥缈缈的世界。这山洞、这火光、这暖意、这噼啪声、这柴火的烟气都令她刻骨铭心。她相信道士已经在作法了。

"来啦，请坐！"那人头也不抬地指了一下对面的一块石头，"你能这么晚只身前来，可见你是有情有义之人。不过，你一点都不害怕吗？"

"道长，这洞外一草一木，洞内一尘一土我都有感情，我不止一次晚上一个人来过这里。这洞口有他的衣冠冢，也有他心爱的黄狗的坟墓。只有到了这里，我才能无牵无挂、痛痛快快地思念他们哪！"

"哦——"那人轻吁一口气，"他真该好好谢谢你呀，他应该知足了，你不用再牵挂他了。不过，你已为人妇，这样做，你觉得合适吗？"

"是的，我也很清楚这点，我以前对丈夫一直都有一种内疚感，可是我实在割舍不了啊，所以只得一个人偷偷地来。我当年是在确知他遇难后，走投无路之下才嫁给我丈夫的。我从来没有爱过我丈夫，这么多年就这样将就着过了。我早已心如死灰，别无他求了。"

"你怎么就确知他遇难了呢？"那人轻抬了一下头，看了梅兰一眼。黑色的镜片中火光跳跃。

"我去了曾家山煤矿，亲眼在监狱提供的遇难人员名单上看到了他的名字，编号是6781。我从那个集体坟堆上偷偷抓了几把泥土带回来，和他以前用过的衣物一起埋在了洞口，旁边还有黄黄的坟墓。他生前十分疼爱黄黄，黄黄也十分喜欢他，他们从此再也不会孤单了。"梅兰边说边伤心落泪。突然，她听到了轻轻的抽泣声。待她确认不是自己的声音后，才抬头看了一眼那人，发现他黑色的镜片下果然挂着泪珠。她轻轻地问："道长，你——？"

"苦——啊——"那人重重地吐出这两个字，然后伸出手背揩了一下挂在鼻尖上的泪滴说，"你的胃还经常疼吗？兰兰！"他边说边摘掉草帽，摘下墨镜，微微扬了一下头。

"啊——"梅兰惊叫一声便跳立起来，然后后退两步，呆立了一下，才唰地从火堆上抽出一根燃着的木柴，凑到陈德愚面前。一阵认真查看后，她扔掉木柴，一步跨过去，抓起陈德愚一只手，放在嘴上狠咬一口。待其手背沁出鲜红的血珠，她才近乎疯狂地乱嚷："热的，热的，手还是热的，血也是热的，不是鬼，不是鬼。"然后一下扑到他胸前，边将他胸膛捶得咚咚响，边哇哇大哭，"你没有死啊，你还活起的呀！嗷——嗷——嗷——你咋现在才来找我嘛，你这么多年在干啥子嘛？我好几次都差点跳升钟湖啊，呜——呜——呜——"

他们一会儿哭，一会儿笑，说不尽这九年的辛酸与悲苦，说不尽漫长的等待与煎熬，不觉天已大亮。不过这期间，梅兰一直没有说起孩子的事。

离岛前，陈德愚看着梅兰慢慢地说："我真心希望你能和李元成好好过日子。我十分感谢你这么多年还记着我，我知足了。我现在还是一名逃犯，但我是冤枉的。我要尽快去一趟成都，找我的老师和同学帮忙洗雪我的冤屈。"说完，他给了梅兰一个治胃病的方子，说是一个狱友誊给他的，听说灵得很，这么多年他一直带在身上。梅兰说只要你还活着就谢天谢地了。

走到湖边，陈德愚从腰间抽出那柄亮着寒光的斧头对梅兰说："兰兰哪，我所有的苦难都是李元成一手造成的。我思考了九年，等待了九年，也准备了九年。我曾经发誓今生一定要将他四肢全部斩掉，让他也体会一下什么是生不如死，这也是这么多年我还能坚持活下来的精神支柱之一。可是，我今天不得不违背自己的誓言了，我不能那样做了。但是，不是我愿意饶他，而是你救了他。你们好好过日子去吧。"说完，他抢起右臂，将斧头朝升钟湖狠狠地掷去。斧头在空中画出一道优美的弧线，然后咚的一声重重地砸入水中。

随着水中波纹一圈圈漾去，一个本该叱咤江湖的侠客从此消失了。或许他注定不能快意恩仇，或许他永远难以笑傲江湖。如果他是文盲，他又怎么做呢？他只是一介书生，他是受孔孟之道深深浸染了的知识分子。他的血液里流淌着仁义礼智信；他的道德牌坊上题写着己所不欲，勿施于人；他信奉忍辱负重，以德报怨，得饶人处且饶人。他和许多知识分子一样，有的是学识，有的是智慧，有的是良知与仁爱，可是他们却缺少壮士断臂的气魄，缺少刑天舞干戚的血性。

有时，知识分子真还不如一个文盲！

1977 年 7 月，邓小平复出，主管科教工作。在他的努力推动下，关闭十年之久的高考大门终于重新打开了。紧接着，在胡耀邦的主持下，中组部在全国范围内打开了落实干部政府、平反冤假错案的局面。借助这股外力，作为一名山区中学教师的陈德愚，也幸运地得以洗清冤屈，平反昭雪。

年初，陈德愚就去了成都。通过李尚伦教授及陈德愚在省"革委会"、省高院、省教委、省公安厅等机关工作的川大同学或校友的帮助，他的案子终于得以重新审理。审理结果为：证明其罪名的重要证据，即"修正主义万岁"那几个字并非陈德愚笔迹，法院当即宣判陈德愚无罪。至于那几个字究竟为何人所写，陈德愚不想追究，其他人也不感兴趣，因而不了了之。

当他重新回到建兴中学的时候，就像他当初逃离建兴中学一样，并没有掀起太大波澜。只是在校长办公室内，重病缠身的赵启贤校长颤颤巍巍地用双手抓住他的手，无限怜爱地说："好啊，好啊，都说你死在煤矿了啊，没想你还活着回来了。好啊，好啊，老天有眼哪！你是冤枉的，我也是冤枉的，我们许多老师都是冤枉的。有几个老师已经去世了，他们再也没有平反昭雪的机会了，应该说你我还是幸运的啊。德愚啊，不要怨恨哪。你还年轻，能力又强，眼光要看远点哪。德愚啊，把你从川大要回来，我害了你呀。你后悔吗？"老校长用浑浊的目光望着他，像在接受审判。

"赵老师，"他一直这样称呼赵校长，"我还能活着回来，还能再见到你们，已经算幸运了。你没有害我，我也从不后悔回到建兴中学。"

"好啊，好啊！年轻人，你能这样想，那就太好了，我也放心了。听说马上又要恢复高考了，办了七年的工农兵大学看来是办不下去了，学校教育秩序眼看就要走上正轨啦。十年动乱，学校老师死的死，病的病，老的老，退的退，现在是青黄不接呀，我着急得很哪。德愚啊，你还年轻，就多辛苦点吧。我已经老了，不中用了，其他几位学校领导也不年轻了。这样吧，我明天就向南充教委请示，推荐你来接替我的工作，你具备这个能力。我实在撑不住了啊。"

"赵老师——"

"不要说了。"赵校长伸手阻止了陈德愚，"建兴中学历史悠久，社会责任也十分重大，从上到下对学校期望值都很高。这个校长可不好当啊，你要有思想准备哟。人家把几千个娃娃送到我们手里，能不能培养成人才就看我们的手艺了。你刚到学校的时候，多受全校师生的喜欢啰。你的威望还在，听说你要回来了，昨天我就和其他几位学校领导商量过了，他们也同意我的意见。你受了那么多打击，那么多苦难，那么多折磨，你能挺过来，没被击倒，这就够了。所有的苦难和折磨都是上天赐你的财富，只有拥有这种财富的人才配当这所学校的校长。记住，为人师表，只能有爱，不能有恨，你要视学校为自己的生命哪！"

"可是，赵老师，我还从来没有管理过学校，更不要说这么大一所学校。建兴中学的校长历来都是从学校的副校长中提拔的，我看还是推荐那几位副校长比较合适，这样也更符合组织程序一些。"

"你不用担心学校的管理，那几位副校长及教导主任都会辅佐你，况且我还没有死的嘛。只要还有一口气，我就会支持你的工作。至于那几位副校长，他们都快到退休年龄了。经过'文革'的折磨，有些同志已经老气横秋，缺乏朝气与活力了。建兴中学现在急需注入新鲜血液，急需一大批年轻有为、敢干敢闯的人才。现在正是用人之秋，全国上下都在不拘一格抢人才。你先任副校长，主持工作，等我春节后正式退了，再由你接任校长，所以组织程序根本不是问题。"

儿子活着回来了，父亲陈元礼多年沉默寡言、呆滞木讷的毛病似乎瞬间便痊愈了。他到处奔走相告，逢人便嚷："我家老二没有死，他还活起的；他都回来了，不信你去看嘛。"老人脸上终于有了笑容，走起路来腿脚都变利索了。

不过，他对上次陈德愚装成乞丐与他相逢而不相认还耿耿于怀："你狗日的，都到了我面前还不让老子认出来，恁个多年还嫌没把老子怄死哇，唉？还喊老子老人家，呸，滚你妈的蛋哟，亏你龟儿子喊得出口哦。老子当时就闻出了你是我家老二，喊你等到起，嘿——你居然给老子爬起来跑球哒，害得老子又等了恁个久。信不信老子飞起给你妈两脚，你个背时砍脑壳的。"

老人家笑着对儿子一阵大骂，觉得还不解气，然后朝陈德愚屁股狠拍一巴掌道："明天到流马场去，把你冯伯伯请过来，说我想请他喝酒，同时商量重开药铺的事。"

　　这年秋天，李元成从升钟区副区长调任建兴区区长，梅兰也一同调到建兴供销社。

和平村大火已过去半个月了，建兴场依然风平浪静。

当火红的太阳给漫山遍野的小麦镀上一层黄色，宝马河两岸金波滚滚，麦香阵阵。麦收如救火，各生产队都在抢收小麦。曙光初露，生产队长便站在院后山头，用铁皮扩音筒高声念诵近期的重要报刊文摘，大多是有关真理标准的评论文章。早晨读报，既是在向广大社员宣传时事政治，又可作为生产队的出工预备铃。读报声一响，家家户户便起床准备出工，读报一结束，所有社员都得根据头天晚上的工作安排，自备家伙，各就各位。妇女负责割麦，成年男子负责将成捆的麦束用背架子背到院坝里，然后麦穗朝上地将一个个麦捆杵在地上暴晒。

午后，人们将晒过的麦捆解开，麦穗对麦穗地铺在地上，用连枷用力拍打。待麦粒从麦穗上拍下来，再清出麦秆，簸尽麦壳，地上便是黄澄澄的麦粒了。这期间，无论走到哪里，都能听到令人兴奋的啪啪的连枷声和扑啦扑啦的簸麦声。

这是一年中最忙的季节，农村小学都得放忙假。忙假中，小学生或帮做家务，或直接参与生产劳动。他们干得最多的农活是拾麦穗。为了做到颗粒归仓，生产队长号召一群娃娃，手提竹筐，沿着已经收割过的麦地，寻找收集遗失的麦穗。

这些娃娃除了劳动，还得完成老师布置的忙假作业，大多是写一篇与劳动有关的命题作文。作文标题要么是《忙假纪事》，要么是

《难忘的一天》。学生后来交上的作文却惊人的雷同，几乎都写的是在忙假中为了保护生产队的财产，与坏人坏事作不屈不挠的斗争，还得了队长的表扬。作文结尾大致为——队长紧紧抓住"我"的手，眼含热泪地说："你真是毛主席的好孩子啊！""我"说："这是我应该做的，是雷锋精神鼓舞了我。"

其实，这些天天在学校里唱着《学习雷锋好榜样》的孩子们，在家长的教唆下，难免会玩一些顺手牵羊、损公肥私的伎俩。一些胆子大的，趁队长不注意，便把拾到的麦穗悄悄带回家，甚至还动作麻利地把成捆的麦束搬到家里。当然，大人干起这些偷偷摸摸的勾当来，自然不比娃娃逊色。为了防止或尽量减少揩油事件的发生，队长不得不派一位已经不能参加生产劳动的老年人来监督这些作弊行为。其监督的重心为晒场和仓库。

麦子晒在院坝里，守晒坝的人要随时翻晒麦粒。他们穿着长裤布鞋，在厚厚的麦层中来回蹚行，双脚便在晒场上勾出一行一行的麦棱，如此反复，不停地将下层的麦子翻到上面来吹晒。蹚行结束，晒麦人往往会马上回家，取下宽大的鞋子，放下绾起的裤脚边，便能收获为数不少的麦粒。

仓库也是作弊的高发场所。仓库保管员为了准确掌握粮食的干湿程度，要随时检查那些装在篓子里或粮仓里的粮食，从而决定是否需要晾晒。他们在将一只手深插到粮食里时，往往会戴一副袖套。在下插过程中，顺势用手指撑开袖套口的橡皮筋，当袖套全部没入粮食，再收紧袖套口，这样，袖套里便鼓鼓囊囊地装满了粮食。

大集体生产的弊端，由此可见一斑。

天刚黑，宝马河大大小小的河湾便开始热闹翻腾了。在火辣辣的太阳下汗流浃背地劳动了一天的人们，来到这清凉的河水中洗尽尘土，放松身心。他们男的一堆，女的一团，潜水、戏水、跳水、拍水，哗哗啦啦，嘻嘻哈哈，带着丰收后的喜悦无忧无虑地享乐，带着山里人原始的野性尽情放纵。有人潜入水底，抱起一块大石头，再咚的一声扔回水中，或者身上涂满黑泥，再一个猛子扎入水中，起来后便白白亮亮了。河湾里处处浪花飞溅，笑声不绝，晚归的鸭群嘎嘎连声，赋闲的水牛哞哞不止。

待新麦磨成面粉，家家户户的灶房里便飘出了油饼子的香味。油饼子是当地农村特有的美食。用长约两尺的擀面杖，在案板上擀出一张又大又薄的面皮。将火葱头、青花椒捣成泥，再和上腊猪油、青藿香末，均匀地抹在面皮上。最后将面皮卷成棍状，切成一段一段的，揉成饼型，放于铁锅微火烙炕。

咬一口炕熟了的油饼，浓香满口，其味醉人。只要有一家人炕油饼，全院子的人都能闻到香味。吃上喷香的油饼，算是对辛苦了一季的农民最好的犒赏。

在三官公社检查完小麦收割，李元成头戴草帽，脚穿草鞋，手摇篾扇，在酷热的天气里汗流涔涔、苦眉皱眼地沿宝马河上行。走到一处河湾，他看见几株枝叶浓密的洋槐撑起一大片绿荫，绿荫下有排条石，光滑干净，看来常有路人来此休憩。他走过去，坐在条石上，解开衣服，勾起食指刮肥肥的肚皮上的汗水，然后甩指将汗水洒在地上。在阴凉处看着火辣辣的太阳，他十分惬意地"嗨呀"一声。

刚歇一会儿，从身后传来一声"李区长"，他懒懒地"嗯"了一下，然后"啊"的一声惊叫，猛地转身。他听出那是林锡平特有的声音。

"没想到在这里遇到你了呀，李区长。"林锡平也戴着草帽，穿着蓝布短裤，白色鸡肠带长长地挂在腰前，一飘一飘地。他边打招呼边塞起衣角擦汗，脸热得红红的。

"你——你还没——你还在外面跑呀，这么热的天道。"李元成本想说你还没离开建兴哪，同时神色慌乱地拉过衣服盖住光肚皮。他真没想到这小子还敢在建兴区一带转悠。

"我不敢在建兴场待了，这几天一直住在三官场。我从广播里听到你要来三官检查农忙工作，所以好不容易才找到了你。我找你好几天了，又不敢向旁人打听，怕别人听出我的口音。上午我就看到你了，但你在跟一些人说话，就没有过来打招呼，才一直跟到这里。"林锡平已从李元成的眼神中看出了慌乱和紧张。

"嗝——哟——对，对头，忙，很忙啊。小麦，抢种抢收，一天都耽搁不得呀。"李元成有点语无伦次，然后用扇子指了一下旁边的石头，示意林锡平坐下，然后挥动篾扇十分怜爱地对已坐下的林锡平不停扇风，"嗨呀，看你热得——这么热的天，一身大汗。"其实他自己也是大汗淋漓。

他已明白这家伙今天是有备而来、来者不善，于是抬眼扫了一下清澈的河水，似乎想让心境也尽快清凉下来："我让你去升钟场躲几天，你咋不听话呢？我去那里找过你，你不在，跑到哪里去哒？现在全县警察民兵都在找你，你真不怕死哇？"

"李区长，你不是说，有你在，我还怕啥呢？况且我还等着挖张献忠的宝贝呢。哎，李区长，好久开始修礼堂？我有点等不及了。"

"等一等，等一等，现在那里已被公安局拉起了警戒线，暂时谁也不敢动了。"他已看出广东人一脸的阴阳怪气，心想以前真是小看这家伙了。

"和平村究竟是怎么回事？那些住在里面的学生是怎么回事？你这样做的目的是什么？"林锡平怒不可遏，咄咄逼人，他真想亲自听听区长说出整个事件的真相。他发现李元成还在揣着明白装糊涂，不想再绕下去，因而直逼主题。

"三言两语我跟你说不清楚啊，但和平村下埋有宝贝的传闻尽人皆知，你也是亲自听说过的噻。你再耐心地等一段时间，等这股风过了，咱们再按原计划行事，我绝不会亏待你。"今天的两人，与上次在朱三娃的吊脚楼上的两人角色完全互换。李元成明显底气不足，他决定避实就虚，并以宝贝来应对广东人的步步紧逼。他希望林锡平还会迷恋那些传说中的宝贝而网开一面。

"李区长，像你这种深谋远虑、见多识广之人，不可能不清楚传闻与事实的区别吧？我就是犯了昏，才把传闻当真了。问题是我已亲手烧了和平村，还烧死了一名老师啊！你知道火灾现场有多惨烈吗？那些老师和学生是眼睁睁地看到大火把和平村烧毁了的呀。那一刻，我知道自己已犯下了终生也难以赎清的罪了。我虽然盗墓寻宝，可从来还没有拉生命债呀，李区长。"林锡平一口气说完，一脸痛苦地摇头叹息。

"兄弟，我对不起你，真心向你道歉。这样吧，你现在在建兴一带的确非常危险，你必须尽快离开这里。或者干脆回广东躲一段时间，等这股风过了，你再过来，要打要骂随你便。那和平村下的东西，只要一有机会，就绝对少不了你兄弟一份。我向毛主席发誓，我拿人格担保。"

"人格？你的？我还会相信你？李区长，我亲自放了火，又亲自参加了救援，目睹了整个大火过程。从那一夜起，我觉得我获取的财富越多，我的罪孽就越深重。多少金银财宝才能还那些师生一个和平村呢？多少金银财宝才能还那个死去的张永泰老师一条命呢？"

"唉——兄弟，我也是一时糊涂呀。但事已如此，你说哪个办嘛？"李元成噗噗地摇着篾扇，一脸哭相。

"自首吧，我们一起去，这也许是救赎我们灵魂的唯一机会了，也是我给你的唯一机会，因为我随时都可以举报你。"其实他并非真敢去自首，只是在这几天惶惶不可终日的逃亡中，他愈来愈痛恨李元成，因此，决定在离开这里以前，一定要设法让李元成受到惩罚，从而告慰和平村和那位死去的张老师，同时也稍稍减轻一点自己的罪恶感。毕竟，李元成才是此案的主谋。

"啥子——？"李元成鼓眼欲裂，汗如泉涌。他怎么也不会想到这家伙居然打算去自首。他微一凝神，意识到自己已处于非常危险的境地："兄弟，得饶人处且饶人，退后一步自然宽，你何必非要把我往绝路上逼呢？只要你一离开这里，不就万事大吉了吗？何必一根筋地咬住不放呢？"

"区长，你不要猪八戒爬城墙——倒打一钉耙哈，究竟谁把谁逼上了绝路？我的确随时可以离开这里，但是，那杀人放火的罪魁祸首至今仍逍遥法外的嘛！"

"听我一句劝，兄弟，你赶快离开建兴。如果你铁了心地要与我过意不去的话，兄弟，结果恐怕对你更加不利哟。"李元成把头一点一点地轻轻说完，随即腮帮一动，明显重重地咬了一下牙。他决定不再隐忍退让，进而奋起反击，以攻为守。

"你想怎样？"林锡平呼地从条石上站起来，警惕地盯着李元成。

"你身上背的罪名可比这杀人放火的罪重得多哟。何况，在建兴这个地盘上，我可是随时都可以调动警察的哟，这点你应该是很清楚的吧。"他终于露出了獠牙。

"嗬嗬，区长，又吓唬人了吧？今天你没有喝酒，我也没有喝酒，大家都清醒得很哪。不管多大的罪，不管有多少罪，顶天就一个死罪。我既然敢去自首，还怕这些？何况，区长——"他突然调出一副戏谑轻佻的神态，笑笑地看着区长说，"你口口声声要我离开这里，就不怕我回到广东再写信向你们公安局举报吗，唵？"他一咬牙，愤怒又恢复到脸上。

"你——"李元成的目光与林锡平一阵对视，然后软软地松下眼睑。胆大的碰上了不要命的，他不得不承认自己遇到了高手。与这位高手过招，自己明显败下阵来。是的，这家伙真要是回到广东再写信举报，那可就鞭长莫及了。他感觉自己像只鼓鼓的皮球被人猛扎了一针，正哧哧地泄气。

目前形势对李元成来说非常不利，甚至十分严峻，他不得不严肃地思考并应对这件事了。从条石上站起来，他走到林锡平面前，又举起扇子为其扇风，并涎笑着说："兄弟，天气热，先消消火，消消火。要不怎个，既然兄弟吃了秤砣铁了心地要把我送进班房，那就好汉做事好汉当。过两天我就去自首，说火是我放的，与你无关，你还是回广东去吧。你是一位难得的文物专家，与我一起毁了可惜了，这也算是我对兄弟你的一点小小的弥补。要是我被枪毙了，兄弟如果还能记得逢年过节给我烧点纸钱，也就不枉了你我兄弟一场。"他越说越凄楚，越说越动人，越说越催人泪下，声音果真就哽咽起来。

林锡平一脸疑惑地翻起眼皮瞄了区长一眼，正欲开口，却看见一群农民说说笑笑地由远而近，于是闭口不言。

这些农民背着夹背，挑着竹筐，光着脚，头顶着用桐叶编成的简易"草帽"。其中一位身材矮小的老人背着一只黑色小猪仔，也来到树荫下放下夹背乘凉。由于担心把小猪热着了，他不停用桐叶为小猪扇凉，似乎那小猪仔比他自己还要珍贵。小猪还在咕噜咕噜地抱怨，他便啧啧地不停逗唤，同时伸手轻挠小猪肚皮。那怜爱的目光，好像在看一个刚出生的婴儿。

农村已经多年不许私人养猪了，而农民对养猪又有近乎本能的渴求。之后的几十年内，农村家家户户皆可养猪了，生猪几乎成了农民重要的财富标志，也成了重要的财富来源。在家人生病、子女上学、修房建屋等急需用钱之时，农民首先想到的便是把猪赶去卖了，因此，生猪还是一家人的定心丸、急救箱、保险柜。

陆续围过来的人也一个劲儿地夸这猪仔嘴短、腿粗、背弯，是个好苗子，绝对肯吃肯长，年底定会长成一头巴掌膘的大肥猪。背猪老人羞涩地看着小猪，咧着嘴笑着说是给生产队买的，自己只是饲养员。

为了避人耳目，林锡平转身面向宝马河，然后从地上捡起一块石头，朝河中用力掷去，石头扑通一声落入水中。就在他面向河水俯身捡石的瞬间，李元成突然闪过一个念头——要是有人这时朝他屁股狠踹一脚，这家伙一定会落入水中；如果他再也爬不上来，不就万事大吉、一了百了了吗？当然他也只是这么想想而已。

躲荫的人越聚越多，小猪仔俨然成了大明星。李元成微一努嘴，示意林锡平尽快离开这里，二人于是一前一后朝建兴镇方向走去。为了避开行人，从大路上下来，他们拐进一条窄窄的小路，来到一处人迹罕至的阴凉的河湾才再次停下来。

李元成转身看着像影子一样紧紧跟在身后的林锡平，一股嫌恶和痛恨陡然而生。他依然强压怒火，用近乎哀求的口吻说："兄弟呀，前面又是大路了，你不能再往前走了。要是有人把你认出来——"他压低声音，警惕地四下一望，"你就再也回不去广东了哇。我刚才已说得很清楚了，何必再白眉白眼地把你也搭进去呢？我真是在为你着想啊，兄弟。你就不要再跟到我了嘛，算我求你了，未必我还跑得了吗？你总得让我冷静地想一想再去自首噻，毕竟这是性命攸关的大事啊。"说完，他张着嘴，可怜巴巴地乞望着林锡平，似乎眼泪马上就要掉下来。

"那好，我给你两天时间，后天上午天一亮，我就在这里等你。

凉凉快快的，早点说完早点走，要不太阳出来热死人。我先说清楚哈，如果到时你还犹豫不决的话，那我就只有单独行动了哦。"林锡平说完，很江湖地向李元成抱了一拳，转身朝三官场方向扬长而去。

　　林锡平的背影已远远地消失在河湾，李元成还保持着原来的姿势，张着嘴，傻傻地僵立在那里。好半天，他才长长地呼出一口气，然后像四肢被抽了筋一样倚靠在路边的岩石上。又过了一阵，他才举起篾扇一阵噗噗噗地猛扇，随即用双手发疯似的用力撕扯那把扇子。篾扇很结实，他撕了几次都没有撕破，于是将扇子砸在地上，用脚狠狠地踩，边踩边歇斯底里地大声痛骂："你个杂种，我日你先人板板，日你先人板板，杂种，杂种……"

　　沿着宝马河岸，李元成无精打采、失魂落魄地回到了建兴场，并深一脚、浅一脚，神情木然地走向区公所。他忘记了太阳，忘记了炎热，就连与他打招呼的人他都没有看清楚，只是机械地啊啊应和着。回到办公室，他将自己重重地砸在藤椅上，然后盯着门口发呆。

　　这时，有人手里拿着一摞文件走进他办公室，他连看都不看一眼便抓起桌上一本厚厚的红色"毛选"朝那人掷过去："滚——"吓得那人转身便走，边走边悄悄嘟哝："球日疯哒。"

　　半夜，李元成难以入眠，他起床坐在床沿上一支接一支地抽烟。他实在想不出对付这个精明的广东佬的任何良策了。这家伙不仅没有离开四川，甚至没有离开建兴区，他简直就是一颗埋在自己身边随时都会引爆的重磅炸弹。正如林锡平所言，就算他离开这里了，也并不意味着天下太平，因为他随时都可以置自己于死地，而自己却毫无还手之力。从这小子今天的表现来看，他已是铁了心地要逼自己去自首，而且十分紧迫，只有明天一天的回旋时间了。

他越想越着急，不觉汗湿衣衫。渐渐地，林锡平在河边俯身捡石的画面在他眼前反复晃动。他慢慢站起身来，瞪着眼，咬着牙往木桌上狠狠地捶了一拳。

第二天下午，李元成一个人来到上次与林锡平分手的那条小路，仔细地研究察看这一带的地形和环境。这里名叫牛滚崖，位于宝马河东岸。从此处沿河上行可通建兴中学，顺水而下可达彭家桥。小路两侧都是高高的绝壁，只是一侧在路面以上，一侧在路面以下，路面以上靠山，路面以下临水。小路宽不足二尺，勉强可容一人行走。传说当地农民若吆牛从此经过，牛必滚落崖下，故而得名。

由于地势险峻，平时很少有人从此经过。山上松柏茂盛，灌木丛生，粗枝密叶横着探向河边，为这段小路撑起一排遮阳避雨的绿色走廊。前行三十步，扶着岩壁，小心地踏过一条仅容一足的岩石小径，斜斜地走下河床，便可来到小路以下一处临河的小小平台。平台虽然离河面更近了，但依然有高逾两丈的落差。

东方刚刚发白，李元成便早早地赶到了这里。他依然戴着草帽，同时带来了两根用斑竹做成的简易钓鱼竿。当林锡平赶来时，他刚将两只鱼钩挂上一段曲蟮抛入水中，并目不转睛地注视着漂在河面上的用高粱秆做成的白色浮漂。

"好雅兴啊，李区长。"林锡平也慢慢踏过小径，一步一步探到平台上来。

"我在河边长大，从小便喜欢钓鱼，这也是我这么多年唯一的爱好。估计很快就不会再有这样的机会啰，趁我现在还是自由之身，抓紧时间过过瘾再说吧。"李元成冷冷地说，全神贯注地盯着水面。林锡平担心他又在耍什么花招，因此只静静地站在那里，并不吱声。不过，他对李元成临危不乱、处变不惊的定力还是暗暗吃惊。

"钓鱼能使人心平气静，有利于深思熟虑。我思考许多重要的问题，都喜欢在钓鱼时进行。今天面临的可是我一生中最痛苦的抉择呀。"这时浮漂动了一下，并不停下坠，李元成停止说话，迅速起竿，一条三寸长的小鱼凌空而起，在空中划出一条银色的弧线后落在平台上，啪啪地甩尾弹跳。他俯身抓起小鱼，取下鱼钩，默默地看了一眼，叹着气道："唉，你我现在都受制于人，同病相怜，同病相怜哪。"然后用力将鱼抛回河中。

林锡平依然默不作声，他似乎已经明白了李元成费了这么大周折的良苦用心，于是耐心地静待他继续表演。

重新挂饵抛线，李元成又恢复了先前的坐姿。他十分清楚站在旁边一言不发的林锡平的所有心思，于是懒懒地说："放心，朋友，我不会再乞求你了，你大可不必如此严肃。本人决心已下，下午就去县公安局，这下你总该放心了吧。"他指着另一根钓鱼竿对林锡平说，"要不，你也来玩玩？"

"我可没有你这么好的雅兴。"林锡平抬头望着对岸已经收割结束后的大片光秃秃的麦地，不耐烦地说。

"咱们以钓鱼来进行一场赌博怎么样？人一辈子不就是一场接一场的赌博么？"

"赌什么？要是拿'自首'来做赌注就免了。"林锡平怕又被他绕进去，始终高度警惕。

"哈哈哈，兄弟硬是要穷追猛打呀，看来本人注定已在劫难逃了。放心，我已说过，下午就去自首，绝不以此做赌注。"他扭头斜望了一眼站在一丈开外满脸狐疑的林锡平说，"有件事你很想知道，但我一直没有告诉你。考虑到咱们以后可能就再也没有见面的机会了，今天告诉你也无妨。你不是一直在问我烧毁和平村的真正动机吗？"

"请讲。"林锡平果然精神一振。这的确是连日来扰得他寝食难安，并百思不得其解的问题。

"坐下吧，咱们就以此做赌注。"他再次指了一下那根钓鱼竿说，"咱们一人一竿，重新开始下钓，看谁最先钓到第三条鱼，不分大小。如果你赢了，我毫不保留地告诉你所有真相，也算是对你陪我垂钓的一种补偿；如果你输了的话，我就只得将这个秘密带进坟墓，今生你都休想知道。"

"一言为定。"广东人果然迫不及待地抓起了钓鱼竿。

天越来越亮了，霞光从背后的山顶上轻轻溢出，远远地给河对岸灰暗的田野涂上一抹淡淡的亮色。微风拂来，带着河里水草的气息，令夏日的清晨凉爽怡人，而李元成却不停地用手揩额头上大颗大颗的汗珠。

这时，上边小路上传来一个人的脚步声，林锡平扭头看了一眼又开始盯着浮漂。那人也戴着草帽，背着夹背，提着打杵子急急地走。当他看到在这里钓鱼的二人时，便停下脚步朝下面大声喊："哎，哎，你们是哪儿来的哟？这里是我们生产队的塌塌，不许在这儿钓鱼哈。赶快走，赶快走，要不我马上去喊队长了哈。"

李元成又擦了把汗后大声回应道："地盘是你们的，河流该不是你们的嘛。这河里的鱼可是从建兴场上面游下来的哟。不要说喊队长，你就是把区长喊来都但球疼。"林锡平应和着说就是。李元成示意林锡平不要说话，林锡平这才意识到自己的冒失，于是拉了一下头上的草帽，面向河面不再开腔，也不再看身后那人。

那人骂骂咧咧地从那条斜径上移了下来，走到李元成身旁便弯腰去抓钓鱼竿。李元成用手拦住他说："哎，哎，老弟，我们在这里比赛钓鱼，只钓三条就走，说话算话。"那人稍一迟疑道："好嘛，只准钓三条哈，我等你们钓完了才走，反正时间还早。"然后就静静地站在他们身后观看比赛。

林锡平的浮漂终于被鱼拉下水了，他兴奋地抓起钓鱼竿，用力向上一扬，一条白色的鲤鱼穿水而出。就在这时，站在身后的那人，双手闪电般地将打杆子高高地举过头顶，用尽全身力气朝林锡平头部狠狠地砸下去。一声闷响，林锡平身子一歪，便像一块石头一样滚下绝壁，哗啦一声落入河中，溅起高高的水花。

那人慌忙从夹背里拿出两副墨镜，给区长一副，自己也戴上一副后，又从夹背里抽出一根黑色铁棒，鼓着血红的眼睛，杀气腾腾地探着头沿河岸仔细搜寻。看到水下长时间没有一点动静，他们才将钓鱼竿抛入河中，仓皇逃去。

一只乌鸦从背后山林跃出，鼓翅从河上掠过，发出凄厉的悲鸣。

由于不清楚林锡平水性如何，李元成决定在使其落水的同时，一定要让他失去反抗和自救的能力。之所以使用木棒而没有使用刀斧等工具，是为了造成钓鱼落水的假象。落水的瞬间，林锡平的确失去了知觉，因此毫无逃生的能力。

从小生长在海边，林锡平八岁起便随父亲出海捕鱼，正如所有在小渔村长大的孩子一样，一旦跃入水中，浑身便有了灵气，其游泳潜水的本领不亚于一头海豹。他头朝下落入水中后，立即被河底一股暗流带往下游五十步开外。也许是河水从口鼻刺激了他，或者从头上的伤口刺激了他，加之其肌体对水与生俱来的敏感，当身体在水中碰触到岩石的时候，他本能地伸手蹬腿，完成了一个最基本的游泳动作。他恢复了一点微弱的意识，强烈的求生欲望唤醒了他巨大的水下潜能。他伸手攀住水下岩石，阻止了身体继续下沉，然后钻出水面，吸一口气后再次潜入水中。

他渐渐恢复了意识并有了断断续续的思维。就像大多数水手一样，大脑在水中比在岸上还活跃。身体随着流水渐行渐远，他终于零零星星地理清了整个事件的来龙去脉。一阵倦意袭来，他渐感体力不支，四肢及身体运动越来越僵滞，这可是以前在水下从未出现过的情况。他突然意识到自己受伤一定很重，而且随时都会走向生命的终点。

他再次钻出水面，认真观察了一下周围的环境，发现自己刚好处于河边一排长长的石檐下，头上是黑色的岩石。太阳光通过河面的反射，在岩顶上印出不断变化跳动的花朵。石檐下的石腔向岩体内凹进，深约一丈，在岸上很难发现这里，只有下到河面，才能发现这里别有洞天。他藏身于石腔最里端，坐在水中岩石上，将头露出水面，屏息听辨岸上的动静。

太阳越升越高，河面上金光闪闪，令人目眩。他渐渐觉得头上有一溜热乎乎的感觉，伸手一摸，后脑黏糊一片，举手到眼前一看，满是鲜血。他这才明白头已被打破，且一直血流汩汩。与此同时，他开始感到头上伤口像针扎似的钻心地痛。他打了个寒噤，感觉体温正在迅速下降。

大约过去半个时辰，岸上仍没有一点动静，他才游出石腔，找到一处浅浅的河沿，抓住岸上一棵柳树，艰难地爬上岸来。血还在不停地往外涌，伤口在强烈的阳光的暴晒下，撕扯般疼痛。血从头上沿着身子一直流到地上，在干燥的泥地上留下一串黑红的脚印。

回到岸上，他不仅身子变得十分沉重，连意识也开始模糊了。他隐约看到了家乡的小渔村，看到了蓝色的大海，还看到了出海归来的父亲。他不知道自己能做什么，也不知道自己要去哪里，就这样一步一探、漫无目标地移动。

他下意识地抬头看了一眼天空，猛然发现头顶才是无边无际的大海，自己反而倒悬在高高的空中。突然大海像一个巨大的漩涡开始飞速旋转，他便从空中陨石般坠向这个漩涡。

从彭家桥沿河上行一里路，有一处三面环山的山坳，山坳深处有一排宽宽大大的茅屋。茅屋两侧芦苇丛生，竹木掩映，茅屋前面是一大片郁郁葱葱的菜地，菜地外便是奔流不息的宝马河。

这里名叫道士湾，是生产队的养猪场。传说这里曾经有一座气势恢宏且远近闻名的道观，许多云游至此的道士都会小住几日，并相约讲道说法，在这远离凡嚣之土优哉游哉，不亦乐乎。后因得罪权贵，道观毁于大火，道士鸟散，徒留虚名。

养猪场饲养员是一位年近花甲的瘦小老头，叫张朝建。白色的发茬从他刮过的光头上刚刚冒出，红红的头皮上沁出的汗水，在烈日下闪着晶莹的光点。他穿着一条青布短裤，赤着上身，光着脚，腰系一条蓝色围布，背着背篓，提着镰刀，到河边一块栽种较早的苕地割苕藤以做猪饲料。

他先将苕垲上长得最旺的肥肥嫩嫩的苕藤割掉，以控制苕藤疯长，同时将四处漫长串根的苕藤拉起翻到苕垲上，这样可避免养分流失，保证红苕正常生长。他左手抓住一把苕藤，右手镰刀一带，唰的一声便割下一团。他扬手将苕藤抛到苕地边上，然后抬臂揩了一下脸上的汗水。突然，他听到一阵老鼠吱吱的惊叫声，循声望去，他"妈哟"大叫一声，从苕地里几步跳到路上。他看见地沟里苕藤下，一条长约五尺的菜花蛇正在捕食一只老鼠，蛇已将老鼠衔在口中正欲下吞。由于受到惊吓，蛇吐出老鼠，倏地梭走了。

张老汉握着镰刀，追着那条蛇，看着它唰唰地射向宝马河。就在这时，他发现了倒在河边的林锡平。

他快步跑过去，用力摇晃林锡平的身子，边摇边大声呼喊。当他看到地上的一摊污血，才发现林锡平头部的伤口，伤口已经没有流血了。用手一探鼻息，呼吸十分微弱，他知道此人已生命垂危了。他将林锡平扶坐起来，抓住他两只胳膊，蹲在地上，将他壮实的身子靠在背上，然后"嗨"的一声用尽全身力气将他驮起来，一步一步艰难地背回饲养场并放于床上。

他喘息未定就急着点火烧水。水开后，他舀起一木瓢，撒上少量食盐，用箸子搅匀，待水温稍凉，再将洗脸帕浸于水中，蘸水清洗林锡平头上的伤口。可能是伤口受到了刺激，林锡平轻哼了一声，就再没任何反应了。清洗完伤口，张老汉找出自己备用的云南白药，用牙咬开瓶盖，将药瓶斜斜地对准伤口，食指轻叩瓶口，待灰白的药粉均匀地撒在伤口上，再用布片包好。

由于天气热，张老汉不仅每天给他伤口清洗换药，帮他擦洗身子，还喂他食盐开水。

8

忙完养猪场的活路，张老汉便坐在床前用篾扇为林锡平扇风降暑。渐渐地，林锡平原本苍白的脸上微微有了血色，呼吸与脉搏也趋于稳定。第三天晚上，他终于吃力地睁开眼睛，疲惫地看着陌生的茅屋及张老汉发呆，只是不开口说话。张老汉高兴得哇哇大叫："谢天谢地呀，你总算活了啊，我的先人板板嘞!"然后兴奋地为林锡平熬煮米粥。

茅屋坐东向西，屋基为三层条石，条石上是用紫黑的泥土夯筑的厚厚的土墙。茅屋分为三个区域，南侧为猪圈，养着大大小小七八头猪，中间是灶房兼库房，北侧一间相对独立的小屋便是张老汉睡觉的地方。养猪场随时都要有人照料，因此，这间小屋其实就是张老汉的家。屋内一架简易木床，铺着篾席，挂着蚊帐。一张三尺见方的小桌，放着盆盆碗碗，便是他吃饭的地方。墙脚放着一架木犁，墙上的竹钉上挂着一盏马灯，发出黄黄的光，映得麦秆铺就的房顶油亮油亮的。

桌上的粥碗冒着白色的烟汽。林锡平还在昏睡，光光的肚皮一鼓一息地伴随着均匀的呼吸。张老汉坐在床边，时而慈爱地看着林锡平，时而举起篾扇朝他扇一下，或者用扇子挥一下盘旋在粥碗上的蚊子。他在耐心地等林锡平睡醒后，好喂食米粥。过了一袋烟工夫，林锡平果然哼了一声，然后向右翻转身子，再双腿一弯缩继续大睡。

张老汉笑着喊道："差不多了，睡了一下午了。起床，吃——饭——啰——"那口气，像在叫一个调皮的小孩。林锡平果然又平躺过来，并睁开了双眼。张老汉放下篾扇，俯下身子，把右臂探到他颈后，然后吃力地扶起他，同时左手抓过枕头垫在他背后，让其坐靠在床头。

张老汉左手端碗，右手用汤匙舀起米粥，先探到自己嘴前浅尝一下温度，然后轻轻地吹一下，再送到林锡平嘴里。林锡平吃得很慢，张老汉嫌他吃饭时嘴张得不够开，每次将汤匙送到他嘴边时，自己总是大大地张着嘴，好像要吃粥的不是林锡平而是自己。

慢慢地喂完一碗粥，张老汉用木盆端来一盆热水，先帮林锡平擦脸，再细心为他擦洗身子，随后将他放睡在床上。他用扇子认真搜寻并扇出蚊帐里的蚊子，放下蚊帐，取下马灯，走出了小屋。

猪圈里的猪早已饿得呜呜乱叫。张老汉用背篼从河边背回洗过的苕藤，用菜刀在木板上将苕藤砍切成一寸长的小截，再用葫芦瓢从糠筐里舀起米糠，均匀地撒在切过的苕藤上，用手拌匀，盛在撮箕里端进猪圈。猪食还未倒进槽里，几头猪一齐吼挤过来，还咿咿唔唔地甩着猪头互相碰挤。一头大肥猪一口咬住撮箕并拖进猪圈，饲料洒了一地，气得张老汉大骂"瘟丧"。

林锡平睡了，猪吃饱了也不再叫了，整个养猪场顿时安静下来。张老汉拧起灯罩，吹灭马灯，独自坐在库房的门槛上抽叶子烟。四野漆黑，唯有烟头的红点一明一暗，与菜地外哗哗奔流的宝马河遥相呼应。多少个不眠的夜晚，张老汉就这样在这深湾里，守着孤独，望着星斗和流云，听河水诉说那遥远的故事。

这养猪场有了除自己以外的另一个人，他感到一阵温暖和慰藉。至少，他暂时不会孤单了。

在宝马河垂钓，很难说是消遣或者是娱乐，一则是当地农民难得有那份雅兴和闲暇，再则是在此钓鱼太容易了，只要抛钩就有收获。宝马河特产金丝鲤鱼，这种鱼的鱼肚两侧，自鳃至尾各有一条金色纹线，鱼身扭动，纹线在阳光下金光闪闪。金丝鲤鱼肉质细嫩，入口粘糯，鱼不肥大，但数量极多。有人曾人工养殖过金丝鲤鱼，但一旦离开宝马河，鱼腹上的金线便渐渐淡去，进而消失，味道也不再鲜美。

太阳又红红地从山后升起，张老汉一浇完菜地，便操起钓鱼竿坐在河边一株枝叶浓密的榆树下，抽着叶子烟悠闲垂钓。一袋烟刚抽完，木盆里便有了大大小小几条金丝鲤鱼。在河边，他剖开鱼腹，掏去内脏，刮去鱼鳞，放于盆内。回来路过菜地，他俯身探手掐了一把葱苗带回灶房。

木柴在灶孔里噼啪燃烧。他用筷子从瓦罐里掏一点猪油磕于烧辣的铁锅里，等带着炒肉香味的烟气从化开的猪油上腾腾冒起的时候，将洗净的几条鲤鱼滑入锅内，同时不停地用锅铲翻动鱼身。鱼肉在油锅里煎得黄黄的时候，舀一瓢清水，沿铁锅一周倾入锅里，然后盖上用篾条笋壳编成的锅盖。起锅的时候，撒上食盐葱花，一碗白如牛奶，漂着葱花，色香诱人的鲜鱼汤便熬成了。

吃罢鱼肉，喝罢鱼汤，林锡平继续昏睡。伤口已不再红肿，并渐渐开始愈合。他已能自己吃饭了，而且食量越来越大，偶尔还会下地走动，只是仍不开口说话。张老汉仍然细心地照料着他，几次想问他一些情况，但话到嘴边欲言又止。

库房的南墙上贴着一张黑白菩萨画像。由于烟尘的侵蚀，画像已模糊破旧，左上角从土墙上脱落并翻折下来，遮住了画像半边脸。张老汉将夹背倒扣在地上，颤颤巍巍地爬上夹背，踩在夹背底上站起身来，用糨糊粘平画像并抚去灰尘。

从夹背上下来，他在水桶里洗净双手，然后挪开夹背，恭恭敬敬地跪在画像前，然后点起香蜡，三次叩首后，双手合十小声念道："大慈大悲的菩萨呀，我张朝建处处为善，从不干坏事，没想到而今却落得孤身一人。这道士湾平时连鬼都看不到一个，我刚刚又失去了儿子，孤苦伶仃哪。我不知那个人是谁，为啥受伤，但他的伤快好了，估计很快就要走了。要是他能留下来多陪我这个孤老头子一段时间，我就谢谢你了，大慈大悲的菩萨呀！"

这时，门口突然一暗，张老汉扭头看见林锡平站在门口，一只手扶着门框。他站起身来，拍拍膝盖，笑笑地说："睡醒了哇？多睡会儿噻。"

林锡平说："谢谢你，老人家。"这是张老汉听到他说的第一句话。

听到他终于开口说话了，张老汉激动得语无伦次："天哪，你不是——？我还以为你是——呃——好，好，能说话了。"他两步跨出门来，踮起脚双手捧着林锡平的头认真地查看伤口，然后说："好了，全好了，谢天谢地呀！坐——坐——你身体还有点虚弱。"张老汉扶着林锡平坐在门口的一块石头上，自己则抓起篾扇站着给他轻轻扇风。

"老人家，你救了我，还这么细心地照料我，这份恩情我将没齿难忘啊！要不是遇到你，我可能早就死了。老人家，你就是我的再生父母啊！"任何语言，对于林锡平来说，此时都显得多余和无力，但他还是拣说得较为利索的四川话，简单而真诚地表达了自己的谢意。

"年轻人，缘分，一切都是缘分，是大慈大悲的菩萨让我遇到了你。"他回头虔诚地望了一眼土墙上的画像说，"这道士湾阴森得很，生产队的人大白天都很少来，说这里经常闹鬼，但我在这里已经住了五年了，还从来没碰到过鬼。有菩萨保佑，哪个鬼敢来哟。这段时间，有你陪着，我高兴得很啰。你不要谢我，一切都是菩萨的安排。不过，你要是能多陪我几天，那就更好了。"

张老汉随后坐在门槛上，在大腿上摊开烟包，卷一支烟装进竹筒烟杆后递给林锡平，林锡平挥手示意不抽，他才将烟杆衔在口中，点火美美地吸起来。待鼻孔喷出两股灰色的浓烟，他才抬头无限期待地望着林锡平。

"老人家，我这条小命是你捡回来的，只要你不嫌弃，从今天起，我就是你儿子。不要说陪你几天，就是几月、几年都成，只要有可能，我可以一直陪着你。"他身体依然虚弱，说到激动处，伤口微微发胀，头脑一阵晕眩。他伸手轻轻摸了一下头上的伤疤，然后将双手撑在屁股下的石头上不解地问："老人家，你的家人呢，老伴、儿女、孙子呢？他们怎么不来陪你呢？"

张老汉似乎没有听见林锡平的话，目光散乱地猛吸着烟卷。随后他从口中取出烟杆，在地上蹭灭烟头，站了起来，自顾转身进屋，然后咚的一声跪在画像前，双手捂脸，神情凄楚地抽泣起来。

　　林锡平被他的奇怪举动吓蒙了，慌忙站起来，进门欲将他扶起。张老汉挥手示意不要扶，然后轻轻地说："大慈大悲的菩萨呀，你都听到了啊，他说他要当我的儿子。我又有儿子了，我捡了一个儿子啊。我失去一个儿子，现在又来了一个儿子，老天有眼哪！我家三代单传，儿子死后，我以为我家将从此绝后，害怕连死后都不敢去见列祖列宗啊。现在我又有儿子了，我有儿子了……"

　　林锡平站在他身后，渐渐听出了点头绪。他说愿做张老汉的儿子虽然也是一片真心，但更多的是一种感恩时的礼节性语言，与真正成为他儿子当然不是一回事。当然，他对张老汉的感激之情绝对是真心的。他已大致听清了老人的悲惨身世，于是俯身吃力地扶起张老汉，然后一起转身出门，又双双恢复了先前的坐姿。

　　"小伙子，我有儿子，但不久前死了。"张老汉叹了口气，又点起先前抽过的半截烟，然后摇头苦笑了一下，"嗨，儿子死后我想儿子都想疯了。你说要做我儿子，我还当真了。你有父母，迟早都要离开我，不过有这份心意我就很高兴了。当然，你可以当我的干儿子，以后有空来看看我就可以了。你要是真能成为我儿子——"他望着远处，然后轻轻摇了一下头，"唉，我哪有嘣个好的福气哟。"说完又直直地看着林锡平的眼睛。

　　"老人家，除了儿子，你其他的亲人呢？"林锡平开始认真地思考"当儿子"这件事了。

　　张老汉猛吸两口烟，烟雾缭绕中，他用梦呓般的语调幽幽地说："我爷爷只生了我父亲一个儿子，我父亲生了我一个儿子，而我也只有一个儿子。我老婆在生这个娃儿时就难产死了，儿子却幸运地活了下来。从此，我又当爹又当妈，一把屎一把尿地总算把儿子拉扯大了，并与他相依为命。儿子很聪明，从小读书成绩就好。为了供他读书，我没有再找老婆，甚至没吃过一口好饭，没穿过一件好衣。儿子也争气，后来读了大学，当了一名老师。他还劝我不要当饲养员了，到学校与他住在一起。我哪能习惯啰，我一辈子就喜欢养猪，要不生产队会把这个好事给我?"

说到自豪处，张老汉脸上居然掠过一丝明显的笑意。稍一停顿，他吸口烟后继续缓缓地说："可惜呀，天妒英才呀，我儿子死得惨哪!"

"怎么死的?"

"烧死的，在和平村火灾中活活烧死了哇!"

"啊——?"林锡平一惊，想马上站起来，身子却僵在原地。

"你也听说过吧，那么多娃娃他都一个一个地救出来了，自己却没有跑出来，惨——哪——"

"老——老人家，我——我还没来得及问你，你——你贵姓哪?"林锡平狠狠地咽了一口唾沫，身体微微发抖，却不敢再看张老汉的眼睛。

"张，彭家桥这一带都姓张。我叫张朝建，儿子叫张永泰。"张老汉看了一眼林锡平，发现他脸色发白，便心疼地说，"哎哟，你不能在这里久坐了，去睡一会儿吧!"

"不，没——没事。你——你知道那场火灾是怎么回事吗?"

"有人放火。"张老汉眼睛一鼓，满眼愤怒，将烟杆在门槛上重重一磕，烟头从竹筒中弹出，带着火星射出老远。他说："和平村是建兴中学的魂哪! 凡是从建兴中学走出去的学生，没有不留恋那儿的。我儿子原本该在县城工作，就是舍不得和平村才回建兴中学的。放火的人丧尽天良啊，他为啥非要烧掉和平村不可呢? 多了不起的老屋哟，听说都上千年了。那放火的人要是被抓到了——"张老汉牙齿一咬，"我决不饶过他!"

林锡平身子轻轻歪了一下，慌忙挪脚撑住。他脸色越加发白，头上滚下豆大的汗珠。他扶着柱子艰难地站起来说："我想休息一下。"张老汉马上跳起来把他扶进小屋，等他慢慢躺下后，才放下蚊帐，轻轻地退了出去。

太阳偏西了，照得整个道士湾红彤彤一片。张老汉背起小麦去彭家桥旁的磨坊磨灰面。他要为林锡平做一些可口的面条或油饼，好让他身体尽快恢复。天快黑的时候，他才高高兴兴地背着灰面回到养猪场。当他端着一碗喷香的手擀面走进小屋的时候，才发现床上空无一人。他原以为林锡平还在睡觉，想让他多睡一会儿，所以一直没有进小屋。他将面碗放在木桌上时，才看见一张纸条——

爹：

　　我真该当面叫您一声"爹"！请原谅我的不辞而别。我答应一直陪着您，甚至说愿当您的儿子，都是真心的。我的命是您给的，我应该好好报答您。您那么慈祥，那么友善，能当您的儿子真是三生有幸哪！可是，我现在不得不离开，而且只能不辞而别。

　　您一直没有问过我的身世，甚至至今还不知道我的姓名，但现在三言两语我又说不清楚。我与和平村大火有牵连，有许多复杂而重要的事情要亲自去面对。如果还有机会，我一定回来当您的儿子。多保重，爹！

儿子叩首

看完信，张老汉身子一软便滑坐在床沿上。待细细地回味起林锡平的点点滴滴，他才猛然想起这人说话时的外地口音。他还觉得这个人有点面熟，只是想不起在哪里见过。

含泪离开道士湾时，林锡平才记起几天前曾在河边见过买猪的张老汉。他来到三官场前次住过的那家小旅馆，取走了寄放在那里的包裹。第二天一早，他便来到了县城。

在县公安局门口，他几次刚走进去，又退了回来。他无法确知，如果向公安局举报和平村大火的全部真相后，自己会是一个什么下场。自己毕竟是外地人，李元成在本地的势力的确不可小视。前次在河边，李元成的威胁并非全是大话。他知道此人心狠手辣，说得出，做得出。同时，古朴雄伟的和平村、孤苦无依的张老汉，以及寄放在朋友那里的古董珍宝等画面轮番在他脑中闪现，令他举棋不定。

正在犹豫不决时，穿着破烂的蓝布衣服的一个人从他身边急冲而过，差点将他撞倒。与此同时，一张折叠过的黄色牛皮纸从那人口袋里掉了出来，飘落到地上。他朝那人大喊一声，说东西掉了，而那人却充耳不闻，继续朝前狂奔。他反被自己的喊声吓了一跳，慌忙捂着嘴惊恐地看了一眼公安局大门。

他走过去捡起那张牛皮纸打开一看，便朝那人追去。

1

哗哗啦啦地下了一整夜暴雨，河面变宽，浑黄的河水携带着漂浮的麦秆和朽木滚滚而来。天刚亮，学校西侧门外的河边，几个农民披着蓑衣，赤着脚，将长裤高高缅起，闹闹嚷嚷地扬起长长的竹竿在打捞从上游冲下来的木材。

陈德愚被河边的喧闹声吵醒后，坐在床上看着空寂的寝室发呆。推开窗户，潮湿而清新的空气扑面而来。站在二楼走廊上，望着远处白浪滔滔的宝马河，他惬意地抬臂做了一个扩胸运动，再来两次深呼吸。这时，有位年轻老师拿着瓷碗边走边敲走向食堂，陈德愚探头看了一下，然后朝那人大声喊："杜老师，杜老师，帮我带两个蒸馍。"杜老师扭身仰头看了他一眼，笑着应了一声："嘿嘿，要——得——"

雨停了，夏日的清晨凉爽宜人。匆匆嚼过两个蒸馍，陈德愚将昨晚换下的脏衣服泡在一只瓷盆里，然后给董尚林打了个招呼，便走出学校大门。他到镇上百货门市部买了三袋白糖和两个罐头，装于随手带来的一只网兜里。沿途有路人或学生向他打招呼，有人喊陈校长，有人喊陈老师，甚至有人喊芋头，他都笑笑地点头应答。今天是星期天，他要去碾垭公社六大队看望王文昭的父母。

他与王文昭已经有了书信往来。西沙自卫反击战中，王文昭参加了攻打珊瑚岛的战斗，痛击了入侵西沙群岛的西南某国军队，战争结束后一直留在边防部队。他在信中告诉陈德愚，原以为今年将转业到地方，没想到部队又接到了备战命令。

他说，近几年来，西南某国频繁对我国边境地区进行武装挑衅，一再侵犯我国领土，公然在我国的土地上埋设地雷，修筑工事，任意开枪开炮，制造流血事件，严重威胁了我国边疆的和平与安全；作为一名军人，没有比保家卫国更为神圣的职责了；请母校和家乡放心，他一定不辱使命，不杀退敌人，决不活着回来；父母只生了他一个孩子，自己忠孝不能两全，希望陈德愚在有空的时候代他看望父母。

陈德愚去信请他放心为国戍边，说"你的父母就是我的父母，我会全力照顾的"，希望王文昭能奋勇杀敌，并期待他早日凯旋。

久旱未雨，王大贵生产队还有一块没来得及栽上红苕的空地，一直在等待这场大雨。天刚亮，队长王大顺就扛着锄头来到地里，用力狠狠地一锄挖下，翻出泥土一看，然后高兴地大叫："下透了，下透了，可以栽了。"

王大顺一回到院内便扯起嗓子吼："出工了，快抢栽梨子坝的红苕。"其实栽红苕的季节早就过了，如果再不及时补栽，这块地就要撂荒了。社员全部出动了，男人挖地，刨苕塝，女人背着背篼去苕母地割苕藤。栽红苕时，苕藤被剪成长约一尺的小截，右手手指插入苕塝，扒开松土，左手喂上一截苕藤的一端，右手再合上泥土，捏拳用力一压，一株红苕就算栽好了。

陈德愚来到王家坪王文昭家所在的院子外时，红苕已经栽完，生产队刚刚收工。"王叔，谢嬢，收工了？"看到王文昭父母扛着锄头，背着背篼走向院子，陈德愚便远远地大声招呼。王大贵瘦高，平头，浓须，老伴谢二婶微胖，肤白。二老都已头发灰白，神情却总是愉快爽朗。

"嗨哟，贵客来哒，贵客来哒。"王大贵连忙放下锄头，并将锄头靠立在墙边，然后从裤兜里掏出钥匙咔咔地开门，同时回头得意地对身后的老伴说："该是哈，我说今天有客来嘛，你还不相信。一晚上都梦见涨洪水。"

谢二婶进屋端出一条板凳，笑笑地对陈德愚说："坐哇，陈校长。哎呀，空手来就是嘛，买恁个多东西干啥嘛，每次都多谢你呀。"然后接住陈德愚递过去的网兜，扭头笑着对王大贵说："不是你梦见涨洪水，本来就在涨洪水，要不今天还能栽红苕哇？"

陈德愚已不止一次来这里了，所以他们并不生分，只是堂堂建兴中学一校之长亲自来看望他们，的确令这对农民夫妇倍感荣幸。用王大贵的话说，陈校长可是王家几辈人中最尊贵的客人。谢二婶忙着生火做饭，王大贵则陪着陈德愚坐在屋外摆龙门阵。

话题从建兴中学谈到王文昭，从王文昭谈到保卫西沙，从保卫西沙再谈到近期边境的局势。王大贵明显表现出对战争的忧虑，说自己只有腊狗这么一个儿子。陈德愚劝他不用担心，说战争可能还是会避免的，况且中国目前的军力十分强大。当然，他们还是小心地回避"血染疆场、马革裹尸"之类的话题。

这是一个大大的四合院，住着十多户人家，都姓王。王文昭家住在南边靠西的一间一楼一底的屋内。屋内一架大木床，一张四方桌，四条长木凳，一把凉躺椅，屋角并排放着两台存放米面的黑色木柜。进屋左侧最显眼的墙上，贴着县上颁发的"一人参军全家光荣"及王文昭从部队寄回的大大小小的奖状，红艳艳一墙，十分壮观。一张奖状上还扎着一枚缝衣针，黑色的线头一飘一飘的。

陆续有人围过来，高兴地站着听他们摆龙门阵，偶尔有人没头没脑地搭一句腔。王大贵自豪地向大家介绍说——建兴中学的陈校长，腊狗的朋友。

有个赤着脚、满脸胡碴的中年男子笑笑地打趣道："二爹，晓得啰，陈校长都来好几回了，你都说了一万道了。"然后看着陈德愚大声粗气地说，"陈校长，我娃儿说他二天也想去你们学校念书哦。腊狗就是从你们学校毕业的，多有出息哟。"

陈德愚笑着说："欢迎，欢迎，就是要让娃娃多读点书，不要只想到挣工分嘛。"那人咧着嘴，伸手挠挠头皮，露出一口黄牙憨笑。

离开王家坪，已快中午了。翻过一座小山，陈德愚沿着来时的路，快步朝建兴场走去。刚下到山脚，他看到垭口一棵枝叶茂盛的黄葛树下，一位穿着白底蓝花衬衣的年轻女子背对着大路坐在一块石头上休息。他原计划在此小憩一会儿，现在看到别人已捷足先登，知了声声中，只得继续前行。

刚走出不足十步，背后突然传来那位女子的喊声："哎，芋头，不怕热嗦？"他一转身，发现是梅兰，于是讪讪地说："不热，不热，刚下过雨，今天凉快多了。你——？"他边说边踅回来走到黄葛树下。

"我去学校找你了，董主任说你去看王文昭他妈老汉去了。今天休息，我在这里等你快两个小时了。"她抬腕看了一下手表，然后站起来，为陈德愚让开那块石头，顺手拍了一下屁股上的灰土。

"你又——去学校啦？"陈德愚一脸惊惧地问她，将"又"字说得很重，口气中带有明显的不满甚至气恼。他没有坐下，示意梅兰坐回那块石头，自己又在附近抱来一块石头，在梅兰坐的那块石头一丈开外瞄了好一阵才将石头放下。

"你啥意思，烦我啦，不想见我啦，我就不能去找你啦？"梅兰刚坐下又从石头上站起来，语如连珠。

"梅——兰——"陈德愚似乎有口难辩，摇摇头忧心忡忡地说，"梅兰，建兴场这个地方小，认识你我的人又多，咱们现在都算是建兴场有头有脸的人了。你是区长夫人，我是一校之长，我怕别人说三道四，人言可畏呀！"

"狗屁夫人！谁想当区长夫人谁去当，反正我是恶心死了。校长又怎样，校长就高人一等啦，校长就不是人啦？"

"梅兰哪，你我走到今天，真不知是喜还是悲。我知道你的心思，可是你知道我的难处吗？建兴中学这个校长不好当啊，那么多老师，那么多学生，还有那么多学生的家长，有多少双眼睛望着这个校长的啊。我既要管理好学生，又要管理好老师，方方面面，千头万绪，一点都不敢疏忽呀。我刚接手这个摊子，好多东西都还没来得及整清楚，就已经搞得焦头烂额的了。有时我真怀疑自己是否有这个能力当好这个校长，但已没有退路了，必须干下去，而且要尽全力干好。高考马上就要到了，这不光是学生的大考，也是我的大考啊。"说完，他坐在自己抱来的那块石头上，示意梅兰也坐下。

"芋头，我常常怀念咱们在太子岛上的那段美好时光，有时真希望你还是那个孤岛上的叫花子。"她笑笑地说，脸上却浮起羞涩的红晕。梅兰随后埋下头，用手使劲捏一块土疙瘩，并神情专注地看着手中的土渣洒落到地上。一阵沉默后，她抬起头来，看着陈德愚说："这个校长对你来说就那么重要么？你就不能不当这个校长吗？"

"不行，至少目前不行。你以为我想当这个校长吗？我可是受了老校长的重托啊。他对我寄托了多大的希望哦，辜负一个老人的希望是残忍的。如果我现在说不当这个校长，就等于往他老人家心上狠扎一刀，我做不出来呀！况且这个校长不是官，甚至不是一个职务，它是责任，是对整个学校、对几千师生的责任，也是对全社会的责任。这么重的担子压在肩上，你能说不干就不干吗？"

"那你的意思是，以后都不许我再来学校找你了？"她说完，上牙咬着下嘴唇，一脸无助地望着陈德愚。

"尽量少来，为了学校大局。"

"我有那么大的能量吗？硬把我与你那宝贝学校扯到一起。我是亡君亡国的红颜祸水哇？我是苏妲己、我是杨玉环、我是陈圆圆吗？"

"梅兰，不要生气，你还没完全明白我的意思。你想啊，要是有人反对你来学校找我，他就会恨我，恨我就有可能加害于我，加害于我最有效的手段就是在学校制造事端。所以，有些事故可能是我引起的，受伤的却是学校，你说我这个校长不就成了学校的罪人了吗？"

"你是说——和平村——？"她吃惊地张着嘴，然后翻着眼苦苦地追忆着什么。

"不要妄加猜测，更不要妄下结论。我无法完全防止别人加害于学校，但在学校以外我尽量不得罪人，不结怨，尽量减少别人伤害学校的诱因。和平村大火的确给了我当头一棒，为了学校，我只能处处小心哪。火灾过后，我无时无刻不在思考这件事，有时半夜想起来心尖尖都会疼。如果这场灾难真是因我而起，那我就罪孽深重了啊。从那天起，我就隐隐觉得黑暗中始终有把尖刀在瞄着我。来吧，我——等着你！"陈德愚狠狠地捏了一下拳头。

"其实，我也很担心，所以才——"

"才写纸条给我？"

"你知道啦？"

"除了你还有谁会在暗中如此帮助我？就算用左手书写我也能嗅出你的味道。我还不了解你？既想提醒我，又不愿暴露身份。"

"由于当时纵火案还没有定论，我隐约觉得你的处境可能很危险，但的确不便暴露身份。"梅兰对陈德愚刚才说的"能嗅出你的味道"一句话感觉美滋滋的。稍后，她微一蹙眉道："你认为这事真与他有关吗？"

"你不也这样想吗？可是，他怎么下得了手啊？但愿不要是他呀。虽然现在还没有证据，但我发誓要找出事故元凶，不管是谁。只要活一天，我就会找一天，直到死去的那一天为止。"

"哎——呀——不要说死不死的嘛，年纪轻轻的。哎——"她突然像记起什么似的，笑笑地看着陈德愚说，"说到年龄，你今年有三十四岁了吧，别人在你这个年龄，儿子都十岁了。"也不知怎么一下就说到"儿子"、"十岁"这些敏感的字眼，她突然变得十分紧张，脸色一下阴沉下来。勾指撩了一下飘在额前的头发，又理了理衣领，她越发变得局促不安了。

这段时间她一直都想找一个合适的机会，告诉陈德愚他们本来有一个儿子，如果他还活着，今年也满十岁了。她至今不知儿子下落，甚至不知他是否还活着。虽然她认为不该对陈德愚有任何隐瞒的秘密，但她又害怕他不会原谅自己，因此，几次话到嘴边又咽了回去。

"梅兰，你还是和李元成好好地过日子吧。天天和他吵吵闹闹的，让他这个区长还怎么当啊？你还是多替他想想吧。"陈德愚也只明白了梅兰此时的部分心思。

"天——哪——"梅兰吃惊地看着陈德愚，"他横刀夺爱，栽赃陷害，差点害死了你，你居然还替他着想，可是他现在恨不得撕了你。你这人现在怎么——"她说不下去了，失望地摇着头。

"梅兰，得饶人处且饶人，冤冤相报何时了。我不只为他着想，更多地是为了学校。"

"那我怎么办，你置我于何地呀？我与他一天都过不下去了啊。"她声音哽咽起来，继而流下了委屈的泪水。她掏出手绢擦了一下眼晴，然后静静地看着陈德愚说："你——是不是不在乎我了？我今天来找你，就是想要你当面给我一句话。"

"可你已经是李元成的妻子了啊。"陈德愚一脸痛苦地说。

"我就知道你会这么想。"梅兰目光哀怨地斜视着陈德愚，然后冷冷地说，"我是结过婚的人，你没有结过婚，现在又是堂堂建兴中学的校长。你瞧不起我，你瞧不起我了。"她叹着气站起来，向陈德愚面前挪了一步，眼睛直直地瞪着他说："亏你还是牛津博士的学生，亏你还是研究西方经济学的，亏你还是川大的高才生，你连一个文盲都不如。"说完呜呜地大哭起来，然后朝建兴场方向跑去。

陈德愚知道梅兰误解了那句话的意思，刚想追上去向她做些解释，突然看见有两人从山下绿油油的秧田边朝这边走来。他怕碰到熟人，于是停止追撵，又呆呆地坐回石头上假装乘凉。

陈德愚闷闷不乐地回到建兴中学，已经是下午了。学生在篮球场上生龙活虎地打球，啪啪声和喧闹嬉笑声传出很远。他精神突然一振，像搁浅的鱼儿又游回到深水。他觉得这儿的空气才是自己的空气，这里的一切都与自己有关，这里的一切都是自己生命的一部分。校门以外，不管多么繁华与精彩，那都是另一个世界，与己毫不相干的世界。

刚走到球场边，一颗篮球朝他疾射而来，他一矮身，出手稳稳地接住篮球。他没有把球回投给球场上那群笑笑地看着他的学生，而是右手拍球，动作娴熟地运球入场，然后划过众人，目光紧盯篮板，身手矫健地一个三步上篮，在弹跳腾空的瞬间，右臂托球伸展，手腕内收发力，呼的一声，一个漂亮的空心球应声入篮。掌声和惊叹声同时响起，其他同学也陆续围过来。他们没想到平时一脸严肃的校长居然有如此精湛的球技。

他已认出几个毕业班的学生，便笑着问他们高考准备得怎样。有学生说越临近高考越紧张，这段时间老是失眠。他提醒学生要劳逸结合，有空打打球，爬爬山，不必死读书；现在恢复高考了，大家应该感到幸运，而不是紧张；一颗红心，两种准备，只要努力了，就无怨无悔。在同学们的热情邀请下，他又配合打了一会儿球才离去。

推开寝室的门，他看到早上泡在盆里的衣服，于是端起瓷盆就朝学校的洗衣台走去。快到洗衣台时，他突然停步不前了，他看到这时在此洗衣的全是清一色的女性——女学生、女老师、教师的妻子，刚好就没有一个男性。稍微迟疑了一下，他还是硬着头皮走了过去，怯怯地选最靠边的位置埋头洗起来。

这时，一位教师的妻子看到了他，惊乍乍地大吼："嗨——呀——陈校长呃——你看这儿有哪个大男人家的在洗衣服嘛。这些事么，是我们女人家干的嘞。"说完，过来一把抢走他盆中的衣服就洗起来。随着那个女人的叫声，一排女性的目光朝他扫过来。他隐约听到了轻轻的笑声，感到脸颊热热的。在往回走的路上，他想起了哭着跑开的梅兰。

5

校园渐渐安静下来，所有教室都亮起了灯。灯光从窗口漫出，整个教学楼像一个套着镂空方格灯罩的巨大灯笼，照得四周及操场白白亮亮的。小会议室，学校正在召开高考工作会议。日光灯洒下清幽的光，冷冷地映在与会人员一张张严肃的脸上。

"离高考只有大约两周的时间了。从上周的模拟考试来看，总体情况还是不错，但也暴露出一些问题，比如数学高分段的人数太少，英语有些同学基础太差，居然还有只考十二分的。时间不多了，现在的冲刺策略是：稳住第一梯队，针对第二梯队中的重点苗子进行专门辅导，也就是开小灶。这项工作要落实到每个任课老师头上。"董主任说完，目光扫了一下全场，然后看着陈德愚。陈德愚没有吱声，只是用手示意几位班主任老师发表意见。

"我认为语文、数学、英语现在恶补效果已不会很明显了。文科应突击历史、地理，理科应把重点放在物理、化学和生物上，这些科目在短时间内强攻可能还有点用。"

"现在时间太紧张、太珍贵了，我建议剩下的这段时间不能再放星期天了，早上提前两个小时上课，晚上再加两个小时的晚自习，中午只给半个小时的吃饭时间。"

"对，我听说西充、阆中、广安、南充等地的学校，这段时间学生连吃饭都只给很少的时间，晚上只准睡五个小时。"

"可是，我们班这几天陆续有同学出现头昏、失眠、噩梦、情绪焦虑等情况，有的同学还出现肠胃不适、血压偏高等症状。"

"没有办法，这是高考，这是战争，这是拼命。我还失眠、情绪焦虑呢。"

……

学校领导、班主任、任课老师都在七嘴八舌地发表意见，陈德愚却一言不发，只是看着他们交谈或争论，并不时埋头在笔记本上记录着什么。等会场的声音渐渐弱下来，他才笑着说："一，原来的作息时间不做任何调整，不得再增加学生的学习负担；二，中午必须午睡一个小时，晚上必须按时就寝；三，本周六晚上，学校准备放电影，所有毕业班的同学都得观看；四，星期天举行一场毕业班篮球比赛，毕业班的同学必须全部参加；五，凡是出现头昏等身体不适的同学，愿学则学，愿玩则玩。"

他一口气说完，在场的人都张着嘴吃惊地看着他，有两位班主任还从椅子上忽地站起来准备与他争论。他脸上的笑容一收，只轻轻说了两个字——

"散会！"

看坝坝电影在当时的农村，绝对是一件令人振奋的大事。在物质和文化生活都极度匮乏的年代，那算是最热闹、最时髦的娱乐活动了。建兴中学周末要放坝坝电影的消息不胫而走，几十里外的人们谈论起来都是一脸的兴奋，并认真地计算着时间，早早地约好一同前往的伙伴。

当白色的幕布在操场上高高挂起的时候，整个校园便弥漫着一股浓浓的节日气氛。天快黑了，同学们早早地从教室捎出板凳，占据着放映场上的有利位置。校园里的人越聚越多，到处是嘤嘤嗡嗡地高声谈笑的人群。人人脸上都洋溢着兴奋和喜悦，新朋旧友尽情地享受着这难得的聚会。有些小青年还拉帮结派地打打群架、逞威风，上蹿下跳，闹闹嚷嚷。通往学校的各条路上，还有人流在陆续拥进来。

支撑银幕的两根粗大的竹竿上，高高地挂着两个高音喇叭，这时正在播放京剧《奇袭白虎团》。嘹亮激越的唱腔撩拨着校园里每一处细微的神经，然后在空中回荡，再通过幸福山远远地反射出去，将整个小镇的夏夜烧至沸点，也使不能来看电影的人心神不宁、烦躁不安。这是正式放映前的序曲，既能刺激观众的热情，又可催促还在路上的人们加快步伐。

当放映机雪白耀目的光柱投射到银幕上时，操场上哗的一声炸开了。那些占得有利位置的年轻人，兴奋地将手探到光柱上，一边惊叫一边猛挥，并不断地变换着手指的造型。其余的人也争相挤向光柱，努力伸手感受这神奇的景象，于是银幕上便跳跃着一片手掌的森林。这时候，嘎的一声，高音喇叭的京剧突然止息，操场上也随之安静下来，人们在急不可耐地等待电影开场。

放映员是一个瘦黑的中年人，趿着拖鞋，穿着白色汗背心。他面带得意的微笑，把嘴凑到蒙着一块脏兮兮的红布的话筒上，噗噗地吹两下，然后拖着轻柔而缓慢的腔调说："请——同学们——安静，安静。请——同志们自觉维护放映秩序，哎——不要大声喧哗，不要随地大小便。哎——电影马上就要开始了。今天放映的影片是——日本电影《望乡》，好看得很啰。"说完，脸上浮起诡异的笑。

银幕上终于有了画面，喇叭里也传出了声音，但这并不是电影，而是新闻简报。"朝鲜电影又哭又笑，罗马尼亚又搂又抱，越南电影真枪真炮，中国电影新闻简报"，这是人们对当时电影的生动描述。正式播放影片前，都要放一段近期国内重大新闻的纪录片。纪录片播放了两条新闻简报：一条是，1978 年 6 月 30 日，著名电影艺术家袁牧之病逝；另一条是，1978 年 7 月 3 日，中国停止对越南长达二十余年的经济援助。简报结束，电影就正式开始了。

老校长的家里，几名老师正在焦急地请他帮忙阻止放映这部影片。其中一名姓钟的毕业班班主任老师说，他昨天才在县城看过这部电影，这部电影是根据日本女作家山崎朋子的小说《山打根八号娼馆》改编的，反映的是上世纪 20 年代末日本少女被卖到南洋当娼妓的故事；电影里面有许多男女的裸体画面，还有不少床戏镜头，是一部彻头彻尾的黄色电影，是资产阶级的大毒苗。

钟老师带着哭腔着急地哀求道："赵校长，这部影片千万不能放啊，否则，对那些十七八岁的娃娃们影响就太恶劣了。现在学习时间这么紧张，本来就不该放电影，更何况这种东西。嗨——呀——急死人哪!”钟老师表情痛苦，边说边将身子一弯一弯地，伴随着右脚在地上一顿一顿地，将右手手背在左手手掌上打得啪啪响。

赵校长叫钟老师快去找陈德愚，然后甩门便往外走。下楼梯时他急得脚下一滑，差点摔倒，幸好被另一位老师扶住。电影已经放到“记者三谷圭子与阿崎婆正高兴地在地上铺席子”这一片段了。赵校长、陈德愚及钟老师等站在银幕背面认真而紧张地看了一会儿，未见任何异常。赵校长看了一眼陈德愚，陈德愚又疑惑地看了一眼钟老师。钟老师突然急得大叫：“快了，快了，马上就来了，不能再放了。”然后丢下众人，边嚷边往放映台挤去。

随着银幕一黑，放映台的灯光就亮起了，同时传出放映员吹话筒的声音。他说现在是换片时间，请同学们休息一会儿，要屙屎屙尿的快去，操场上又嗡的一声喧闹起来。放映员几乎是被钟老师拉着，跌跌撞撞地小跑着来到两位校长面前的。

“原来说的放《列宁在一九一八》和《卖花姑娘》，怎么改成《望乡》了?”陈德愚一脸愤怒地看着放映员劈头就问。

“场上电影院今天只拿了《卖花姑娘》和《望乡》这两部片子。《列宁在一九一八》早就没人看了，电影院怕卖不起票，所以就没有拿。《卖花姑娘》现在正在电影院上映。两部片子错开放，等两边第一部放完了再交换，这样就可以少交些片子租金，划得来嘿。”他看着几位老师及校长兴师问罪的架势，怯怯地说，同时把白色背心像缅裤脚一样高高缅起，露出瘦瘪的光肚皮。

陈德愚说：“这里是学校，不是电影院，你怎么可以把黄色电影带到这里放?”等陈德愚说完，钟老师也迫不及待地抢着质问：“就是，你把资产阶级腐朽的东西拿到这里来，居心何在，咹?”

“咹——黄色电影？我的天嘞，你们借我十个胆子么，我也不敢放那些玩意儿嘛。这不是黄色电影，现在全国各地都在抢着放映。南部县是上周才从成都拿回这个片子的，我们头头送了两包'红梅'才抢到手的呀。现在连场上电影院都还没放就拿到这里来，你们还——唉！"放映员大有好心没好报的委屈，将卷起的背心唰地抖下来。

"听说讲的是妓女的故事，还有裸体图像，甚至还有……"陈德愚说不出口，为难地看着钟老师。他没看过这部电影，希望钟老师能帮忙说清楚。

"还有男女之间干那事的镜头。"钟老师本来也羞于出口，但因着急还是一口吼了出来，然后胡乱地在裤兜外捏摸着什么，可能是在找烟抽。

"哦——晓得了，我晓得了。对头，这个影片听说刚到我国的时候，的确有好多那些镜头，上海电影译制厂在翻译这部片子时已经剪掉了很多，剩下的还有一点点，不能再剪了，再剪故事就说不伸抖了。今天上午，我们几个人在电影院办公室已经看过一次，问题不大。"

"那种镜头一个也不能有！"赵校长说完，丢下众人转身气呼呼地走了。另外一位老师赶紧跑过去扶着他，怕他跌倒。

"这样，我有办法，保证那种镜头一个也不会出现。"放映员向陈德愚保证后，又对钟老师说："钟老师，你看同学们都在闹了，我必须马上放映，麻烦你找本书给我拿过来一下。"说完便急匆匆地走向放映台。这时，操场上果然传来骂骂咧咧的声音，有些同学还三五成群、整齐划一地吼："放——电——影——"

看到放映员又坐回放映台，操场上渐渐趋于安静，刚才散乱的人群又紧凑起来。这时，后面有人嫌前面站着的高个子遮挡了视线，于是拖着尖尖的嗓音喊："高个子——两边站——不要在前面遮光线。"前面那人回头看了一眼，果然就笑着向旁边挪了一下。放映员又把嘴对着话筒笑笑地问屎尿屙完没有，操场上异口同声地响起"屙完了"的吼声，接着便是一阵嚯嚯的大笑。

放映台的灯一熄，放映机的射光灯便同时亮起。电影继续开始，操场上马上又安静下来。钟老师满头大汗地送来一本书给放映员后并未马上离开，而是蹲在放映机旁紧张地盯着银幕，他手里还留着一本书。当一些敏感的画面快要出现的时候，放映员准确地举起书本，挡住镜头。有一次那些内容太长，银幕上长时间黑乎乎一片，而喇叭里仍然传出一阵怪怪的声音。有人就打趣道："这究竟是看电影么，还是听广播哟？"

有间毕业班的教室还亮着灯。陈德愚爬上楼去，走进那间教室，看到有几名同学还在认真学习。他无限怜爱地说："同学们，学习很辛苦，但越是临近高考，越要注意学习的方法和效率，越不能搞疲劳战术，要保持旺盛的战斗力。考场上谁的竞技状态最佳，谁发挥得最好，谁将是最后的赢家，强弩之末必然失败。出去看会儿电影吧，听说很好看呢。"那几位同学问了他一些有关高考的问题，然后听话地合上书，走出了教室。

从教学楼下来，他沿学校一周，认真地察看了阶梯教室、图书馆、食堂、油印房、几处教师宿舍、学生宿舍，他要看值班的老师是否都在岗位。根据事先的安排，放电影期间，每一栋重要的建筑都要留人值守，特别是学生宿舍更要认真防范。他最后走到学校的行政楼后面，静静地坐在暗处的一块石头上。这栋全木结构的建筑，据说与和平村历史一样悠久，和平村烧毁后，这里便成了学校新的标志。他担心灾难再次发生，但同时又莫名其妙地期待着什么。

电影一结束，操场上顿时就沸腾了，到处传来大呼小叫的声音。放映场像一个受到攻击的巨大蜂窝，人们正嗡嗡地从中心发散开来，进而从几个校门沿着各条道路往外流泻。大家或扛着板凳，或扶着老人，或背着已经睡熟的小孩，高声谈笑着走向回家的路。他们还沉浸在电影的情境中，或同情，或愤怒，或兴奋，并就电影的一些内容展开激烈的争论。

由于天太黑，有人拿着手电筒，有人提着灯笼，更多的人则是从路边的草垛上拔出干草点起火把。于是，宝马河边、石垭子、幸福山腰，到处火光一片，伴随着喊叫声、歌唱声，蜿蜒曲折，辉煌亮堂地朝远处扩散延伸。

7月20日，烈日如火，酷暑难熬。天地间除了白花花的太阳，便是夏蝉有气无力的嘶鸣。然而，就在这天，全国近六百万考生怀揣梦想，走进了高考的战场。

县城几乎所有的学校都改成了考场，到处是"公平竞争，沉着应战"之类的标语。考场外戒备森严，门口站着荷枪实弹的民兵。一块大大的告示牌上写着考场纪律，其中还有一条严重违反纪律者将被判刑的警告。所有考场都备有救护车，医护人员各就各位。考场还备有开水、绿豆汤为考生防暑降温。空气中弥漫着令人心悸的味道。

三天高考，考生各显身手，几家欢乐几家愁。无情的战争，惨烈的搏杀，考场上，有考生晕倒，有考生将试卷撕得粉碎，有女生竟然在答题时哇哇大哭起来。特别是英语考试，一些同学当起了白卷英雄，在考卷上题上"我是中国人，何必学外文，不学 ABC，也是接班人"后，便堂而皇之地退场。

据后来县教委调查统计，至少有三成考生没有正常发挥。许多考生都明显患有高考综合征，即紧张、慌乱、焦虑、恐惧，加之气候炎热，有人感冒，有人中暑，有人出现间歇性失忆，有人甚至精神失常。建兴中学除外，一例也没有。

果然，建兴中学这年高考成绩大好，名列全地区第一，陈德愚也因此被评为"全省优秀中学校长"。

玉米早已归仓，棉花采摘也接近尾声了。处暑一过，各地金灿灿的稻田里都响起了打谷机的嗡嗡声。谷子快黄时，队长早已请人修好了拌簧，调好了打谷机，并用机油将打谷机的齿轮抹得油亮油亮的。打谷子是农业生产中参与人数最多、协作程度最高的工种，全生产队不分男女老少，都能在打谷子的生产线上找到自己的位置。

挥镰割稻依然是妇女的专利。十来岁的小青年将割倒的稻子码成垛，然后一束一束地分给打谷机前驭谷子的老人手里，老人接过稻束，再将稻子谷穗朝下喂进打谷机。驭谷子是个技术活，将谷把喂进机仓的同时，双手靠十指的力量，灵活地将谷把扒成扇形，再不深不浅地浮在嗡嗡转动的机器上。这时，下手不能太重，太重了会增加绞机器的人的负担；也不能太轻，太轻了不能将谷穗上的谷粒打干净。

打谷机的动力是人力提供的，因此，绞机器的人一定得是身体强壮的青壮年。绞机器的人共分两组，每组两人，一组绞机器的时候，另一组则站在旁边拴谷草，权当休息。当一组绞满一夹背谷子后，再与另一组轮换。两组人往往会为装走一夹背谷子后，拌簧里所剩谷子的多少争得面红耳赤。

其他诸如撮谷子、背谷子、晒谷子、拖谷草、背谷草、晒谷草等，环环相扣。另外还有专人负责煮饭、烧开水等后勤工作。在整个生产流水线上，大家各司其职，互相监督，哪一个环节滞后了，都会影响到整个生产的顺利进行。

打谷子的工作还未全部结束，家家户户还在读书的娃娃们便开始清理书包，家长也开始焦头烂额地四处筹措学费——马上要开学了。

9月1日，沉寂一个多月的建兴中学又开始热闹了。老生归校，新生报到，处处可见背着铺盖卷、端着脸盆、提着温水瓶的学生或家长。能到建兴中学读书，是全县众多初中学生梦寐以求的事，因此，人人脸上都堆满着难以掩饰的骄傲与兴奋。

随着新生的到来，新学期的校园总是充满着新奇，这种新奇年年都有，只是今年大不相同。

首先是做广播体操时，广播开头一段"发展体育运动，增强人民体质，提高警惕，保卫祖国"的毛主席语录没有了，这让老生很不适应；其次是上课起立时，新生面对并列贴在墙上的两张主席像，有人喊向毛主席致敬，有人喊向华主席致敬，有人干脆只喊向主席致敬，后来统一改喊老师好；再次是学校的钟声比起上学期来，紊乱得莫名其妙。

以前学校不同作息时间的钟声都有明显的区别，比如，起床是先慢后快，睡觉是先快后慢，下课快而均匀，放学慢而均匀，集合尾音密如鼓点，午休则短而轻缓。学生一听就知道自己该做什么，并迅速各就各位。但现在的钟声则混乱得让人不知所云。

上午刚上课，行政楼前的五星花园旁，董尚林、欧阳轩、蒋永平正在站着讨论敲钟人的事。蒋永平说："要是老罗再坚持半学期就好了，等有了新的敲钟人后再退休，就不至于像现在这样搞得措手不及。"

"蒋校长，话虽这样说，就算让老罗再坚持一学期，我们依然会面临同样的问题。平时谁会在乎一个敲钟人？都以为敲钟是一个十分简单轻松的活儿，以为只要定时拿着榔头在那段铁轨上锤打几下就行。"董尚林指了一下竖挂在报亭旁一棵香樟树上的一截三尺来长的铁轨后继续说，"我还说老罗走了，随便找一个人接替就行，可是，你看现在小崔这钟敲的——"他苦笑着摇摇头。

"要不把老罗再请回来，让他带小崔一学期就对了。"欧阳轩说。

"不行。我最先也是这样想的，已派人找过他了，但他上学期一放假就去他儿子那里了。他儿子在攀枝花钢铁厂。"蒋永平向从此处经过的一位老师抬手打了个招呼后继续说，"老罗在建兴中学敲了十多年钟，在我的印象中，还没出过一次差错。现在想来，敲钟看似轻松简单，实则非常不容易。他得随时盯着时间，每天敲几十次不能有一点差错。他每天第一个起床，最后一个睡觉。我听原来与他住在一起的他侄儿说，为了万无一失，他几乎后半夜就不敢睡觉了。他敲钟的时候，学生要么在寝室，要么在教室，有的学生在这里读了几年书，还不知道敲钟人是谁。在他们的意识中，钟声就是钟声，习以为常的东西，可从来就没去想过敲钟的人。"

这时，从校门走进一人，约三十岁年纪，须髯浓密而杂乱，戴着黑框眼镜，大热天的还戴顶蓝布单帽，让人没有理由不怀疑他是秃顶。那人将帽舌压得很低，与他平视只能看到他鼻尖以下的脸。他手里拿着一张纸，遇到一名学生便把那张纸展给那名学生看。那名学生看后，指了一下石梯上边的五星花园，并对他大声说了一句什么。

那人果然又拿着那张纸，不紧不慢地跨上石梯，走到五星花园这边正在研究敲钟人的几位学校领导面前，然后一声不吭地把那张纸递给蒋永平，并期待地望着他。蒋永平吃惊地看了他一眼，又看了一下董尚林和欧阳轩，然后才皱着眉头迟疑地接过那张纸。其实纸张并未折叠，他还是习惯性地将那张纸在空中唰地抖了一下，才慢慢地举到没戴老花眼镜的眼前，吃力地调整着眼睛的焦距并看起来。

纸上写着两行粗大的毛笔字："我是哑巴，但我不是聋子，我要找学校领导。"字迹流畅而硬朗，隐隐透出书写者的自信、沉稳和不慌不忙。蒋永平看后顺手把那张纸传给了董尚林，然后不解地对那人说："我们几位都是学校领导，你有什么事吗？"那人高兴地朝他们点了一下头，又像是鞠躬，然后解开挂在肩上的旧军用包，从包中再拿出两张纸，并恭恭敬敬地双手呈到蒋校长面前。

一张是介绍信，用蓝黑的钢笔写成。介绍信是出具给旺苍县木门区九龙公社十二大队五生产队的一位叫谢世昆的哑巴的，还盖有公社和大队的红色印章。另一张是自荐信，大意是说：我叫谢世昆，1948 年出生，初中文化；初中快毕业时，发高烧吃错了药，从此失声，但听力未受影响；我身体健康，耳聪目明，又有点文化，所以不想再以乞讨为生了，愿自食其力；我从小就梦想能在学校做事，希望贵校能赐我一个工作；我不要工资，只求一日三餐，晚上有张床睡觉就行。

看过介绍信和自荐信后，三位领导面面相觑。董尚林再次认真看过介绍信后对那人说："同志，你从旺苍县这么远一路乞讨到这里来也非常不容易，我们表示同情，但是，能到建兴中学来工作的，个个都是精兵好汉哪。我们并不是歧视残疾人，但过去有不少正常人到这里来，都因没干好工作而被清退了。你愿自食其力，很好，我们也该支持，可是，你看我们这里有适合你干的工作吗？学校哪项工作少得了说话呢？所以，我劝你到场上去看看，或许能在那里找到事做。"

他说完，还是心一横把那两张纸递给那人。那人一急，唰地伸出手来却又不愿接住。他表情痛苦，张了一下嘴却没说什么。欧阳轩从董尚林手里接过纸张，硬把它塞进那人的军用包里，然后叹了口气，并拍拍他肩膀说："同志，我们实在无能为力了，你还是到场上去看看吧，对不起了。"

那人在三人面前静立了一会儿，然后再次朝他们点了一下头便转身走下石梯，朝校门口慢慢走去。走到操场中间，他停下脚步，无限深情地环视了一眼整个校园。当看到一群正在打球的欢快的学生时，那人脸上浮起了不易觉察的微笑。

下午，陈德愚从南充开会回来，除带回一大堆奖状、奖牌、证书和锦旗外，还带回一个重要消息——地委已决定就和平村火灾的事故责任对他免于处分。不过，他并未就此轻松，反而愤愤不平地说："派出所那群笨蛋，我都找过他们好多次了，怎么到现在都还没查出事故的真相呢？"

在校长办公室，陈德愚边喝茶边与董尚林聊些地委的会议精神，依然是取消喊毛主席语录、取消向主席致敬之类的东西。谈话间，董主任也笑着向他说起了上午一个哑巴来找工作的趣事。

"呵呵，哑巴，他也想得出来，哪有哑巴在学校工作的？不行，不行，绝对不行。"陈德愚边说边高兴地打开一面由省教委通过地区教委颁发给建兴中学的锦旗，然后提着锦旗，美美地在墙上靠了靠，说一会儿叫人挂在会议室墙上中间位置，也就是主席像下面。

"我与蒋校长、欧校长也是这么认为的，建兴中学还从来没有过哑巴工人哩。"董主任起身伸手很享受地轻抚着色泽艳丽而质地柔软的锦旗说，"不过那人也怪可怜的，从旺苍县那么远一路讨口到这里来，还说只求一日三餐，不要工资，唉——"

"哪里？从哪里来的？"陈德愚突然收起刚才的满脸幸福，转身把锦旗往桌上一扔，神情紧张地问。

"旺苍，绵阳地区旺苍县。"董尚林不解地看着他。

"他现在在哪里？"

"不晓得了，也许到场上找事做去了，也许已离开建兴了。啷个啰？"

"哎——呀——"他一脸沮丧地坐到椅子上，目光呆滞地思考着什么。突然，他从椅子上站起来，对董尚林说："快，快，麻烦你找人去食堂帮我买几个蒸馍，再问一下欧校长在哪里。他见过那人，又比你们年轻些，我想请他与我一起去找一下那个人。"说完，摸了一下上衣口袋，然后向董尚林借了十元钱便匆匆走出了行政楼。

他抱着用报纸包好的蒸馍，着急地与欧校长找遍了建兴镇的大街小巷，都没看到那人的身影。太阳偏西了，他才垂头丧气地与欧阳轩走向学校。

他边走边自言自语地说："我从广元县朝天区劳改煤矿逃到旺苍县燕子沟煤矿时，身无分文，举目无亲。我那时是个逃犯，连个叫花子都不如。我没有介绍信，没有证明材料，那里的人无条件地收下了我，并让我在那里躲了八年。他们很友善、很淳朴。有几年春节，我留在矿上守矿，总有乡亲在大年三十晚上送饭给我，还有喷香的腊肉，我是流着泪吃下那些可口的东西的。而今，那里的老乡讨口来到了我的学校，无论如何我得请他吃顿饭才能让他走啊！"他说完，扯起衣角擦了一下眼睛。

走到学校大门口，欧校长"妈呀"一声，然后示意陈校长停下，并朝校门左侧的教学楼墙根下指了指。原来，那人正坐在地上背靠着墙根休息。他双手抱住膝盖，将蓝布帽拉得更低，几乎罩住了整张脸。欧阳轩说了声"就是他"，然后几步跨了过去。那人感觉有人走近，慌忙扶了一下帽子，扭头一看，认出了欧校长，用手在地上一撑便站了起来。

"我们找你一下午了。我们校长，陈校长要找你。"欧阳轩指了一下刚刚走过来的陈德愚对那人说，"你把那些介绍信都拿给他看看吧。"

那人连忙俯身抓起仍放在地上的军用包，将包带熟练地往脖子上一挂，然后埋头解开襟扣，取出那两张纸，双手递到陈德愚面前。陈德愚看过介绍信和自荐信后，认真地打量着这位哑巴。他发现这人并不像有些叫花子那样肮脏邋遢、形容猥琐，也不像有些残疾人那样总是显得自卑无助、可怜兮兮的。不论是自荐信上的文字，还是他的眼神，都流露出一种从容与洒脱。

"你叫谢世昆？这是你写的吗？"陈德愚将那页自荐信在那人面前扬了扬。那人点了一下头。

"吃过饭了吗？这是蒸馍，我知道咱们旺苍的人都喜欢面食。"陈德愚把那包馒头递给他。他点头示意吃过了，但还是接过馒头，朝陈德愚不深不浅地欠了欠身，算是谢谢。他并未马上打开纸包就吃，而是慢慢地将馒头装进军用包。

陈德愚将谢世昆带回寝室，从衣柜里找了一套衣服给他，随后又将他带到澡堂洗了个澡。晚饭时，陈德愚特意为他点了两份回锅肉。当天晚上，谢世昆就住在陈德愚寝室里，并与他挤在一张床上。

刚吃过早饭，蒋永平就气鼓鼓地来找陈德愚。他说小崔越来越不像话了，今天的起床钟居然晚敲了五分钟，全校几千人也就都耽误了五分钟，这可是严重的教学事故，必须重新换人了。

陈德愚说换谁呢，恐怕再也找不到像老罗那样的敲钟人了。他请蒋校长通知学校所有领导马上开会，商量如何处理小崔以及更换敲钟人的事。蒋永平走后，陈德愚转身对站在身旁的谢世昆说："我有点忙，马上要去开个会。桌上有饭票，你先在学校休息几天，至于工作的事，等我忙完之后再想办法。"说完从抽屉里取出一把钥匙交给他，说是寝室钥匙，然后又从口袋里摸出一张十元纸币塞到他手上，却被他坚决拒绝了。

小会议室里，几位学校领导都在声讨今天的起床钟事件，但又都提不出合适的解决方案，即找不到更合适的敲钟人。

"我已通知小崔了，上午最后一节课往后推迟五分钟。"蒋校长说，"我建议将电工班的小鲁调出来敲钟，将小崔换到电工班算了。"

"谁知道小鲁会怎样呢？说不定更糟。这些顶班的年轻人，一天吊儿郎当、囚皮奔脸的，与他们的老汉比差远了。"

"要不找食堂的文师傅谈谈？他年龄大些，可能更靠得住，也不像年轻人睡得那样死。"

"不行，食堂现在全靠文师傅把关。食堂出了问题更不得了，不行，不行。"

正当大家一筹莫展的时候，董尚林突然发现谢世昆站在门口——看样子已经在门口站了很久了。他以为谢世昆要找陈德愚，于是看着陈德愚朝门口努了一下嘴，其余的人也都扭头看到了谢世昆。

陈德愚起身来到门口，问他有事吗。他递给陈德愚一张纸，上面写着：能让我试试敲钟这个活吗？我若没干好，马上就走，若干好了，不要工资，只求一日三餐。

陈德愚看着那张纸，在门口静立了一阵，才叫谢世昆去校长办公室坐一会儿，然后回身把那张纸递给大家并请传阅。看完纸上的文字，所有的人都一脸错愕地望着陈德愚。

"大家不必看我。我承认对这位旺苍人有好感，毕竟那里的人养活了我八年。但确定敲钟人是学校的大事，任何个人情感在学校利益面前都是微不足道的。"陈德愚淡淡地说。

"可他是个哑巴呀，怎么与人说话呢？"欧校长说。

"不过——"蒋校长沉思了一下说，"现在想起来，以前老罗在学校的时候，真还没有几个人听他说过话，他也没有多少机会与其他人说话。他其实就是一个能说话的哑巴。"

"也许——建兴中学的敲钟人注定就得是个哑巴。"董主任说，"既然眼下还没有更合适的人选，好吧，那就让他试试吧，也算是支持一下残疾人事业。好在他耳不聋，还多少有点文化。但是，只能给他三天的试用时间，在三天之内如果出现任何一次失误，那我们就爱莫能助了。"

"谢谢，谢谢大家对他的关照。陈某心里明白，大家多多少少还是看在我的薄面上才给他这个机会的。"陈德愚有点激动地说，"他除了不能说话以外与正常人无异，也可与其他人进行正常交流。建兴中学的敲钟人，注定得与孤独为伴，也许哑巴更适合这个工作。不过，涉及学校的整体利益都不是小事，任何个人都不得凌驾于这个整体之上，我也不能例外。那就按董主任的意思办，只给他三天的试用时间。为了保持学校用人一贯的严肃性，我愿做他的担保人。如果在这三天中哪怕只出过一次差错，除了让他走人外，再扣我半月工资。"

欧校长说："好吧，明天就由他来敲钟嘛，若干好了，工资与其他刚进校的合同工一样，每月十八元，虽说他只是个临时工。"

6

校园东侧有一座小山叫花果山，山上密密地栽有各种果树，学生食堂就在花果山北侧山脚。从食堂踏着满是碎石杂草的小径上山去，要经过建在山腰的一排木架青瓦的老屋，后勤处的许多工人就住在这里。老屋西头靠近小路的一间便是老罗以前的寝室，现在成了谢世昆的安身之所。

小屋约一丈五尺见方，青砖铺地，竹箔遮顶。老罗用过的家什器具均在：一架木床，挂有蚊帐，铺有篾席；一台三角形脸盆架上放着一只印有"向雷锋同志学习"的红色字样的瓷盆；窗下一张黑色木桌上放着一台"红灯"牌收音机、一只掉漆的三脚小闹钟、一把铁榔头。

榔头乌黑的木柄因长期捏握而浸出柔滑的光泽。在过去的十几年中，老罗就用这把榔头，不知唤醒了多少个校园的早晨，送走了多少风华正茂的学子。可是，谁会记得他敲钟结束后，提着这把榔头，走向这间小屋时的孤独背影呢？

检查完晚自习，陈德愚便来到小屋，谢世昆刚好也在。陈德愚坐在床沿上，耐心而仔细地向他讲解了从起床到熄灯一整天所有钟声的敲打要领，就连各种钟声所要敲打的锤数、每锤之间的时间间隔以及不同锤次用力的轻重缓急都做了详细的说明，同时还学着敲钟的样子，一边举手虚击，一边口中当当有声地模仿。

为了做到万无一失，陈德愚一边讲解，谢世昆一边在纸上记录，连每一处细微的提示都标注得清清楚楚。当陈德愚从手上抹下手表交给谢世昆时，却被他摆手推辞了。他随后从军用包里也拿出一只，很骄傲地递给陈德愚看——上海牌的。

陈德愚笑着说："哟嗬，上海牌十七钻，还全钢防震的呢，可比我这块沪光牌高级多了。好，好，但是每天都要在收音机上对一次时间，要注意更换收音机电池，闹钟也要调好。"他伸手轻抚了一下那只闹钟后继续说，"钟声就是这所学校几千人的号令枪，你就是这个发号施令的人，千万大意不得呀。你若敲错一分钟，几千人就跟着错一分钟，加起来可就是个庞大的数字哟。"说完，拍拍谢世昆的肩膀，离开了小屋。

当熟悉而雄浑的钟声唤醒校园又一个清晨，很少有人知道敲钟人已不再是老罗，也不是小崔，而是一个哑巴；没有人知道这个哑巴面对这所古老的学校在想些什么；更没有人知道，为了这钟声，有人几乎一夜未眠——一个是谢世昆，一个便是陈德愚。

当谢世昆精准而沉稳地敲完起床钟准备返身离去的时候，隐约看见报亭后站着一个人，走近才发现是陈德愚，手里也捏着一把榔头。看到谢世昆走来，陈德愚兴奋地抿着嘴，竖起大拇指朝他直晃。谢世昆马上将榔头夹在腋下，双手抓住陈德愚的一只手狠狠地握了一把——一个哑巴，还能说什么呢。

经过短暂的混乱后，学校钟声又恢复了正常。从此，通往花果山的小径上，又有了一个孤独的身影。就像过去很少有人注意过老罗一样，现在依然很少有人注意他，当然也很少有人知道他是个哑巴。

寒露已过，天气一天比一天冷了。星期天下午，陈德愚又去看谢世昆了，顺便把自己穿过的几件防寒的厚棉衣给他带去。比起老罗来，谢世昆可就幸运多了，至少有校长隔三岔五地来到他的小屋，与他说说话，关心关心他的工作和生活。他们的交流并无障碍，大多数时候都是陈德愚说，谢世昆听。如果陈德愚需要做更多的了解，则将要了解的内容转换成判断问句，谢世昆只需点头或摇头即可。至于更复杂的表述，谢世昆便在纸上书写。时间一久，他们只需一个手势，一个眼神，便能准确地读懂对方所要表达的意思——他们已经成了好朋友。

从小屋下来，刚走到五星花园，迎面碰到才从场上回来的学校财务人员水晶。她一见到陈德愚就喊："陈校长呃，这也太奇怪了嘛，连续两个月了，他都不领工资。我亲自去找他，他还是不要。怪事，怪事啊，这世上还真有只干活，不要工资的人。你说咋整呢？"

陈德愚知道她在说谁，于是说："都放到财务室吧，如果他哪天需要了，便一分不少地全额付给他。"说完这句话，他心头突然掠过一阵悲凉，当年他在燕子沟煤矿的时候，矿上领导针对他也是这样对财务人员说的。

其实，就在每次走向花果山这间小屋的时候，陈德愚都有一种时空错乱的感觉，他觉得现在的自己就是当年燕子沟煤矿的领导，而坐在小屋里默默无语的人便是当年的自己。自己当年逃难到了旺苍，而今旺苍的老乡乞讨到了这里；当年煤矿的领导常去看望孤独的自己，而今自己也在看望一个孤独的异乡人；当年自己不愿领工资，而今谢世昆居然与自己当年如出一辙；就连在问起他的家乡及家人时，谢世昆也与当年的自己一样目光游移、躲躲闪闪。这究竟是一种怎样的轮回呢？

通过长期的观察，陈德愚发现谢世昆不仅聪明、善良，而且对这所学校充满着诚挚的情感。这种情感，从他每次静立在小屋旁的桃树下，看着操场上欢腾的学生时，脸上流露出的慈爱的微笑就看得出来。

谢世昆的成绩是有目共睹的，几位学校领导在谈起他时，都自嘲几个自以为是的老家伙，差点犯下一个无法弥补的错误。不过，令陈德愚百思不得其解的是，一个叫花子，哪里来的一块那么名贵的手表呢？

12 月 18 日，中共十一届三中全会在北京开幕了，中国从此步入了改革开放的伟大征程。然而，当改革的春风正欲徐徐吹来的时候，在中国西南部，一场百年不遇的特大霜灾，却不识时务地降临到了偏僻闭塞的南部县。

刚入冬，人们便早早地穿上了厚厚的棉袄，还抱着烘笼、跺着脚，一个劲儿地喊冷得受不了。没有北风，没有雨雪，中午甚至还有一点难得的花花太阳，而太阳也是冷冷的，像挂在空中的一轮寒月。冬天本该寒冷，只是今年冷得更加厉害，是一种既冻皮肉，又冻筋骨的奇寒。

第一场大霜降临的时候，人们一开门看见一个白茫茫的干净的世界，还兴奋地大声吆喝："看啰，好大的霜哦。"房顶、石头上、田塍上、山坡上都覆盖着一层厚厚的白霜。菜地里，平日嫩绿的蔬菜上现在都像撒了一层盐。麦地里，也全是一行行整齐而蓬松的白色。树枝上结满了晶莹的霜花，树干也沾满了霜粉，像一根根粗大的冰棍。水田里结起了厚厚的冰层，贪玩的娃娃们欢叫着跳到冰面上，双腿一顿一顿地踏得吱嘎响。晚上晾在篾条上的湿衣服，也冻得硬邦邦的，用手一折，吱吱有声，像一块脆脆的薄木板。

这种大霜持续了整整一周。午后，当浓霜渐渐化去的时候，人们惊奇地发现，地里的庄稼有了异样的变化：青菜、白菜、萝卜、油菜开始萎缩，麦苗也变得瘦矮了；所有农作物都渐渐失去了鲜亮的颜色；皮菜没了筋力，用手一抹菜叶，便会蜕下一层泥状的青皮；原本包得结结实实的莲花白，现在用手指轻轻一捅，便能戳出一个圆洞。人们开始慌乱了，谈论起来，眼神中都充满着焦虑和不安。

大霜过后是大雾，大雾过后是冻雨，冻雨之后又是持续的大霜，如此反复。霜冻越来越严重，化霜的时间也越来越长了。起初到中午就能化开，后来到天黑前都没化完，接着又是一夜更厚的浓霜。据年过八旬的老年人讲，他们一辈子遇到过各种灾难，但这么严重的霜灾还是第一次遇到。

过完大寒，便是家家户户准备过年的日子。扫扬尘、掏檐沟、垒祖坟、磨豆腐、做新衣、打米打面，人们对新年的期盼和热情丝毫未减。人人都明白霜灾所造成的饥荒已在劫难逃了，还是小心翼翼地回避着灾难的阴影，努力准备好心情，虔诚地迎接一个愉快而祥和的春节。

不谙世事的娃娃们，却在掰着指头算计着还有几天才过年。他们三五一群地又跳又唱：

红萝卜，蜜蜜甜，
看到看到要过年。
娃儿想吃肉，
老汉莫得钱。
……

新年的钟声还是不紧不慢地敲响了，照例放鞭炮、贴春联、舞龙灯、唱大戏，照例穿新衣、吃面鱼、赶场镇、走亲戚，然而霜灾并没因节日的喜庆而有减缓的迹象。人们见了面，依然会笑着大声问候新年好，只是，笑容已不再灿烂，问候也明显中气不足——这样的年头，好得了吗？

原来绿油油的麦苗，已变成枯黄的衰草，软软地伏在地上，像黄土上长出的一层绒毛。莲花白菜心发黑，萝卜缨、青菜叶冻烂在地上，黑黑黄黄一片，太阳一照便成了干柴。埋在土里的白萝卜、红萝卜也未能幸免，抓住缨子一拔，只能拔出半截萝卜——心子已烂成了一团黑泥。就连粗大的桉树、黄葛树都被冻死，抓住树丫用力一拉，嚓的一声，干枯的树枝便会被脆生生地折断。大地很难看到一点绿色，像被火烧过一样一片精赤。

作为国人，自古以来，不论多么贫穷，物资多么匮乏，决不愿在春节里受穷。人们辛勤劳作、苦苦等待一年，盼的就是这几天，大家苦心积攒的物资和财富，也是为了能在春节期间尽情消费。今年也不例外，没有人会在春节里节约，也没有人会在春节里吝啬。一切都是那么合情合理，一切都是那么天经地义，至于节后的窘境，可就无力顾及了。

正月初三一过，人们终于忍不住了，各个生产队便开始补种小麦、油菜，抢种胡豆、豌豆、玉米及各种蔬菜，但春荒还是不可避免地提前到来了。春荒在当地其实年年都在发生。当地有一句"正二三月没望头，撅起沟子啃菜头"的俗语，说的就是春节后那段青黄不接的日子。特大霜灾不仅将今年的春荒大大提前，也使春荒达到了前所未有的严重程度。

大集体生产，人们干活都只是为了工分，出勤不出工，出工不出力是各地农业生产中的普遍现象。庄稼的好坏，收成的多少似乎与每一个干活的农民没有多少必然联系。如果缺乏必要的农药、化肥、优质的种子，再遇上干旱、病虫等自然灾害，粮食的减产就成了必然。因此，生产队分给每户的那点口粮，经过春节的突击消耗，春节一过便所剩无几了。

每年的春季，人们都靠地里的菜头、萝卜、青菜，勒着裤带熬过春荒，并耐心地等待小麦、玉米、胡豆、豌豆的成熟。俗话说，瓜菜半年粮，而今这半年粮已化为乌有了。打开空空的粮柜，愁眉苦脸地看着仅有的一点干菜和红苕干，人们终于发现残酷的现实已是火烧眉毛了。

1979 年 2 月 17 日凌晨，中越边境传来了震惊世界的炮声——中国边疆自卫还击战打响了。为了制止西南某国的疯狂侵略，捍卫祖国的领土完整，保卫边疆的和平与安宁，在中国政府多次警告无效之后，中国人民解放军边防部队被迫从广西、云南两个方向对西南某国同时发起了有力的自卫还击。

当边疆的隆隆炮声不断传来的时候，正是建兴中学这一年春季开学的日子。往年春季开学都是学生最兴奋、学校最喜庆的日子，同学们穿着新衣，谈笑着春节里的趣事，并乘着节日的余兴，美美地吸嗅着新书浓浓的墨香。然而，今年不仅要闻听远方的炮声，还要面对近在眼前的大饥荒。

一个寒假未见，当谢世昆看到陈德愚又到他小屋的时候，自然高兴得脸泛红光。一阵毫无主题又轻松愉快的寒暄之后，陈德愚说："你来学校后，大家对你的工作十分满意，可是你至今不领一分钱的工资，这让所有校领导都十分为难，也十分难堪哪。就算学校已解决了你的吃住问题，但平时也难免有用钱的时候啊，比如买点日用品啦，寄个信啦，理个发呀，都要用钱嘛。"

说到理发，陈德愚看着谢世昆越长越长的头发和胡须说："你看你，这么远回家过个年，也不理理发，刮刮胡子。没钱是吧？这样，星期天我陪你到场上去理发，反正我也要理了。"但谢世昆却皱着眉头十分坚决地挥手拒绝了。

陈德愚不解地看着他，半晌才说："嗨，既然你不愿意，那就算了。好吧，如果你需要用钱了，就来找我哈，千万不要客气哟。"他站起身来，习惯性地拍拍谢世昆的肩膀刚欲离去，突然拍了一下额头大叫道："哎——哟——我是记得还有件事忘了问你——去年一放寒假你就回老家了，我来找你时你已经走了；从旺苍到这里几百里路，你又没有钱，是怎么回去的，又是怎么来的呢？"说完，一脸辛酸地望着他。

谢世昆一愣，似乎被问住了，于是避开陈德愚追问的目光，眼睛直直地盯着窗外。一阵沉默后，他才从抽屉里取出纸笔写下几个字：我还有一点。

出于礼貌，陈德愚不便问得太多，于是离开了小屋，一路若有所思地回到校长办公室。坐在藤椅上，他又打开好友王文昭在寒假期间寄给他的那封信——

　　德愚兄：

　　　　写完这封信，部队就要上前线了。这是我上前线之前的最后一封信，也是最重要的一封信。前面已经给父母写过信了，在信中我告诉他们不用担心，说我可能不会上前线，即使上前线也不会有什么危险。但这不是真的，我是主动申请上前线的。战场上子弹不长眼睛，我已做好了随时为国捐躯的准备。

　　　　父母年事已高，我又是独子，我理解他们不愿我上前线的心情。可是，作为一名血性男儿，有什么比血染疆场更为神圣、更为光荣的呢？愚兄，你是我的老师，又是我的兄长，感谢那个动荡的年月让我们结下了兄弟情缘。父亲来信提到你多次去看望他们，这令我十分感动，也十分欣慰。结识你，三生有幸！

　　　　愚兄，部队就要出发了，如果我能平安回来，必当与君痛饮宝马河边。如果我再也不能回来，那就为母校自豪吧，因为在祖国的边疆，长眠着一位为国捐躯的建兴中学的学子。只是，我的父母就只有托付给你了。我实在无人可托啊。谢谢了！

文昭　军礼

心事重重地看完信，陈德愚认认真真地折好信笺，小心翼翼地装进信封，轻轻地放回抽屉，然后重重地叹了口气。既然战争已无可避免，他只能默默地祈祷好友吉人天相。

当他打开一张报纸，准备认真地搜寻有关战争的任何点滴消息时，外面突然传来大声呼喊陈校长的声音。他边大声答应边往外走，在办公室外面，看到来人正是前次把王大贵喊"二爹"的那个满脸胡碴的中年人。他后来才了解到这个人叫王文明，是王大贵哥哥王大富的大儿子，王文昭一直叫他大哥。

王文明一见到陈德愚就着急地说："陈校长，二爹病了很久了，越来越严重了，二妈要我来给你说一声。"他边说边扯起袖子揩红红的脸上豆大的汗珠，看来走得很急。陈德愚拖过一把椅子，请他坐下慢慢说。

"二爹年前就生病了，肚子痛，发胀，不吃东西，有时还恶心、呕吐。去大队的赤脚医生那里看了几次，说是感冒引起的慢性肠炎。抓了几服草药，的确好些了，过年那几天还能看戏。上个礼拜，他突然知道了腊狗上前线的事，就严重了。现在床都不能下了，几天水都没喝一口。"

"他都知道些什么？他是怎么知道的?"陈德愚焦急地问。

"龙凤公社那边与他一起参军的那个娃儿给他家里写信，说腊狗上前线去了。那个娃儿没有上前线，他在信中说前线伤亡十分惨重，估计腊狗凶多吉少。他老汉拿着那封信来看二爹，二爹看过信后就病重了。"

"哎——呀——"陈德愚在大腿上狠砸一拳，抿着嘴无奈地摇着头。

其实，寒假前，陈德愚还去王家坪看过二老，当时就听王大贵说肚子有点不舒服，但精神很好，依然健谈。由于寒假是在新华老家过的，陈德愚原计划开学后，等新学期的工作一理顺便去看望他们，谁知王文昭精心编织的谎言还是被轻易戳穿了。

走进王家的老屋，一股混杂着浓浓的草药味的腐蚀之气直刺眼鼻，与墙上那片红艳艳的奖状形成令人不安的反差。与前几次看到的相比，屋内光线更暗了，蚊帐发黑，连墙面和楼顶都变得黑乎乎的。屋子最里端的木扶梯下放着一只破瓦缸，缸里堆着厚厚的纸灰，缸外还散落着一些没有燃着的黄表纸。瓦缸上方的泥墙上，贴着一张被烟火熏得发黑的红纸，纸上用毛笔画着一些似字非图的神秘而凌乱的图案。瓦缸旁的石磴上放着一只盛有清油的小土碗，碗上一豆灯光正有气无力地扑闪着淡黄色的微光。

病人还在昏睡。桌上一碗黑乎乎的药汤正冒着热气，散发着浓浓的中药味。谢二婶从桌旁端出一条板凳放到屋外阶沿上请陈德愚坐下休息，并向他讲述了王大贵患病的大致经过和病情特征。她面无表情，语句生硬而干瘪，好像在冷冷地讲述一个与己毫不相干的故事。只有当提到儿子时，她才眼珠一滚，凝神屏息地审视着陈德愚的眼睛，希望能从他眼中捕获一点点蛛丝马迹。

"敌方军力不是中国的对手，我军必胜。文昭一定会逢凶化吉，很快就要得胜归来了，你们不必担心。"当陈德愚故作轻松，笑着说完这些自觉底气不足的话时，才明白与一位目不识丁的农村老太讨论国际大事，既可笑又毫无价值。何况对于苦苦思念着儿子的两位孤独无助的老人来说，一切安慰和宽心的话，此时都是苍白而多余的。

他重重地咽了一口唾沫，并借机调整思路，转移话题："谢嬢，家父就是老中医，我也学过一点中医，从你描述的情况来看，王叔多半是肝上出了问题，而且还十分严重。腹部闷胀、消化不良、恶心呕吐、下肢水肿、皮肤瘙痒、午后发热、消瘦便秘，这些都是严重肝病患者的典型特征。这么重的病为啥还不请好一点的医生呢？"

"请了——我们大队的赤脚医生，说是肠炎。吃了好多中药了。"谢二姉看了一眼刚刚围过来的两个眼中充满好奇的光屁股小孩后说，"我还请了方家嘴的方神仙，跳端公、喝神水、喊魂画符、捉鬼请神都搞完了，挂面都吃了好几把，还是不见好转。方神仙说他命中今年有一道坎，就算不死都要脱一层皮；还说王大贵他爹死后回煞时被他撞上了，所以现在要把他带走。我问他爹是啥时死的，他说他爹死的时候他才六岁。都过哒恁个多年哒……"

对于同在农村长大的陈德愚来说，深知迷信思想在闭塞愚昧的农村有着十分深厚的群众基础和无孔不入的魔力，人们从小就耳濡目染着鬼怪神魔的法力并深信不疑。迷信思想贻害无穷，他曾无数次亲眼看见过由此造成的许多令人扼腕的悲剧。可是，他现在能说什么呢？能在此时说那些相信科学、破除迷信之类的空话吗？他轻轻摇了一下头，从板凳上站起来说："该喝药了。"然后转身走了进去。

陈德愚将糊着白纸的木格窗拉起来，挂在从楼板上垂下的一只小铁钩上，然后几下拔掉插在床沿用于避邪的桃树枝条，并熟练地分左右挂起蚊帐。当他俯下身去准备认真观察一下病人时，才发现他并未睡着，于是轻唤一声王叔，说把药喝了，随后就将他扶坐在床头上。王大贵也喊了一声德愚，说谢谢你了，只是声音很小，气若游丝。他们早已不喊陈德愚为陈校长了，而是直呼其名，这倒让陈德愚听起来格外亲切。

借助窗外的亮光，陈德愚看见他双眼深陷，面如骷髅，目光呆滞，肤色蜡黄。再看他双腿，下肢已明显水肿，黄亮黄亮的，隐约可见透明的皮层下清亮的溢水。他用手在王大贵腿上轻压一下，腿上便是一个凹坑，久久弹不起来。他终于忍不住长长地叹了口气，然后对谢二婶说快送医院。谢二婶说请方神仙都把钱花光了，哪还有钱住院啰。

王大顺是王大贵的堂哥。陈德愚一见到他劈头就问："亏你还是生产队长，亏你们还是一大家的人，他儿子在前线为国卖命，你们就忍心看到他这样死去哇，就不怕他儿子回来找你们算账哇，唉？"

"陈校长呃，我要是还想得出办法，哪用得着你来提醒哦。我找过大队几次了，大队也找过公社，他们说现在全县都在大战饥荒，能不饿死就不错了，哪还管得了生疮害病的哟。生产队还有一点苞谷，前天我才给他们称了二十斤，别的我也没得办法了哇。"王大顺其实也只是个老实巴交的农民。看到他一脸的痛苦无助，陈德愚不再责备，只是请他马上安排人砍竹子绑滑竿，急送病人去建兴人民医院。

按陈德愚的安排，谢二婶年事已高，不便去医院，伺候病人的重任便交给了王文明。队长答应给王文明每天记十工分，另补一斤红苕干。医院的所有费用都由陈德愚代为支付。

虽然建兴人民医院在区级医院中还算较为先进的，但一些重要的检查还得送样到县人民医院才能完成。检测报告还未送回，区医院已经就王大贵的病情做了初步诊断——肝癌晚期，与后来县医院的检测报告完全一致。

忙完学校的工作，陈德愚匆匆去了一趟县城，找县民政局长孙开峰商量对王大贵的救助及转院事宜。他与孙开峰是高中同学。孙开峰决定与陈德愚一同去县人民医院找院长先咨询一下再说。

院长姓田，又高又胖，刚从住院部出来走在去门诊部的过道上。他颈挂白口罩，头戴白头罩，身穿白大褂，褂兜里鼓鼓囊囊地塞着一只绕成一团的听诊器。他认真听完陈德愚的详细讲述，并看了一阵陈德愚递给他的检查报告，然后微一埋头，眼珠上翻，目光从老花眼镜的上沿斜斜射出，冷冷地看着二人说："肝癌结节破裂，腹膜腔积液，消化道出血。已是肝癌晚期了，转到哪家医院都没有用了，不要再折腾病人了。你们现在只能做两件事，一是配合建兴医院尽量减少病人的疼痛；二是准备后事，病人最多还能活十天。"

浓浓的消毒水和青霉素混合的特有气味弥漫整个医院。穿过被脚步声击起重重回音的过道，陈德愚爬上三楼，轻轻走进王大贵的病房。今天是礼拜天，王文明因老婆要生第四个孩子回王家坪去了。

积液与疼痛果然越来越严重了。抽过积液，注射过杜冷丁，病人已昏昏睡去。天刚黑，王大贵说要大解，陈德愚便将他背到一楼厕所。由于饮食日益减少，便秘又越来越严重，病人其实已很难解出大便了，但他总说腹胀难受，想解大便。于是，在医生的指导下，陈德愚只得用手指帮忙慢慢抠出很少的一点点，完事后，再将病人背回三楼。接下来的几天，天天如此。

几天后的一个清晨，带着对儿子的锥心思念，带着对陈德愚的无尽谢意，王大贵永远地闭上了眼睛。而此时守在他身边的，除了医护人员，便只有悄悄落泪的陈德愚。可怜的老人到死也不知道儿子的情况。就在这一天，即 3 月 16 日，我国参战部队全部撤回境内，南疆保卫战宣告结束。

令陈德愚心神不宁、焦虑惶恐的是，依然没有王文昭的消息，而丧事必须尽快办理。孙开峰亲自来到王家坪，看望了谢二婶，同时送来了一百元钱、一百斤大米用于办理丧事，除此再也无人过问。

这让陈德愚十分寒心。

生得轻贱，死得热烈；生得随意，死得隆重；生得清汤寡水，死得有盐有味。不重生而重死，是偏僻山村的人们世代相传、亘古不变的生死观。这种生死观无不包含复杂的哲学理论和玄奥的宗教精神，它是人们在对待生死问题上的自然而原始的反映。

不管多么贫穷，不管多么缺衣少食，当地人几乎家家都会生一大堆孩子。他们从不考虑孩子的教育和成长，甚至连最基本的吃住都不会考虑，反正能生则生，能多生绝不少生。他们坚信人多力量大，信奉"多栽秧，多打谷，多生儿女多享福"。亲朋好友多日不见，如果突然发现一方怀抱婴儿，另一方必然会打趣道："哟嗬，又下了一窝嗦。"

然而，对于死，人们可就严肃和虔诚得多了。不管一生碌碌无为、穷愁潦倒，还是轰轰烈烈、万人景仰，人们都希望借象征死亡的丧事，对死者做些总结，对世人做些交代。因此，丧事既是办给死者的，也是办给生者的。如果丧事过分简单和寒酸，对于死者是值得同情的，而对于死者的亲人来说，也是十分丢人的事。

在丧事的众多复杂和烦琐的流程中，祭奠大礼算是最核心最隆重的环节了。它类似于各种大型活动的开幕式，直接反映整个丧事的规格和档次。祭奠大礼被当地人称为开奠，"文革"期间曾被迫中断，"文革"结束后，该风俗又适时地重新兴盛起来。

天刚黑，王家院子里便说说闹闹地聚满了人，院外的大路上还有人流在陆续汇入。院子四角的木柱上，都挂着用农药瓶改造的大大的煤油灯，粗大的棉纱灯芯挑起的灯火，喷着橘红的光。灯光将整个大院照得透亮，也给大院涂上了一层神秘色彩。院坝两侧各有一排方桌，桌上也点着煤油灯，桌子四周已坐满了人。大院木柱已缠上黑纱，挑梁挂有白色幔帐，横梁也饰有成串的白色纸花。

堂屋位于大院的西侧。西侧的正房高出其余三侧的房屋三级石阶，已经入殓的棺材便头外脚内地停放在堂屋内两条横放的板凳上。花圈和挽幛靠放在堂屋大门两侧的面墙上。棺材漆黑，唯在棺头上大大的白色"寿"字格外醒目。棺脚下点着"长明灯"，意在为逝者照明赴黄泉的路；棺头下用筷子挑起一碗"走路面"，意在不让逝者饿着上路。棺头一侧挂有"买路钱"，一侧挂有"打狗馍馍"，这些都是传说中逝者进入阴间的必备之物。棺材前设有香案，香案上供着果品，燃着香烛，放有纸车纸马、"童男童女"等陪葬品。香案下是一只不断燃有黄表纸的破瓷盆。

人越聚越多，有的一进大院，便扯起嗓子大声哭喊，说着我来晚了之类的话，引得众人纷纷扭头确认来者何人；有的跪在香案前边烧纸边悄悄落泪；有的则远远地举起双臂扑向棺材，然后抱住棺材哭得死去活来；有的干脆倒在地上，边尖声哭叫边就地打滚。于是，有人三三两两走过来，扶起哭丧者，并劝其节哀顺变，说人死不能复生，自己身体要紧。哭喊声、劝慰声、议论声搅成一团，致使整个大院闹闹嚷嚷、嘤嘤嗡嗡。

由于"文革"的原因，人们已经很多年没有见过如此阵仗的开奠了，何况目前正当霜灾之后的大春荒。其实，关于王大贵的祭奠礼到底开不开、如何开，还经历了一番周折。

谢二婶既受丧夫之痛，又忧心上前线的儿子，已经心力交瘁、六神无主了，加之王大贵长期患病，家里钱粮早已耗尽，因此，她希望将老伴早点入土为安算了。本来陈德愚最初也主张灾荒年月一切从简，可是后来，他却决定丧事不仅要办，还要大办。

王大贵刚一去世，王大顺便在陈德愚的建议下，依据国家有关拥军优属政策，代谢二婶写了一份申请安葬费和救济款的信函，并盖上生产队公章。王大顺拿着这张信函找到大队，大队长在那张纸下面的空白处写了一句"情况属实，望公社解决"，也盖上公章。当他找到公社时，公社干部同样在上面写了一句"情况属实，望区上解决"，再次盖上公章。

当这份盖有三个鲜红的圆形公章的信件送到区长李元成的手上时，他从藤椅上站起来，将信往桌上一扔，瞟了一眼手足无措、战战兢兢的王大顺说："你还是生产队长，我看你这个队长当得很成问题哟。平时不加强学习，政治觉悟太低，这样是当不好一个合格的生产队长的。你知道现在是什么时候吗？世界不太平，全国都在备战，还要深挖洞、广积粮啊。"

李元成拿起茶盅喝了一口水，同时又斜眼看了一下那张纸，似乎这才看到那三个红章："嗬，还一级一级地往上报，狗日的大队、公社这些干部脑壳头都装的豆渣。照你们恁个，我也往县上报，县上往省上报，省上往中央报，可不可能呢？小事就地解决，不要矛盾上交。芝麻大点小事都要来找我，那还要你们这些干部干啥子，唉？人死了么，挖个坑坑埋了就算球哒嘛。你又不是不晓得，现在全县都在闹饥荒，活人都管球不过来，还管得了死人嗦。"他抓起那张纸，唰地扔向王大顺，王大顺慌忙伸手去接，却没接住。

王大顺俯身捡起那张飘落在水泥楼板上的信函，起身的时候顺势抬腕擦了一下额头上的汗水，然后看着地板小声说："这都是陈校长的意思。他悄悄对我说，王大贵的儿子在前线打仗，可能凶多吉少，所以，所以……"他越说声音越小，但依然看着地板，似乎觉得地板上那些细小的裂纹是一幅十分值得咂摸的抽象画。

"是啊，我也听说前线伤亡十分严重，但越是这样，作为军人的家属就越不能拖后腿，越要像前线的军人那样为国家分忧嘛。"这时，有人进来送给他一份文件，他接过文件边翻边懒懒地问王大顺："你刚才说是哪个的意思？啥子校长？"

"陈校长，建兴中学的陈德愚校长，他是王文昭的老庚儿。"

"哦——"他长长地哦了一声，然后合上文件，微一锁眉，若有所思地慢慢坐回藤椅，拉开抽屉，取出一支烟衔在嘴上，再划燃火柴。当两股浓烟从他鼻孔长长地喷出的时候，他的脸上浮起一丝莫测高深的浅笑，这让僵在原地的王大顺顿觉浑身清爽、血脉顺畅。

"哦——陈校长，我认识，认识。他们是——老庚儿，哦，应该的，应该的。这样吧，既然是陈校长的意思，你让他来找我吧。"说完，他再次站起身来，将只吸了一口的纸烟重重地杵进烟缸。

在堂屋北侧的王大顺家里，陈德愚听完王大顺的讲述后，失望地摇了一下头说："这些过着太平日子的混账东西，难道他们不清楚前方将士正在流血牺牲吗？如果没有军人守卫着国家的安宁，他们还有这优哉游哉的好日子吗？要他们安抚一下前线战士的家属真就那么困难？要是那些正在战火中冲锋陷阵的勇士们知道地方政府如此对待他们的父母，他们会怎么想呢？"

"我看李区长愿意帮忙，他喊你去找他。"王大顺本想劝一下怒火中烧的陈德愚，脸上却露出得意的神色。

"不——可——能——"陈德愚一字一顿地说着这三个字，右手竖起的食指也伴随着一左一右地决绝挥动，然后看着坐在床沿上一脸莫名其妙的王大顺说："今生今世不管遇到什么事，要我去找他，休——想！有些事你不清楚，他想借机羞辱我，你懂吗？"

"搞球不懂，你们这些文化人。"王大顺说完，啪地朝地上吐出一口痰。

"不对，不要说'你们'，我与他不是一类人，何况，他也没有文化。"陈德愚毫不客气地予以纠正。

"那——那丧事咋办嘛？"王大顺越听越不知所云，他不明白一区之长怎么可能没文化，于是只拣最关心的事说。

"办，大办，要闹闹热热地开一个大奠，免得别人看我们的笑话，以为离了他地球就不转了。况且，如果就冷冷清清地把王叔送上山，我们咋对得起文昭哦。"陈德愚张手止住张开嘴急于说话的王大顺说，"放心，钱，我会想办法。我从旺苍回来的时候有一笔钱，还没用完，你只管放心安排。去西充买一头猪，要又肥又大的；去粮站买一百斤米，我还有点粮票；花圈、孝帐、黑纱、'摇钱树、聚宝盆、引路菩萨、金银二斗'都要。要请最好的开奠师、乐班，祭文要写好，节目要安排精彩。把前后三个姓王的生产队的人都请来。现在不是在闹饥荒么，就算给大家打个牙祭。"

"大贵哥哥啊——"听完陈德愚的安排，王大顺突然从床沿上跳立在地上，咧开嘴露出一口残缺的黑牙边哭边说，"大贵哥啊，你该瞑目了啊，我们这里啥时开过这么大的奠哪，你有福气呀。腊狗娃呀，你现在到底哪个回事嘛，你狗日的也不来个信哪。你将来要好好报答陈校长啊，他是我们王家的恩人哪。"

"不说这些了，不说这些了。"陈德愚从方桌旁的板凳上站起来，双手扶住王大顺肩膀并把他压回床沿，"队长啊，提起文昭我就心惊肉跳。我在王叔去世的前几天就给他去了电报，到现在都不见音信，唉——"陈德愚忧心忡忡地叹了口气道，"所以，无论如何都要把丧事办好，要办得风风光光的，闹闹热热的。"

"哦——麻烦，麻烦，这奠可能还开不了。"王大顺惊叫着猛拍了一下床沿，然后拉过挂起的黑渍渍的蚊帐一角擦了一下眼泪，恍然大悟地说，"谢二嫂生了腊狗后就再没生过娃儿了。说起腊狗我这才想起，孝子才是开奠礼的主要角色，现在连孝子都莫得，这奠还开啥子？这舅子——"

"是啊——"陈德愚也被提醒了。他参加过不少开奠礼，清楚开奠其实就是儿子为父母举办的祭奠仪式，儿子是开奠礼上当仁不让的主体。现在连儿子都不在场，这奠还真没法开了。

"要不怎个，"王大顺又从床沿上站起来，"我找大富哥和文明打个商量，开奠的时候由文明来装孝子。"他迟疑了一下说，"算了，大富哥现在都老糊涂了，跟他说啥他也不晓得，干脆就找文明算球哒。"说完，几步跨出门去，站在阶沿上就尖起嗓子喊："文明——王文明——"不见回音，于是自言自语道，"跑他妈的哪个塌塌去哒。"当他看到王文明的一个小女儿满脸污垢地在院坝里玩耍，于是冲着她又喊："毛女——毛女——看你爹在哪个塌塌，去把他喊来，说我找他。乖哈。"小女孩"呃"了一声便往院外跑去。

"不行，不行，那咋个得行呢。"听明白队长的意思后，王文明把头摇得像拨浪鼓，然后哭丧着脸，边抠鼻孔，边乞望着陈德愚说，"陈校长，不是我不愿意装孝子。你看哈，我爹虽然也七老八十了，但他毕竟还活起的嘛。我一当孝子，人家还以为我爹死了，这不是在咒他吗？哪有怎个当儿女的呢？况且，我婆娘才生了娃儿，现在又说我死了老汉，多晦气哟。"

"晦，晦，晦，晦你妈个球，亏你老汉还是他亲哥哥。腊狗从小'大哥大哥'地喊了你十几年，现在要你当一下孝子，你狗日的还给老子装疯迷窍的，你个烂鸡娃子的。"说到气愤处，王大顺抓起墙脚的扫把就朝王文明头上打去，王文明慌忙举臂相挡，边挡边往陈德愚背后躲缩。

"好了，好了。"陈德愚张开双臂隔开他们后说，"好了，别吵了，文明刚刚喜得贵子，避讳一下也可以理解。这样吧，你们这几天都辛苦点，马上安排开奠，开大奠，至于孝子么——我来当。"

王大顺与王文明面面相觑，他们彼此都从对方的脸上看到了一种不可思议的表情。

开奠是开奠师在祭奠逝者的过程中，根据逝者的身世自编自演的一场综艺节目。开奠师既是主持人，又是演员，有点像脱口秀。他们一般由两人组成，一主一副，与相声中的捧逗类似。开奠过程中有哭有笑，有演有闹，有唱有跳，所以，它其实是开奠师、孝子及观众共同为逝者举办的一场告别晚会。

当黑压压的人群和乱哄哄的叫嚷声就要撑爆整个大院的时候，一声尖锐的喊声破空而起："起——乐——"于是，锣鼓的哐锵隆咚声、唢呐的呜里哇啦声，像憋足了劲似的同时炸起。鼓乐自信而傲慢、凌厉而唯我独尊，其架势不像是办丧事，倒像是开业庆典，一出手便毫不客气地将满院的杂乱和喧闹硬生生地镇住。人声止息，各归各位，安静下来的人们这才看清喊"起乐"的人便是今天的开奠师。

开奠师叫曾润明，人称曾师，五十余岁，中等身材，头戴黄布单帽，上穿灰色卡其布中山装，下穿阴丹蓝长裤，脚踏黑色灯芯绒布鞋。曾师见多识广，机智幽默，平时嘴角一扯一扯地，似乎随时都会迸出令人捧腹的笑话来。他爱看书读报，喜欢收集各种奇闻逸事，是全建兴区最有名气的开奠师。作为开奠礼的核心，他既要为逝者撰写祭文，又要在开奠礼上主演主唱，同时还要对整个丧事的节奏和细节进行控制和管理。如果哪家死了人，首先不是忙着报丧，而是打听曾师在哪里。

他的助手叫秦勇全，人称秦师，粗通文墨，能说会道，善于看山步水、寻龙点穴，是远近闻名的风水大师。秦师身材矮小，皮肤黝黑，嘴唇厚实而外凸，好像看啥都不以为然。他走起路来总是弯腰埋头，但说起话来声音却干炸脆亮。他以前是个和尚，还俗后当起了阴阳先生，走到哪里都随身宝贝似的带着一只罗盘。据他自己说，那只罗盘已是几百年的文物了，是他出家时庙里的师父传给他的。在开奠礼中，他一般配合曾师演一些诸如叫花子的角色，这倒很符合他的身形特征。

"乐——毕——"奏乐约一袋烟工夫，曾师站在堂屋外阶沿中间，面对院坝，双臂往下一压，一声大喝，鼓乐戛然而止。

"请——孝子——入场祭拜——"曾师话音一落，陈德愚身披麻、头戴孝，手拄哭丧棒，从堂屋正对面的院坝边缓缓走向堂屋。两旁的人们纷纷为其避让。哭丧棒很短，不足两尺，是一根缠有白纸条的柏木棍。根据旧俗，孝子每向前走一步，都必须用哭丧棒杵地而行，因此，他几乎是九十度弯腰行走的。行至院坝中间，然后双膝跪地，将哭丧棒横放于身前地上，再将双手压在哭丧棒上，叩首伏地，等待曾师指令。所有细节，曾师之前都有所交代，陈德愚只需按安排行事则可。

几乎就在曾师宣布孝子入场的同时，人群哗地一下炸开了，大家都十分好奇地挤向院坝中心。

"腊狗不是在打仗吗，啥时回来的，咹个没听说过呢？"

"哪里是腊狗嘛，是腊狗的老庚儿。"

"哪个老庚儿啰？"

"陈校长，建兴中学的陈德愚校长，人家是在代替腊狗行孝。腊狗在打仗，还不晓得现在情况咋样哦。"

"嗨——呀——啧啧啧，不简单，不简单，堂堂建兴中学的校长，居然能给别人当孝子。看来大贵哥也算是有福之人哪！"

陈德愚代替王文昭行孝，本生产队的人都知道，只是其他生产队的一些人还不清楚。

根据曾师指令，陈德愚拄着哭丧棒，跨过堂屋阶沿下的三级石梯，来到灵柩前，先叩拜、焚香、化纸、上供品，再持引魂幡绕灵柩缓步逆时针行走三圈、顺时针行走三圈，最后将引魂幡插在棺头前。当完成所有这些烦琐的祭拜仪式后，他便一直静静地跪在灵柩前，等待曾师的下一步指令。

接下来是曾师诵读祭文。祭文是曾师在向逝者家属、朋友、熟人或本族中年长者了解其一生的经历后撰写的。写祭文都有套路，类似于叙事诗，讲究押韵，便于唱诵。一篇好的祭文，既要高度概括逝者从生到死的一生，又要重点突出其一生中的重大事件，既要尽可能地遵照基本事实，又可适当作些煽情的渲染和夸张，目的是让逝者形象更光辉，也让亲属更体面。

诵读祭文一般是唱读，既像哭又像唱，句末有拖腔和装饰音。音调根据内容自由发挥，时高时低，时快时慢，时喜时悲，时嗔时怨。高明的开奠师能通过诵读祭文来调动和控制全场的情绪，亲属和听众往往听得唉声叹气，进而号啕大哭。现摘录一小段——

> 尽管家境十分贫寒哪，
> 尽管柜中缺米少面，
> 你咬牙送儿上学堂啊，
> 说是害怕辜负了王家的祖先。
> 你要腊狗多读诗书圣贤哪，
> 还要让他钻研马列毛选。

而今腊狗战斗在谅山前线哪，

为党为国你忠义齐天。

眼看娃娃就要凯旋哪，

眼看国家就要长治久安，

你却染下恶疾一病不起啊，

独自一人驾鹤去了西边。

任亲人把灵柩拍遍哪，

任乡邻把泪眼哭干。

黄泉路上你越走越远哪，

望乡台上你回望故园。

……

念到这里，下面已哇哇地哭成一片，有喊二爹的，有喊姑父的，有喊舅舅的，有喊姨父的，有喊哥哥的，有喊兄弟的，当然也有谢二婶哭喊老头子的声音。

祭文一念结束，开奠的下一个环节就开始了。这时，从堂屋正对面的阶沿上走进一人，头戴破草帽，身穿破衣服，腰系一根谷草带，背着背篼，赤着脚，左手拿着破瓷碗，右手拿着破竹竿，唱唱跳跳地走向院坝中心。人们已经认出，这便是秦师装成的叫花子出场了。他一边用竹竿敲击瓷碗，一边合着节拍又唱又跳。他摇头晃脑，扭腰摆臀，耸肩顿胯，动作夸张而又滑稽。只见他唱道——

破竹竿，破瓷碗，

头上还顶你妈个草圈圈。

不梳头，不洗脸，

一身脏衣服稀鸡巴烂。

不坐车，不坐船，

天南海北都跑遍。

走万水，过千山，

快活日子赛神仙。

行路难，声声慢，

我的祖师是范丹。

看炎凉，看冷暖，

朱元璋也曾要过饭。

……

"哎——哎——哎——哪里来的叫花子在此大吵大闹。"曾师站在台阶上方打断叫花子并喊道，"叫花子，你要饭也不看看时间、看看地方，你看今天这里是你要饭的地方么？"

"是啊，以前我来到这里，人声喧哗、笑语一片，而今花圈挽联、哭声震天，请问贵府今日到底何人归天哪？"

"叫花子呃，你来得真不是时候哦。你不晓得哟，本府王大贵老先生因病不治，已驾鹤西去了，呜呼哀哉！"

"啊——嗨——呀——我的天哪！王老先生哩，我来晚了啊——"叫花子忽然将手中的竹竿瓷碗扔掉，一屁股坐在地上，蹬腿拍胯，一俯一起地大哭起来——

王老先生哩，

那年我来的时候啊，

你还身强力壮，红光满面。

你请我吃饭，给我粮食，送我衣物，

还留我在府上住了三天。

你一点都不嫌弃我啊，

说人总有个三灾六难，

说许多豪杰也曾要过饭，

说人一辈子难免英雄气短。

临走的时候啊，

你还给了我一元钱，

说出门在外，钱是人的胆。

王老先生哩，

后来我才知道啊，

你一生时时积德，处处为善。

你家境并不宽裕啊，

还到处修桥补路，解危济难。

王家坪谁都敬仰你德高望重啊，

谁都愿你福寿齐天。

……

"好了，好了。"曾师再次打断叫花子道，"叫花子，难得你还记着王老先生的好。既然你与王老先生有缘，好吧，那本府今天就赏你大米三碗，然后到别处去吧。"

"感谢大人赏赐。本叫花子今天不要一粒粮食，只求为王老先生敬上三炷香，再为他扶灵上山，算是最后送他一程。"

"不行。叫花子，王老先生乃书香门第、学富五车，要为他扶灵，除了他的至亲，只有王家坪一带的饱学之士方可享此殊荣。请问叫花子属于哪一类呀？哈——哈——哈——"

"大人，本叫花子走州过县、见多识广，虽不曾读万卷书，却也行万里路；虽不敢说学富五车，但也阅人无数；四书五经略知一二，诸子百家也读过一点。大人如果不信，可出题一试。"

"好，口气不小。那就依你，我出题，你来答，先来对句，听题：塔内点灯，层层孔明诸角亮（孔明诸葛亮），请对下联。"

"塘中洗藕，节节汰白理长根（太白李长庚）。"叫花子脱口而出。

"此木为柴山山出。"

"因火生烟夕夕多。"

"湛江港清波滚滚。"

"渤海湾浊浪滔滔。"

"大木森森，松柏梧桐杨柳。"

"细水淼淼，江河溪流湖海。"

"天上月圆，人间月半，月月月圆逢月半。"

"今夜年尾，明日年头，年年年尾接年头。"

......

"好，好，好，不错，不错！我出的都是妙言绝句，先生果然乃江湖高人，令人佩服、佩服！"曾师拱一下手说。

演完叫花子，秦师便脱掉乞丐装，与曾师并列站在台阶上方，为下一组节目完成他的角色转换。

接下来要演的是逝者进入阴间的情景。曾师演逝者游魂，秦师演传说中押送游魂的阴间捕快——黑无常。气氛又由热烈转为沉重。只见曾师双手并靠前垂，步履艰难而缓慢，一副戴着脚镣手铐的样子。他边走边东张西望，神态彷徨凄楚，似乎身陷一个陌生而令人恐惧的世界。秦师跟在他身后，吐舌瞪眼，张牙舞爪，还不时做出举鞭抽打的动作。

......

开奠快结束的时候，陈德愚扶着谢二婶，代表亲人向所有来宾致谢，感谢他们来参加开奠礼，并提醒他们明天一定要来吃午饭。

第二天的出殡仪式依然盛大而热闹，头天晚上参加开奠礼的人几乎都来了。安葬结束，院坝中十多张方桌上，便久违地飘起了饥荒年月诱人的酒肉香。

饥荒越来越严重了。

从地下冒出的各种植物的嫩芽，还没来得及在春日的艳阳下舒展开柔美的身姿，便被饥饿的人们迫不及待地捋进了腹中。人闹饥荒，老鼠也难免池鱼之殃。起初，还能从房前屋后的鼠洞里零零星星地捉到老鼠，可后来，就算挖遍田间地头的鼠洞，也难觅鼠辈芳踪，于是，榆树皮便成了继鼠肉之后难得的美食了。

人们最初将粗大的榆树砍倒后再剥皮，后来嫌砍树太费工夫，便直接将树皮剥掉，致使光溜溜的树干立在地上，像城里街边的一排排电线杆。加工榆树皮时，先去掉外层粗皮，将溜滑而柔韧的内皮用铡牛草的铡刀铡成一寸长的小段，然后铺在晒垫上晾晒。晒干后的内皮又薄又脆，形如贝壳。在石碓窝中将晒过的树皮舂成粉，再经过粗筛细箩，便可收获营养丰富的榆树面粉了。

榆树面粉可以熬糊、煎饼、调面疙瘩，如果有那份闲心，还可以做鱼儿面。将熬熟的糊糊用勺子舀起，用一根筷子从微微倾斜的勺子口将糊糊一小团一小团地削进事先备好的一瓢凉水中，然后滗尽凉水，放上食盐、醋、辣子油，一份晶莹溜滑、色佳味美的鱼儿面便做成了。这也许算是灾荒年月最浪漫的佳肴了。

霜灾似乎是在经过精确计算后而准确投放的，尽管南部县受灾极为严重，而相邻的盐亭、阆中、西充等县却毫发无损，甚至风调雨顺。吃完榆树皮，饥饿的人们不得不背起夹背，成群结队地去邻县乞讨。盐亭县的富驿区是建兴等区的灾民最爱去的地方，一是两地距离近，讨到粮食便于背回，更主要的是富驿区连年丰收，人又厚道，建兴过去的叫花子几乎都能满载而归。

若干年后，当人们提起那段日子，往往不说某年某月，而是心怀感激地说——赶盐亭富驿那阵子。

已经很少有学生能从家里带来粮食了，学校的榆树皮也已剥光。望着一排排白花花的光树干，陈德愚及众多老师的脸上已是愁云密布。学校在教师中召开过一次募捐会议，但老师们也不宽裕，效果极其有限。从王家坪回来，陈德愚已将自己所剩的近千元钱全部给学生食堂买了粮食，但也只维持了一周多时间。

到宝马河钓鱼的人越来越多了。在有浅滩的地方，有人只穿条短裤，提着三角形渔网便下到水里直接打捞。学校也组织学生利用所有课余时间到河边垂钓。宝马河两岸，人头攒动，钓鱼竿如林，抛饵引线，鱼儿凌空，一如公园里的钓鱼比赛，大家似乎瞬间都有了悠然垂钓的雅兴。只有在此时，人们似乎才发现，身边原来还有这条千百年来静静流淌的河流。正是这条慈爱的母亲河，在两岸的人们吃光树皮野菜的时候，还能默默地守护着他们，并为他们奉献难得的美味。

传说很久很久以前，川北连年大旱，颗粒无收，饥民载道，饿莩遍野。一天中午，一位丈夫儿女都已饿死的农妇正在山中找野菜，忽然听到从附近的山谷里传来一阵马的嘶鸣声。循声找去，果然在山谷里发现了一匹红色的瘦马。原来，这匹马在山上找草吃，不小心跌下了山谷，摔断了一条前腿，再也没爬出去，困在这里已经好几天了。农妇心想，就算是瘦马，杀了也够吃一阵子的，于是救出这匹马，并将它牵了回去。

农妇借来杀猪刀，磨快后来到屋后拴在树上的这匹马前。当她举起杀猪刀，刚欲用力捅向马颈的时候，突然发现这匹马正眼泪汪汪地盯着她的眼睛。农妇一惊，杀猪刀当的一声掉在地上。她从来没有见过像人一样如此摄人心魄的动物眼神，于是决定不再杀马了。

她拍拍马头说："不要怕，可怜的东西，我不杀你就是了。我会请人治好你的腿，等旱灾过后，还要靠你驮粪犁田呢。"随后，农妇请来兽医，为红马接好了断腿，还从山上割来青草，精心地饲养。

一天夜里，农妇做了个梦，她梦见一个身材魁梧、头长龙角、拄着龙头拐杖、身上鳞甲闪闪发光的老人，来到她面前对她说："我是东海龙王，我家小儿因触犯律令被逐出龙宫。他刑期将满，现在正在人间遭受磨难。希望你不要伤害他，好人有好报。"可惜，早晨醒来，农妇一翻身便将此梦忘了个精光。

起床后，农妇准备上山找野菜、割青草。当她去灶房取背篼的时候，突然发现已经空了多日的米缸里晃着白光，走近一看，缸里原来白花花地盛满了大米。她喜不自胜，于是继续查看。果然，面篼里装满了面粉、蛋框里装满了鸡蛋，就连一直空空的钱袋里也装满了钱币。她这才恍恍惚惚地想起昨夜的好梦来。

农妇从此过上了衣食无忧的日子。没事的时候，她便牵着红马去外面饮水啃草。当农妇养马的事渐渐传到当地恶霸庞铁锤的耳里后，他十分气恼，心想，连自家的牛马都杀来吃光了，穷人家里居然还养着马，岂有此理。他带着七八个家丁，提上杀牛刀来到农妇家，准备将红马抢走杀了吃。

农妇自知在劫难逃，也清楚庞铁锤无恶不作，于是对他说："这匹马对我有感情，要杀也得由我来杀，杀完你把肉拿走就是了。"庞铁锤点头同意了。农妇提着刀，将马牵到门前大路上，突然松掉手中绳索，同时举起钢刀在马屁股上狠拍一下说："快逃命去吧！"红马完全明白了农妇的意思，随即一声长鸣，便抬蹄朝东驰去。

知道上当后的庞铁锤抓起一根木棒便将农妇打倒在地，然后朝那群傻站着的家丁一挥手，并跺着脚、哭丧着脸、尖起嗓子一声大吼——追！于是提着杀牛刀率领众家丁朝红马追去。由于腿伤未愈，红马跑得并不快，但恶霸始终也没有追上。

追了一天一夜，红马腿伤越来越严重了，恶霸与红马的距离也越来越小了——五十步——三十步——十步。庞铁锤已经举起了手中的屠刀，准备朝马腿狠狠劈去。这时，红马再次一声长嘶，马首一抬，背上突然伸出一对巨大的翅膀。红马拍动翅膀腾空而起，一道红光冲向天际。

与此同时，山崩地裂一声巨响，大地在剧烈的震颤中被撕开一个大大的裂口。裂口宽约二十丈，深逾五丈，长达数十里，与红马逃跑的路径完全一致。紧接着，电闪雷鸣、天昏地暗，继而狂风大作、暴雨如注。裂口很快积满了水，波涛滚滚、浊浪滔滔，掉进裂口的恶霸及家丁全被淹死了。

长达数年的干旱结束了，宽宽的裂口变成了清清的河流。河流滋养着这块土地，令两岸的人们从此告别了干旱，过上了水旱从人的富足日子。为了纪念那匹红马，人们把这条河叫作宝马河，世代不改。

宝马河能为两岸的人们提供充足的水源，却不能在短期内无限制地长出鱼儿来。到河里捞鱼钓鱼的人越来越多，鱼却越来越少，很快，河里便只剩下一些小虾米了。人们只得扔掉渔竿渔网，唉声叹气地纷纷从河边散去。

学生食堂的情况越来越糟糕，蒸饭的饭盒里已经很难见到米粒了。陈德愚在文师傅的帮助下，把已经放进蒸箅的铝质饭盒捡几只出来一一查看，发现有的饭盒中是玉米糁子，有的是红苕干，有的却只有一些干酸菜，有的甚至还有麦麸和细米糠。陈德愚的手在轻轻颤抖，当他合上饭盒的时候，两颗清泪落在盒盖上，滴答有声。

"陈校长，"文师傅叹了一口气道，"按照学校的规定，食堂工人不能随意打开学生的饭盒。既然你来检查，我也就照实说了。这段时间，我发现有的同学已经很久没有沾过粮食了，所以，在往蒸箅里放饭盒的时候，我会从那些装有大米或玉米糁子的饭盒里，扒出一点点粮食给那些只有麦麸或米糠的饭盒。这些娃娃正长身体，还要学习——再这样下去咋办啰！"文师傅揉了一下眼睛说，"昨天，两个初中班的娃娃，为了争一点饭渣，差点打起来了。唉——"

陈德愚眼神沉重地看着文师傅，对他的行为没批评，也没有鼓励，然后一言不发地转身走了出去。刚到食堂门口，他看到谢世昆刚从花果山的小屋出来，肩上吃力地扛着一麻袋东西，脸憋得通红。他一步一探地走下来，才发现正在看着他的一脸疑惑的陈德愚。

由于扛得太重，他没有停下来，只是朝陈德愚笑了一下，同时用左手朝食堂一指，示意陈德愚一起去食堂再说。进了食堂，他将麻袋滑放到地上，当他解开系着麻袋的绳子后，一齐围过来的陈德愚和文师傅都发出一声轻呼："米！"

"你又不领工资，哪里来的大米？"陈德愚问谢世昆。谢世昆傻笑着指了一下光光的左手腕。陈德愚立刻明白谢世昆已将他那只"上海牌"卖了。陈德愚说："作为敲钟人，没有手表咋行呢？"谢世昆又用双手比画了一个小圆形，陈德愚也明白了他是说还有小闹钟。陈德愚没有再说什么，只是吩咐文师傅将这些大米分给那些最需要的同学。他将自己手上的手表抹给了谢世昆，并习惯性地拍了拍他的肩膀，然后步履沉重地走出了学生食堂。

回到办公室，陈德愚立刻向县教委写了一份希望提供救济粮的申请，并委托蒋校长速去县城。县教委将申请送到县委后，县委书记薛磊当即做出批示：请元成同志核实并处理。

在区长办公室，李元成看完蒋永平送上的申请书，然后拈起那张纸，双手背在身后，若有所思地在小小的办公室里来回踱步。走了七八个来回，他突然站住不动，抬起头望着天花板，面带浅笑、声调怪异地说："哈哈，你们这些文化人，也知道肚子饿啦，哝？"

蒋校长对李元成的傲慢无礼早已憋了一肚子火，听他这么一说，腾的一下从椅子上站起来，目光直刺李元成，同时用冰冷而缓慢的语气说："李区长，你——这是在幸灾乐祸吧？"

"不、不、不，误会，误会，天大的误会。"李元成一步跨过来，双手扶着蒋校长双肩，把他压回藤椅上，同时笑呵呵地说，"蒋校长，千万莫误会，我只是开个玩笑，玩笑，哈哈。"

当蒋校长凛冽的目光刺向李元成的时候，李元成本能地产生了一种发自体内的战栗。这种目光携带着一股巨大的力量，足以摧毁一切谎言与虚伪，也足以击穿一切口是心非与道貌岸然的面具。

这是一股什么力量呢？李元成百思不得其解。奇怪的是，他在陈德愚那里遭遇过这种目光，在梅兰那里也看到过这种目光。这是否就是人们常说的知识的力量呢？想到这里，李元成真想狠狠地抽自己几个耳光——在这些臭知识分子面前，自己怎么就如此不堪一击呢？

那天李元成让队长王大顺带话，要陈德愚亲自来找他，而陈德愚不仅不买账，还将丧事办得十分隆重。他明白这是陈德愚做给他看的，因此十分恼怒。三天后，他通过碾垭公社的干部把王大顺叫到了他办公室。

"站好！"看到王大顺走进办公室，李元成将正在看的一份《南充日报》哗地一下合上，并瞪着他一声大喝。王大顺被这突如其来的吼声差点吓瘫，他顺势扶了一下推开的木门才勉强撑住，但已两股战战、脸色发白。

"胆子不小——大灾荒日子，作为生产队长，不想办法带领人民群众战胜饥荒，居然还敢为那些封建迷信活动大操大办。知道这是什么性质的问题吗？知道你犯了何等严重的倾向性错误吗，嗯？"其实，李元成并不知详情，他只是听公社干部说，王大贵的丧事办得很风光。

"李区长，我——我——我——"由于身体发抖，声音也发抖，王大顺"我"了半天也没有"我"出一句完整的话来。作为一个长年面朝黄土背朝天的农民，他还真不明白"倾向性错误"到底是一种多么严重的错误。

"王队长啊——"见恐吓已达到效果，李元成看着瑟瑟发抖的王大顺，语重心长地说，"你晓得你给我捅了个多大的娄子吗？县上本来已通知公安局先把你抓起来再说，但我想既然事情出在我的地盘上，我也负有领导责任。我主动向县上请示，说基层干部犯了错误，我们应本着治病救人的原则，以教育为主，不能一棍子打死，希望此事能由我来亲自调查处理，县上才同意了。要不然，你现在已经——"他双手一并，做了个戴手铐的动作。

"谢谢李区长，谢谢，谢谢……"王大顺已是感激涕零了。

"好了，知错就改，还是好同志嘛。这样，你把王大贵丧事的情况详详细细地给我讲一遍，比如花了多少钱，谁出的钱，开奠师是谁，都有些什么内容。还有那个陈德愚，他都做了些什么，说了些什么，都要一字不漏地告诉我——晓得不？"

"晓得，晓得，我一定一字不漏地向领导汇报，一定！"王大顺点头如捣蒜，果真把王大贵丧事的经过完整而详尽地述说了一遍。本来王大顺一直不敢说陈德愚骂李元成没文化之类的话，当他猛一抬头，突然碰到李元成那锥子一样逼问的眼神，于是嗫嚅道："陈校长他说，他还说——"

"他还说啥子？"凭经验，李元成知道有重要情报了，于是站起来，并支起了耳朵。

"他说你没文化。"

如果说王大顺不敢说出这句话，仅仅只是担心区长会生气，那么它所产生的实际效果，却是令李元成锥心刺骨般疼痛。他已无力震怒，像与高手过招，被击中了命门，软软地缩回到椅子上。

其实，在当时，像李元成那种文化程度的区长大有人在。别人在对待文化程度的看法上大多一笑而过，而李元成就不同了，他对"没文化"这几个字非常敏感。这是他一块终生难愈的心病。

梅兰一直瞧不起他，主要就是觉得他文化程度太低，这已给他带来了无尽的痛苦。平时只要有人一提起文化知识之类的话题，他就会条件反射地想起梅兰那鄙夷的眼神，进而心烦意乱、狂躁不安。如今，就连梅兰一直念念不忘的陈德愚也公开说出这样的话来，这足以让他崩溃。

他坐在椅子上，表情木然，目光呆滞。就这样过了大约一袋烟工夫，他才眼珠一转，两片嘴皮轻轻一动，然后用右手往门外软软一挥，并对王大顺有气无力地说："你走吧。"

王大顺边千恩万谢边怯怯地退出办公室，并顺手将木门带上。又过了一阵，李元成才双手在桌沿一撑并站了起来，然后咬牙切齿地骂道："我日你先人，王——八——蛋——"同时抓起桌上的玻璃烟缸，举过头顶，一弯腰，使尽全身力气狠狠地朝地板上砸去。烟缸啪的一声摔得粉碎，碎屑哗啦啦向四周射去。

突如其来的这声巨响惊动了整幢楼。隔壁文书袁建军慌忙推门冲进来，却看到了李元成那张因愤怒而严重扭曲的脸。

待蒋永平的目光变得稍微柔和些了，李元成才说："蒋校长啊，我这个区长不好当啊。下面的没粮吃了要找我，上面的摊派粮食也要来找我，照恁个整下去，区上粮站里那点粮食，再多恐怕也整不到几天哪。不过，话又说回来，不管有多么困难，再苦也不能苦了娃娃们嘛。哪怕我们这些大人不吃不喝，也不能让娃娃们饿肚皮嘛。他们是祖国的花朵、民族的未来，'四化'建设还得靠他们。他们像早晨八九点钟的太阳，希望寄托在他们身上。为人民服务，是我们这些人的光荣使命。毛主席教导我们……"

实在不想再听他背毛主席语录，蒋校长眉头微微一锁，同时抬腕看了一下手表。李元成这才悻悻地止住长篇大论，随后坐回藤椅，又抓起那张纸看了一遍，才看着蒋永平心事重重地说："蒋校长，有件事不知你听说过没有——有人向我反映，说陈校长前段时间在碾垭，为了一个死人大搞封建迷信活动，大操大办，花了很多钱，还请了几个生产队的人打牙祭。我当时一听就鬼火冲，这明显是在污蔑人家陈校长嘛。对于知识分子，我们一定要好好保护，绝不能让'文化大革命'的悲剧重演。我当时就旗帜鲜明、立场坚定地把那个狗日的痛骂了一顿，说——"

李元成学着骂人的样子，似乎那个"告状"的人就在他面前，"义愤填膺"地用手指一戳一戳地说："放你妈的狗屁，少给老子显屁眼白。你撒谎也不看看人，堂堂建兴中学的陈校长，可是全县数一数二的知识分子。人家是彻彻底底的马克思主义者，是用马列主义毛泽东思想武装起来的坚强的革命战士。他怎么可能去搞那些信神信鬼的名堂呢？况且，现在建兴中学几千学生都没有饭吃，他哪个舍得花钱去干那些莫屁眼的事呢？你狗日的当面不说，背后乱说，这是自由主义的表现。你再敢扯谎日白地咧起两搭皮乱球说，小心老子治你的诬告罪。给老子爬。"他说完，抿着嘴、鼓着眼，还将头一点一点地，似乎自己十分英明伟大。

"有这么回事。"蒋校长目光索然地看着李元成说，"王文昭是建兴中学的学生，现在正在前线打仗，还不知是生是死。陈校长与他是好朋友，他在上前线之前特地来信要陈校长照顾一下他父母。所以，他父亲去世后，陈校长只得代他行孝了。其实也只花了几百元钱。陈校长已把他所剩的将近一千元钱全部给学生买粮食了。"

"哦——"李元成做出恍然大悟的样子说，"既然是这样，那麻烦你请陈校长过来一下。"他又拿起那张纸，指着薛磊的批示说，"你看哈，既然薛书记喊我核实并处理，我起码也得当面向他问清碾垭那件事嚷，还得搞清学校现在饥荒的真实情况，到底需要多少粮食，完了我好向薛书记汇报。你放心，只要他过来把那些事情说清楚，我马上就喊粮站放粮，哪个舅子骗你。"

蒋校长一言未发，嘴角微微动了一动，便起身告辞了。李元成又从他眼中看到了那令人不安的眼神。

送走蒋永平，李元成合上门在办公室来回踱步，同时自言自语地说："陈德愚啊，陈德愚，看来咱们是独木桥上见仇人——冤家路窄呀。上次你不来找我，有脾气这次也不要找我，就让那些娃娃一个一个地饿死。就算你龟儿子来找老子，老子也只会像喂狗一样打发你几百斤了事。还文化人呢，狗屁，臭老九，关键时候还是要来求我们这些大老粗。"他说完，笑笑地看着自己张开的右手掌，同时美美地做了一个用五指朝上握拳的动作。少顷，有人听到他办公室里传出了"公社好比向阳花"的歌声。

闷闷不乐地从区公所下来，蒋永平刚走到新华书店门口，便被店里的梅兰看见了。她大喊一声"蒋老师"便冲了出来。在建兴中学读书的时候，蒋校长是梅兰的班主任。梅兰一眼就看出蒋校长有心事，并问他遇到了什么麻烦。他叹了口气后，把学校闹饥荒和今天见李元成的情况简单说了几句便离开了。

听完蒋永平的讲述，在校长办公室，陈德愚毫不含糊地一挥手："我说过，今生今世不管遇到什么事，要我去求他，休想！"这时，高一年级四班的班主任岳老师神情慌张地冲进来嚷道："陈、陈校长，我们班的何泽林同学上课的时候，突然肚痛发作，痛得在地上打滚。我已安排其他同学把他送到建兴人民医院去了。"

"是怎么回事，你知道吗？"陈德愚皱着眉头问。

"听他要好的几个同学说，他这几天顿顿吃米糠，解不出大便。"

"天哪！"陈德愚痛苦地摇了一下头，然后叫来学校办公室鲁主任，要他带上校医马上去医院看一下。

鲁主任与岳老师前脚跨出校长办公室，董尚林后脚就一脸严肃地走了进来。他看着陈德愚说："陈校长，体育老师潘老师和龙老师刚才来找我，说这几天上体育课时，陆续有同学因饥饿而晕倒，问我咋办。"

"暂停所有体育活动。体育课期间，河里有鱼就去钓鱼，河里没鱼就上山剥树皮、拔草根、掏野菜，什么可以吃就找什么。天无绝人之路，我当年一个人在荒无人烟的太子岛上，不就是这样熬过来的吗？"陈德愚说完，抬头发现蒋校长正用焦急的目光看着他。他明白这目光的含义，于是木木地说："难道学校就逃不过这场劫难了吗？"

"陈校长，学校的形势已经非常严峻了，再拖下去，我担心会出大事。我们已被逼到了绝路，没有别的办法了。我很理解你，也很讨厌姓李的那个家伙，可是，现在别人刚好卡住了咱们的脖子，咱们已没有与他逞强的本钱了。何况，任何个人恩怨与全校学生的生命比起来，都是微不足道的。人在矮檐下，岂能不低头啊！要不我陪你一起去。委屈你了，陈校长。"蒋校长说完，董主任也在一旁不停地唉声叹气。这才是令陈德愚最难招架的。

"英雄气短哪！"陈德愚重重地吐出这几个字，却不敢抬头看蒋、董二人的眼睛，但目光开始游移了。这时，门口突然一暗，大家扭头看去，发现梅兰正站在门口。蒋、董二人在梅兰与他们打了个招呼后便退了出去。他们对梅、李、陈之间的恩怨都知道一点点。

"请坐。"陈德愚看了梅兰一眼，依然客客气气地打招呼。他们已经很久没有见过面了。梅兰发现陈德愚明显苍老了，这与他的实际年龄极不相符，而陈德愚也一眼就看出梅兰比上次看到时憔悴多了——看来她的日子过得也并不舒坦。

"你——真要去求他吗？"梅兰一坐下便翻眼看了一眼陈德愚，随后垂下眼帘说。

"我多次说过永不求他，可是，可是……你看……"

"既然薛书记都批了，蒋校长也找过他了，他还非要你去见他不可，这不是明摆着是要看你的笑话、抖你的威风嘛。他可真会弯酸人、勒掯人呢。你不怕他在你面前做脸做色、拿腔拿调吗？"

"看来我也只有当一回韩信了，这都是为了学校，为了学生哪！"

"呸！你就不要提韩信那个没出息的东西了，他连士可杀不可辱的道理都不懂。人家别的记不住什么，就知道他钻过别人的裤裆，这倒成就了他千古胯下第一人的'美名'——羞死他先人板板啰。"

"可是，有的学生现在只能吃米糠麦麸了哇，连大便都解不出来呀！"

"唉——要不恁个，我去找他。他要是敢跟我装疯迷窍的，我就与他拼命。"

"别、别、别，求你了，姑奶奶，这事还犯不着要你去拼命，你也不要来蹚这个浑水。你想，你去代我向他求情，一则让我这个大男人情何以堪，再则，你这不是火上浇油吗？这样只会弄巧成拙，越整越糟啊。"

"好，既然你还知道你是个大男人，那就好。这样吧——"她打开提在手上的绣花小布包说，"我这里还有三百块钱、两百斤全国粮票，你拿去先照顾一下女生。女生脸薄，不像男生，饿了又不好意思说。我马上去找一下以前的同学校友，看能不能再想点办法。"

她将纸币粮票放在桌上，然后站起来说："不到山穷水尽，不要去求他。"说完便转身离去。刚走到门口，陈德愚看着她背影轻声说："你——多保重啊！"梅兰一愣，止步不动，似乎被这个弱弱的声音震住了。她僵立了一下，才起步离去。

陈德愚拿着梅兰捐的钱和粮票走出行政楼，在五星花园旁刚好碰到欧校长。他把钱和粮票交给欧校长，让他马上安排人去买米，并说就按梅兰的意思，把米分给缺粮最严重的那些女生。安排完毕，他从石梯下到操场，准备去教学楼各个班认真查看一下学生上课时的精神面貌。

他来到三楼一间毕业班的教室外，发现教室里空出了一些座位，便找来该班班主任。班主任姓唐，又矮又瘦，戴着瓶底似的近视眼镜。见到陈校长，他取下眼镜，扯起衣角边擦眼镜边翻起深陷而发白的眼睛说："陈校长呃，刚才我们几位老师还在商量，正打算一起来找你。你看嘛，现在许多学生都在饿起肚子上课，与其这样，还不如干脆放一段时间假，等灾荒过了再开学。你说嘛？"这时，其他一些老师也陆续围过来，都帮着唐老师说就是就是。

"关于这个问题，我们几位学校领导这几天也在考虑，关键看我们申请的救济粮能否顺利到位。不过，不到万不得已，不要走这条路。"大跃进"那么恼火，学校也没停过课啊。况且，你们毕业班就更不能放了，马上就要进入高考的最后冲刺了，耽搁不起呀！"陈德愚说完，又问唐老师："我刚才看到你班上好像少了一些同学，怎么回事？"

"哪光我们班啰，他们班还不是有人请假走了哇。"唐老师指了一下其他几位班主任，那些老师都点头说是。

"他们去哪里了？"

"还能去哪里？赶盐亭富驿呗。"

"哎——？天哪！这不是去当……"他清楚所谓"赶盐亭富驿"，其实就是去乞讨，去当叫花子，这让陈德愚大为震惊。他实在无法接受建兴中学的学生居然也当起了叫花子。

他可怜巴巴地望着那些老师说："快，快想办法把他们找回来。至于粮食问题，我马上就去找区上李区长解决，县委薛书记已经签字了。另外，关于学生赶盐亭富驿的事，千万不要外传哈，求求你们了。"他说完便从楼上下来，大步走向行政楼，边走边带着哭腔自言自语道："我的学生居然当起了叫花子啊！"

7

陈德愚在蒋校长的陪同下，从行政楼下来，穿过操场，快步朝建兴场走去。刚走到拱背桥，迎面碰上学校负责送信的老杜。老杜斜挎着一只鼓鼓囊囊的绿色邮政包，刚从平桥邮政所回来。他一见到两位校长便远远地大喊大叫跑过来："太好了，太好了，两位领导呃，天上硬是会掉馅饼哩。"

"有话快说。"蒋校长板起脸说。他与陈德愚一样，一路都在心情沉重地认真思考见到李元成后可能会发生的各种情况。蒋校长叮嘱陈德愚，无论李元成说什么难听损人的话都要忍住，千万不能激动，更不能冲动，等把粮食拿到手再说。蒋校长比陈校长年纪大，以前又是陈校长的老师，他觉得有义务做必要的提醒。现在最担心的是，万一李元成要寒酸学校，只给很少一点点粮食又该怎么办。因此，二人此时都没有心情看老杜的笑脸。

老杜说了句等到哈，便埋头打开邮政包，并在一摞厚厚的信件中认真地翻起来，随后呼地抽出一张小纸片，在二人面前边晃边兴奋地大叫："看、看、看，汇款，一万元哪，我的先人板板哩！"

"啥——?"二人同时把头并过来。没错，这的确是一张汇款单，金额一万元，是从成都草堂邮局汇出的。汇款人叫张永泰，与在和平村中烧死的张老师的名字一字不差。收款人是"建兴中学校长陈德愚"。备注栏里还特别注明：此款只能为建兴中学学生购买粮食，不得挪作他用。

认认真真、反反复复地看罢汇款单，陈德愚问老杜是否是他亲自从邮政所取出的，老杜说那是当然。陈德愚拿着那张汇款单，与蒋校长默默对视了一阵，突然往地上一蹲，再使尽全身力气高高蹦跳起来，同时声嘶力竭地大声狂吼："老天有眼哪，学校有救了啊！"他这一蹦一吼，简直就像一位不谙世事的孩童，与他平时的严肃孤傲判若两人。这时刚好有几位农民背着背篼从此经过，其中一人大声说："快走，又碰到他妈个疯子。"

一周之内，学校又陆续收到两张几乎一模一样的汇款单，每张都是一万元。有了这三万元钱，陈德愚迫不及待地请欧校长马上组织人马，去附近的盐亭、西充等地买粮。

至于这笔巨款的来历，全校师生都还没来得及去揣摩，可是有一个人却因此陷入了苦苦的思索之中，这个人便是区长李元成。

陈德愚没有去找他，连蒋校长也没有再去，这让李元成觉得不可思议。当建兴中学陆续收到来历不明的巨额汇款的消息传进区公所的时候，他除了震惊，便觉得此事太过蹊跷、极度可疑。他带上派出所所长任家刚来到学校，欲查个究竟。陈德愚本不想理他，但有派出所出面，他也只得配合。他与其他几位学校领导，在小会议室里例行公事地接待了他们。

"陈校长，学校有困难么，你给我打个招呼就行了噻，咋能让娃娃们饿起肚皮闹革命……不、不、不，饿起肚皮念书呢？世界是他们的，也是我们的，可是归根到底还是他们的。这样，明天你就派人去粮站背粮，一定要让娃娃们吃够，哈哈。"李元成说完，扫了大家一眼后打起了干哈哈。

"不用了，谢谢李区长。只要我们学校自身有能力渡过难关，绝不给政府添麻烦。何况，廉者不受嗟来之食啊。"陈德愚知道李元成醉翁之意不在酒。

"啥——啥子摘来吃？"李元成扭头问身边的任家刚。任家刚得意地大声说："陈校长的意思是说，池塘里的莲子不熟也可以摘来吃。"说完还得意地看着大家。几位学校领导都把手伸到嘴上，用食指使劲揉鼻孔。

"不行，不行，莲子成熟还早球得很，不熟的莲子有个锤子吃头啊。"

"行了。"陈德愚不想与他们瞎扯，于是开门见山地说，"我知道你们对那三万元捐款很感兴趣。既然派出所任所长都来了，看来我还得如实向公安部门汇报清楚啊。那三万元钱是成都一个叫张永泰的人汇给我们学校的，收款人写的是我的名字，而且特别说明只能用来为学生买粮食。整个事情都是学校内部事务，不触犯任何法律，不影响社会治安，是吧，任所长？"陈德愚把目光投向任家刚。

"那是，那是，这是学校的内部事务，不犯法，不影响治安。"任家刚一边说一边一个劲儿地点头摇头。

"按理说，有人为学校捐款，这是好事，应该支持嘛。可是——"李元成猛吸了一口烟后说，"这么大一笔款，究竟是何人捐的呢？会不会有什么危险的动机呢？本来我也懒球得管这些闲事，但事情发生在我的地盘上，我不过问过问也不行啊。我建议，此款暂不动用，等查清事情的来龙去脉后再说。"

"不可能！"陈德愚一口回绝道，"我已经安排人去盐亭买粮食去了，先买五千元的再说。至于捐款人是谁，我这几天也在想，此人怎么偏偏就与在和平村中烧死的张老师的名字完全一样呢？难道是他阴魂不散，还在惦念着学校？真要是这样，那他迟早也会找到那个纵火的家伙。"说到这里，他微微抬眼瞄了一眼李元成，发现李元成也在用怪异的眼神看着他。李元成手中烟头上的烟灰，就在这时突然落了下来。

"我们走。"李元成看了一眼任家刚，然后起身气冲冲地走出了会议室。这时，蒋校长也站了起来，冲着李元成的背影喊道："哎——李区长，麻烦你去成都帮我们查一下那个张永泰究竟是哪个，以后好还人家噻。拜托了哈。"李元成没有回头，也没有吭声，而是将手中的烟头用力砸在地上，快步离去。

裹着青藏的寒气，携着秦岭的劲风，嘉陵江滚滚南来。

进入南部县境内，江水渐急，江面渐宽，县城便位于西岸一块巨大的冲积平原上。县城对面，巍峨的火烽山如一面巨大的屏风，果断而干净地切断人们向东的视线。每天清晨，当太阳从山尖跳起的时候，整个县城瞬间便笼罩在万道霞光之中，使人莫名地产生一种豪迈与壮烈。磷肥厂坐落在火烽山北面山腰，几根巨大的红砖烟囱正喷吐着灰色的烟柱，在蓝色的天幕上浓墨重彩、汪洋恣肆。运送磷肥、矿石、煤炭的汽轮往返穿梭在江面上，忙碌的汽笛声应和着空中的滚滚浓烟，弥散着这偏僻小县城令人兴奋的工业文明的味道。

初夏时节，和风熏人，柳絮飘飞。柳林河坝小茶园，一张最靠江边的木桌旁，对坐着沉默不语的两个人，一个是李元成，另一个是县"革委会"副主任魏中华。从神态上看，他们对这满眼风光似乎毫无兴趣。

魏中华的父亲患了食道癌，已是晚期了，医生已让他马上准备后事。李元成与他一起去医院看过病人后，又一同相约来到河边。本来李元成还想借机找分管教育的魏中华，倾诉一下自己最近在建兴中学碰到的一系列烦恼，但魏中华一直哭丧着脸，令他无法启齿。

"魏主任，令尊已年过古稀了，既然天命如此，你也不必过分悲伤啊。"李元成实在受不了这令人憋闷的沉默，才率先说了这句不痛不痒的废话。

"哎呀——"魏中华抬眼看了一下李元成，算是对他的回应，然后又将目光移向江面，沉默良久才说："上个月我回大王老家，就听他说身体有点不舒服。他没有多说，我也没有多问，以为只是普通的感冒病，便给他拿了一点钱让他去定水医院看看。这段时间一直很忙，好几次乘车从大王场经过，我都没有下车回去。谁知道他竟然患了绝症，而且一查出就是晚期。不孝啊，不孝啊，我现在回老家都怕人家骂呀！"

"唉——"李元成也叹了口气道，"不会，不会的，你公务在身，自古忠孝不能两全。令尊大人会理解你的，亲人会理解你的，老家乡邻也会理解你的。既然事已至此，你就不必自责了，现在最要紧的是，按医生的吩咐，赶快准备后事吧。争取把后事办风光点、办漂亮点，也算是对老人的一点弥补、给乡邻做个交代呀。"

"是啊，也只能这样了。我已安排我家兄弟回去准备老木去了，但是坟地还没找好。"他突然眼皮一翻，看着李元成说，"听说你们建兴有个风水先生很厉害，能否帮我打听打听？老人的阴宅很重要啊，特别是我们这些在官场上混的，祖坟葬得好不好，会直接影响到官运前程哪。"

"那是，那是，祖坟一定要把风水找好。我上次去成都，听说那些在省城当大官的，好多人专门去峨眉山请高僧看风水、移祖坟，灵得很哩。你说的那个风水先生，我听说过，是新华公社的。据说那个人以前也是个和尚，看风水的确非常厉害。"他随后用力拍了一下胸口说，"没问题，你的父亲就是我的父亲，你的事就是我的事。别的不敢说，在建兴那个塌塌，喊个风水先生还是喊得动的。这事就包在兄弟身上了。"

"谢谢兄弟。"魏中华激动地伸出右手，与李元成迎上的双手拉了一下说，"兄弟呀，你我都是在'文革'中成长起来的官员，混到今天不容易呀。谁要说不想往上爬，那是他妈的呵人的。全南部县那么多区长，就你——"他伸出食指指了一下李元成说，"才是我兄弟。有些人，表面上与你称兄道弟、客客气气的，但谁晓得别个跟的是哪些人，谁晓得别个是哪条线、哪个圈子的？所以，哥子我有些话也只能与你说，有些事只能找你办哪。"

"谢谢哥哥信任。"李元成又激动地伸出双手，紧紧抓住魏中华的手说，"哥哥啊，人家说官场如战场，我看还不如战场啊。战场上就算短兵相接、刀光剑影，那也是看得见、摸得着的噻。你看官场上，表面上风平浪静、阳光灿烂，实则暗流涌动、险不可测。很多东西说不清、道不明，你只有去感知、去揣摩，就像盲人骑瞎马，不晓得哪一天就掉进了万劫不复的深渊。所以，官场就是他妈的毫无规则的赌场啊。"这些话，其实是他父亲若干年来，不厌其烦地向他传授的官场真经。

"高——高啊！"魏中华抽回手，顺势伸指又点了一下李元成道，"你娃总算开悟了，不愧是官宦世家。看来老区长平时没有少教导你呀。"谈起官场感悟，二人都觉知音难觅，于是滔滔不绝、唾沫横飞，将最初的伤感与低沉一扫而光。

不过，魏中华心想：没看出你小子面带猪相，心头嘹亮，看来又是一块上好的官痞料子啊；你三天两头地往薛磊办公室跑，谁知道你是不是他的人呢？

"哥哥啊，"他们都已亲热得只称兄道弟了，"前次我听薛书记说，'革委会'马上就要撤销了，全国各级都将恢复人民政府，县里各大班子都要做大的调整。魏主任你的位子应该也会——"李元成伸出右掌做了个向上托举的动作。

李元成也心知肚明：你魏中华在"文革"期间贴过薛书记的大字报，也很清楚家父与薛磊是多年的好朋友；今天主动相约论道，无非是想通过我打探一下薛书记对新的县政府领导班子的想法。他主动挑明，一则是借此向魏中华表示忠心，同时也是以小博大，换守为攻。

"好兄弟呀。"李元成能主动向他传薛书记的话，这让魏中华十分感动，他说，"你这个兄弟我这辈子认定了。实话告诉你吧，最迟下半年，县人民政府将取代县'革委会'。不管怎样，我都坚决服从组织安排，坚决拥护地委的决定，坚决听从薛书记的指挥。"

"不过——听说薛书记要去地委了。"李元成明白，魏中华说听从薛书记的指挥是故意说给他听的。作为县"革委会"副主任，不可能不知道薛磊要去地委这一消息。既然薛书记要走，也就不存在听其指挥的问题，于是果断点破，以占先机。不过，李元成也由此看出，他魏中华已经认定我李元成就是薛磊的人了，所谓这辈子的兄弟，看来不可当真。

"是的，薛书记要去地委了，但南部县还是归南充管噻。"魏中华发现李元成今天说起薛磊几乎没有隐瞒，心里还暗自高兴。他说："兄弟呀，听说下一任县委书记要从省上调来，现任'革委会'主任侯跃林就要退休了，新的县长人选还是一个空缺。几位副主任中，论资历、年龄、学历，本人对这一职位都极具竞争实力。当然，目前盯着这个位子的人很多，都在暗中发力，都在向这一宝座发起总攻。对于我来说，这也许是一生中最好的机会了，当然不愿错过。如果能如愿以偿，我决不会忘了你兄弟，我现在对应的位置——分管教育的副县长，自然就是你的了噻。"

"谢谢大哥关照。只要大哥有用得着兄弟的地方，尽管差遣吩咐。哪怕上刀山，下油锅，兄弟绝不推辞。"

"别、别、别，哥子我既不需要你上刀山，也不需要你下油锅，有兄弟你这份心就够了。这些事情微妙得很，也复杂得很，很多时候都只能耐心地等待时机。老实说，你现在也帮不上什么忙，甚至连我自己都无能为力。不过——"魏中华脸色突然一阴，"回到刚才的话题，帮我找风水先生的事就只有拜托你了。有些东西谁也说不清楚，宁可信其有啊。"他站起身来说，"咱们走吧，我还要去医院看看。"

快步走过川剧团，二人刚分手，魏中华突然转身喊住李元成。待李元成也转身走过来，他才若无其事地小声说："顺便说一句，薛书记那里有啥子消息，你耳朵还是放尖点哈!"李元成点头说明白，魏中华才意味深长地拍拍他肩头，然后转身离去。李元成知道，这才是魏中华今天真正想要对他说的话。

由于一直牵挂着已是大龄青年的幺妹，李元成顺道去国营塔山曲酒厂，找到了在那里工作的妹妹李秀英。

刚下班，李秀英一个人正在寝室休息。李元成一坐下，就问起幺妹的个人问题。他说："你都二十五六的人了，一天高不成、低不就，再不嫁人就老球了。我上次托人给你介绍的运输公司 52 队的那个司机小邱，听说人很不错，你们处得怎样啊?"谁知李秀英眼睛一鼓："你一天就是瞎操心，先把你自己的婚姻整伸展了再说。"气得李元成扭头就走，还边走边骂短命砍脑壳的。

在回建兴的班车上，李元成一直在想魏中华今天对他说的话。他自言自语道："你小子既想利用我，又要防着我，你当我是傻瓜呀。"

关于建兴区的风水先生，李元成知道他说的就是为王大贵开奠的秦勇全，于是笑着说："看来他爹死得还真是时候啊。"想起秦勇全，他想起了陈德愚，想起陈德愚，他又想起了建兴中学，渐渐地，他脸上露出了一丝十分诡异的神色。

第二天午饭后，李元成边剔牙边无所事事地闲逛，不知不觉来到了派出所门口，于是便东看西瞅地慢步走了进去。

任家刚的办公室门开着，远远地传来了他愤怒的喝骂声，同时还有拍打金属器物的叮当声。李元成笑着走了过去，看见他正在呵斥一个身材矮小、形容猥琐的中年农民，同时不停地抖动着手中的手铐。那人站在屋中，埋着头，双手下垂，满头大汗，浑身抖得像筛糠。

"啥子事啊，任所长？发球恁个大的火。"李元成一只手撑住门框，一只脚踏在门槛上，看了那人一眼后问道。

"李区长啊——"任家刚看了李元成一眼，然后咬牙切齿地狠狠指了那人一下说，"你不晓得哟，戳拐了，戳大拐了。这个家伙——新华公社八大队的秦勇全，一天到处给人看风水、找墓穴，阴神化水、装疯迷窍，不务正业、骗人钱财，被人告到县上去了。县委薛书记知道后大发雷霆，当即就把我们公安局局长巫启旺喊过去骂了一顿。他说无产阶级专政都这么多年了，在建兴区居然还有这么严重的封建残余；说相信封建迷信就是否定马列主义毛泽东思想，否定马列主义毛泽东思想就是反党反社会主义——这还得了啊，李区长，这可是要——"他苦着脸、咧着嘴，举起右掌在自己脖子上比画了个砍切的动作。秦勇全刚好翻眼看到了这个动作，抖得更加厉害了。

"哎——哟——啧、啧、啧。"李元成松开撑在门框上的右手，一步跨了进去，然后看着秦勇全说，"你——呀——这下给我建兴区捅娄子了，也给我惹麻烦了。巫局长都挨骂了，我还梭得脱个铲铲，估计薛书记在明天的全县区长会议上就要当场点名骂我了。哎——

呀——"李元成"愤怒"地将一直捏在手上的牙签用力砸在地上。

"没得办法了，现在谁也救不到他了，他也只有等死了。巫局长命令我先把他抓起来，然后进行审讯，搜集证据，完了再押往县城大牢。"任家刚将手中的手铐嚓地一抖，同时对着秦勇全一声大喝，"把手伸出来。"由于过分紧张，秦勇全呼地一下应声弹出双手，任家刚便咔嚓一声将其铐上。

"他死哒算个球啊，"李元成看了一眼秦勇全说，"关键是影响了我全建兴区的形象啊。还有，今年下半年全县各大班子都要大做调整，这肯定会影响到巫局长和我的位子嚟。哎——"他看着任家刚说，"你刚才说巫局长让你搜集证据，你目前都有哪些证据？"

"哼，证据多球得很。他一天到处给人家开奠看坟，要搜集他的证据比吃醋汤面还容易。上个月他才给碾垭公社的王大贵开奠看坟了，到当地去一打听哪个都晓得。建兴中学的陈德愚校长很清楚这件事，我已向他做过笔录了，他就是最重要的人证。"这时，秦勇全微微抬了一下头，眼中满是疑虑。任家刚转身在抽屉里拿出一个圆饼形的东西递到李元成面前说："还有——看嘛，还有物证，这是他看风水用的罗盘，没收了。"

"麻烦了，人赃俱在呀。要不惩个，任所长，你看哈，这事不仅影响到建兴区的声誉，还影响到巫局长和我的前途，你看这事能不能这样处理哈——"他转身把门掩上，然后压低声音，神神秘秘地小声问任家刚，"这事一直只是你一个人在处理吧？"任家刚点头说是。李元成将右手捏拳在左手掌上猛砸一下说："太好了！任所长，反正调查笔录和物证都在你手上，你看能不能把这些东西，还有这个人——"他指了一下秦勇全说，"交给我来处理。就算给哥子一个面子，要得不，任所长？"李元成涎着脸看着任家刚，同时从裤兜里摸出一包"红梅"放到桌上。

"问题是——"任家刚犯难地皱起眉头，然后掀掉头上的蓝色大盖帽，啪的一声扔到桌上说，"啧，我咋向巫局长交代呢？"

"哈哈，任所长怎个聪明的人，这种事，你比哪个都有办法。"李元成向任家刚跨近一步，讨好地拍拍他肩膀说，"你就说已经认真调查过了——查无实据。你说人家秦勇全以前是给人家看过坟、开过奠，但好多年就没有干过那些名堂了。你说人家坚决拥护马列主义毛泽东思想，坚决拥护三面红旗，坚决听毛主席的话，当毛主席的好孩子——不、不、不，好社员。你说那些狗日的告状的都是一天吃多了没事干，完全是在诬告别个。你说强烈要求有关部门法办那些人，以严肃党纪国法，为社会主义建设营造健康公平的法制环境，为广大人民群众的幸福生活保驾护航……任所长啊，对待那些深藏在革命队伍中的敌对分子，我们要像秋风扫落叶一样严酷无情，对待自己的革命群众则要像春天般的温暖……"

李元成说得眉飞色舞、慷慨激昂，像在发表一场重要的临战演说。而在这期间，秦勇全一直深埋的头，像春天清晨的嫩苗，在太阳的烘照下，渐渐直了起来，眼中已满是惊讶和感激。

"李区长呃，我先把丑话说在前头哦，这事要是将来露馅了，你我两个恐怕都将猫抓糍粑——脱不了爪爪哟。"任家刚紧闭着嘴，神态严肃地将头一点一点地说。

"这样——不管二天情况咋样，这事都由我一人做事一人当。不管哪个问起，你只管往我头上推，说是我一手主导的。天塌下来我顶到，大不了一死。毛主席说，为人民利益而死，比泰山还重，我这就是为人民利益而死的嘛。毛主席教导我们，要团结一切可以团结的力量。人的一生难免会犯错误，但知错就改还是我们革命队伍的好同志嘛。作为区长，连我的百姓都保护不了，还算个锤子区长啊。话又说回来，我的老百姓遇到了麻烦，我不挺身而出，未必还指望别个啊。为官一任，造福一方嘛，为了人民的利益，赴汤蹈火也在所不辞，为人民谋幸福，是我们每一个共产党人的崇高使命。

况且——"他十分怜惜地说，"人家秦勇全也不容易呀，他死了是小事，问题是他上有老，下有小，咋个办啰。"他边说边用右手手背轻轻地拍打着左手掌。

"既然你李区长都这么说，我还能说啥子。"任家刚板着脸懒懒地说，同时十分不情愿地找来钥匙咔咔地打开秦勇全的手铐，然后将手铐啪地一下扔到桌上，再双手并用抓起罗盘和调查笔录交到李元成手上说："李区长，连人带东西我都交给你了哈，你想啷个处理就啷个处理，都与我无关哈。"

他转身看着秦勇全说："也不晓得你龟儿子祖上积的啥子德哟。跟李区长走噻。"二人千恩万谢地退出所长办公室。李元成对秦勇全说了声"跟我走"，秦勇全便小心翼翼地跟在他身后，一同向区公所走去。

3

刚进办公室，李元成随手将门带上，然后指了一下办公桌旁的椅子，对秦勇全说："坐。"由于心有余悸，秦勇全只是傻愣愣地鼓起眼睛望着李元成。李元成又指了一下椅子，提高声音说："喊你坐的嘛。"秦勇全这才反应过来，机械地一下浅坐在椅子边沿上，双膝并靠，双手平放在膝盖上，身子微微前倾，目光平视，极像幼儿园里的排排坐、吃果果。

李元成绕过办公桌，坐到自己的椅子上，将手中的调查笔录和罗盘一并放到桌上。他点上一支烟，边看笔录边自言自语地说："好险哪，要是任家刚将这些东西交到公安局就完了。"突然，他皱起眉头问，"这就奇怪了，你给别人开奠看坟，他陈德愚咋晓得的恁个清楚呢？"他将那几张纸朝秦勇全扬了一下又收回，然后看着纸张说：

"你看哈，这些都是陈德愚说的哈，他说你装神弄鬼——一会儿装黑无常，一会儿装死人，一会儿又装叫花子；说你妖言惑众、丑态百出；说你还骗人家钱财——开奠收了人家十元钱，看坟又收了五元，另外还拿了人家一把挂面、一件死者的旧卡其布上衣；说你纯粹是愚弄百姓、散布封建迷信思想，性质恶劣、影响极坏，严重败坏了社会风气，与我党的唯物主义世界观背道而驰。他说，长此以往，必将动摇我国广大农村群众的马列主义信仰，必将影响到我国基层政权的稳定。因此，对于这些深藏在广大农村的危险分子一定要除恶务尽、斩草除根，要从重从快，决不手软！"

李元成念完，抬起头看着秦勇全说："天哪，啧啧啧，这些东西要是送到县委书记那里还得了哇？你要晓得堂堂建兴中学校长说的话可是有分量的哟。"

"我的妈呀——"秦勇全痛苦地喊了一声。其实，刚才任家刚说起有关陈德愚的笔录时，秦勇全还十分怀疑，可是，当李元成现在念起这些笔录内容时，他深信只有陈德愚才会知道得如此详尽。于是，他的眼神由疑虑转为不解，由不解转为愤怒，眼珠也随着李元成的念读越鼓越大，几欲爆裂。他喉结猛一滑动道："这些人咋会这样哦？当时是他让人来请的我们，还喊我们一定整巴适、整精彩，完了他还说很满意，现在哪个又来出卖我们呢？我……他……"秦勇全已气得语无伦次了。

"不球说这些了。"李元成做了个列宁式的挥手动作，打断秦勇全道，"知识分子他妈这个德行，我从来都瞧不起这些假拐拐，一天大事干不了，弯弯肠子还多球得莫法。你看历朝历代，有几个知识分子是成了气候的？龟儿子这些人只会坏事，一天到晚妖言惑众、胡说八道。"他越说越咬牙切齿，以至于秦勇全已经激动得眼圈发红。李元成将烟头摁灭在烟缸后说："所以说，知识分子要是靠得住，母猪都会上树。关键时刻，那些人就要出卖同志朋友，还不如咱们广大贫下中农靠得住！"

"李区长啊——"秦勇全终于忍不住恸哭起来，"嗷——嗷——嗷——你真是我们建兴人民的青天大老爷啊！你是我这辈子见过的最大的官，也是最好的官！这辈子报答不了，来生做牛做马都要报答你呀，我的区长大人哪，嗷——嗷——嗷——"他哭着哭着，突然从椅子上往下一滑，咚地一下跪在地上便磕起头来。

"呃——不要这样，起来，起来。"李元成过来拉起他说，"我们广大贫下中农被压迫被剥削得太久了，现在是人民当家做主，是无产阶级专政，你还怕锤子？哪里有压迫，哪里就有反抗，哪里有剥削，哪里就有斗争，我们要坚决同这些臭老九作你死我活的斗争！"他抓起桌上的罗盘交给秦勇全道，"这个你拿去，你还当你的风水先生，还开你的奠。毛主席说，凡是敌人支持的，我们就反对；凡是敌人反对的，我们就坚决支持。"

秦勇全用颤抖的双手接过罗盘，同时哆嗦着嘴唇，半天无语。他呆立了一阵，才嗫嚅道："不敢了，再也不敢了。我一定痛改前非，重新做人，坚决拥护党，拥护毛主席，拥护李区长，拥护……"这时，他看到李元成又拿起那份笔录，便伸手过去接。李元成却将手一缩道："这个你就不用看了哈，这毕竟是人家派出所的机密材料哦。"说完，便迅速地将其撕成一把纸屑。

"我喊你做你就做，你怕锤子？"李元成唰地一下将手中纸团投进屋角一只印着"塔山曲酒厂"的废纸箱里，然后鼓起眼睛大声说，"永远莫忘阶级苦，谁压迫你，就要与谁进行不屈不挠的斗争。你不但要看风水，还要把风水看到他建兴中学去，把死人埋到他校门口。"他看着一脸不知所云的秦勇全继续说，"陈德愚这个臭丁丸，不落教得很，他想搞臭我们建兴。这个人留在建兴中学始终是个麻烦，所以，我们必须把他撵出建兴区。现在刚好有一个千载难逢的机会。"

李元成坐回藤椅，同时示意秦勇全也坐下。他又点上一支烟，猛吸一口后说："是恁个的，也算你运气好——县革委会魏主任的老汉得了癌症，马上就要死了。你晓得那些当官的都相信风水噻，他想给他老汉找个好的坟地，好进一步往上爬。我想法去把这个美差给你争取过来，让你这次在魏主任面前好好表现表现——这可是你将功折罪的绝佳机会哟。"

"我还敢干这个名堂啊？万一又有人去告啷个办呢？"

"你放心，这次没得哪个敢告你了，就算告了也但球疼。今年下半年，全国都将撤销'革委会'，恢复人民政府，魏主任是我们县县长的最热门人选。如果你把风水看好了，帮他当上了县长，你就是他先人板板，全南部县哪个脑壳上长乒乓敢来惹你！"他问秦勇全，"你晓得建兴中学为啥那么出人才不？"秦勇全摇头说找不到。李元成伸指点了一下秦勇全并笑着说："你呀——风水好噻。你看哈，建兴中学那个塌塌，后有围山，前有聚水，山水围合的中心点就在花果山那里。所以，我建议把他老汉就埋在建兴中学大门口左侧的花果山下算球哒。"

"吧——没看出李区长还很内行哦。"秦勇全第一次露出了轻松的微笑。

"不瞒你说，家父就懂风水，我也一直很相信风水，所以我们才是革命同志嘛。"他们相视而笑，大有相见恨晚的味道。

"可是——万一陈校长不干咋办呢？"

"嗬——他不干，他算哪把夜壶？那个塌塌又不在他学校内，关他锤子事。他娃应该识相点，人家魏中华将来是县长，现在是分管教育的副主任，他不干，那就让他螃蟹夹豌豆——连爬带滚，这正好可报你一箭之仇噻。现在最关键的是要说服魏主任。他是定水区大王公社的人，万一他只愿将他老汉葬在他们家族的祖坟林那就麻烦了。"

"嗨呀，这你就放心好了，别的本事没的，耍嘴皮子可是我的强项。建兴中学那个塌塌风水真的不错，我以前就看出那里藏风聚水、负阴抱阳，青龙白虎、朱雀玄武，的确是一块不可多得的风水宝地，你刚才一说还把我点醒了。他老汉要是能埋在那里，还真不亏。"

他们在屋中一直闭门谈了一个时辰。秦勇全从区公所出来的时候，已是满面红光。他怀中抱着那个罗盘，边走边尖起嗓子摇头晃脑地唱起了《翻身农奴把歌唱》。这时，一只黑狗立于路中，他停止歌唱，举起手中罗盘朝黑狗做投掷状，同时猛一顿脚，笑着大吼："哦哦哦……"黑狗一声低吠，尾巴一夹便溜跑了。

当天晚上，在朱三娃的吊脚楼上，响起了李元成与任家刚肆无忌惮的笑声。

第二天一大早，李元成便乘车来到县城。魏中华刚到办公室坐下，李元成就气喘吁吁地走了进来。他将手中的黑色仿皮公文包轻轻往桌上一放，便垂头丧气地说："魏主任，我向你请罪来了，你交给我的活路没有整归一。我对不起领导对我的信任，对不起组织的栽培，对不起……"他边说边掏出手巾擦脸上的汗。

这时，魏中华将右手食指搭在嘴上，示意他不要说话，同时斜着眼警惕地看着门外过道，然后大步过去将门掩上。他转身回到自己的座位上，并向李元成指了一下办公桌对面的椅子示意他坐下，然后才压低声音问："啷个回事？没找到人吗，还是你请不动？"

"哼，笑话，不是冒皮皮、打飞机，在建兴那个塌塌，只要还是他妈个活物，本人就没有找不到的，更没有请不动的。"李元成毫不谦虚地大幅度摇摆着肥滚滚的大脑袋。

"哎哟，那就莫得办法啰，我也只有听天由命了。他好久死的呢？"魏中华懒懒地问。

"哪个说他死了哦？人家还活得皮板板的。"

"咹？到底哪个回事哦？你少给老子转弯抹角的，几句话整伸抖噻。"魏中华有点不耐烦了，但同时又看到了希望，眼中陡增一丝亮色。

"是恁个的，你老人家安排的活路，我可是当作第一重要政治任务去完成的哟。我通过公社干部、大队干部、生产队干部帮忙，才去他家里把他找到。你放心——"李元成看见魏中华突然紧张地直起头刚要说话，于是抬手打住道，"放心，我晓得你担心啥子。跟到你摸爬滚打恁个多年，你把我说得这点革命素质都没得哟？我保密工作做得好得很。我给他们说的是，我想当面了解当地社员对目前大集体生产的一些真实看法，听说他有点文化，嘴巴会说，又见多识广，所以才找的他。我后来单独把他请到我区上的办公室，才正儿八经地给他说了这件事。"

"那为啥又——？"魏中华迫不及待地问。

"你莫慌嘛，听我慢慢给你摆嘛。他说风水宝地是天上星宿、地上山水与人类活动等各种因素机缘巧合后才形成的。这种塥塥十分稀少珍贵，可遇而不可求，全南部县都极其少见。那些千年吉壤，占一个就少一个，不可再生，普通人很难得到。要得到这种风水宝地，既要有缘，又要有分，缘就是机会，分就是福分。如果把这类塥塥指给了有缘无分，或者有分无缘之人，风水先生既要折寿，又要绝后，所以他不愿冒恁个大的风险。"

"缘好办。我认识你，你认识他，只要他能找到这样的地方，刚好我又有能力得到这个地方，这就算有缘了噻。至于分嘛，他连我面都没见，至今还不认识我，咋个就晓得我没有那个福分呢？"

"可是，我喊他与我一起进城来见你，哪晓得他才是他妈个犟拐拐，死八个舅子都不愿进城来。我话都说成话饼，他还是不干，我有个锤子的办法呀？"李元成说完，嘴一撇，双手无可奈何地一摊。

"那你刚才还牛皮哄哄地说只要是个活物就请得动？谝，蹬起八只脚谝噻？你行势得很，你得行完哒。李元成哪李元成，你连辖区内一个农民都请不动，各人屙泡尿淹死算球哒，还好意思到我这里来提劲打靶的。我要是你，找两个民兵绑都要把他绑进城来。"

"嗨——呀——"李元成挥手大叫，"要不得，要不得，要是能绑，十个八个农民我都给你绑来了。问题是你把他绑来他就要给你找风水宝地哇？想都不要想！那些说评书的都说了，刘皇叔绑过诸葛亮吗？周文王绑过姜子牙吗？那些有真功夫的江湖高人，往往性格孤傲、脾气倔强，服软不服硬。对待这种人，只可智取，攻心为上，否则，你估吃霸赊地把他弄来，他要是随便给你指个塌塌，你二天肠子都要悔青，连喷嚏都打不出来。你好好想想。"他嘟着嘴，神态严肃地点着头，同时伸指点了一下自己的脑袋。

"吧——没看出你娃关键时刻脑花还挺够用嘛？"魏中华笑着说完，然后又认认真真地问，"那你看这事该嘟个整呢？"

"放心，办法肯定是有的。'文化大革命'遇到那么多麻烦，哪回难倒过你我两兄弟？对待这种犟驴子，就要顺到他的毛毛抹。你想嘛，你这个将来的县长，现在的'革委会'副主任，给你父亲找坟地，而且还要找风水宝地，你都不亲自出马，他还以为你在给他绷架子，所以他也要给你端架子。这些人很爱讲一些臭规矩，他们认为不管好大的官，既然给你父亲找坟地，你就应该亲自去请他。"

"哦——对对对，我一天都忙昏了，应该的，应该的，这是老规矩。这样，我明天就去新华公社请他，你陪我一起去，但不要惊动其他人哈。"

"啧，要不怎个，你一天日理万机，也就用不着亲自去新华公社了。我下午回去就安排人去新华请他，让他明天到区上来。你明天也一早就过来，你们到我办公室先好生摆一摆再说，要得不？"

"要得，要得。嗨呀，那太劳慰你了！"魏中华高兴得连连点头。这时，有人咚咚咚地敲响了木门，李元成抓起公文包便起身告辞了。

次日，天刚麻麻亮，魏中华便起床去了一趟医院重症病房。他来到父亲的病床前，看了一眼插着输氧管昏迷不醒的父亲，发现其憔悴的面孔像床单一样苍白。他伸手轻掖一下被角，然后茫然地看着氧气瓶上的蓝底白字出神。呆立一阵后，他抬起头来，用目光询问一直守护在病房的弟弟魏中国。当看到弟弟那副马上就要掉下眼泪的哭相，他什么都没问，什么也没说便走出了病房。走出医院大门，他才将压抑在胸腔的一股气流缓慢而细细地嘘出。

路过国营副食品门市，他看见工作人员正在打开门板，于是走过去，请服务员给他拿了两条"红梅"、两瓶"塔山大曲"、两包饼干，另外称了一斤水果糖。他让服务员找来旧报纸先将这些东西包上，然后再装进网兜里。付了账，他提起这只鼓鼓囊囊的网兜轻轻掂了掂，同时低头查看了一下张开的网眼和绷细了的尼龙绳，才快步走向状元桥汽车站。

魏中华刚在平桥下车，便看见李元成满脸堆笑地迎了过来，于是将手中网兜递了过去，说准备了点烟酒。李元成双手接过重重的网兜说："空手来就是嘛，这些东西我早就准备好了。你我两兄弟还整得恁个客客气气干啥。"

二人说说笑笑地跨上平桥。魏中华小声问李元成："来没？"

"来了，刚到。"

"他啷个没……"魏中华觉得既然区长都到车站来接他，秦勇全他一个农民更应该与区长一起来迎接。话到嘴边，他觉得不妥，于是才突然打住，然后扭头看了一眼宝马河清亮的河水。

"嗨呀——"李元成抬臂避了一下一个扛着一根桉树急匆匆地走向平桥木材市场的农民，然后压低声音说，"魏主任嘞，我先说哦，今天你不是县太爷，我也不是区长，你我都得听他的，他今天才是天王老子。为了你我两兄弟的前途，你今天就委屈点哈，求你啰。"

"哦——对头，对头，老子又搞忘球了。只要把活路整伸展，他说啥子，我就依啥子，这下该对了嘛。"

"啧，领导就是领导，悟性就是高。"李元成不放过任何一个恭维的机会。

赶场的人越来越多，冷清的街道渐渐躁动起来。理发店的门刚刚打开，剃头师傅肩上搭一条白围帕，正在打扫昨天留在地上的发渣。杂碎馆子的胖大娘用一把破篾扇呼呼地扇着蜂窝煤炉。浓烟从炉中涌出，呛得她边扇边抹眼睛，同时嘟哝着骂了一句什么。铁匠炉喷着红红的火苗，两位光着膀子的铁匠师傅抡起铁锤，在一块烧得红红的铁块上一起一落地锤打，发出节奏均匀的叮当声。

刚进办公室，魏中华看见屋中一架睡椅上仰躺一人正闭目休息。此人上穿染蓝布上衣，下穿黑色长裤，长裤右膝盖处粗针粗线地缀着一块旧灰布补丁。他上衣口袋里插着一支钢笔，笔挂亮亮地挂在袋盖外面，证明他是一个文化人。不用介绍，魏中华已明白这便是李元成向他推荐的风水大师秦勇全，看样子已经在作法了。

李元成先去隔壁对文书袁建军小声做了交代，说他今天不见任何人，有人来访就说他开会去了，然后回到办公室，反手将门插上，再关闭所有窗户。他神神秘秘地示意魏中华不要出声，然后轻手轻脚地为魏中华泡上茶，再示意他与自己一同面对秦勇全坐在事先备好的一条板凳上。魏中华端起茶盅，凑到嘴边，觉得有点烫，只朝盅面吹了一口又将茶盅轻轻放回桌上。

这时，一阵咿咿呜呜的声音隐约响起，如山风过林，似夜鬼来袭，听得魏中华寒毛倒竖，气不敢出。原来，秦勇全虽然双目紧闭，嘴巴却一张一合地用似哭非唱的腔调在说话。只听他说道："唔——唔……天上玉皇、海底龙王；南宋赖布衣、晚清不过五；三国诸葛亮、唐朝袁天罡……唔——唔……各路神仙高人、各位先贤前辈在上，晚辈秦勇全今天要在南部县寻一处千年吉壤，并将它交给有福之人。望各路神仙成全，盼各位高人指点……唔——唔……"

魏中华用略带疑虑的目光扭头看了一眼李元成，李元成却伸手轻碰了一下他，并朝他目光坚定地点了点头。这时，秦勇全一改刚才咿咿呜呜的沉吟，突然提高了声调，升堂问案般字正腔圆地吼道："来者何人？"

魏李二人以为秦勇全还在自言自语，依然静坐不言。谁知秦勇全再次大声喝问来者何人，语气中明显带有不悦与愠怒。李元成这才反应过来，于是用倒肘用力顶了一下魏中华，并着急地小声说："问你呢，他在问你。"

魏中华身子一硬，神色慌张地答道："来——来者南部县'革委会'魏中华。大——大师费心了，不胜感激……本人愿听大师吩咐，望大师务必……务必……"魏中华语不成句，自顾扯起衣角用力在脸上擦汗。

"府上何处？"秦勇全继续闭目喝问。

"府上？哦，府上就是老家——我老家是定水区大王公社十三大队七队。"

"贵庚几何？"

"戊寅年冬月初三卯时出生，今年四十一岁。"

"所为何来？"

"我爹病重，医生让我准备后事。我想请大师为他老人家找一处好的墓地，望大师务必玉成，定有重谢！"

秦勇全不再发问，只是闭目静坐。又过了一阵，他才抬起软靠在睡椅扶手上的右手，一边掐算，一边口中叽里咕噜念念有词："唔——唔——甲乙丙丁、子丑寅卯……金木水火、天罡地煞……乾坤震巽、坎离艮兑……青龙白虎、朱雀玄武……唔——唔——"语毕，又是一阵静默。

突然，他在大腿上猛拍一下，同时抬高声调惊乍乍地大声说："可惜了，可惜了，可惜了啊！南部县境内的确有一处十分罕见的真龙宝地，从生辰八字来看，你也算可以得到此地的有福之人，遗憾的是，十年前，你逼死了一位姓朱的女教师，从而与此地失之交臂。可惜了，可惜了哇。"说完，他轻轻晃了一下脑袋，慢慢睁开眼睛，边打哈欠边伸懒腰，一副久眠初醒的样子。

秦勇全似乎这才看清眼前的魏李二人，突然从睡椅上弹起，故作惊讶地连连自责："哎哟，刚才可能太冒昧了，得罪两位大人了，罪该万死，罪该万死啊。刚才其实不是我在说话，而是在代各路神仙高人说话。哎哟，戳拐了，戳拐了……"他又是挠头皮，又是抠鼻孔，与刚才的颐指气使判若两人。

魏中华逼死女教师，是十年前发生在"武斗"期间的事情。那天下午，他领着一个无名小将，疯狂地追撵着一位名叫朱丽华的县中学女教师。朱丽华因不能忍受造反派的折磨与凌辱，刚从县城一个叫狮子拐的关押处逃走。当二人追到嘉陵江边的燕子湾时，走投无路的朱老师跳下绝壁随江而去了。

在那个混乱的年代，这种悲剧天天都在上演，受害者及家人很难将仇恨记到某一个人的头上。事实上，后来也很少有人知道此事与魏中华的关系，只是目前在竞争县长的节骨眼上，有人将这段沉寂的往事打捞上来，其用心已十分明显。前天，在薛磊办公室，李元成才听到他轻描淡写地提及此事。李元成没有告诉魏中华，事先却悄悄地告诉了秦勇全。

这桩命案，的确是魏中华的一块心病。十年来，朱丽华披头散发的恐怖形象，常常令他噩梦连连、夜不能寐。"文革"结束后，他在反省和总结自己这十年的所作所为时，这件事成了他最内疚、最不可原谅的事。他害怕别人提及此事，担心此事会成为他人生的定时炸弹。好在十年过去了，时间冲淡了一切，魏中华甚至已经记不起与他一起追撵朱老师的那个革命小将是谁了。

在即将迎来政治生命又一个高峰的关键时刻，他确信自己身边的人，包括多年的战友李元成也决不会知道此事，因此，他也侥幸地认为，这件事不会影响到自己的大好前程。而今，心灵的创伤被一位素不相识的江湖高人突然击中，魏中华顿觉呼吸局促，心跳加速，青黑的脸上汗落如雨。

李元成看在眼里，只是轻轻地将茶盅端到魏中华面前，说魏主任先喝口水，魏中华却木然不动，两眼发直。李元成只得将茶盅又放回桌上，然后向秦勇全指了一下那张睡椅说请坐。

待秦勇全小心翼翼地坐回睡椅，李元成才用低沉而有力的语气说："秦勇全，你先听清楚哈，魏主任马上就是我们南部县的县太爷了，你说话还是注意点，说话之前先在脑壳头多打几个旋旋哈。这可涉及一条人命，也涉及魏主任的大好前程，不是小事哦。魏主任一生光明磊落、堂堂正正，我与他一起并肩战斗恁个多年，不要说人命，他连一只蚂蚁都没踩死过。他逼没逼死人，未必我还找不到吗？你是不是整错了，要不再重新算算？今天要是不把这件事说伸抖，你说不脱就走不脱。"李元成一咬牙，捏拳头在桌上用力一捶。

秦勇全又从睡椅上站起来，搓着手战战兢兢地说："魏主任，李区长，对不起哈，我刚才都是一派胡言，打胡乱说的。啥子神仙高人啰，都是我瞎编的。我怕把魏主任的风水看不好，所以才找了个借口。实话说嘛，这些都是封建迷信的玩意儿，都是骗人的鬼把戏。你们都是彻底的唯物主义者，千万莫相信这些东西。我知罪了，求两位大人放我一马，只要不将我交到派出所，我从此金盆洗手，改邪归正，回生产队老老实实做活路。我走了。"他边说边缩手缩脚地绕开魏、李二人，走向门口并伸手去拔门闩。这时，魏中华如梦初醒，伸手一把攥住秦勇全拉门闩的手，用焦急而乞求的目光望着他说："大师请留步！"

秦勇全果然收脚住手，侧身扭头用莫测高深的目光盯了二人一眼，然后掉转脚步，绕过二人，再绕过办公桌，沉稳而缓慢地走到李元成平时所坐的藤椅前，轻轻地坐下去，藤椅发出细柔的吱吱声。而这期间，魏中华则目不转睛地盯着他，像诚惶诚恐的下属，在等待一位威严的上司发号施令。

"魏主任还有什么吩咐吗？"秦勇全小声询问，看似情真意切。

"秦大师——"魏中华轻轻地喊了一声，同时示意李元成抬一下屁股并挪动了一下板凳，然后双双面对秦勇全坐下。魏中华端起茶盅猛灌一口才说："秦大师，你刚才说我十年前逼死了一位女教师，是听哪个摆的呢？有啥子证据没得？"

"没有任何人给我摆，也没得任何证据，但天知地知，你知我知——"秦勇全指了一下魏中华，同时眯着眼，用诡异的眼神盯着他说，"魏主任，我不但知道你的过去，我还知道你祖上三代的过去。你曾祖父当过棒老二，干过不少杀人越货的勾当。你爷爷是个江湖郎中，医好了不少人，也医死了不少人。曾经因医死了一个地主的儿子，你爷爷被剁掉把脉的右手食指，从此不再行医。戊戌年六月，一个已经饿得快死了的叫魏翔林的老人，偷了你们生产队一根黄瓜正准备吃下，却被你父亲发现了。你父亲也饿慌了，于是从魏翔林手中抢走了黄瓜，还踢了他一脚。你父亲活下来了，而魏翔林却就此倒地再也没有起来……"

秦勇全说得眉飞色舞、滔滔不绝，实在听不下去的李元成便伸手打断道："秦大师，你说那些都是八帽子远的事情，魏主任哪个搞球得醒豁呢？就算有那些事么，与魏主任有个锤子相干哪？"

"好，远的不说了，那就说你魏主任本人。壬午年七月十四，也就是七月半，当天晚上，你做了一个噩梦，梦见一条蛇将你缠住要吃掉你。你在梦中大叫，惊醒了你老汉。你老汉从隔壁点着洋油灯来看你，正好就看到了一条八尺余长的大蛇，蛇受到惊吓立即就逃走了。有这回事吗？"秦勇全目光犀利地瞪着魏中华。

"有……好像有……好像记不得了。"魏中华早已吓得面如土灰，他用手在脸上胡乱抹了一把后说，"那时我还不到四岁，类似的梦好像做过。我们老屋的确有蛇，现在都还有……具体的不记得了……"

"你家屋后有片竹林，竹林中有个红苕洞，对吧？"

"对对对，有好几个红苕洞。"

"正对你家堂屋的那个最大的红苕洞，是你老汉亲手挖的吧？"

"好像是。我还没出生就有那个红苕洞了。"

"你老汉不该挖那个红苕洞啊！"秦勇全轻摇其头，用无限悲悯的语气说，"你爷爷医死的那个地主的儿子就埋在那里，而你老汉却又将别个挖出来，别个不恨死你们吗？那条蛇就是那个儿子变的，至今还藏在那个红苕洞里。它要找你们拼命哪——"

"啊——"

"所以，你老汉活不过七十二，而你——活不过六十！"

"唉——？"

"好了，我说得太多了，懒球得再说了。你们都是彻底的马克思主义者，历来反对一切封建迷信，我说得再多你们也不球相信，弄是一种自我陶醉的假象罢了。

山风轻柔，阳光灿烂，使人顿觉神清气爽、天高地阔。从山上往下看，车如甲虫，人如蝼蚁，自己则如置云端，居高临下地俯瞰山川大地，笑看芸芸众生。长期置身谷底的人，一旦登临绝顶，便会不可遏止地产生一种指点江山的冲动。秦勇全也不例外。

"你们看这些山山水水——"秦勇全朝远处指了一下道，"看似杂乱无章，实则奥妙无穷。所谓风水，其实指的就是这些山水的走势与布局。风水学上称确定墓地为'点穴'，而穴由龙定，所以点穴必先寻龙。山脉蜿蜒而来，奔腾起伏，矫捷踊跃，穿云破雾，变幻莫测，见首不见尾，所以山脉又叫龙脉，简称龙。龙有强龙、弱龙、生龙、死龙、进龙、退龙、顺龙、逆龙之分，尤以强龙最为珍贵。龙脉一路东奔西逐、左趋右闪、气势磅礴，有如猛虎出林，张牙舞爪，又如蛟龙奔海，翻腾逶迤，这便是强龙。若得此龙而结穴，后代必然富贵显赫、功业鼎盛。可惜，这种龙脉极其罕见，就算找到了，一般的风水先生要点准穴位也绝非易事。"

秦勇全关于风水知识的介绍，大多是从专业古籍上寻章摘句而来的，既抽象，又深奥，魏、李二人听得似懂非懂、云里雾里，但二人依然装出认真倾听，甚至很在行的样子，或点头认可，或微笑赏识。聪明的秦勇全心知肚明，那些艰深而又玄奥的风水知识，自己多年潜心研究尚且一知半解，何况他们呢。从他们不该点头而点头，不该微笑而微笑的虚假表情上，秦勇全料定这两位平时呼风唤雨、自信满满的地方大员，今天却十分可怜而猥琐。确信对手没了底气，自己便成了这场较量的主宰。

"天下阴宅风水中的极品，当属各代帝王的陵寝。帝王陵寝的风水，直接关系到江山社稷的兴亡，其选址历来是一项审慎而浩大的工程。所有帝王陵寝都会选择乾坤聚秀之区、阴阳汇合之所，要求龙穴沙水无美不收，形势理气诸吉咸备，同时还要讲究明堂、近案月亮从幸福山东肩不紧不慢地升起，给大地披上了一层薄薄的银纱，整个小镇便立刻显得娴静温柔起来。

秦勇全说要去白鹤洲看看，于是带着魏、李二人，跨过平桥，踏过一条长长的麦田田埂，绕过一座名叫谢家院子的四合院，跳过院后一条小沟，最后爬上白鹤洲上的一个小土包。这个小土包正对建兴中学大门，站在土包上，整个建兴中学及幸福山一览无余。

秦勇全踏着土包上已沾有露水的杂草，面对升起的月亮，时而左跨几步，时而右挪几步，或者抬头望天，或者低头看湖，然后转身看看莲花山，最后选定一处位置，从口袋里掏出罗盘放在地上。地面凹凸不平，秦勇全捡起罗盘，用脚踏平地上的土块，再次放稳罗盘，然后蹲下身子借助手电认真地研究着罗盘上的指针，同时轻微地旋动调整着罗盘的方位。

他旁若无人地完成这一系列看似神秘玄妙的动作后，才向旁边挪出一步，并伸手拉过魏中华，让他站在自己刚才站的位置上，说："魏主任，你向你的前后看一看——"他眼睛看着魏中华，手却朝着幸福山和莲花山两个方向各指一下继续说，"你现在就站在幸福山和莲花山两山主峰的中轴线上，令尊大人的墓地也必须要在这条中轴线上，这样你就确定了墓穴的纵向位置。再看看天上的月亮和水中的月亮——"他不管魏中华究竟看没看又伸手指了一下天空和湖面说，"你双眼平视前方，看看这两个月亮之间的中心点在哪里？"他把脸凑近魏中华，同时顺着魏中华的目光指道："看见没有，这个中心点便是墓穴的横向位置。现在你自己都可以确定墓穴的准确位置了。你指一下，看看是哪里？"魏中华抬手朝花果山的方向指了一和远朝的完美配合。陵寝背后必然龙山重冈、开屏列帐，前面必然诸水汇聚、环抱有情。简单点说，风水风水，就是要藏风聚水。现在我举例说一下几个著名的帝王陵园——

“先说唐朝的乾陵。乾陵位于陕西省咸阳市的梁山上，是唐高宗李治与武则天的合葬墓。这块墓地是在唐高中登基不久，由命相大师袁天罡和专掌阴阳历法的太史令李淳风共同定下的。梁山三峰高耸，主峰直插天际。乌水与漆水在山前相拥相抱，形成水垣，从而围住地中龙气。这是一处典型的山聚水归的吉壤圣地。

“再说明朝的孝陵。孝陵位于南京中山风景区，是朱元璋的陵寝。钟山古称龙山，曾被诸葛亮、孙权视为龙蟠之地。钟山有东、中、西三峰，这在风水学上称为‘华盖三峰’，尤以中峰为尊，而孝陵就位于中峰玩珠峰之阳。正对孝陵的梅花山便是朝山。陵前三道御河都呈从左至右的流淌形势，这在风水中被称为‘冠带水’，十分难得。

“最后说一下清朝的东陵。东陵位于河北省遵化市，是顺治皇帝打猎时发现并亲自选定的皇家陵地。东陵以昌瑞山为界，以北称为后龙，是龙脉的来源，陵区则以昌瑞山为靠山。南部形如覆钟的金星山是朝山。马兰河、西大河二水环绕，从陵前屈曲流过。东陵山环水绕、负阴抱阳，从而形成了拱卫——环抱——朝揖之势，作为皇家陵园，当之无愧呀！

“这些帝王陵寝的风水，天下少有，世间罕见。可喜的是，咱们四川也有一处，恰恰就在南部县。可惜蜀中无人，至今没被发现哪。”

“那——大师的意思是——你找到啦?”魏中华喉结一滑，紧张而吃惊地问。

“不——”秦勇全一挥手，摇头说道，“我哪有啷个大的本事哦。天下之大，山水之繁复，不要说整个南部县，就一个建兴区，要让不好还要把我抓进去关起——我莫球事啊。走了——"秦勇全双手在藤椅扶手上一撑便站起身来，然后用腿肚把屁股下的藤椅往外一顶，便转身朝外走。

情急之下的魏、李二人同时站起来，拦在秦勇全面前。李元成向秦勇全迈进一步，谄笑着说："秦大师，啥子相信不相信的哟，见外了哈。我们要是不相信你，还请你干啥子？魏主任一天忙得扑爬跟斗儿的，还专程来拜访你，未必搞起耍的嗦？"他边说边走到屋角，提起魏中华的那个网兜放到桌上说，"这是一点烟酒副食，现在紧缺得很，魏主任好不容易才托人搞到手，你再咋个都要收下哈。一点心意，一点心意哈。"

魏中华也在一边帮腔道："就是就是，秦大师，你一定要想方设法推哥子一把。现在只有你能救我了，你道行那么高深，肯定是有门道的。你若帮哥子这一回，以后在南部县这个地盘上，只要我还有一口稀饭喝，就绝对少不了你秦大师一口。不要再说相信不相信的那些见外的话了，哪个舅子不相信，我日他先人板板。"这时，李元成过来连推带按，又把秦勇全压回藤椅。

秦勇全把桌上的网兜提起放到藤椅右侧桌下，顺势用另一只手悄悄捏了一把，然后看着二人说："难得二位大人如此信任秦某，好，士为知己者死，那我就竭尽全力帮魏主任一把，哪怕耗尽我一生法力都莫来头。"

"那太劳慰你了哇！"魏中华如见救星，激动得眼泪都快流下来了。李元成也不停地应和着说些大师功力盖世、必有良策之类的话。

"那条蛇必须尽快制伏，它不仅大量偷食魏主任的阳寿，而且一且修炼成精，后患无穷啊。好在我现在还对付得了它。你回去准备一点雄黄、猩红、铧铁、蒜泥，把这些东西撒在那个红苕洞里，然后用草木灰将洞填满，面上再压一块磨山子。一会儿我画一道符给你，你将这道符带回去压在那块磨山子下就算弄归一了，保你万事大吉、长命百岁。"

"好，太好了！"魏中华十分兴奋。

"现在重点说一下墓地的事。墓地虽然葬的是你父亲，而受福的却是你和你的后人，从这个意义上说，你和你的后人应该才是墓地的主人。刚才在各路神仙高人的指点下，我已在南部县境内找到了一处世间少有的真龙吉壤。魏主任不仅八字生得好，而且从面相看，头大耳肥、顶平额宽、眉浓眼亮、鼻挺唇厚，的确透出一股富贵之气；你属相为虎，变兽必为兽中之王，做人亦为人中豪杰。福地给福人，如果令尊大人果真能顺利进驻这里，你可官至正部，将来必做一省之长——不得了哇！"秦勇全被自己的结论吓了一跳。

"我的妈呀——"李元成张着嘴，扭头神态夸张地看着目瞪口呆的魏中华，"省长啊——"

"可惜呀——十年前那桩命案成了阻挡你飞黄腾达的唯一障碍啊。"

"此话怎讲？"魏中华眉头一锁。

"获得这种风水宝地的人，不能身负命债，否则，风水先生将折寿十年。"

"可有良策？"

"没有了，这是几千年来堪舆学界的魔咒，至今无人能破。诸葛亮、鬼谷子、袁天罡、李淳风、刘伯温等宗师们，皆因此而折寿，无一例外。"

"……"

魏中华无助地看着李元成，然后是长时间的沉默。大约过了一袋烟工夫，他才不无失望地自言自语道："算了，既然是我作的孽，这个苦果也就只有我来吞了。报应哪！"

稍微停了一下，他慢慢仰起头，翻眼望着天花板继续幽幽地说："我们当时也只想把她抓回去，并不想害死她呀！"随后他又看着秦勇全，略带伤感地说："谢谢你，秦大师，这是我的错，你也尽力哒。人一辈子有几个十年哪？我总不至于卑鄙到用你的十年寿命来换取我的飞黄腾达吧。人心都是肉长的，人人都是爹妈生的，哪个人的命不是命呢？"

"好——"秦勇全大吼一声，同时用力往桌上猛击一掌，吓得魏中华身子一缩，并傻愣愣地盯着他。只见他双手撑在桌沿上，慢慢站起身来，嘟着嘴，锁着眉，一副生死抉择的样子。稍后，他看着魏中华，神色冷峻地说："我——帮——你！"

"啥——？"魏中华大吃一惊。

"魏主任，就凭你刚才这几句话，可见你是个仁慈之人，有一副善良和悲天悯人的心肠。这样的人应该当官，应该当大官，只有这样的人当了官，才是万民之福。我帮你，少活十年就少活十年！"

"大师——要不得——你——"魏中华突然惭愧而局促起来。

"莫来头——"秦勇全伸掌用力一挥道，"不就十年嘛，你们放心，我寿命长球得很。有各路高人神仙保佑，我本来可活到九十八，就算少活十年都可活到八十八——也算高寿了噻，多活十年对我来说但球疼。南部县还从来没有人当过那么大的官，为了我们县能出一个大人物，我少活十年也值了。魏主任千万莫客气，千万莫推辞哈，只是你将来当了省长，还能记得李区长和我就行哒。"

"那是当然，当然。再生父母，没齿难忘啊！"魏中华眼圈发红，浑身微微战栗。

8

午饭后，按秦勇全的要求，李元成派人去找来了鸡血、红纸和毛笔。血已在碗中凝结成块，秦勇全倒转笔杆将血块搅散，然后蘸起血泥，在红纸上笔走龙蛇，口中念念有词。魏、李二人侍立一旁，既没听清他念的什么，也没有看出他画的什么。画毕，秦勇全左手掭起红纸并举到面前十分陶醉地欣赏了一阵，然后才往魏中华面前一伸："拿去。"魏中华双手托住，如接圣旨。

画完符，秦勇全说："魏主任难得闲暇，何不登上莲花山，一睹建兴镇的大好河山?"他见魏、李二人似乎对登高望远并不感兴趣，于是又笑着说："我是想结合建兴镇的山川地形，向二位领导做些有关风水方面的常识介绍。等我把找到的墓地告诉你们后，你们才多少有个数，看看那些神仙高人告诉我的塌塌究竟是不是货真价实的。"二人听后大喜，连说要得、要得。

从区公所出大门往西，有一条从山脚通向山顶的石梯。石梯依山而凿，共有数百级，是人们从镇上去莲花山山顶最便捷的通道。石梯既长且陡，三人慢慢地爬上山顶，已是大汗淋漓、气喘吁吁，于是都坐在石头上，解开衣扣大口喘气。

站在山顶，极目四望，远处起起伏伏的群山，在蔚蓝色的天边勾勒出一圈首尾相连的优美曲线。那些高低错落的山峰，像莲花的莲瓣一样，将莲花山众星拱月般合围在中央——这似乎便是莲花山山名的由来。其实，在川北，站在任何一座山峰的顶上，视觉的差异都会将你置于众山的中心。如果你还真以为你就是那个中心，那么，当你爬上另一座山峰的时候，你才会明白，所谓中心，只不过一个风水先生耗上几年时间，通过寻龙探脉的方式找出全区最好的风水宝地，也是非常困难的事。好在有各路神仙高人指点，让我少费了不少周折，便轻而易举地找到了这个地方——远在天边，近在眼前哪——啊——"秦勇全鼓着眼，面带莫测高深的微笑，同时摇动右手五指，意味深长地拖起了川剧唱腔。

"到底是哪个塌塌，麻烦你——"魏中华有点迫不及待了。秦勇全并不作答，似乎对魏中华的请求充耳不闻。他举臂朝山下一挥说："走！"其气势像引领着身后的千军万马，然后率先走向石梯。魏李二人对视一眼后，只得默不作声地尾随其后。

太阳已经偏西，赶场的人渐渐散去，街道冷清了许多。秦勇全没有说去哪里，也没有说要去干啥，自顾在前快步疾行。魏、李二人大汗淋淋地跟在身后，却被秦勇全越拉越远。魏中华勾起左手食指在额头上刮了一下，然后弹掉手指上的汗水，扭头表情复杂地看着李元成。李元成神态自若地努着嘴，用下巴往前一指，意思是说跟上他，别着急。

穿过正街，跨过拱背桥，沿着通往建兴中学的青石板路，秦勇全带着二人一直走到建兴中学校门东侧的花果山下才停下脚步。由于走得急，他索性解开衣扣，露出瘦黑的光肚皮。仰头环顾四周后，他双手叉腰，看着刚刚走近的魏中华笑而不语，搞得魏中华浑身不自在，只得伸手没事找事地抓头皮。

"魏主任，恭喜你呀，你要找的地方应该就在这里了。"秦勇全说完，也不管魏中华的反应便再次抬头四顾，然后幽幽地说，"好地方，果然是个好地方啊——到底是神仙高人哪！"

"魏主任，李区长，现在我们来看一看那些神仙高人给我指的这个塌塌究竟是不是风水宝地。首先看龙脉——"秦勇全扭身指了一下幸福山说，"幸福山以北，绵延数十里，一直拖到新华公社八大队，也就是我家那里。我每次赶场就是沿着这条山脉从山脚下走到建兴场的，所以十分熟悉。哪天如果魏主任有空，你爬上山去，亲自看一看，就能发现这条龙脉与清东陵的昌瑞山是多么相似。

"此龙气势雄猛，起伏顿跌，地灵充沛，生机盎然，指爪毕现，鳞甲竖立，凛凛然摄人眼目，是典型的强龙特征，而龙头便是后面的幸福三峰。这三座山峰，奇峰突兀，高耸入云，中间主峰雄壮巍峨，雍容饱满，一无流泉滴沥，二无恶石横生，这与乾陵、孝陵的'华盖三峰'简直一模一样啊！"

"请看这边——"秦勇全身子回转，朝建兴镇方向一指道，"左边的小河碾盘河穿过拱背桥缓缓而来，与右边奔涌直下的宝马河交汇于映月湖。一缓一急，一大一小，这在风水学上称为阴阳交配，在此结穴，后代人丁必旺。如果两条河从此各自前行，那也没什么稀罕的，巧就巧在二水在此交汇成湖后，宝马河气势变舒缓，神态变温顺，就好比一名武士，千里汹汹而来，杀气腾腾，却突然双膝顿地，拜伏于前——这种结构堪称风水中的极品，名曰特朝。唐乾陵前面的乌水与漆水、清东陵前面的马兰河与西大河，都是这种布局啊！

"还有，你们看这世间就有这么绝妙的事——本来宝马河从平桥下来，是冲射此地而来的，如果此水继续向东直行，这里风水必定犯煞，妙就妙在它进入映月湖后，突然来个九十度大转弯拐向北行，从我们面前从左至右地流淌，从而形成了一个十分难得的'冠带水'。明孝陵前面的三道御河就是这样的。

"再说映月湖——风水风水，既要藏风，又要聚水，这映月湖便是诸水汇聚之所。'一丈之冈不如一尺之水'，'山上一朵花，不如平洋一支草',说的就是水在风水中的重要性。另外,后面是龙头,前面是平洋,这不就是典型的'蛟龙奔海'吗?"

"现在来看看朝山。"秦勇全咽了一口唾沫,朝远处的莲花山一指,"你们看莲花山,其实一点都不像莲花,顶部平整,两侧有耳,山势秀丽,轮廓端庄——这分明就是一顶官帽嘛。好的墓穴必有朝山,'面有朝山值千金'说的就是这个道理,何况此处所朝的还是一座官帽山哪。这与明孝陵朝梅花山、清东陵朝金星山如出一辙。"

"魏主任,李区长,说实话,我看风水这么多年,这种风水我还是第一次遇到,估计普天之下也不多了。现在我把地方也找到了,该解释的也解释清楚了,你们说,那些神仙高人指点得对不对呢?"他说完,用惊讶而兴奋的神态看着魏中华,这种神态其实是他十分渴望从魏中华脸上看到的。

"我的妈呀——"魏中华慢慢迸出这几个字,然后一脸茫然,半天无语,李元成却激动地说:"好,好,就定在这里,这里是九大队三队的荒坡,尽长些杂树野草,我明天给他们大队长说一声就行了。"

"先不慌。"秦勇全挥手打断道,"神仙高人也只告诉了我一个大概位置。这里恁个大,而墓穴又哪个小,准确的穴位要今天晚上才能确定下来。这么珍贵的塌塌,要是出一丝一毫的差错都可惜了。根据天星风水学,结穴之处,不仅要准确地乘来龙,探去水,望朝山,还要接受上天的安排,符合日月星辰的旨意。按照朱元璋的说法,就叫'审天象,作地志'。所以,看风水不光看山看水,还要夜观天象——其中的学问大得很。不说了,说多了你们也懂不起,晚上再说。"

放学的钟声敲响了,校园渐渐喧闹起来,身穿花花绿绿衣服的学生们从校门口陆续往外拥出,并伴随着嘻嘻哈哈的追逐打闹声。乘着这股人流,李元成三人也一同向镇上漂去。

下，含含糊糊地说："那——好像是那里。"

"对啰!"秦勇全双手一拍并大叫道，"对啰，就是那里，那里便是纵横两条线的交叉点。从我们下午站立的地方再往前走十步往上一点，也就是那棵长得最高的树的树脚就是。我下午看了一下，是棵苦楝树。定了，就那里。"

第十二章／军人

　　五四青年节这天，陈德愚参加了学校组织的各种纪念活动，照例是讲讲话，评评优，颁颁奖。在讲话中，他就诸如人民政府将取代"革委会"、取消人民公社重建乡镇、取消大集体实行大包干、中国大学生可以去美国留学等重大消息，提前对同学们吹吹风，完了还做些意味深长的分析和评判。总之是鼓励同学们奋发图强、专心读书，因为大家都赶上了一个即将到来的伟大变革时代，年轻人将大有可为。

　　他劝同学们尽量少看些《伤痕》《蹉跎岁月》《一个冬天的童话》等文学作品。尽管在夜深人静的时候，他捧着这些作品读得唉声叹气，他劝同学们尽量少看的理由也在于此。他说这些作品看多了会伤其情感、挫其锐气。他告诫同学们目光要远一点，心胸要开一点；多望望晴空，多看看大海，山区看不到大海，看看升钟湖也行，实在不行映月湖也将就。

　　参加完各种活动已是中午。匆匆吃过午饭，他便提着早已备好的纸钱和一些祭品赶往王家坪。今天是王大贵去世后的第四十九天，即"七七"。这是亲人祭奠逝者一个非常重要的日子，也是最后一个"七"日。过了这一天，便只有周年才会再来祭拜了。

　　麦子已经黄了，山风过处，麦浪翻滚，窸窸窣窣，如夜雨骤至，漫山遍野都弥漫着醉人的麦香。由于天气太热，陈德愚来到麦地边一棵大桉树下，解开衣扣坐在一块石头上休息。他伸手掐了一枝麦穗，放在手掌上用力一搓，然后噗噗噗地吹去麦壳。他认真地看着手掌上颗粒饱满的麦粒，微笑着自言自语道："饥荒总算结束了啊！"然后一仰脖子，将手中麦粒灌进嘴里，美美地咀嚼起来。

烧完纸，陈德愚与谢二婶一同回到院子。谢二婶神情黯淡地告诉陈德愚说，依然没有腊狗的消息，希望陈德愚能帮忙给他去封信。陈德愚于是从屋内找出纸笔，坐在屋外阶沿的一条板凳上，谢二婶在一旁说，陈德愚便在纸上写。她小声说："你就写——你爹都死了，你狗日的也不回来。人家说养儿防老，我们养你有啥用？你就说，不管怎样也该回个信嘛。你说，我也是快死的人了，你要是再不回来也看不到我了……"

写完信，陈德愚与她闲聊了一会儿便起身准备回去。这时，谢二婶边用手挠头，边支支吾吾地说："你看这么热的天气，又走这么远的路——劳慰你了哇——呃——"陈德愚看出她面有难色，知道她有事相求，却又难以启齿，心底立刻泛起一阵悲凉。他知道，老伴新丧，儿子又不知下落，孤苦无依的谢二婶的确有太多的难处了，于是故作轻松地笑笑说："谢嬢，有啥事你就说嘛，未必你还把我当外人哇？只要我办得到，不管啥事，你尽管说。"

"那是，那是，你哪里会是外人啰。王家坪哪个不晓得哟，都说你对我们比亲儿子还亲啰。你王叔去世后，你每'七'都要来，又是买东西又是给钱，都给你打了好多麻烦啰。家里现在啥都不缺，就是灶屋——"她抬手指了一下老屋旁边的一间茅草房说，"已经好几年没有换过草了，现在一下雨就漏得很，有时饭都莫法煮——呃——你看——我还说——"

"就这个事嘛？"陈德愚笑着打断谢二婶并问道。谢二婶尴尬地点头。陈德愚从板凳上站起来说："小事，小事，算我的，我在家干过这些活。"

2

　　在谢二婶的指点下，陈德愚提着砍刀，来到院子外面山坡上的一片竹林里，砍了几十根竹子，剃去枝丫，削去竹尖，然后将光溜溜的竹竿分批扛回院子。他将几根竹竿劈成篾条，把灶屋内的锅碗瓢盆全部腾到院坝里，从堆放柴草的圈屋里背出几捆麦草，然后搭起木梯，便爬上了房顶。

　　草顶的确有点朽烂了。陈德愚用砍刀割断原来捆缠竹竿和麦草的老篾条，然后踩在木檩上，将原来的麦草一点一点地揭掉，直到整个屋顶只剩下一个光架架。他用新竹竿换掉已经朽烂的旧竹竿，用篾条将新竹竿在木檩上一根一根地绑好，最后一道工序便自下而上一层一层地铺盖新草。

　　以上工作说起来简单，但干起来却十分细微烦琐。绑竹竿得先纵后横，纵向竹竿固定在木檩上，横向竹竿固定在纵向竹竿上。竹竿与木檩、竹竿与竹竿相交叉的每一个节点，都得用篾条绑缠牢固。纵向铺就的麦草也是将草头一缕一缕地绑缠在横向的竹竿上，且必须是自下而上地倒着铺盖，用上一层的草尾，盖住下一层的草头。这样，雨水自上而下，就不会从草头与竹竿的绑结点渗入屋内。

　　生产队的人还未收工，谢二婶年纪又大，陈德愚没有帮手，他只得一个人从房顶到地上一趟又一趟地搬运竹竿、篾条和麦草，累得大汗淋漓。黑色的烟尘、草灰扑到脸上，使他看起来极像一名刚出井的矿工。

　　太阳落山了，收工的人们陆续荷锄扛犁回到院子里。吆喝声、歌唱声、锄头砸地声、开门关门声……院子渐渐热闹起来。陈德愚的工作也接近尾声了，他正在认真地绑压草脊。压草脊是最后一道工序，但又是最考手艺的一个活儿，草脊压不好，雨水便会从此渗入屋内。因此，他干得十分精细，稍不如意，拆了再来。

为了尽快把活干完，陈德愚没有时间与晚归的人们打招呼。他一脸黑灰，也没有任何人认出他，都以为是谢二婶请的匠人。然而，院子里越来越喧闹了，渐渐有人聚集在谢二婶家门口。为了干活利索，陈德愚上房前取下了眼镜，他抬头朝院里的人群望了望，却什么也没看清。他以为谢二婶在给别人说换草的事，于是继续埋头忙活起来。

原来，就在收工的人们陆续回家后，一位身材魁梧、粗眉大眼、肤色黝黑的年轻人出现在院外的大路上。此人一身军装，头戴军帽，背一个绿色军用背包，以军人特有的步伐，沉稳而快速地走向王家院子。当整个院子出现在他眼前的时候，他突然停住了脚步，神情酸楚地望着院子良久，才又抬步走了进去。

一进院子，那人径直走向谢二婶家门口，而此时的谢二婶正在收拾从房上掀下来的枯竹烂草。那人看了谢二婶一眼，啪地行了一个标准的军礼，然后抬手揭掉军帽，一把抱住谢二婶，带着哭音大喊一声"妈——"，然后嗷嗷地失声痛哭起来。

谢二婶手中仍捏着一把扫帚，半天没有反应。自从老伴去世后，她变得木讷迟钝了。直到听到哭喊声的邻居围过来，她才将手中的扫帚一松，从那人的怀抱中脱出身来。她认真地审视着这张熟悉而又陌生的面孔，同时举手在这张壮实的脸上用力捏摸了几下，然后双手一把抱住那人粗大的腰部，并尖起嗓子哭喊道："腊狗啊——我的儿哪——他们说你——呜呜——"

没错，此人正是王文昭。4月底，战争结束回到驻地，几乎所有参战官兵在急着向家人写信报平安的同时，都无一例外地收到一大撂信件。令人哭笑不得的是，信中写的要么爹死，要么妈亡，要么爷爷病危，要么房子遭烧了，总之都是"家蒙大难，望你速归"之类。

从日期上看，这些信件大多是战前寄出的，只不过是亲人们担心前线的伤亡而耍的小聪明而已。好在战争已经结束，这些从生死线上凯旋的勇士们，面对死亡和灾难，早已平添了些许常人难以企及的淡定和从容。在谈起这些信件时，除了理解家人的良苦用心外，他们还不时对身边的战友打趣道："你家里说哪个死了哦？"

于是，陈德愚及王文昭家人给他去的关于其父病故的信件和电报，也被当成了笑谈。当天晚上，王文昭铺纸提笔，回信述说对他们的思念，以及战斗的激烈、伤亡的惨重。他在信中说自己能活着回来已经很幸运了，只是在撤退过程中，战友踩响了地雷，自己大腿被弹片击中，好在并无大碍，已经痊愈；自己所在的部队已被中央军委授予英雄模范称号；战争一结束，自己和许多老兵一样，正在准备转业回到地方，也许很快就会与亲人们见面了。

第二天晨训结束，王文昭拿着几封信正准备出去邮寄，迎面碰上通信班的士兵小刘。小刘与他打了个招呼并交给他一封信，他一看信封就认出是陈德愚寄来的。

由于迟迟没有王文昭的消息，陈德愚此次来信，一来是打探消息，二来是告诉他说："若战事吃紧，不必急着返乡；令尊丧事已毕，葬于后山；令堂一切安好，有我照料，不必牵挂。"读到这里，王文昭才明白陈德愚前几封信关于父亲病重及亡故的消息并非假托。他抓着这封信，发疯似的冲出师部大楼，带着哭腔大声喊道："我爹真的死了啊，真的呀——"

在师部领导的照顾下，王文昭转业的事被特事特办并很快办理妥当。在做好必须要他本人签字和提交资料诸事之外，其余的事他都委托给了战友和领导。他现在只想第一时间回到家乡，连写信都免了。他坚信信件不会比他本人更先到家。

陈德愚在房顶上已经听出了下面的异样，甚至还听到了哭声，于是停下手中的活，认真听起来。谢二婶只顾自己激动，完全忘了房顶上的陈德愚，也没有来得及给王文昭说起他。倒是王文昭已经看到了房顶上的人，知道那草房是自家灶屋，想必那人一定是母亲请来的匠人。

就在陈德愚认真倾听下面动静的时候，王文昭走过来望着陈德愚喊道："师傅，下来休息一会儿嘛，今天做不完明天再来嘛。"陈德愚没有应声，但他已看清了那身军装，于是动作麻利地干完手中最后一把活，踩着木梯下到地上。

对于王文昭，陈德愚并没有什么印象，只是曾经听梅兰说过他个子高，力气大，篮球打得好。尽管几年来书信往来，亲如兄弟，当王文昭站在他面前的时候，他却相逢不相识。凭着这身军装和院子里的氛围，他已经猜到站在面前的这位大个子军人应该就是王文昭了。他压住惊喜，试探着问："你是文昭兄弟吧?"

"我是腊狗，师傅您——"面对这位一脸黑灰的草房匠人，院子里的人除了谢二婶，谁也不知他是谁，更别说阔别故乡多年的王文昭了。而谢二婶此时还没回过神来，仍愣在一旁不停抹泪。

"你——呀——"陈德愚松开依然扶着木梯的右手，抡起满是黑灰的拳头，咬着牙，苦大仇深似的在王文昭厚实的胸脯上狠狠地擂了一拳。王文昭身子微微朝后一晃，然后向陈德愚行了个军礼，并笑着问道："对不起哈，师傅，参军多年，好多人我都不认识了。请问您是？"

陈德愚没有吱声，而是自顾自走到街沿下的水桶前，俯下身子，捧起桶里的水抹了几把脸。在踅回走向王文昭的同时，他顺手抓起放在一条板凳上的眼镜戴上，并把脸朝向王文昭一扬："还有印象吗，文昭兄弟？"

"陈校长——"最先发出这一声惊叫的并不是王文昭，而是院子里其他围观的邻居。他们都认识陈德愚，但怎么也没有把他与房顶上那个满脸黑灰的草房匠人联系起来，于是大为惊讶，并叽叽喳喳地议论开来。他们哪里会想到，堂堂建兴中学的校长还有这门手艺，或者说堂堂建兴中学的校长还会干这种又苦又脏的体力活。

惊叫声似乎唤醒了谢二婶，她这才走过来，看了一眼陈德愚，又望着王文昭说："哎哟，陈校长的嘛，看我都糊涂了。今天是你爹的'七七'，陈校长中午就来了，他每'七'都要来。要不是陈校长，你爹——我——呜呜呜——"谢二婶没有说完，又伤心地哭起来。

此时的情景带给王文昭的震撼，远远超出现场其他所有人。他对陈德愚的印象还定格在十三年前建兴中学的讲台上，他无法把那个才华横溢、英俊潇洒的年轻教师与眼前这位满身污垢的草房匠人联系起来。王文昭知道陈德愚现在已是建兴中学的校长了，也清楚他经常到王家坪看望自己的双亲，但上房铺草这样的活儿他也干，王文昭的确没想到。

他曾多次想象与陈德愚相逢的场景，比如在校门外的宝马河边，或者在操场上的某个篮球架下，或者在五星花园旁，或者在校长办公室。他设想自己一身军装，先向陈德愚敬一个军礼，再故弄玄虚地问道——你晓得我是哪个吗？或者脱掉军装，换一身便装，在学校先偷偷跟踪他，然后才从后面悄悄走过去，拍拍他肩膀问："请问您是陈校长吗？"总之，见面的方式有很多种，唯一没想到的是，他会与自己的大恩人相逢在自家破旧的茅屋下。

　　啪——王文昭身板一挺，双腿一并，左手紧贴裤缝，右手唰地指抵帽檐，行了一个端端正正的军礼。然后他伸出双手，握住陈德愚的手一阵用力猛摇，再腾出右手，轻轻拈掉依然挂在他头发上和衣服上的草渣，顺势帮他理了理蓬乱的头发和歪斜的衣领。默不作声地完成这一系列细微的动作后，王文昭才认真地看着陈德愚的眼睛并幽幽地说："陈老师，您老了——"

　　"嗨，你参军都十几年了，我还年轻得了吗？"陈德愚笑着说道，"你——总算给我回来了啊！"

　　"是啊，总算回来了！"

　　"听说伤亡很惨重啊？"

　　"惨重，很惨重。我眼睁睁看到好多战友从我身边倒下去，再也没有起来。我也没想到还能见到您呀，陈老师！"

　　"好啊，好啊，活着就好啊！"陈德愚突然抬高声音道，"你们是保卫祖国的功臣，祖国和人民感谢你们，祖国和人民永远会记得你们。建兴中学能出你这样的学生——高兴哪——我高兴哪！"

　　……

　　天色已晚，二人旁若无人地交谈了一阵，才止住喷涌的话闸依依惜别。王文昭要留陈德愚在家住一晚再走，陈德愚拒绝了；王文昭又要送陈德愚回建兴中学，陈德愚也拒绝了。

　　陈德愚轻拍着王文昭厚实的肩膀小声说："兄弟，我们以后有的是时间，今天你只能属于你的爹、妈。一会儿你到后山上去看看你爹，与他说说话，我就不陪你一起去了。这几天再好好陪陪你妈，然后到亲戚邻居家走走，报个平安。等你收拾利索了，就来建兴中学找我。别忘了我们的约定——痛饮宝马河！"

　　"是！"王文昭以军人的习惯行了个军礼并响亮地回应。

两天后的星期天下午，王文昭如约来到建兴中学，一一拜见了以前的老师和已是学校教师或工人的老同学。当然少不了一遍又一遍地行军礼，一遍又一遍地回答关于前线的各种提问。晚饭前，王文昭拒绝了所有宴请，也没有邀请任何人，只与陈德愚沿着青石板路说说笑笑地走向建兴场。

太阳还未落山，一弯月牙已经迫不及待挂在了天空。在朱三娃的吊脚楼上，陈德愚第一次从这一个绝佳视角，看到了夕阳下的映月湖和建兴中学全貌。他被眼前的景色陶醉了，忍不住轻轻吐出两个字"美啊"！

他以前若干次从朱三娃的饭馆门口经过，但从来还没进去喝过酒，自然也不认识朱三娃。朱三娃一眼就认出了他，满脸堆笑地大声招呼："哎哟，今天是吹的啥子风哦，把我们的陈大校长都吹来哒。稀客，稀客哟！"

"本人不善饮，因此很少前来，但多次听别人说，贵店货真价实、童叟无欺，因此生意兴隆——可喜可贺啊！"

"哎哟，文化人，文化人——"朱三娃还想对陈德愚的赞美说些感谢的话，但大脑一时卡住没了词。他将肥胖的双手在围腰上一抹，左手开橱窗，右手提菜刀，这才问了一句："整点烧腊哇?"有些人是思维指挥行动，有些人却是行动反推思维。由于受李元成的影响，朱三娃对这位全建兴镇声望最高的知识分子一直心存芥蒂。由于没有机会去接交陈德愚，朱三娃自然也就无法了解他了。就在提刀拿菜的瞬间，朱三娃突然觉得这个人其实并不讨人嫌。

老白干、花生米、猪耳朵，仅此三件，已经可算美酒佳肴了，何况今天坐在一起对饮的是两个生死之交的患难兄弟。酒至微醺，二人都把各自这十三年的人生经历粗略而清晰地向对方梳理了一遍。虽各有轻重，各有取舍，但都是一些精彩而难忘的记忆片断。

话还没说够，酒已经喝完了。最后，陈德愚问："你会转到哪个单位呢？"

"还没最后确定，可能是在县公安局。过几天我去县军转办打听一下就晓得了。估计很快就有结果了。"

"好——公安局，好，好啊。"陈德愚意味深长地说完，美美地自饮了一杯。

夜深了，小镇早已沉入梦乡。就在二人准备起身离去的时候，一束强烈的手电光从白鹤洲射过来，晃几下便移开了。陈德愚醉意浓浓地小声嘟哝了一句："怎个晚了，还有人钓鱼嗦。"

"不是钓鱼，人家是在看风水。他晓得我这里，刚才是在跟我打招呼。"刚推门而入的朱三娃手里捏着抹桌帕，望了一眼白鹤洲后继续说，"听说你们建兴中学的风水好得很啰。"

"好，当然好。"陈德愚又嘟哝了一句，右手在桌上一撑便站了起来，然后与王文昭一起离开了小店。王文昭把陈德愚送过拱背桥便转身回碾垭去了，他说要回去陪老母亲，陈德愚也没有挽留。

走在熟悉的青石板路上，陈德愚被映月湖上飘起的凉风吹得打了一个寒战。走到湖湾处，他发现路边站着一人，走近才认出是谢世昆，于是问道："这么晚了，还——还不回去休息？"

谢世昆看了一眼满身酒气的陈德愚，然后朝白鹤洲上那个晃动的手电光指了指。陈德愚笑着说："人家在看风水，你——你管啷个多干啥嘛。走，回家睡觉。"谢世昆于是随陈德愚一同走向学校大门。快到校门的时候，谢世昆又拉了一下陈德愚的衣袖，示意他停下，然后分别朝白鹤洲和花果山指了一下。陈德愚酒醉气紧，不耐烦地说："我晓——晓得建兴中学风水好。人家要——要看风水就让他看嘛，关你——啥事嘛。"说完便自顾走进了校门。

谢世昆自从来到建兴中学，平时最痴迷的事，便是一个人爬上花果山山顶观光望景。日子一久，他发现脚下的花果山，与周围的群山比起来，有太多的与众不同，这里有一种说不清道不明的神秘感，似乎是一个什么中心，或者是一个什么目标。

闲得无事的时候，他喜欢从不同的角度来审视花果山，当然也包括去白鹤洲。昨天下午，当他再次去白鹤洲时，与秦勇全碰了个正着，但他们互不相识。他看到秦勇全用罗盘在确认方位，知道他是个风水先生，而且正在看风水。今天上午，谢世昆在花果山山顶又看见了秦勇全，发现他在山脚又摆弄起了那个罗盘。这时，他才知道秦勇全正在看的风水与花果山有关，于是心头泛起一种不安与焦虑。晚上，当他看见白鹤洲的手电不停地射向花果山的时候，那种不安与焦虑更加强烈。他想将这一情况告诉陈德愚，但又不知到底该说些什么。

早晨醒来，陈德愚惊讶地发现自己昨晚不仅和衣躺了一夜，而且连寝室门都没关。他断断续续地回忆起了昨晚的一些片断，突然抬手拍了一下额头并叫了一声"哎——哟——"。他想起昨晚在回学校的时候，遇到了谢世昆，好像还对他说了几句难听的话。"咋能这样对待一个工作如此出色的残疾人呢？"他喃喃自语道。

早习的时候，陈德愚便急急忙忙从宿舍楼下来，他要去找谢世昆，并当面向他道歉。刚到五星花园的时候，远远地看见谢世昆正朝这边走来，手里捏着他的那把榔头。

"对不起哈，老谢，昨晚酒后失态……"陈德愚话未说完，便被谢世昆伸手打断了。谢世昆神情严肃地看了一眼陈德愚，又扭身意味深长地望了一眼花果山，然后把榔头从右手递到左手，右手从灰布上衣口袋里掏出一张纸条交给陈德愚后转身便走了。陈德愚一头雾水地看着谢世昆离开后才抖开纸条，上面写着："一定要守住花果山！"

"哼——"看过纸条，陈德愚更觉莫名其妙，忍不住笑出了声。

花果山是建兴中学校园内的小山。"文革"前，学校修建围墙，县教委要求将整个花果山全部围进去，但因经费不足，结果只顺着校门东侧阶梯教室的外墙依山砌了一段。由于缩小了包围圈，还有一些山坡就没有围进去，这部分山坡自然就成了九大队三队的荒坡。多年来，社员们在这里割草放牛、种麻栽桑，也没有任何人反对或阻止过。

他想，花果山世世代代都在这里，没有人守，也没见谁把它偷走了。陈德愚觉得谢世昆多虑了。

上午第一节课开始不到十分钟，一阵嘈杂和喧闹声从拱背桥方向隐隐传来。喧闹声离学校越来越近，也越来越清晰，隐约能听出锣鼓声和唢呐声，还夹杂着嗷嗷的哭号声，继而又响了一阵噼里啪啦的鞭炮声。

其实，有赶早场的人，一大早就看见几辆东方红拖拉机从大王场出发，经三官场，喷着黑烟突突突地开向建兴场。行在最前面的那辆车上载着一具黑色棺材，棺头上放着一只绑住脚翅的大红公鸡。所有车上都载着花圈孝幛，车上的人大都披麻戴孝，车队行经之处，有人不停地向路上抛撒纸钱。车队穿过平桥、正街、拱背桥，最后在拱背桥东头粮站外的一块空坝上停了下来。

当这种喧闹声渐渐靠近学校的时候，教室内的老师觉得说话越来越吃力，同学们也越听越模糊。终于有人扭头朝窗外一瞥，突然惊乍乍地大叫一声："看啰，抬死人啰！"紧接着，这种惊叫声从不同的教室进出，整栋教学楼临河的窗户上，便挤满了学生好奇而惊惧的脑袋。他们看到一支花花绿绿的队伍，正浩浩荡荡地向学校挺进。

当闻声而动的陈德愚冲出学校大门时，发现这支队伍已势不可当地朝学校直逼过来。他完全不知道发生了什么事。就在瞬间闪过昨晚的一些记忆碎片和谢世昆的纸条的时候，他发现校门东侧大约二十步开外的缓坡上，四五个人正在用锄头粪撮挖坡取土，往日挺立在那里的一棵高大的苦楝树也横倒在坡脚。陈德愚神色慌张地几步冲过去，看见那些人已经挖出了一个大大的长方形土坑，土坑两旁高高地垒起了两堆黑黑的新土。

"你——你们在搞啥名堂？"陈德愚一走近就大声喝问。

那几个人似乎被这声大喝给镇住了，都停下手中的活，然后直起身来，手压锄把，扭头不知所措地望着他。他抬脚踩上一处松软的土堆，稍一站稳后又大声问道："你们挖的啥子？"

"看嘛——"其中一个头发稀少、头皮发红的人努着嘴朝土坑一指道，"金坑的嘛。"

"啥——啥子金坑啰？"

"埋死人火匣子的金坑噻。"那人不耐烦地说完，呼地一吸鼻子，朝地上啪地吐了一坨黄痰。

"哪个死了哦，为啥非要埋在这儿呢？"陈德愚不安地边问边扭头朝队伍张望。

"你还不晓得嗦——"另一个满脸麻子且认识陈德愚的人笑着说，"呵呵，陈校长呃，人家说这个塌塌风水好得很，天下少有。敢在你门口埋死人的嘛，肯定不是一般的平头老百姓噻。魏主任——县'革委会'魏中华的老汉死了，人家请新华公社的风水大师秦勇全看了好久才选中这里的。你还不晓得，嗯——"那人说完，啪啪地朝左右两手手掌各吐一口唾沫，又操起了锄头。

新华公社、秦勇全、魏中华、革委会，当陈德愚快速地默念这几个词的时候，他脑海里瞬间清晰地映出的却是李元成的样子——大背头、胖脸、黑痣。

不对，不是脑海，这时李元成真的已经出现在他面前了。

当送葬队伍渐渐接近土坑的时候，学校的部分老师也闻声迅速聚了过来。在大致了解情况后，老师们脸上都堆满了愤怒。陈德愚本想过去给老师们打个招呼，要他们不要激动，可是刚跨出两步，迎头便撞见了李元成那颗硕大的脑袋。

陈德愚与李元成同时止住了脚步，二人四目相对。陈德愚此时平静得出奇，他紧盯着李元成的眼睛，想从这双眼睛中找出一系列疑问的答案。

李元成本能地以冰冷的目光回击，而目光中明显含有得胜者的不屑和居高临下的傲慢。可是，渐渐地，李元成的目光开始散乱，下颌的黑痣轻轻抖动了一下，眼睛不停地闪动，本来后剪的双手这时轻轻松了下来。他一扭头，伸手向后慢慢地捋了一把头发。

"李区长，咋回事？"陈德愚轻声平静地问，而目光依然咬住李元成的眼睛。

"啥——啥子咋回事？这里是九大队三队的荒坡，魏主任他老汉去世了，人家要葬在这里，未必还要先向你请示汇报哇？"李元成说完，用近乎夸张的轻蔑神态向坡上扫了一眼，而眼睛的余光却依然提防着陈德愚。

"早请示，晚汇报，我知道这是李区长历来的最爱，我可不敢消受。我想说的是，这里是学校大门，在校门口立座新坟，多少有些晦气，娃娃们下晚自习后好多都要从此经过，我担心他们会害怕，所以，在此立坟，恐怕不妥吧？"

"晦气？害怕？亏你们还是高级知识分子，还有如此严重的封建迷信思想。相信封建迷信就是反对马列主义，反对马列主义就是反对毛泽东思想，反对毛泽东思想就是反党反社会主义。你胆子不小啊——哈哈哈。"李元成说完，得意地打起了哈哈，并举目四下寻找支持者。

"你少来戴帽子，你以为还是'文革'嗦，还搞大鸣大放大字报嗦？"人群中一位老师大声吼道，并愤怒地朝李元成大步逼近。陈德愚急忙抢过一步，双臂一张，挡住那位老师。

"李区长，随便哪里添座新坟都会显得晦气，晚上害怕死人也是人之常情，这些都是习俗问题，与封建迷信无关，更谈不上反党反社会主义。李区长马列主义学得好，既不封建，也不迷信，那就把坟建在区公所门口算了。还有，如果非要说封建迷信，魏主任是定水区大王公社的人，他父亲仙逝后，按习俗应埋进他魏家祖坟林，为何要长途奔袭，偏偏葬在这里呢——唵？"

"唵？就是，就是，到底谁在搞封建迷信，到底谁在反党反社会主义？说——嘛——"老师越围越多，并七嘴八舌地质问李元成。

这边闹闹嚷嚷的时候，那边的秦勇全已经忙得满头大汗了。他一会儿在坑前摆弄着罗盘，一会儿又跳进坑里用手拍坑里的土，一会儿又跪在坑后，双手合十，口中念念有词。

棺材停在两条板凳上，魏中华与其弟弟魏中国站在棺材两侧，手扶棺材，静听着前面的争论一言不发。由于他们都披麻戴孝，又低垂着头，陈德愚一直没有发现魏中华。

又一阵噼噼啪啪的鞭炮声响过后，秦勇全背朝坑穴跪在坑前，再次双手合十，二目微闭，口中叽里咕噜地说着什么。稍后，他划燃火柴，慢条斯理地点燃事先备好的香蜡并插在面前的松土上，三次叩首，每次都以额触地，额头上便粘上了土渣。

待他直起身来，顺势拍了一下膝盖，然后舔了一下嘴唇，便扯起嗓子一阵大吼。只见他眼睛向上斜视，脖颈青筋暴涨，脸憋得发紫。他吼道："天门开，地门开，奉请各位先师来。吉日良辰，真龙宝壤；入土为安，大吉大昌；千年富贵，万代流芳；人丁万口，儿孙满堂；财源广进，金玉满箱；青云直上，威震朝堂……"吼毕，又急暴暴地朝送葬队伍挥手并大声叫道："快快快！时辰已到，赶快下葬，快快快！"

当锣鼓唢呐再次炸起，一度僵滞不前的送葬队伍又活泛起来，伴随着呼天抢地的哭喊声，缓缓向前移动。当众人抬着漆黑的棺材快到墓穴的时候，陈德愚才反应过来，他一转身，绕过其他人，跌跌撞撞地冲到棺材前，张开双臂大叫："停下，请停下！"随行的人将两条板凳又支在棺材下面，棺材被迫停了下来。现场气氛瞬间凝滞，所有声音立即止息。

而此时，魏中华已站在了陈德愚的面前，陈德愚这才发现了他。

"对不起哈，魏主任，给你添乱了。"陈德愚十分平静地看着魏中华说罢，埋头略一沉思，再抿着嘴，抬头望望碧蓝的天空，才将目光收回，看着眼前漆黑的棺材说，"根据我们南部县一带的风俗，但凡寿终正寝的老人，都以能进入家族祖坟林为荣，一个人一旦去世后不能进入祖坟林，这是逝者及其家人的奇耻大辱。据我所知，你家因你而尊荣，你们魏家在大王公社及定水区一带也算名门望族了，而魏老先生却不能进入祖坟林，这究竟是怎么回事啊，魏主任？"

"唉——"魏中华长长地叹了一口气，表情复杂地望了陈德愚一眼，又低下头，像一个犯了错误的小学生似的声音低缓地说，"陈校长，我虽然是分管教育，但以前对你关照很少，对不起哈。今天的事，我三言两语也说不清楚，等老人家入土为安后，我再慢慢给你解释，再给你赔罪，要得不？"他说完，抬头用企求的目光，可怜巴巴地望着陈德愚。

"不行！"陈德愚毫不含糊地大吼一声，魏中华被这吼声刺得身子一颤。他继续说道："你们的行为已经严重影响了我们正常的教学秩序，学校门口添座新坟，也会在全校师生心里留下阴影。魏主任，别的好说，影响到学校利益的事，恐怕就没有商量的余地了，除非你向地区教委请示，先把我这个校长撤了再说。"

"你——欺人太甚！"这时，一直站在棺材另一侧的魏中国，一把掀掉头上的白布孝帕，怒不可遏地指着陈德愚大骂道，"陈德愚，你太过分了，现在时辰已到，老人还不能下葬。这儿又不在你学校内，关你妈的球事。"

陈德愚一扭头，才注意到这位鲁莽无礼的年轻人，于是一锁眉，盯着他轻声问道："兄弟，敢问你是——？"

"我家兄弟，我家兄弟。"魏中华边说边从棺头前绕到魏中国面前，用力推了他肩膀一下，示意他不许放肆，然后转身面对陈德愚谄笑着说："陈校长，本人平时工作忙，没时间调教家弟。他年轻，不懂事，又没什么文化，你大人大量，不跟他一般见识。对不起，对不起哈。"说完，他再次转身，啪地扇了魏中国一耳光，同时大声喝骂道："你个短命娃娃，敢来这里胡闹，你也不看看这是哪个的地盘。"

就在陈德愚与魏中华正面交锋的时候，送葬队伍与越聚越多的老师也形成了完全对立的两个辩论方阵，大家你一言我一语地为己方辩护，同时又近乎尖酸刻薄地挖苦和谴责对方。现场嘤嘤嗡嗡、闹闹嚷嚷，一度混乱不堪。

本来静立在一旁的李元成此时显得十分无趣而尴尬，然而，魏中华吼骂其兄弟"也不看看这是哪个的地盘"这句话突然把他点醒了。是啊，这是哪个的地盘呢？是建兴中学的吗？不是，校门之外应该就不是学校的了。这里当然在建兴区的范围内，全建兴区都是我区长李元成的地盘。想到这里，他瞬间明白，原来魏中华是在借骂其兄弟给自己递话，希望自己能站出来帮他解围。

他伸手习惯地将了一把头发，几步跨到棺材前的一个土堆上，望着送葬队伍，提高嗓门儿咳咳地干咳两声，然后大声问正在身后忙碌的秦勇全："老秦，现在是下葬的最佳时辰吗？"

"嗯哪，李区长，现在是下葬的最佳时辰，不能再等了。"秦勇全十分焦急地大声回应。

"如果错过这个时辰下葬会哪个呢？"

"如果错过这个时辰下葬，死者的灵魂将因迟到而过不了鬼门关，也不能按时赶到阴曹地府。他将被扔进忘川河让毒蛇猛犬撕咬，且永世不得轮回变人，只能是成为一名孤魂野鬼。"

"哦——你说的是死人，对活人有啥子影响没得呢？"

"嗬，更不得了。死人过不了鬼门关就会回来，尸体会变成僵尸，僵尸会从坟里爬出来到处吃人，专找认识的下口，见一个吃一个，直到一个不剩。吓死人哪！"

"哎——?"听到这里，不光送葬队伍，就连在场的老师都发出一声惊叫。

"好了。"李元成觉得时机已经成熟，送葬队伍的情绪已被点燃，于是伸出右掌往下一压，然后大声说，"人人都有父母，送老归山是每个子女的基本孝道。建兴中学是南充地区的重点中学，为了保证学校的正常教学秩序，你们决不能进入建兴中学，谁敢进去半步，老子马上喊民兵把他绑起来。但是，校园以外的地方，还是我建兴区的塌塌，学校也无权干涉。既然时辰已到，那就赶快扶灵归山喏！"他说完，侧过身子，举起右臂，朝已挖好的土坑方向用力一挥。顺着他指挥的方向，黑压压的队伍哗的一声炸开了，并潮水般涌向墓坑。

当这股潮水以巨大的能量，载着棺材就要涌进墓坑的时候，陈德愚大吼一声，发疯似的冲了过去，身子一纵便跳进了土坑。

"魏主任，李区长，既然你们决心要将魏老先生葬在这里，我也无力反抗，那请允许我为老先生陪葬。"他说完，抬手理了一下凌乱的头发，然后蹲下身子，慢慢平躺在坑内。

这时，有人骂了一句"狗日的"，便跳下坑去拉陈德愚，另外几人也尾随着跳了下去，抓住陈德愚便往坑上拖。几名老师见状立刻冲了过来，双方便互相骂骂咧咧地抓扯在一起。突然，人群中有人抢起一根木棒，朝陈德愚头上猛砸下去，陈德愚身子一软便倒在地上失去了知觉。

就在陈德愚被一名老师背起冲向学校医务室的时候，学校的紧急集合钟响了，全校三千余名师生立即向操场汇聚。欧校长站在操场主席台上，向全体师生讲述了刚才发生在校门口的这件事，并用十分沉痛的语气说："同学们，陈校长被人用木棒打昏，现在还在医务室抢救，等滑竿绑好了才能往医院送。强行要把死人葬在我校门口的，一位是分管教育的县'革委会'副主任，一位是建兴区的区长，我们该怎么办？"

他话音一落，一名身材高大的男生就从集合队伍中冲上主席台，大家已认出他便是学生会主席杜永刚。杜永刚号召各班同学马上准备横幅，然后举着横幅，喊着口号，全体师生沿国道212步行至南充地委请愿。他大声喊道："一定要捍卫校园宁静，坚决阻止在校门口建坟；一定要找出幕后势力，严惩凶手！"

滑竿一绑好，年轻的王学林老师就与谢世昆将陈德愚抬起快步冲向建兴人民医院，校医也一同前往。而校门外，秦勇全正指挥着众人快速下葬，很快就垒起了一个高高的土堆。

各班横幅一制作结束，学生会便组织学生列队走出校门。队伍以两人为一排，每个班最前面的两名同学举着红布白纸黑字的横幅。布幅每个班都有，学校举行运动会或其他集体活动经常都会用到，现在只需将白纸黑字换掉即可。有的布幅明显是"文革"时期留下的，隐约可见"批林批孔"之类的痕迹。

长长的队伍从校园内沿着宝马河边的青石板路缓缓向建兴场拉伸。队伍上空，横幅飘扬，山呼海啸般的呐喊声，在宝马河两岸的山谷间回荡。声浪摇动着河边的垂柳，吹皱了静静的湖面，也吓得魏中华、李元成二人惊慌失措、面面相觑。镇上的人纷纷避让，同时用惊恐而困惑的眼神望着长长的队伍，焦急地相互打探消息。

　　也许是呐喊声唤醒了陈德愚，也许是滑竿的抖动摇醒了他，抬滑竿的二人将他抬至医院外的一处缓坡时，突然听到他手拍滑竿以及喊"停下"的声音。二人惊喜地发现他已经苏醒了，于是将滑竿放到地上。

　　由于受到木棒的重击，陈德愚头顶鼓起了一个大大的包块，说话时整个头部都疼痛欲裂。他用手轻轻一摸，痛得咧着嘴咝咝咝倒吸冷气。当排山倒海的声浪隐约传来的时候，他似乎觉察到了什么，于是小声问王学林是什么声音，王学林只得如实相告。

　　这时，谢世昆从上衣口袋里抽出一张纸条递给陈德愚，陈德愚收下纸条，意味深长地看了他一眼。陈德愚觉得谢世昆的建议越来越不可小视，尽管此时头脑昏昏沉沉的，他还是强撑着展开了纸条。上面写着："有人要挑拨你与魏中华的关系，不妨将计就计。"

　　陈德愚没有多想，叫二人立即重新抬起滑竿，说一定要赶到游行队伍的前面。二人抬着陈德愚，刚到拱背桥横街与拱背桥街的拐角处，陈德愚就被眼前的一幕惊呆了——标语如林、喊声震天，群情激动、势不可挡。多么似曾相识的情景，多么不堪回首的记忆，他实在不想看到这些场景，甚至十分厌恶。

　　当队伍浩浩荡荡地拥过来，他叫二人马上将滑竿横在路上，截断窄窄的街道。他让王学林向队伍传达他的话，说他已经清醒，身体并无大碍；要全体同学马上回操场集合，他有话要讲，任何人不得违抗。

　　队伍经过一阵骚动和停滞之后，陈德愚的话还是很快从队首传至队尾。于是整个队伍集体向后转，后队变前队，并缓缓向操场收缩。

由于不能用力说话，陈德愚只得借助高音喇叭。他说："同学们，现在学习时间非常紧张，学习任务非常繁重，高中毕业班还要面临十分重要的高考，地区教委和县委对我们都寄予了很大的希望，所以，你们现在唯一需要做的事，就是把学习搞好。至于今天发生的事，这是大人们的事，与你们无关，学校会通过合法途径予以解决。我之所以反对在校门口建坟，主要是担心同学们下晚自习后经过那里会害怕。现在想来，我们都是相信科学的唯物主义者，所以大可不必，时间一久也就习惯了。目前坟已建好，木已成舟，就算反对也无济于事了，我们只有接受现实，并愿逝者安息。同学们，多些包容，少些狭隘，多些理解，少些怨恨，多些忍耐，少些对抗，有容乃大，能忍为高，唯如此，我们才能胸襟坦荡，万里晴空……"

陈德愚虽然声音很低沉，但通过高音喇叭却传得很远，仍在坟地的所有人都听得清清楚楚，魏中华与李元成也不例外。

敲完下午第一节课的上课钟后，谢世昆提着榔头，沿着行政楼旁的煤渣小路，向缓坡上的教师宿舍走去。

上午讲完话后，陈德愚拒绝了学校其他领导让他去医院检查治疗的建议，只在医务室让校医做了些简单的包扎处理后便回寝室休息了。午饭的时候，也只吃了一点由学生食堂文师傅专门熬的稀粥，稀粥是谢世昆送去的。谢世昆现在要去看看陈德愚的身体状况，顺便问他还要吃点什么。

刚探手准备敲门，谢世昆突然犹豫了，他想陈德愚也许仍在休息，因而不宜打搅，于是转身便走。就在此时，门内传出了陈德愚软软的声音："老谢，进来吧，门没插上呢。"谢世昆于是再次转身轻轻一拨，门便开了。他看见陈德愚并没有休息，而是靠坐在床头，气色比之前好多了，于是谢世昆自顾从桌下拉出一张木椅坐下，长长地嘘了一口气。

"花果山对建兴中学真的很重要吗？"陈德愚身子一动未动，神态木然，幽幽地问，又像是自言自语。

"学校一草一木都很珍贵。"谢世昆在纸上写好字，递给陈德愚。这是他们习以为常的交流方式。

"那你一会儿要我守住花果山，一会儿又让我将计就计，你到底想让我做什么？"

"之前我发现有人在打花果山的主意，担心他们想占领花果山，现在才知道不过是在山脚建一座坟而已，所以我也想多了。如果您不让他们把坟建在那里，就必然会得罪魏主任，谁最希望看到您与魏主任结下梁子呢？"

"是啊，用心险恶啊。"陈德愚轻声说完，然后重重地叹了一口气。这时，从楼梯口传来一阵密集的脚步声，接着便有三个人站到了门口——魏中华、魏中国及李元成，魏中国双手被麻绳反绑在身后，背上还插着一根黄荆棍。

屋内二人看见这阵势，已经明白是怎么回事了。谢世昆从椅子上站起来，抓起放在桌上的那把榔头，然后端起墙角存放脏衣服的瓷盆便走了出去。

当谢世昆从李元成身边走过时，李元成突然眉头一锁，他觉得此人好面熟，可一时又想不起在哪见过。他扭头看着谢世昆走下楼梯，才回头面对屋内的陈德愚，用十分关切的口吻问道："陈校长，好些了了么？"

"没什么大碍，一点小伤而已。魏主任，李区长，你们这是

——?"陈德愚面对依然站在门口的三人问道。

"实在对不起呀，陈校长，你看今天这事弄得，唉——"魏中华自觉惭愧而说不下去，于是埋下头，重重地叹气。稍一停顿，他才抬起头，望着陈德愚继续说："陈校长，你上午对学生讲的话我们都听见了，你的雅量让魏某折服，感谢你的仁慈和友善。但是，我家兄弟鲁莽无知，一时冲动出手伤到了你，这是绝对不可原谅的。他已经触犯了法律，今天上午我们已去派出所自首了，还不晓得任所长下一步怎么处理。现在我与李区长一起把人给你绑来了，一是我们三人借此机会一起来向你请罪，同时也真诚地希望你能亲手教训教训这家伙，好消消气。"说完，魏中华抓住魏中国胳膊用力往屋内一揉，同时朝他腿弯猛踹一脚。魏中国一跟跄便咚的一声双膝跪在地上。

本来陈德愚只想与三人客套几句便把他们打发走，没想到魏中华来这一手，着实让陈德愚既吃惊又难堪。慌忙中，陈德愚弯下腰，双手抓住魏中国胳膊，然后哎呀连声地用力把他拉起来，并几下解开绳索。

由于屋内只有一把木椅，陈德愚也不好请坐，于是继续站着对魏中华说："魏主任，令尊新丧，你兄弟二人目前正处于悲伤之中，这样做非常不合时宜。至于今天上午的事，我已对全校师生讲清楚了，决不再计较此事，这样好让逝者安息，让生者安心，何况学校以后还有很多事情要仰仗你魏主任哪。"

"谢谢，谢谢，非常感谢！学校以后有什么事尽管说，千万不要客气哈。"魏中华接过陈德愚的话高兴地大声说。他相信，陈德愚刚才这句话应该是真心话，所以大为释怀。

在化干戈为玉帛的愉快气氛中，陈德愚说自己有点困了，还想休息一会儿，就不久留大家了。三人于是连声道谢之后便向陈德愚告辞。这时，李元成突然像记起什么似的小声问陈德愚："陈校长，刚才在你屋内的那位是哪个？我好像在哪里见过，可就是想不起来。"

"哦，你当然见过，只要来过学校就应该见过他。他是学校的敲钟师傅谢世昆，广元人，不能说话。"陈德愚边回答边送三人走向楼梯口。

在平桥送走魏中华一行人，太阳已经偏西。当李元成快步赶回区公所时，发现秦勇全在楼下等他，于是对他说了声"上办公室坐"，便自顾噔噔噔地向楼上爬去，秦勇全则尾随其后。

二人刚坐下，秦勇全便迫不及待地大声邀功："怎么样？李区长，你给我下达的艰巨任务，我都按质按量地完成了哈。如何？干得漂亮吧？"秦勇全满面红光，浑身充溢着不可遏止的兴奋和得意。

"漂亮，当然漂亮。"李元成边回答边点上一支烟。他示意秦勇全把门关上，然后才小声说道："我想听听你对整个事件的看法。"

"首先，我们为魏主任找到了让他满意的墓地；其次，我们把他父亲已经顺利地葬在那里了；再次，我们在讨好他的同时，也狠狠地教训了陈德愚一回，可谓一举两得；更为关键的是，整个过程我们做得天衣无缝，没出任何纰漏，也没任何人怀疑。以后，我们就慢慢地享受将来的魏县长给我们带来的数不尽的好处吧！"秦勇全笑着说完，忍不住举起双手，重重地互击了一下。

"那我现在就告诉你，"李元成脸色一阴，然后猛吸了一口烟道，"魏中华只能当分管教育的副县长，他当不了县长。"

"啥——?"秦勇全差点从板凳上滑坐到地上。他用右手紧紧抓住板凳，才勉强撑住身子，然后哆嗦着说："风水那——那么好，咋

——咋可能……?"

"哎,哎,哎——"李元成弯起右手手指边啄桌子边提高声音道,"秦勇全,你醒一醒哈,我让你骗魏中华,没让你来骗我哈。你还真以为你是风水大师嗦?"

"不敢,不敢。李区长,为了能完成你交办的任务,我不装像点咋个得行嘛,整得现在都还没回过神来。可是——"秦勇全抬头看见李元成瞪着他的目光,不敢再说下去,于是双手前垂,身板一软,又恢复了当初的卑微与猥琐。

"我晓得你为了完成任务的确花了不少工夫,啥子祖上三代的事哦,啥子屋后红苕洞哦,也亏你舅子还能打探到人家嘟个多陈谷子烂芝麻的事。不过,话又说回来,你不绕那么大一个圈子,要骗过狡猾的魏中华,还真不容易。但有一点我还是不明白,他四岁梦见蛇的事,你又是向哪个打听的呢?"

"没有向哪个打听。任何人小时候都做过噩梦,而任何人对四岁以前的梦都不会记得太清楚。"

"那,你就不担心他回去问他爹呀?你不是说他爹也看见那条蛇了吗?"

"他爹已经不能说话了。"

"呵——"李元成忍不住笑出了声,然后伸指点着秦勇全道,"秦勇全啊秦勇全,你狗日的还真是他妈个人才,能把一个县'革委会'副主任哄得溜溜旋,也能把一个普普通通的小山包说成金宝卵,连我听起来都像是真的。人才,人才呀,哈哈哈。"

"但是,花果山还真不是普通的山包,那里风水的确巴适惨了。"

"又来了,你又是大师了——"李元成看见秦勇全把头一扬还想辩解,于是伸手打住道,"好,好,好,我们先不争论风水的问题。你把那里风水说得那么好,而魏中华二天又当不上县长,我看到时你嘟个收场,哝?"

"你咋肯定人家一定就当不上县长呢？"

"'文革'期间，魏中华贴过薛书记的大字报，这还是小事。你晓得为啥现在有人把他十年前那桩命案拿出来说事吗？他逼死的那位朱老师，就是现在南充地委书记朱和平的亲妹妹呀！所以，能让他当个副县长，已经算朱书记大人大量了。"

"我的妈呀——你咋不早点告诉我这件事呢？"秦勇全彻底绝望了。

"我之所以没有告诉你，是我根本就没安心要帮魏中华当上县长，而是希望利用这件事，挑起魏中华与陈德愚之间的矛盾，然后利用魏中华分管教育的权力，搞倒陈德愚，趁机把他撵出建兴区。可是现在，我们费了九牛二虎之力，结果却是扁挑无钉两头滑——一个目的都没达到。"

李元成把烟头往烟缸一杵，然后站起来走到屋中，双手后剪，背对秦勇全，仰起头自言自语道："凭我以前对陈德愚的了解，学校就是他的命，他是绝不会容忍在校门口添一座新坟的。没想到这个一根筋，被魏中国一棒还打清醒了。"他转过身看着秦勇全说："下午我与魏中华去看他的时候，他居然说学校以后有事还要请魏中华帮忙，魏中华求之不得，当然满口答应。看样子，我们不仅没把他们整成敌人，反而还整成了朋友，真是偷鸡不成蚀把米，竹篮打水一场空啊。"

"但是，我们还是有收获的。"秦勇全咽了一口唾沫，望着李元成说，"李区长，不管你相不相信，我还是要说，你让我骗魏中华这是事实，但是，花果山风水非同寻常也是事实。那天与你、魏主任一起找墓地时，我关于那里风水的评述全都是真的，一点不假。"

"好，就算那里风水好得很，现在对我们来说，有个锤子用啊。"李元成回到座位上，再次点上一支烟，狠狠地吸了一口。

"有用，也许还有用。"秦勇全抬头觑了李元成一眼，发现李元成正用冷冷的目光盯着他，于是立即埋下头继续怯怯地说，"毕竟还要下半年才恢复人民政府，说不定由于他爹葬得好，他到时还真当上县长了哩。"

"那——更麻烦。你不晓得，魏中华表面与我称兄道弟，其实一直在防着我，因为他很清楚我是薛书记的人。他现在需要我帮忙，想从我这里打探县长人选的消息，当然我也需要靠他整倒陈德愚，所以我们才走得这么近。一旦他真当上了县长，哼，第一个遭理抹的就是我，因为我知道他的太多秘密了啊，不除掉我，他会安心吗？"

"这样说来，他当不当县长我们都脱不了爪爪了哟？"

"是哦，我们是聪明反被聪明误，没虱子找虱子咬啊。"

"唉哟——啧——坟都埋好了，也莫球得法了，总不能把死人又挖起来扔球哒嘛。管他妈的哟，干脆不说它了。李区长，现在我才告诉你，为啥说我们还是有收获的。"秦勇全挤眉弄眼，脸上露出自信而诡异的笑。

"啥——？"李元成将正欲往烟缸掸烟灰的右手僵在空中，斜着眼，十分警惕地看着秦勇全。

"还是绕不开风水这个话题哈。"秦勇全试探性地说完这句话，发现李元成没有明显厌恶或阻止的意思，才将腰身一直道，"那天我也带你们看了，也给你们讲了，花果山那个地方的风水，一点也不比唐乾陵、明孝陵、清东陵差。这么好的风水宝地，千百年来，难道真就没有人发现吗？不可能，绝不可能。换句话说，几千年前就有人发现那里了。所以，花果山一带必有古墓，有古墓就一定埋有价值连城的古董。你相信吗，李区长？"

"相——相信。"李元成慌忙抽一口烟，然后探出手掌朝秦勇全一伸道，"继续说。"

"好。不晓得你注意到没有，建兴中学后面的幸福山呈环抱之势，似乎在抱着一个什么东西，或者说，幸福三峰都共同指向一个中心。那么，这个中心在哪里呢？"秦勇全目光斜压，整个面孔则明白无误地指向李元成，并试图挟着他一同思索。

"花果山？"李元成试探着回答。

"对——头！"秦勇全伸指朝李元成一点，以示肯定，然后以莫测高深的口吻继续说，"幸福山龙头三峰环抱的正是花果山，可见花果山绝对不是一个普通的山包。通过我细心的研究发现：首先，花果山全山无石，它其实就是一个大土堆，与后面的幸福山截然不同；其次，整个山像一只倒扣的木斗，顶部平整，四棱清晰；再次，花果山上的土呈深黑色，既不同于幸福山上的浅黄色，也不同于花果山下庄稼地的淡紫色；另外，据我目测，整个花果山的体积与映月湖的容积大致相当……我说了恁个多，区长晓得我说的是啥子不？"

李元成一言不发，嘟着嘴，木然地摇着头。

"整个花果山就是一座古墓，一座秦汉时期的帝王陵墓！"秦勇全提高音量，一字一顿地说完，然后抿着嘴，鼓着眼，耐心地等待李元成缓慢跟进的思绪。

"是不是哦？"李元成吃惊地把头一拧。

"如果不是魏主任他老汉的事，我也不会发现其中的秘密。今天挖金坑，我才发现花果山居然没有石头。再一细看，发现挖出的坑壁有明显的层次感，用手抓把泥土一捏，颗粒分明，均匀散开，这是夯土的典型特征。进一步观察，我才注意到了花果山的平顶四棱和土壤的颜色。

"秦汉时期的帝王陵墓，无一例外都是夯土墓葬。棺椁埋好后，再取土回填，并将土一层一层地夯实。因为是平地起堆，所以才叫封土堆。封土堆顶部平整，四边见棱见线，极像南美玛雅文明的金字塔，这便是秦汉时期所特有的覆斗式墓葬。

"至于花果山土壤的颜色，既不同于幸福山上的土壤，也不同于花果山附近庄稼地里的土壤，这说明整个花果山都是从别处取土夯筑而成的。前几天我去白鹤洲看风水，发现白鹤洲上的泥土就是深黑色的。因此，我推断，花果山的土都是从白鹤洲上取来的，取土之后，便形成了映月湖。

"为啥不在花果山附近的庄稼地里取土，而要去稍微远点的白鹤洲呢？其实这很好理解，当时的人们就已经掌握了'藏风聚水'、'蛟龙奔海'这些风水学知识，因而故意在'龙头'前造成一片'海'，既取了土，又造了'海'，可谓一举两得。"

"那——照你恁个说，花果山真是一座古墓哦？"

"当然是古墓，且如此大的规模，墓主身份肯定十分显赫。基本可以断定，墓主绝非普通的王侯将相，而是非皇即帝。既然是帝王龙蟠之所，那此墓也就不能叫'墓'了，应该称为'陵'，就像唐乾陵、明孝陵、清东陵一样。"

"会是哪位帝王的陵寝呢？"

"暂时还不清楚，但不管是哪位帝王，下面绝对埋有数不尽的奇珍异宝，其中任何一件青铜玉器都价值连城。"秦勇全边说边从口袋里摸出一坨用油纸包着的黑乎乎的东西并放到桌上。他慢慢展开油纸，将这团东西凑到鼻尖，全神贯注地轻轻吸嗅，然后伸出舌头，在这团东西上轻轻舔了一下，并细细地品咂。

"你在搞啥名堂哦？"一头雾水的李元成不安地问。

"我现在可以肯定地告诉你，花果山下面绝对有古墓，也绝对有古董。你先闻一闻、尝一尝这个东西再说。"秦勇全说完，便隔着办公桌把那坨东西往李元成面前一推。李元成没有接，只警惕地问了一句："啥东西？"

"这是我从金坑里取的一坨夯土。我已经闻出，土壤中有一股轻微的铜臭味，这是陵墓中青铜器腐蚀后扩散出来的味道。另外，这土中有一点甜味，说明陵中含有三合土。三合土是用石灰、糯米和桐油混合而成的黏合剂，这种黏合剂非常坚韧，只有地位显赫的人才有条件享用。"秦勇全说完，抓起那坨土轻轻一捻，然后从指缝间沙沙地散漏到桌上——果然颗粒均匀。

"这么说来，魏中华他爹还真葬进真龙宝地了哟？"李元成自言自语地说完，然后端起茶盅，靠近嘴边，眯起眼睛，半天不饮。

"所以我说嘛，人家魏中华下半年还真有可能当上县长哩。"

"好，先不说这个，说说古墓，下一步你有啥子想法？"

"很简单，挖噻。"

"说得轻巧，吃根灯草——挖，你以为是在地里挖红苕，想挖就挖嗦。要在那里动土，一个陈德愚已经够弯酸人了，现在又多了一个县长大人的爹——我是说如果魏中华果真当了县长的话，更麻烦了。"李元成突然瞪着秦勇全小声问："花果山的事你还给其他哪个说没得？"

"没有，绝对没有，现在只有你我晓得。"

"好，此事不能急，要慢慢想办法，慢慢找机会。但是——"李元成伸出右手食指，指着秦勇全咬着牙帮说，"你要是敢将此事说出去——"李元成没有说完，但眼中露出的凶光，已让秦勇全不寒而栗。

是夜，月亮将圆未圆，大地朦胧一片。和平村废墟后面，一位老人，孤独地坐在一块大石头上，长时间面对废墟一动不动，极像石座上的一尊雕塑。

老人便是张朝建。儿子去世已经过去整整一周年了，而纵火者究竟是谁，至今没有一个靠谱的结论。他多次去公安局和派出所询问，但得到的答复大致一样："正在调查，有了结果会第一时间通知你。"

随着时间的流逝，老人对查出纵火者渐渐失去了信心，而人们对这一事件的日渐淡忘，却让老人倍感伤心。给儿子烧过周年之后，他一有空便会坐在这块石头上发呆，有时一坐就坐到半夜。他以这种令人心酸的方式思念儿子，同时希望能找到一些破案的蛛丝马迹。

月亮越升越高，露气越来越重。老人从石头上下来，呆立了一阵，才沿着田埂朝建兴中学大门走去。他是沿着宝马河上来的，现在要原路返回。走到田埂中间，他突然迟疑了。他知道校门口今天添了一座新坟，如果继续前行，将从新坟前经过，这在深夜的山村，的确令人发怵。

就在决定转身离去的时候，他已经清清楚楚地看见这座新坟了——白白亮亮的花圈，在迷蒙的月光下，发出瘆人的幽光。他头皮一麻，背脊一凉，脚步僵在原地动弹不得。突然，他看见坟堆处一个人影在不停地晃动，很慌乱的样子。他知道撞见鬼了，可既喊不出声，又动不了腿，于是一下瘫坐在田埂上。目光掠过麦穗，越是恐惧，越死死地盯着那里，怎么也扯不回来。

渐渐地，人影变成了两个。随着两个黑影的不停晃动，坟上的花圈不见了，紧接着传来一阵锄头挖土的声音——嚓、嚓、嚓……声音不大，但张朝建已经听出挥锄者用尽了全力。

经过短暂的恐惧，张朝建已经意识到这两个黑影也许不是鬼。强烈的好奇心以及寻找破案线索的念头，使他渐渐忘记了恐惧。于是，他小心翼翼地矮下身子，趴跪在田埂上，用四肢轻轻向前爬行。

麦田满是密密的麦穗，田埂与坟前小路大致平行，人趴在田埂上，坡脚的一切一览无余，而上面的人却很难注意这里。在爬至离坟堆直线距离不足三丈的地方，他停了下来，坐在地上，稍微调匀呼吸，静静地察看。

这时，他已经看清了这两个人影的体形，个子不高，但较壮实。二人都不作声，只是用力挖土，而被挖的正是这座新坟。坟头已被挖平，坟上原来的花圈被拔除扔在小路上。

张朝建看不清这两人的脸，也不明白他们为何要来深夜挖坟。他听说过以前有盗墓的事，但现在正是大灾荒年月，活人都缺衣少食，给死人的肯定丰厚不了，因而枋子里除了死人，便是死人身上的寿衣，不可能有什么值钱的东西。

一阵用力的刨挖之后，传来几声咚咚的闷响，这是锄头挖到枋子的声音。接着又传来一阵叽嘎声，这是撬开盖板时拨起钉子的声音。随后，两人一同弯腰抬起盖板，并用力将厚厚的木板抛到一旁。二人再次一同俯下身子，从棺材中拖出一件黑黑长长的东西——正是一具尸体！

二人面对面抬着这具尸体，慢慢从坟包上下来。其中一人小声说："慢点，先在路上放一下。"另一人压低声音吼道："莫开腔！"二人把尸体放在小路上，稍做停顿后，一人调转身体，背过双手与另一人一前一后抬起尸体，快步朝宝马河走去。尸体呈浅"V"形，看起来比较瘦小。

9

毁人祖坟，历来被视为罪大恶极。张朝建并不知道坟中所埋何人，也不知道今天上午发生的事，但他已经发现这二人不是为了盗墓，而是为了毁尸。联想到儿子的死，他陡生一股怒火。待二人离去约二十步，他才轻轻蹚过麦丛，一纵身跃上小路，踏着从坟堆上挖出的松软的泥土，爬上墓坑向棺材内查看。昏暗的月光下，棺材内果然空空如也。整个墓穴弥漫着一股浓浓的腐蚀之气。

他一转身，快步下到小路上，发现二人抬着尸体已走到河边，于是轻脚快步地追了过去。就在他快追上二人的时候，突然传来哗啦一声响——二人果然将尸体抛入了河中。此时张朝建与二人相距仅十余步，于是几步跨过去，大声吼道："你们是什么人？为啥要毁人尸体？"

二人先是一惊，然后同时转身面对张朝建。其中一个子稍高者，捭拍着双手慢步走向张朝建，个子稍矮者紧随其后。二人走到张朝建面前站定，张朝建则警惕地向后退了一步，双手握拳，做防御状。

"你是哪个？为啥要跟踪我们？"个子稍高者小声而愤怒地问道。

"我是张朝建。"老人已经意识到自己所面临的危险，于是故意提高声音道，"别人已入土为安，你们为啥要这样做，这是要断子绝孙的呀！"

个子稍矮者一步抢到前面，用力朝张朝建太阳穴狠砸一拳，张朝建大叫一声，便一个趔趄倒在地上。那人单膝压住张朝建头部，同时伸出左手紧捂其嘴，然后连连出拳，"嗨、嗨、嗨"地猛击其头。张朝建"唔唔"地挣扎了几下，便没了声音。

个子稍矮者小声问道："晓得他是哪个不？"

"认球不到。"个子稍高者答道。

"我也认球不到。好，扔进水里。"

二人于是抬起张朝建，像刚才抬尸一样，再次快步冲向河边。张朝建在被二人抛出的瞬间，突然恢复了一点微弱的意识，求生的本能使他用尽全力抓住个子稍高者的衣袖死死不放。随着哧的一声响，衣袖被撕裂，张朝建抓住这截断袖便落入河中。河水再次哗啦一声响，溅起高高的水花。

就在这时，从阶梯教室后的树林中冲出来一人，手中拿着一根短棍，二人没做任何思索便挥拳迎向此人。拳还未击中对手，二人头上便咚咚地各挨了一下，于是捂着头大叫"哎哟"。个子稍高者吼了一声"快跑——"，二人便抱着头朝拱背桥方向狂奔而去。

那人没有追赶，而是将短棍往地上一扔，咚的一声扎入水中。借着月光，他看见水中一个黑影，正随着流水飘向下方。他快速游过去，伸手一抓，发现是张朝建，于是将他头部托出水面，并带着他快速游向岸边。

顺着河岸漂到抽水房处，那人才抱住粗大的铸铁抽水管，靠在岸边休息。此时张朝建已经清醒，他发现此人并不是刚才打他的人，于是用颤抖的声音问道："他——他们呢？"

"被我打走了。"那人低着头，声音很小，说得很慢。稍后，他便携着张朝建，顺着支撑水管的石阶，慢慢爬上岸来。

"你是张永泰老师的父亲吧？"那人低声询问。

"嗯哪——你是？"

"你不认识。快回道士湾去吧。"那人依然低着头。

"你啷个晓得我住在道士湾呢？"

"快走！"那人没有回答，而是将头扭向一边，用命令的口吻催促道。张朝建道了一声谢，便浑身湿漉漉地慢慢离去。

天刚亮，整个建兴场便炸开了锅。昨天刚下葬的魏大贤的坟墓被人挖了，尸体不见了，现场只剩一副空空的棺材。李元成得知这一消息后，马上通知任家刚派人调查，同时派袁建军从平桥搭车去县城通知魏中华。这一消息像瘟疫一般，以各种骇人的版本，在全建兴区疯狂传播。

而在宝马河的下游，四十里之外的定水区大王公社，人们则被另一个更加恐怖的消息所笼罩——昨天已经下葬的魏大贤自己回来了！当地传言认为死人自己回来了就是僵尸回家，僵尸遇到谁便吃谁，定水区一带的人将被吃光。人们用惊恐的眼神奔走相告，并开始收拾行李投亲靠友去了。

魏中华老家在大王公社三大队十二生产队，这里又称魏家坪，也是一个大大的四合院，宝马河便从院前五十丈外的地方流过。魏家院子位于宝马河东岸，大王场位于宝马河西岸。"大跃进"的时候，大队为了修碾坊，在离魏家院子下游半里的宝马河上修起了一堵水坝。赶场的人，便踩着堵水坝上的石磴过河。

一大早，赶场的人们来到河边准备过河时，发现一群狗围在一起，一边狂吠一边争吃着什么东西。这群狗大约有十多条，有黑有白，花花绿绿，狂吠声传出很远。有人发现这狗叫声很不寻常，听起来让人心里发毛，于是三三两两走过去一看究竟。

走在最前面的是一个中年男子，手持一根竹棒，小心翼翼地以防御状逼近狗群。几只狗看见有人持着棍子走来，便警惕地散向一边。那人干脆扬起竹棒猛一跺脚，朝狗群大吼一声——叮叮叮。狗群受到惊吓，呼的一下全部闪开，但都未跑远，仍旧吊着长长的红舌头，盯着原来争吃的一堆东西不愿离去。

其他人也一步一探地围过去。握竹棒的那人低头一看时，突然大叫一声，扭头便跑，然后蹲在一旁哇哇地吐起来。原来，那是一个死人，尸体已被狗群撕破。

经过一阵骚动之后，冷静下来的人们开始塞起衣服捂住口鼻，走近尸体认真查看起来。这里发现尸体已不是第一次了，从上游冲下来的浮尸，一般都会在这里被拦住。经常有人到这里来寻找尸体，找死猫死狗的也有。人群中有人突然惊叫一声："妈呀，魏大爷的嘛！他不是昨天才埋在建兴场的吗？啷个今天又自己回来了呢？"

当魏中华一路哭着从县城回来时，魏中国已经将父亲残缺不全的尸体用一张床单裹好，停放在堂屋内的一面晒垫上，并已点起长明灯、香蜡，烧起了纸钱。这些东西前天晚上开奠时才用过，今天还没来得及清理，便又派上了用场。

魏中华看着用床单包好的尸体，喊了一声"爹——呀——"便跪在地上嗷嗷地号啕大哭起来。哭着哭着，他突然咬牙切齿地骂道："陈德愚啊，你狗日的把事做得太绝了啊！"

六月初，十七名南部籍军人陆陆续续从前线回来后，县委、县"革委会"在县委礼堂举行了一场盛大而热烈的庆功大会，南部县各机关、区公所以及人民公社主要领导悉数参加。庆功大会一结束，所有转业或复员的军人都安置到县上公检法司等部门工作。王文昭被安置在县公安局，任刑警大队副大队长。

礼拜六下午，王文昭正在看一个杀人案卷宗，县公安局局长巫启旺轻手轻脚地来到他办公室门口，面带微笑看着正在忙碌的他一言不发。当王文昭一抬头看见他时，立即起身敬礼："首长好！"

巫启旺松垮垮地回了一个军礼，然后笑着走进去，拍拍他肩膀说："啥子首长哦，都是兄弟伙。部队里那一套还没改过来哈，哈——哈——哈。"他示意王文昭坐下，自己也从旁边拉过来一把木椅与王文昭隔着办公桌面对面坐下。

"小王啊，刚回到地方，还不习惯吧？"巫启旺关切地问道。

"别的都好，就是听不到军号，不能训练，还有就是穿不成军装。"王文昭略带羞涩地笑着说，"浑身憋得发慌。"

"嗨呀，正常球得很。"巫局长一拍大腿大声道，"老子那年从黑龙江转业回来，还不是一样啊，浑身上下都憋得难受。为了过瘾，晚上穿着军装睡觉，哈哈，时间一长，还是就习惯哒。"

"是——"王文昭一挺身，又要敬礼。

"哎哎哎，咋又来了哦。我才说的，都是兄弟伙，莫球整得啷个严肃嘛。"巫启旺伸手朝王文昭往下一压，示意他坐下，然后将左腿往右腿上一架，身子向后一靠道，"小王，对你的工作安排还有啥子想法没得？军人性格就是敢说敢言哈。咱们都是上过前线的人，都是从炮灰里捡一条命回来的，有啥子难处尽管开腔哦。"

"是，谢谢局长关心。"王文昭终于控制住没再起身敬礼，他笑着说，"都很好。我以前在部队侦察连干过，现在干刑警工作，还算有一些基础，干得不好的地方还望局长多多批评指正哈。"

"兄弟呀，你的档案资料我都看过了。你参军十三年，立过那么多功，上过两次前线，转业前已经是正团级了，按理说，你至少应该任县上一个局长才对。可是，你也晓得，地方经历了十年动乱，很多东西还没有完全整伸抖。马上就要取消'革委会'恢复人民政府了。你暂时先干到，先熟习一下相关工作，到时候组织上会有所考虑的。"

"局长，我已经很知足了。回到家乡，不仅可以继续为家乡做贡献，还能照顾老母亲，随时看到亲戚朋友，我已经很高兴了。听说我是安置得最好的，有几个战友还是一般科员呢。"

"他们哪个能跟你比呢？你在部队级别本来就比他们高，军龄也比他们长。"巫启旺说罢又笑着问道："你都三十一岁了，耍女朋友没得？"

"我高中一毕业就到部队了，现在才回到地方，哪有机会耍女朋友哦。现在年龄都怎个大了，怕是不好耍了哟。"

"呃——有大龄男青年么，就有大龄女青年噻，不要着急，慢慢来。这样，这件事就包在我身上，我在县城工作的时间长，认识的人又多，我来想办法。"他说完，起身便往外走，走到门口再回身对王文昭说："今天晚上我请几个朋友喝酒，你一会儿收拾一下也一起去哈。"王文昭高兴地答应了。

位于新华路的白鹤饭店三楼一小包间内，巫启旺与王文昭刚一坐下，便听到有人在敲门。王文昭起身拉开门，看见一男一女微笑着站在门外，知道是客人来了，便将二人热情地请了进来。这时，巫启旺也站起来看着二人大声喊道："哈哈，幺妹，好久没看到你了哟，又长漂亮了哈，坐，坐。"

四人一坐定，酒菜也随即上齐，巫启旺这才一一做介绍。原来，男的是李元成，女的便是其幺妹李秀英。

对于李元成，王文昭知道他是建兴区区长，但关于父亲去世后李元成的所作所为，没有人告诉他，他自然也不知道。至于李元成与陈德愚的恩怨，他更是闻所未闻，只知道老同学梅兰现在是李元成的老婆，别的就一无所知了。

庆功会那天，李元成通过大会对王文昭的介绍，以及看到薛书记亲自为他佩戴大红花，并与他在主席台上长时间交谈，知道这小子一定大有前途。王文昭被安置到公安局后，李元成便通过好朋友巫启旺对他做了更加详尽的了解，并托巫启旺做媒，把幺妹李秀英介绍给他做女朋友。

李秀英身材高挑，皮肤白皙，五官秀美，是塔山曲酒厂首屈一指的大美女。由于性格孤傲，脾气倔强，加之又在令人羡慕的财务科工作，她对许多仰慕者都拒之门外。多年来，虽然说媒者从未间断，但她一直都未找到令其心动的如意郎君。随着年龄的逐渐增长，秀英不知不觉便进入了大龄青年的行列，可给她介绍的对象一拨不如一拨，这让她十分气恼，当然也成了大哥李元成的一块心病。王文昭的出现，令李元成眼前一亮，他认为王文昭应该是幺妹目前的最佳人选。

一阵交杯换盏之后，巫启旺意味深长地对秀英说："幺妹，王大队可是战斗英雄哦，将来绝对前途无量，你要多向王哥学习哈——快给我们的战斗英雄敬一杯嚏。"秀英果然红着脸举起了酒杯。就在她偷偷瞄向王文昭的时候，发现王文昭也在故作随意地看她，而目光中已燃起一团火。

　　晚饭结束，李元成提议去看电影，说《追捕》好看得很，其余人自然高兴应允。电影刚一开场，李元成和巫启旺都说有事要先走一步，剩下二人便心领神会地继续看下去。

　　这年国庆，两个大龄青年便迫不及待地结束了单身生活。

1983 年，早春。

历史进入 80 年代，改革开放的帷幕终于拉开了，中国从此进入了一场波澜壮阔的大变革时代。各种新生事物、新鲜思潮强如飓风，密如雨点，让人兴奋，让人惊奇，也让人应接不暇、头晕目眩。

首先是人们长期以来耳熟能详的各种称呼变了。"革委会"被取消了，取而代之的是各级人民政府；人民公社被改称"乡"，大队改称"村"，生产队改称"组"；以前被称为"主任"的官衔，现在大都称"××长"了，诸如县长、乡长、村干部。

其次是农村实行了联产承包责任制。大集体生产被取消了，生产队的田地按人头包产到户，各家各户自行组织生产。人们突然发现，大队长、生产队长不再管自己的生产劳动了；劳动终于是自己的事了，生产积极性提高了，劳动生产率出现了前所未有的飞跃；最直接的感受是，家里的粮食够吃了。

再次是大路上渐渐出现了牛仔裤、蛤蟆镜、喇叭裤；年轻人用起了录音机，学起了迪斯科；有人穿起了只有两粒扣子且从不扣上的西装，胸前还挂一条花布巾巾；女人居然也敢像男人一样穿前面开衩的裤子了；年轻人谈起了李谷一、邓丽君，哼起了《甜蜜蜜》；朦胧诗、铁榔头、五讲四美则是各大校园的热门话题；计划生育标语随处可见……

2

　　礼拜天的下午，阳光灿烂。没回家的同学，便端着瓷盆说说笑笑地来到河边洗衣服。正对校门的河湾，有排缓缓的石梯，从路面伸向河底。河水清冽，碧波涟涟，六七位高中毕业班的女同学正在这里洗衣服。

　　长期埋头苦读，偶得闲暇，在温暖的阳光下，看着缓缓流淌的河水，同学们顿觉神清气爽，浑身愉悦。流水载着白白的肥皂泡，带走了污垢，也带走了烦恼。一阵哗哗的清洗之后，已经洗完的同学便坐在石梯上，情不自禁地唱道："年轻的朋友们，今天来相会。荡起小船儿，暖风轻轻吹……"

　　"咚——"一块大大的石头，落入石梯前的河水中，溅起高高的水花，洒在这几位女生身上。其中一个女生"呀——"地尖叫一声，便转身气冲冲地爬了上去。

　　路上站着一个年轻人，二十六七岁年纪，中等身材，皮肤微黑，耳发已经蓄到了腮边，此人五官紧凑，两腮阔大，似乎眉眼嘴鼻还未完全长开，整张脸便迫不及待地膨胀开来。他上穿一件褐色绒衣，下穿一条紧身牛仔裤，腰挂一条军绿色钥匙绳，黑色的皮鞋在喇叭裤脚下若隐若现。

　　他正从此路过，见有人大叫着冲上来，便面朝前方的抽水房停下，噘起嘴唇，身子一摇一摇地吹起了《外婆的澎湖湾》，对那位女生毫不理睬，似乎根本就没有看见。

　　这位女生叫赵萌，她已看出这是建兴场上的二流子，于是对那人大声吼道："你想干啥子？"

　　"啥子干啥子？你在吼哪个哦？"那人停止吹口哨，斜视着赵萌反问道，一副莫名其妙的样子。

"就吼你！"赵萌伸手朝那人一指，继续怒气冲冲地问道，"刚才砸石头的是不是你？"

"石头？在哪里？"那人探头凝目，东张西望，故作寻找状。

"那里——"赵萌朝石梯下一指，"现在这里没有其他人，不是你是哪个？"这时其他女生也围了上来。

"哪个砸的石头，你问石头噻，关我锤子事！"那人见女生越围越多，索性要起了横。

"不要脸！"这时，一个叫辛丽的个子稍高的女生恨恨地骂了一句，便叫其他同学继续洗衣服，不要争吵了。赵萌不服气，还想与那人理论，但被辛丽用力拉走了。

几人又坐回石梯，但都不洗衣服，面对河水生闷气。辛丽提起一件衣服，哗地抖了一下才小声说："这个二流子坏得很，我们惹不起呀！你们晓得他是哪个不？李区长的表弟，正街饭馆老板朱三娃的弟弟朱四娃。他一天流里流气的，不干正事，尽干坏事。上周帮他哥在肉铺上买猪大肠，怀疑人家给他称少了，抓起杀猪刀就砍了那个卖肉的一刀，那人在医院缝了八针。派出所所长任家刚把他抓进去，才一天就出来了。我同桌杜世昌的大哥就是派出所的，他大哥亲口告诉他的。"

"哦——你说的是不是那天下晚自习后，把我们班黄莉抱住非礼的那个王八蛋？"另一女生吃惊地问道。

"除了他，还有哪个有唥个大的胆子。"辛丽说，"问题是，不光他一个人坏，他还有七八个兄弟，都听他指挥，他喊打谁就打谁，他喊砸谁就砸谁。建兴场上那些铺子，好多都遭他们砸过。黄莉那个事件之后，陈校长找过派出所，但任所长却只喊学校注意防范就算了。"

"嘀——"赵萌如梦初醒道，"我晓得了。听我表弟陆小军说，他所在的校体育队已经接到了通知，说一旦场上某人到学校滋事，体育队的同学可集体采取防卫措施。上次小军说这话时我还没大注意，现在才晓得说的是这个家伙嗦。"

洗完衣服，几名女生都端着瓷盆拾级而上。突然，走在最前面的人停了下来，大家这才发现，朱四娃仍在这里，挡在她们回校的路中间。几名女生愣了一下，然后一低头，避开他继续前行。这时，朱四娃快速向旁闪过一步，双臂一张，厉声问道："刚才是哪个骂我不要脸？"

辛丽本来走在后面，听他这么一问，便一步抢上去，挡在其他女生前面，然后抬起头，毫不示弱地回敬道："是我骂的，你想嘟个？"朱四娃没有吭声，而是用力一把夺过她端夹在腰间的瓷盆，啪的一声砸在地上，然后一脚踢飞瓷盆，再抬脚将地上已经粘上灰土的湿衣服一阵乱踩，口中还"日你妈、日你妈"地骂个不停。

她看到自己心爱的衣服被糟蹋，用愤怒的眼神瞪着朱四娃吼道："朱四娃，你欺人太甚，耍流氓都耍到建兴中学来了。今天你不把这些衣服一件一件地给我洗干净，休想走脱。"

这时，赵萌也抢上一步，冲着他就破口大骂："你个二流子，仗着你那狗屁表哥区长就胡作非为。你狗日的是头顶上害疮脚后跟流脓——浑身都坏透了！"

"我看你今天跳战得很呢。"朱四娃一咬牙，抬起腿一脚猛踹在赵萌腹部上。赵萌"啊"了一声便倒下了。由于她们还站在石梯边上，赵萌倒下去后又顺着石梯滚进了河中。

其他女生见状，顿时大骂大叫起来。一名女生放下手中瓷盆，哭喊着朝学校跑去，两名会水的女生则慌忙跳下河去救赵萌。赵萌被救上来时，没有哭闹，只是额头跌破了一个口子，鲜血流了一脸，看起来十分恐怖。

陆小军一听说表姐被朱四娃欺负了，立即叫上其他四名同学，一人手持一根木棒便冲向河边。当他看见满脸是血的赵萌时，不由分说，抡起木棒就朝朱四娃劈头盖脸一顿猛砸，朱四娃则以拳脚回击。几个回合过后，陆小军扔掉手中木棒，出拳朝朱四娃头部猛击过去。就在朱四娃朝后一趔趄的瞬间，陆小军微一下蹲，在飞身跳起的同时，右脚朝朱四娃胸部狠踹过去，朱四娃瞬间像石板一样重重地砸在地上。

朱四娃被打倒在地后，陆小军才过去看赵萌，其他人也都围了过去。在陆小军俯身向赵萌询问详情的时候，朱四娃却慢慢站起来，捡起地上一根木棒，气势汹汹地朝人群走来。有人突然大喊一声："小心！"陆小军机敏地一转身，顺势夺过另一同学手中的木棒。就在朱四娃将木棒高高举起的瞬间，陆小军身子一矮，抡圆手中木棒，朝朱四娃小腿疾扫过去。朱四娃腿部发出一声异响，"啊"了一声再次倒了下去。

陆小军走过去，对倒在地上的朱四娃一阵拳打脚踢之后，抓住衣领把他提了起来。朱四娃左腿刚一着地，便痛得咧着嘴吸冷气。陆小军逼视着他吼道："还敢来学校撒野不，唵？"朱四娃没有开腔，豆大的汗珠从头上滚落下来，眼中已满是哀求和恐惧。

"既然不开腔，那就让你也体会一下被踹进河里的滋味。"陆小军说完，将朱四娃一瘸一拐地拉到石梯边。朱四娃本能地抗拒陆小军的拉扯，但已力不从心。陆小军让朱四娃背对映月湖，然后攥住他衣领往下一扯，抬起右膝往其腹部猛烈一挺。朱四娃如赵萌刚才一样"啊"了一声便从石梯上向后倒下去，也骨碌碌滚入河中。

欧阳轩及其他几位老师闻讯赶到河边时，看见朱四娃已被河水冲出了约五十步远，正在水中拼命挣扎。陆小军的班主任郭老师沿着河边快速冲过去，然后一头扎入水中，伸手托起朱四娃头部，并带着他游向岸边。

赵萌和朱四娃随即都被送进建兴人民医院。赵萌只是头部受了点轻伤，在医院消创包扎后便回到了学校。朱四娃被诊断为：脑震荡、一根肋骨断裂、门牙被打掉一颗、左腿骨折、全身多处软组织受伤，加之受伤后落水，肺部已感染，正发高烧，有生命危险，需要立即进行手术治疗。

晚上，任家刚带着两名警察到学校抓陆小军，被陈德愚拒绝了。陈德愚告诉任家刚，等把所有情况调查清楚之后再抓不迟，任家刚只得空手而归。

第二天下午，陈德愚提着两包麦乳精与欧阳轩去医院看望了手术后的朱四娃。据医生讲，手术很成功，伤者已脱离了生命危险。陈德愚代表学校向朱四娃道歉，希望他安心养伤，并承诺一定会给他一个说法。

从医院出来，陈、欧二人便径直向派出所走去。今天上午，陈德愚得到派出所通知，希望学校负责人下午到派出所商讨昨天的斗殴事件，李元成将同时参加。

在派出所一间小会议室里，任家刚与李元成坐在一张长桌一侧，陈德愚与欧阳轩则坐在另一侧。任家刚尽量没话找话地与大家说说笑笑，说今天天气很巴适，估计不得下雨，明天——明天可能还是不得下。会议室气氛异常尴尬。

"啧——"任家刚呃巴了一下嘴皮，率先打破沉默道："狗日的，现在这些烂鸡娃子，胆子咋恁个大哟，越来越匪了，越来越烦了。他妈拃长个人，球经不懂就想操社会，几句话不投拢，就要比砣子，两天不打锤就磨皮擦痒的。都是他妈些棒槌，一哈哈儿不遭理抹就要给老子扯五逗六的。"

李元成面无表情，板着脸接着任家刚的话说："这么严重的打人事件，凶手居然是建兴中学的学生，看来我们的教育出问题了，出大问题了。根据有关法律，陆小军已经构成了故意伤害罪，起码得判好几年。可是，他至今仍逍遥法外，听说有人还想包庇他，简直就是他妈一群法盲加流氓。"

陈德愚实在听不下去了，于是不冷不热地说："是啊，我们的教育可能真出问题了，作为校长，我负有不可推卸的责任。我已当面向朱四娃道过歉了，并承诺一定会给他一个说法。至于谁是法盲谁是流氓，我们先不去争论，但绝对没有人包庇陆小军。在整个事件调查清楚之后，派出所随时可以去学校抓人，我们一定配合。我倒希望能从重从快惩罚这些害群之马，该坐牢就坐牢，该枪毙就枪毙。"

"枪毙是不可能的，毕竟朱四娃现在已经脱离生命危险了，但坐牢恐怕是梭不脱了。"任家刚笑着说，"陈校长就是不一样，觉悟就是高。既然校长都同意了，那我跟到就派人去学校把陆小军喊过来，先问问情况再说哈。"

"越快越好。"陈德愚微一扬头道，"不过，陆小军现在还未满十八岁，还属于未成年人。据我所知，未满十八岁的人犯了法，法律上好像有从轻处罚的规定，但不管怎样，都应当以法律为准。"

他稍一停顿，继续说道："上个月我参加省上一个教育工作会议，省委杨书记在会上讲了一件事。他说，近年来，社会治安日益恶化；据公安部统计，从 1980 年到 1982 年这三年间，全国发生的治安案件就达二百三十八万起。

"上周在地委开会，和平书记也讲到这件事。他要求我们先做一个针对各自所在地的治安形势调查，特别要关注近几年影响社会治安的一些流氓犯罪团伙，为即将开展的严打做准备。"

陈德愚从口袋里掏出几页折叠好的纸笺，放在桌上边展开边说："大家都知道，我们建兴场也有一个流氓犯罪团伙，朱四娃就是这个团伙的头目。我已经派人对他做了一些调查——三年来，他砸过建兴场七家商铺，强奸未遂两次，打架斗殴二十三次，打伤过十八人，到建兴中学寻衅滋事十二次，侮辱调戏建兴中学女生四次，砍伤一个卖肉的一次……这个家伙可谓劣迹斑斑，恶贯满盈，搅得全建兴场鸡犬不宁。奇怪的是，他至今都没有受到法律的任何制裁。我问过一些受害者，他们都说朱四娃的表哥是李区长，惹不起，连派出所任所长都惧他三分。这是我的调查报告初稿，请二位过目，看有无不当之处。"他说完，将手掌压在那几页纸上，稳稳地朝任、李二人面前一推。

李元成微微扭动一下脖子，快速闪动几下眼睑，咂巴一下嘴唇，既未伸手拿纸，也不发一言，仍旧目光盯着桌面。倒是任家刚反应快，他呵呵地干笑一声，左手抓起那几页纸，右手食指在嘴唇上点一下，然后哗哗地刨几下纸张，又将其放回桌上，并把它推回给陈德愚。

他咳咳地清了一下嗓子，然后伸手解开领口的扣子说："大知识分子写的东西，我们这些大老粗咋个整球得醒豁哦。啧——你看哈，陈校长，昨天这个事，呃——虽然朱四娃被打惨了，但事情是他惹起的，我看他龟儿子是活该。他皮子绷得太紧了，也需得有人给他松一下了。他一天惊风火扯、牛皮哄哄的，这下安逸了，遇到高手了，遭一个学生娃儿修理了，该背时！他狗日的到处惹事，把李区长和我筋都怄断，有人教训他一顿也好，简直帮了我们一个大忙啊。看这样要得不哈——"他用乞求的目光望着陈德愚，"陈校长，你说得对，陆小军还没满十八岁，还是个学生娃儿。毛主席说要治病救人，我们也应该以教育为主嘛。他马上就要参加高考了，听说他还是学校体育队的重点苗子，这样的人才要是毁哒，确实可惜。我建议，陆小军归你们学校教育，朱四娃归李区长教育，大家都撇脱，两不找补，就算扯平了，要得不？"他说完，看看陈德愚，又扭头看看李元成，张着嘴，用期待的眼神搜索着答案。

"这样也行。"李元成轻嘘一口气道，"任所长说得对，四娃这个做他那火匣子板板的，老子提起他都是气。该打，打死才好，这个短命害寒老二的。既然任所长都说了，那就这样办嘛，关键还得看陈校长的意思。"

陈德愚明白李元成话中含义，于是顺坡下驴道："好嘛，我一定严肃处理和教育我的学生。至于朱四娃，只要他从此金盆洗手，改邪归正，不再横行乡里，我就当什么都不知道。"说完，他抓起桌上的那几张纸，随手撕得粉碎。

礼拜六下午，在学校集体大会上，欧阳轩将陆小军痛打朱四娃一事做了详细通报，并批评陆小军下手过重，手段太残忍，性质极其恶劣，差点犯下命案。他建议学校对其做出留校察看处理，同时告诫全校学生要引以为戒。

大会结束后，全校教职工会议在阶梯教室继续进行。会上，陈德愚讲道："刚才欧校长的讲话非常重要——此风不可长，否则后患无穷。80年代的年轻人，很聪明，也很冲动，充满幻想，也充满危险，我们必须及时加以控制和引导，这是我们教书育人的基本职责。现在，我想就刚才欧校长提出的对陆小军的处理意见，听听大家的看法。"

"如此严重的打人事件，在建兴中学的历史上可能还从未发生过。此人不宜再留在学校，建议立即开除。"一位年长的老师气愤地说。

"他居然把人家腿都打断了，完了还把人家踹进河里，手段的确过于凶残。这样的学生，哪一点儿像建兴中学教出来的人呢？说出去都有损学校名声。我也建议立即开除。"另一位老师补充道。

"陆小军这个娃儿，充满戾气，充满野性，我担心他哪天要是对同学和老师也这样下手，就麻烦了。"

"建议把他妈老汉喊来，带回去教好了再说。"

"如果这次不重处，以后其他娃儿也跟着效仿哪个办？"

……

大家你一言我一语地发表看法，有的还相互展开激烈的争论。整个阶梯教室嘤嘤嗡嗡一片。

这时，陈德愚拍了一下手掌，示意大家安静，然后严肃地看着大家说："怎么看待这一事件，怎么处理陆小军，我们必须先回答以下几个问题——"陈德愚掰着指头说，"第一，朱四娃是个什么性质的人？第二，朱四娃多次调戏我校女生，可恶不可恶？第三，陆小军打他是有些残忍，难道他把赵萌一脚踹进河里就不残忍吗？第四，我找过派出所多次，但毫无效果，连派出所都靠不住，我们还指望谁呢？最后，我想问各位一句，朱四娃到底该不该教训？"

当下面又开始嗡嗡议论的时候，陈德愚打断道："我现在可以告诉大家，陆小军打朱四娃是我授权的，不信你们可以问在座的体育队教练龙老师。"就在大家用惊讶的目光寻找龙老师的同时，他继续说道："遗憾的是，我本来只想教训教训朱四娃，杀杀他的威风，让他以后不敢再来学校滋事就行了，并没有要将他打伤、打残，甚至打死的意思。所以，我在这里向大家检讨。

"今天利用这个机会，我还想再多说几句：咱们建兴中学从来不缺人才，但缺乏充满霸气、敢杀敢拼的人才；咱们不缺知识分子，但缺乏充满血性和敢于担当的知识分子；咱们教育学生四平八稳、八面玲珑，却忽略了他们个性的张扬和自我的突围；未来的世界充满竞争和拼杀，我们必须从现在起，就开始培养孩子们的狠劲和狼性。

"所以，我在同意对陆小军做出留校察看的处理意见的同时，决定把我校今年报考成都体育学院的唯一一个名额留给他。"

他说完，稍做停顿，然后望着下面一片惊愕和不解的面孔补充道："此事我已决定，不可再议。"

下面鸦雀无声。

油菜刚一收割结束，丰收了的农民，就将晒干簸净的油菜籽，背到榨油坊排队榨油。粮站后面的冬瓜榨油坊里，便远远地飘出了新榨菜籽油的浓香。

远看一头象，近看一堵墙，用力撞一撞，胯下油汪洋——说的就是老式榨坊。这家榨坊以前是建兴公社十大队的，包产到户后，就由本村村民雍兴富承包了。雍兴富又矮又胖，四十多岁，人称雍冬瓜，后来大家干脆就喊他冬瓜。在榨坊里，冬瓜仅穿一条短裤，浑身汗涔涔油亮亮，似乎刚从油桶里滚过。他不停地走来窜去，呼喊指挥着榨坊里的众多人手。

众人将油菜籽先在大锅里炒热，待菜籽冷却后，再在石磨上将其磨成黄黄的细粉，然后在一口正升腾着热气的大铁锅上，架上竹甑子，甑子上铺一面纱布，用撮瓢撮起菜籽粉，平平地铺在纱布上，盖上用笋壳编的大锅盖猛火煮蒸。

从锅盖上冒出的白色蒸汽，由绵软轻飘变得直喷有力时，冬瓜揭开锅盖，用一只小型竹耙在菜籽粉上轻耙几下，发现还未完全蒸熟，于是再次盖上锅盖，对灶前烧锅的人大吼一声："火烧大点。"

锅中喷出的热气越来越香了，冬瓜与另外两人，同时从甑子上抓住纱布四周，将蒸熟的菜籽粉提起，倒进旁边地上早已重叠放好的四个铁箍中。铁箍是用成人食指粗的矩形铁条焊接而成，直径约一尺五。铁箍上事先已密密地铺了一层干稻草，菜籽粉倒进铁箍后，众人便动作娴熟地撩起伸在铁箍外围的稻草，抿压在菜籽粉上，并将其严严实实地包住，形成一个大大的粉饼。冬瓜在包好的粉饼上铺一方麻布，然后立在上面，将粉饼踩实，再将踩实后的粉饼一个一个地架进榨床。

榨床是用一根直径约四尺，长约一丈二三的特大樟木制作而成的。木匠在制作榨床时，将樟木剖成两半，再将各自挖空，上下一锁合，内部就形成了横切面呈圆形的榨槽。粉饼就夹在榨槽中。

放好粉饼，装好膨胀楔，牢牢榫住榨床上下两扇，就可以推动撞杆榨油了。撞杆由一根长逾一丈、粗约五寸的柏木制成，前粗后细，套有钢撞头。从房梁上垂下的两根粗大的麻绳系在柏木上，撞杆于是就在合适的高度悬空了。

第一撞十分有讲究，撞得越准越猛预示着出油越多。冬瓜大吼一声"开撞了"，众人各就各位，冬瓜站在最前，其余人靠后。冬瓜先将撞头在楔头上轻靠一下，试好准头，然后喊起号子，众人拉住撞杆齐齐后跑，然后同时发力回冲，撞杆沉稳有力地撞在楔头上。随着轰的一声闷响，榨床、房梁、地面随之猛烈抖动。

撞杆撞击楔头，楔头推动膨胀楔，膨胀楔挤压粉饼，粉饼则沁出细细的油珠，油珠迅速汇聚成流，黄澄澄的菜油则顺着油槽汩汩地淌进油桶。

6

朱三娃和朱四娃也在榨油。他们没种庄稼，油菜籽全是在市场上买的。由于馆子里要用大量的菜油，朱三娃算了一笔账，自己榨油比直接买油要划算得多。

当二人一人抱一个热热的油罐从榨坊出来，迎面碰上从拱背桥走过来的李元成。二人叫了一声"哥儿"，又继续前行。

"等一下。"李元成停下脚步，喊住二人，然后看着朱三娃问道，"最近生意咋样？"

"好，好得很，当场天生意好球得莫法。狗日的，现在这些人有钱了，舍得吃哦。"朱三娃满脸兴奋地回答，同时觉得油罐有点烫肚皮，于是双手小心翼翼地将油罐放到地上。朱四娃也将油罐放了下来。

"你——"李元成又盯着四娃问道，"腿杆好了哇？"

"好——好了。"四娃看了一眼李元成，然后目光回缩，看着地上的油罐怯怯地回答。

"现在政策怎个好，允许发家致富，允许做生意赚钱。那么多个体户，那么多专业户，人家都会搞钱，你为啥不会？还想在建兴场当街娃哇，唵？"李元成越说越气愤了。

"不——没——我也没钱用，也恼火得很，还是想挣钱——"朱四娃嗫嚅道。

"麻拐子么一天也要摊二两水嘛，你一天懒得搔虱吃灰都不想抖，还好意思说恼火得很。这下晓得馍馍是面做的了哈？晓得锅儿是铁铸的了哈？一天白脸二神、吊儿郎当的，看我卵你不嘛。"李元成又看着朱三娃说道："今天晚上我请任所长喝酒，把里间留倒。"说完便背着双手快步走了。

李元成靠窗而坐，任家刚坐在其对面，朱三娃坐在靠隔门处，主要是为了方便进进出出添酒拿菜，朱四娃则坐在朱三娃对面。

一阵狂嚼猛饮之后，桌上已经杯盘狼藉了。

"朱四娃，这次挨打的事，你自己反省过没有？下一步有啥子打算？"李元成一只油腻腻的手抓着一根腊肉骨头，边说边认真研究从哪里下口。

"老子哪天弄死他狗日的。"乘着酒兴，朱四娃大声吼道。

"弄死哪个？"李元成边嚼边斜眼看着朱四娃。

"陆小军噻，杂种！"

"像你妈个啥东西哟。"李元成啪的一声将手中骨头往桌上一砸，"四娃，你一天球经不懂，还没学爬就想学飞。你狗日的哪天遭别个整死哒还不晓得是哪个死的。陆小军为啥敢打你？晓得不？"

"他功夫好噻。"

"放屁——陈德愚让他打的。你差点都遭打死球哒，陆小军不但没进班房，还球事都没得。更可气的是，陈德愚还把建兴中学今年唯一一个报考成都体院的名额给他了——这他妈不是存心欺负人吗？"

"好哇——"朱四娃鼓起眼睛，咬牙切齿地说，"我就说嘛，他狗日的把我打得怎个惨，连个道歉都没有，原来还是这个王八蛋在给他撑腰嗦。好，老子哪天先灭了他再说。"

任家刚喝一口酒，然后放下酒杯道："趁早给老子收拾倒。你一天就晓得谝嘴，灭这个，灭那个，小心人家哪天先把你灭了。你那天被打成那个样子，派出所不但没抓到人，我和李区长连个屁都放不出来，你娃死了都白死，现在还在这儿冒皮皮。"

"为啥？"朱四娃吃惊地望着任家刚。

"全国性的严打马上就要开始了。我那天听巫局长说，新的公安部部长刚刚上任，他要烧的第一把火，就是痛打影响社会治安的犯罪团伙。人家陈德愚是省人大代表，他已经掌握了你的大量材料，如果我们追究陆小军，他就要追究你。真要那样的话，不但你娃梭不脱，连我和李区长头上的帽儿可能都要戳脱。所以，不光你狗日的白挨了一顿，连我们都要掰他的屁夹骨啊。"

"算球哒，吃个哑巴亏算哒。"李元成懒懒地说，"上次的事，就算我们与陈德愚做了一笔交易，扯平了。现在的问题是，你几个狗日的，啥子刘莽娃、钟天棒、赵瞎子他们，在建兴场干的坏事太多了，就算他陈德愚放过你们，其他人会放过你们吗？所以，你还是尽快给你那几个烂眼儿讲清形势，让他们各人安安分分地找点正事做，不要一天就只晓得打锤角逆、偷鸡摸狗的。现在正在风头上，谁撞上枪口谁该背时。"

"就是，你们几个烂鸡娃子，一天整得我们派出所都不得安宁。前段时间已经有人向新来的县委书记王善奎反映了，说你们几个整得全建兴场治安差得很。上次开会巫启旺还特别提醒了我。"

"对头，你几个要是再这样游胡浪荡的，憋憋出事。一旦有正事干了，你们也就没时间再去惹事了，上面要是调查下来，起码也不能说你们是社会闲散人员嚕。"李元成补充道。

"问题是干啥——子嘛？"朱三娃从外面端进一盘椒盐花生米放在桌上后，一边在肚皮上的蓝色围腰上擦手一边问道。

"我已替你们安排好了——"李元成抓起一粒花生米扔进嘴里，边嚼边看着朱四娃说，"你们赶上好时代了，准你们搞钱了，还怕找不到事做吗？啥子养鸡专业户、养猪专业户、养牛专业户，随便干个啥子都能发家致富。你看人家冬瓜，以前看到球莫名堂的，婆娘都娶不到，现在那个榨油坊，生意好得莫法，一天忙得皮搭嘴歪的，你说你该不该去舔人家的沟子呢？现在不得割资本主义尾巴了，也不会说啥子投机倒把了，连打击投机倒把办公室都撤球了。以前越穷越革命，现在越富越光荣。你看年前，县政府还专门表彰了一批万元户，县长亲自给他们戴大红花，一个二个洋昏了。"

李元成端起酒杯小饮一口后看着朱三娃说："就说你这个馆子嘛,刚开始的时候,那些狗日的还不是想给你踩了哇。有人假眉假眼地问过我几回,我没有吭声,看他几爷子想干啥子。他们看到我不开腔,也就不敢下手了。现在,哼,光明正大地挣钱,我看哪个来说三道四。呵呵,扯远了,说怎个多捞球哇。"李元成举杯与任家刚碰了一下,一仰脖子干下,再长长地嗨一声,然后站起来,扭身朝白鹤洲一指:"你们看那里,往平桥方向,有几间大茅草房,那是十二村以前的饲养场兼杀猪房。现在各家各户都自己养猪杀猪了,饲养场早就没人管了。"其他人也站起来,探到窗口顺着他指的方向望去。

"那个饲养场现在反正也没人要了,四娃你把它租过来养猪,每年给村上交一百斤谷子就脱手。我已经给村支书刘绍勇说了。"他边说边转身坐下,其余人也坐回原位。

李元成从裤兜里掏出一盒阿诗玛香烟,先递给任家刚一支,自己则伸嘴从烟盒中衔出一支。任家刚哧的一下划燃火柴,双手护着火苗给李元成点上,自己也跟着点上,然后晃熄火柴。四娃不敢抽李元成的烟,从自己衣袋里也摸出一支皱巴巴的"经济",用手指轻轻捻几下,美美地点燃。屋内随即烟雾缭绕起来。

"你把饲养场租过来,饲养场外面那几亩河滩地也就归你了。"李元成喷出一团青烟后看着朱四娃说,"那几亩地肥得很,一碗泥巴一碗饭,栽啥长啥,萝卜白菜、冬瓜南瓜、胡豆豌豆、红苕洋芋,啥都可以种。地里的东西,人也可以吃,猪也可以吃,这就解决了猪饲料问题。现在建兴场二五八都逢场,当场天你去猪市坝大大小小买他十几头猪喂起,喂肥一头杀一头,然后拿到场上一卖,就变成钱了嘛。"

"妈呀,说得轻巧哦,我一个人咋个经营一个养猪场加杀猪房嘛。还有,我哪来的本钱嘛。"四娃小声嘟哝着。

"老子看到你懒眉懒眼的那个样子就是气。你那几个烂眼儿不是人哪？"李元成吼道，"他们一天不是找不到事干吗？赵瞎子以前不是一直跟到他老汉杀猪吗？这就正好噻。你把他们招来给你做活路，给他们发工资，每天一元钱，天晴下雨都有。他们一个月吃哒喝哒可以挣到三十元钱，比有些老师的工资还高。说到钱——"他又看着三娃说，"三娃，我晓得你这几年整了不少钱，先拿一千元出来给四娃做本钱，等他二天赚了钱再还你。"朱三娃呃了一声。

　　李元成接着说："我已去那里看过了，草房完好，共六间，每间都很宽大，好多家什器具都还在。你马上组织人马把那里收拾出来，两间养猪，一间杀猪，一间做火房，一间做仓库，还有一间做你们住的地方。生猪便宜的时候，就买几头喂起，等肉价涨起来了就杀猪卖肉。卖不完的肉和河滩地里多余的蔬菜都可往朱三娃的馆子里送，朱三娃馆子里的潲水剩饭，你可以挑去喂猪。猪粪做河滩地的肥料，巴适得很。"

　　从正街跨过平桥往右，是一条宽约三尺的田间小路，沿着这条小路前行三百步便是一个三岔路口，往左走是一个四合院，叫谢家院子，往右便是饲养场。

　　六间草房东西成排，坐北朝南，面向宝马河，与建兴场隔河相望。房顶为木檩竹肋，铺着厚厚的麦草。草顶虽然从外面看上去显得黑乎乎的，从内侧看，依然泛着麦秆黄黄的柔光。房屋墙体为高约一丈二、厚逾一尺五的夯土墙。旧黑的门板上，依稀可见"大海航行靠舵手"的字迹。屋内铁锅铁钩、木瓢木簧、灶台肉架、插刀案板，一应俱全。

　　当青色的炊烟从草房上蹿起的时候，沉寂多年的饲养场，又有了人的欢闹声和猪的吼叫声。

上晚自习的时候，陈德愚习惯性地大致查看了教学楼一楼至三楼每一间教室后，便下楼从校园西侧的小铁门走向河边。

河水缓缓流淌，晚风软软吹拂。山坡上的野花杂草，在淡淡的暮色中，散发出大自然的阵阵清香。陈德愚刚从缓坡下到河边大路上，迎面碰上也在散步的退休女教师邱素桂。邱素桂教数学，中教高级，已退休两年，以前也是陈德愚的老师。

陈德愚与邱素桂打了个招呼后继续前行，刚走出五步，便听到邱素桂在身后喊了一声"芋头"。陈德愚停步回身，看见邱老师已转身朝他走来。邱老师笑着说："我陪你走走，顺便问你点事情。"二人于是说说笑笑地沿河散步。

"芋头，我记得你好像是 1944 年的，今年都三十九岁了。这么大个学校的校长居然还打光棍，哪个说都说不过去。我就搞不明白，那么多人给你说媒，你为啥都拒绝了。你晓不晓得，好多人一见到我，就要托我给你说媒。上次去南充开数学研讨会，几位老朋友还埋怨我不关心你的个人问题。你到底是哪个想的哟，芋头？"作为陈德愚的长辈，邱老师毫不隐讳，就像她解数学题一样，直来直去，有一说一。

"哎呀——"陈德愚尴尬地笑着说，"邱老师哩，学校事情这么多，我哪有时间考虑个人问题哟。您看——啧——"他吞吞吐吐起来。

"莫说了，哪个说到这个话题，你都是恁个说的。财务室的水晶，对你那么痴情，人又长得漂漂亮亮的，到现在都还没有男朋友，还在等你，可你却高矮不领情。上次提到你，那女子还伤心得很。还有，前几年从西师分来的那个小吴，从川师分来的那个小沈，比你小十几岁哩，人家能看上你，就算是你的福气了，你咋还稳起不动呢？"

"邱老师啊，您也是过来人了，感情这个东西，有时还真说不清楚。您说的水晶也好，小吴也好，小沈也好，她们都不错，又漂亮，又年轻，但感情要讲缘分，要情投意合。喜欢也罢，不喜欢也罢，其实都没有理由，也不需要理由。何况，我比人家大恁个多，也不太好。实不相瞒，给我说媒的，或者主动给我写信的，远不止她们几个。我抽屉头这种信件有一大摞，我一封也没回，关键是不知道该咋回。"

"那你实话告诉我，你心里到底装的是哪个？"邱老师停下脚步，面对陈德愚，逼着他回答。

"呃——没有。以前，很多年前有——后来——呃——就没有了，没有了……"陈德愚声音越说越小，近乎喃喃自语，然后抬步绕过邱老师继续前行，似乎很不想再谈论这个话题。邱老师只得扭身跟上。

"各家悄悄的呀。"邱老师挖了陈德愚一眼，"我晓得你的心思。梅兰是结了婚的人，是有夫之妇，年龄也不小了。水晶她们可是黄花闺女哦，你不要睁起眼睛去跳崖哈。"

"邱老师，梅兰是我的学生，也是您的学生，她到底如何，您应该很清楚，她结不结婚都是梅兰，怎么可以这样说人家呢？"陈德愚硬邦邦地说完，便自顾转身朝学校大步走去。邱老师呆在原地，嘴巴变成一个大大的"O"字，久久不能合上。

从东方红旅社旁一条窄窄的巷道进去，便是一个安静清幽的小小四合院。一进四合院，街上的喧嚣杂乱便被隔在院外。院中有一口一丈见方的小水池，水池中立着一块长满青苔的大石头。池水清澈，几尾小鱼在石缝间游来游去。水池旁是一株枝繁叶茂的黄桷兰，素白的花朵，散发着优雅的芬芳。

供销社的宿舍就在这里。天气刚热的时候，梅兰便通过县供销社主任韩叔叔的帮忙，从区公所搬了过来，住在北座二楼的一间小屋内。小屋窗户正对着那株黄桷兰。

吃过晚饭，梅兰正在走廊尽头的洗衣台上搓衣服，突然听到院门口有人在大声喊"兰兰"。梅兰甜甜地"哎——"了一声，才探出头，看到邱素桂摇着篾扇在楼下四处张望。她呵呵地笑了一声，两下在水盆中洗去手上的肥皂泡沫，便噔噔噔噔地从楼梯上跳了下来。

梅兰上穿白底小粉点短袖衫，下着浅灰色牛仔裤，衬衫扎在裤腰内，紧身牛仔裤清晰而简约地勾勒出柔美的曲线。她依然肤白如雪、秀发如瀑，浑身充溢着精致而撩人的味道。梅兰站在邱素桂面前，不说话，咬着唇，歪着头，小孩般扑闪着大眼睛，调皮地望着邱素桂傻笑。邱素桂也不说话，一边上上下下认真地打量着她，一边伸出篾扇十分疼爱地给她扇风。

关于陈德愚与梅兰之间的事，学校部分年长的老师或多或少知道一些。邱老师上个月去县人民医院探望生病的赵校长时，他还特别叮嘱邱老师要对陈、梅二人多费些心。陈德愚和梅兰都是邱老师的学生，也是邱老师十分喜欢的学生，但二人目前的境况又令邱老师十分揪心。前天在街上碰到梅兰，邱老师与她聊了很久，还特别问了她与陈德愚之间的事。交谈中，邱老师发现梅兰依然在等着陈德愚，于是昨晚才先探了探陈德愚的口气。

　　房间不大，但干净整洁。屋内只有一个衣柜，一张木床，一张书桌，两把木椅。木床靠里墙，挂着白色蚊帐依稀可见枕头旁堆折得整整齐齐的花被单。书桌靠窗，码着一排书，放着一把圆镜、一个化妆盒。书桌和木床之间，挂着一条可以收放的鹅黄色丝绒帘子。推开窗，就能看见黄桷兰树那茂密的绿叶中点缀着的淡雅白花。

　　"唉——"邱老师刚坐下，就叹了一口气，然后用篾扇指了一下另一把木椅，要梅兰也坐下。梅兰顺从地坐下，稍一挪椅子，便与邱老师面对面了。

　　"兰兰，昨晚我已与芋头谈了，看来他也一直在等你呀。"

　　"我知道，我知道他一直都在等我。我问过他，他说他现在是校长，我是区长的老婆，我们的事一旦公开，在建兴这个地方影响就太大了。他担心影响到学校的声誉，还担心影响到我们两个的名声，所以，就一直这样等着。"

　　"我现在关心的是，你有啥子打算？"

　　"我还能有啥打算？先从区公所搬出来再说呗。听说老李明年要调到县上去了，他走了，我就可以提出离婚了。新《婚姻法》也说了，感情破裂，可以离婚。我与李元成不是感情破裂的问题，而是根本就没有感情。当年他欺骗了我们，害得芋头坐了牢，也直接造成了今天的后果。

　　"我劝陈德愚不要当那个校长了，当个老师就行了，或者我们干脆回老家当农民算了，可他不同意，他说这是赵校长交给他的重任，他不能辜负了老校长。所以我也没有办法，只能这样一天天地等下去，一天天地熬下去。我也不知道要等到什么时候啊，邱老师。"梅兰无助地望着邱老师，眼圈已经泛红。

　　"他也有难处。"邱老师说，"建兴中学的校长不是他一个人的校长，是整个学校的校长，甚至是全建兴区、全南部县的校长，咋能说不当就不当呢？他上任后，学校高考连年第一，这在建兴中学的历史上都是少有的。他管理学校的确很有一套——他处事公道，待人和善，但骨子里有一种霸气，给人不怒自威的感觉；他平时话不多，一旦发话，老师学生没有敢不听的。改革开放以来，各种奇奇怪怪的思潮不断涌现，老师学生人心思动，学校现在还只有他才镇得住。"

"嗯哪，我最清楚他的性格。'文革'前，他刚到学校教书的时候，还是大大咧咧、有说有笑的。后来的牢狱之灾，包括九年的煤矿生活，加之我又嫁给了李元成，这些都给他造成了太多的痛苦和折磨。回到学校后，他话不多了，也不苟言笑了，但意志和神经已变得坚强如铁，与一帆风顺成长起来的人完全不一样。比如上次打朱四娃，学校任何一个领导都不敢冒这个风险，可他就做了，而且他把整个事态发展的主动权都牢牢掌握在自己手上。现在看来，他是对的，这就是本事。"梅兰在赞赏陈德愚时，脸上一直挂着幸福的微笑。

"你经常去学校找他吗？"

"哪敢哪！他非常害怕我去学校，怕别人说三道四。我已经好久没看到过他了。上次看到他还是去年的事，他来书店买书，在柜台上与我说了几句话就走了。"

"想见他吗？"

"想啊，当然想啊，邱老师。我无时无刻不在想他，睁开眼，闭上眼，满世界都是他的样子。有时候想得快疯了，就一个人回到屋里，躲起来大哭一场。我一听到与他有关的任何消息就兴奋得很。建兴中学所有的事情好像都与我有关，甚至看到学校的老师学生都觉得十分亲切。我经常站在书店柜台前，看街上走过的每一个人，希望能看到他的身影，可总是让我失望。

"白天就这样恍恍惚惚地过了，最难熬的是晚上——睡在床上，越想越不能入睡。总是希望在梦中见到他，可是老梦见和他吵架，所以经常在梦中哭醒。好多个夜深人静的时候，我从梦中哭醒后，就从床上坐起来继续流泪，或者站在窗前，边流泪边望着河湾对面黑暗中的校园发呆，一直看到他住的那栋楼上亮起了灯光，然后天就亮了，学校的钟声也响了。"梅兰静静地诉说着，不觉早已泪如雨下。坐在一旁的邱老师，也多次摘掉眼镜，用手绢抹眼睛。

周六下午第二节课后，陈德愚坐在办公室看报，一份《南充日报》的头版头条新闻吸引了他。新闻标题是"升钟水库大坝将于年内建成"，大意是说升钟水库从1957年申报立项，至今已过去二十三个年头了，从1977年正式动工至今也已六年了。经过数万南充人民多年的艰苦奋战，位于南部县升钟区碑垭庙的大坝将于年内建成，并计划于明年下闸蓄水。升钟水库建成后，库容将超过十三亿立方米，最深处达一百七十米，将控灌南充、绵阳等地区十个县的二百一十万亩耕地，控制流域将达一千七百五十六平方公里。由于库区地形特殊、地质复杂，十一个民工营、四十九个民工连、近四万人常年战斗在川北的崇山峻岭之间，书写了中国水利建设史上的人间奇迹。

看完这条新闻，陈德愚轻轻发出一声叹息："好啊！"然后放下报纸，站起身来，拧开墨汁瓶，将少许墨汁斟于桌上的一方石砚中，再取下挂在墙上的大号毛笔，探入砚中饱蘸墨水。他用左手在桌上铺开一张旧报纸，笔尖在砚沿轻舔几下，便悬腕运臂，写下遒劲有力的八个大字：水旱从人，不知饥馑。

他刚放下笔，新升任的罗副校长就拿着一页纸走了进来。罗副校长看到桌上的几个大字，笑呵呵地说："又在练字嗦。"

陈德愚抓起先前那张报纸对罗副校长说："看到没，升钟水库年底就要建成了，我们南部西充几个县的人不得顿顿吃红苕了，我们不再是苕国了，也是鱼米之乡了哦。"他边说边将报纸展到罗副校长面前，"看嘛，蓄水十三亿立方米，最深处达一百七十米——"突然，他脸色一沉，眉头一锁，"糟了——那——太子岛也要遭淹了哟?"

罗副校长望着他，一脸莫名其妙。

第二天早晨，陈德愚将一条从食堂找来的蛇皮袋，折叠收拾好后夹在腋下，便匆匆从平桥乘车去了保城。他要去一趟太子岛。

虽为初夏时节，库区依然凉风习习。到处是开山破石的工地，到处是肩挑背驮的民工。建筑机械忙忙碌碌，装载车辆进进出出。号子声与歌唱声互和，爆破声与马达声齐鸣。鲜艳的红旗与各色标语，在灿烂的阳光下迎风斗艳。天地间充溢着一股令人亢奋的力量。

太子岛位于库区腹心位置，附近农民早已迁走了，相对于库区周围的热火朝天，这里显得空寂而落寞。

凭着记忆，陈德愚稍一打听便找到了那个进入太子岛的峡谷口。峡谷依然激流奔涌，轰轰然无休无止，峡谷上仍搭着一块木板，似乎一直在等待他的归来。

陈德愚站在峡谷口，环视一周，望着巍峨的太子岛，发出一声长长的叹息。他没有跨过去，而是转身往回走。沿着当年逃亡的路线，爬过那道山梁，他来到了梅兰老家院外的大路上并向院内走去。道路两侧杂草丛生，路上爬满了细细密密的铁线草。院子已经拆除，只留下依稀可辨院落大致轮廓的屋基和断壁残垣。院后大片竹林郁郁葱葱，竹林中几只斑鸠，在静静的山崖，发出落寞的咕咕声。

走着走着，他突然放慢了脚步，然后停下来，转身面朝院外。是的，就是这里，就是这个位置，当年他从梅兰家里偷走她父亲的衣服后刚走到这里，迎面就撞上了梅兰。他似乎已经看到一位身着绿军装，梳着两条刷子辫的红卫兵女将，正怒目圆睁、气势汹汹地朝他追撵过来。当他正要转身逃走的时候，一只野兔唰的一下从身边跑过，把他带回了现实。他眨眨眼，傻笑着摇了摇头。

库区农民在外迁时，并没有丢下自己的祖先，而是将祖坟也一同移走了。他没有找到梅兰父亲的坟墓，但找到了坟墓的大致位置。他从这里出发，沿着当年下山的路，慢慢往上爬。

位于山腰的那处平地找到了，那块大石头还在，黑黑的。柏树依然茂密，只是又高出了很多，林中反倒显得空阔而敞亮了。回望山下大地，竹木依旧，只是少了炊烟，少了牧歌。

翻过几座山梁，继续前行，他要去寻找当年逃难时栖身的那间小草屋。当爬上又一个山头时，他傻眼了——这里正是水库外围的一段，原有的山林被一片热火朝天的工地所取代，不但继续前行的道路被截断，原来的山形地貌也已面目全非，连大致方位都无法辨别了。

当年从石垭子小学逃走，由于恐慌，加之是晚上，他实在记不清最初的逃亡路线了，多年来，无论怎样苦苦追忆，都是徒劳。从草屋逃至升钟湖，因为是大白天，沿途山水田畴，他都记忆犹新。这次来升钟湖，他想从升钟湖回溯来时的路，再找到那间草屋以及草屋当时的主人。面对眼前的库区工地，他无比悲凉地摇头叹息道："此恩终身难报了！"

5

　　他再次来到峡谷口，大步踏过木板，迫不及待地来到那个山洞。洞外是一丛丛密密的黄荆和野草，洞内则空旷而幽暗。他在洞内一块石头上面朝洞外坐下，长时间发呆。约一袋烟工夫，他才站起身来，伸手连连轻抚洞壁和洞内大大小小的石头。

　　他钻出山洞，在洞口弯腰拔掉地上一片杂草，然后在压着一块石头的一个小土包前蹲下来。这是天黄的坟墓。那年梅兰告诉他天黄的坟墓后，他便从洞里抱出一块石头，压在土包上，算是为天黄立碑了。虽然经过多年的风霜雨雪，土包小了很多，也扁平了很多，但他还是非常准确地认了出来。

　　"对不起呀，黄黄！"他伸出双手抚着这块石头，然后坐在地上小声说道，"那年从广元回来，由于形势复杂，我处境也非常糟糕，我和兰兰来看了你一眼就走了。这么多年，我忙于学校事务，加之害怕触景伤情，就再也没来看你。我并没有忘掉你呀，经常还梦见你，甚至到现在我还能感受到你躺在我身上时的情景。你是救我才死的呀，你死得惨哪，黄黄！

　　"这次来太子岛，主要有两件事：一是想找到那间草屋和草屋的主人——吃了人家的东西，这么多年了，总得给人家道个谢吧；二是把你接到建兴去。听说水库明年就要下闸蓄水了，也不知道这里会不会淹。如果不把你接走，万一这里又淹了，你就永远葬身水底了。附近的人都走了，无论如何，我也不能把你孤零零地留在这里。人家说花果山风水很好，你就到那里去吧，这样我就可以随时看到你了。

　　"兰兰也是你的主人，她也在建兴。你到花果山后，她也可以随时去看你了。当年，我和兰兰是因为你才走到一起的，所以我们都该感谢你，虽然现在她过得并不幸福，我也过得不咋样……"

陈德愚说完，便搬掉那块石头，徒手刨开土堆，将天黄的骨头一根根一块块地捡进蛇皮袋里，然后拔一缕野草，将袋口紧紧系上。

他提着蛇皮袋，在太子岛上慢慢寻走。每找到一个熟悉的地方，他便停下脚步，或发一阵呆，或与天黄说说话。他随后爬上那个光秃秃的石顶，将蛇皮袋放在身旁，面对升钟湖，静静地坐下。

太阳已经偏西，湖面碧波涟涟，山顶凉风习习。这是一个令他魂牵梦萦的地方，这是一个令他终身难舍的地方，这是一个令他百味杂陈的地方。多少次午夜梦回，他来到这里，与天黄一起奔逐，与梅兰一起缠绵。在这里，他寻找到栖身的山洞；在这里，他偶遇了患难之交的梅兰和天黄；在这里，他躲过了暂时的纷争和动乱。他与梅兰相拥在这里，这里是他的天堂；警察从这里将他抓走，这里是他的地狱。爱么？恨么？万千思绪涌上心头……

恍恍惚惚间，他似乎看到梅兰正微笑着朝他走来。她脸蛋红扑扑的，乌黑的秀发随风飘动，眼中流露出温柔的爱意。

"芋头！"这是梅兰在叫他。

"呃——"他轻轻地应了一声。不对，梅兰当时还叫他陈老师，不会叫他芋头的。哎哟，当时梅兰穿的是一身蓝布衣服，没有牛仔裤，也没有花衬衫。他眨眨眼，摇摇头，摸摸身边的蛇皮袋，苦笑着站了起来。

"芋头，我就知道你来这里了！"陈德愚耳边再次传来梅兰的声音，他闻声回头，瞬间定住了：朝自己跑来的真是梅兰！刚才并不是幻觉，他脱口大喊一声"兰兰——"

紧紧地拥吻，忘情地哭泣，疯狂地呼喊。这是对多年相思的回答，这是对漫长煎熬的馈赠，这是逃离牢笼的自由挥洒，这是徒步荒漠的一场豪饮。

爱火在熊熊燃烧，酣畅淋漓、汪洋恣肆。这是他们的世界，在蓝天之下，在高山之巅。这爱，如露珠般晶莹，如朝霞般绚烂；这爱，超越世间一切凡思杂念，圣洁而无羁无绊！

当梅兰昨天看到那条新闻时，也担心太子岛被淹，于是产生了与陈德愚完全一样的想法。今天上午，邱老师来书店买书，有意无意地说芋头去升钟湖了。她知道，这些年陈德愚非常不愿意去升钟湖和太子岛，也知道他不去那里的原因。他此行的目的梅兰已经猜到，于是就匆匆赶来了。

暴雨哗哗地下了一天一夜，到第二天天亮也丝毫没有放缓的迹象。低矮的空中，铅色的云团依然在快速奔涌，闪电在隆隆的雷声中将云团炸成碎片。河水越来越高，水流也越来越急，挟带着朽木和各种浮物的混浊巨流，发出令人心悸的低吼，势不可当地滚滚向前。

雨点粗大而密实，铁豆般砸在水面上，击起一个个大大的水泡。抬眼望去，水雾缭绕的山上，到处是白花花的水柱或瀑布。流水顺着沟壑，行成千万条水龙，蜿蜒爬向宝马河。

拱背桥已经淹没了。有冒雨赶早场的人，圈起裤子刚蹚着水走过去，一转身就看不见桥面了。西边传来消息，说河水已经漫上平桥桥面了，估计平桥很快也会中断。这真是一个令人恐慌的消息，据镇上的老人讲，平桥建成两百多年来，还从来没有河水漫上桥面的纪录。

镇上渐渐喧闹起来。屋顶漏雨的，有人便撑起长长的竹竿，轻轻地推点着瓦片，谁知越推漏得越厉害。有人摆起脸盆水桶，接从瓦缝间注入的水柱，再将水泼到街上。靠近河边的低矮吊脚楼，水已经漫进屋来，人们就将家什器具往高处挪，水位再上涨，再挪。

哭喊声、泼水声、求救声、房屋倒塌声，混杂着哗哗的水流声和风雨声，搅成一股令人恐惧的气氛。人人自危，人人自救。看到水位越来越高，人们已不再关心漏雨的屋顶和被水淹的家具，而是将能防水的雨衣或油纸披在身上，卷起裤脚，蹚着水，扶老携幼，成群集队地向高处转移。

各种令人恐怖的传言不断传来：平桥上游一排房子被洪水冲垮了，屋内三十多人全冲走了；川北的南充、绵阳都受灾了，已有数百人死亡；南部县城已被淹了，县长都穿着雨衣指挥抗洪抢险去了；下游的大王乡，一家六口乘拌簧躲避洪水，结果拌簧倾覆，六人全被淹死了；有人亲眼看到河面上漂着一具尸体，身子白白的，长头发……

朱四娃的杀猪房也未能幸免。

也许由于天气太热，近段时间猪肉生意一直不好，有时一头猪从早卖到晚，肉都发臭了还卖不完。一气之下，朱四娃杀光圈养的几头猪后，决定停业一段时间。上次逢场的时候，朱四娃又到猪市坝看了看，他想如果生猪便宜，就买几头猪来养起，结果生猪并未便宜多少。就在他准备离去的时候，碰到有人在卖一头瘦瘦的老水牛，价格十分便宜，他便牵了回来。

水牛在农村是十分重要的生产工具，耕地、犁田、拉车、推磨，家家不可或缺，一旦年老力衰，便没多少价值了，主人只得将其贱卖。朱四娃知道，三娃馆子里的卤牛肉贵得让人咂舌，于是就将这头牛饲养起来，等养肥了再杀牛卖肉。

天刚亮的时候，河水离草屋墙脚还有两丈远。由于雨太大，杀猪房又没啥事，朱四娃等人吃过早饭便坐在床上打长牌。不知不觉中，水位越升越高，东头的猪圈很快就进水了。当哗啦一声巨响传来，众人一惊，当即意识到墙塌了。有人大喊一声"遭了"，四人扔掉手中长牌，披着油纸便冲了出去。

东头土墙果然塌了晒簸大一片，一根细细的木柱孤零零地撑起一角草顶。当朱四娃卷起裤脚，蹚着水，从土墙倒塌的缺口处蹩进已有半尺积水的猪圈时，发现圈里的水牛不见了，于是大喊一声："快去追，牛跑了!"

由于受到惊吓，水牛冲出猪圈便在雨中狂奔。四人从屠宰场追出来的时候，看到水牛摇动着笨大的身子，马上就要冲上平桥了，于是踩着厚厚的积水，哗啦哗啦地撵过去。油纸已经遮不住身子了，四人都被淋成了落汤鸡。钟天棒脚下一滑，啪的一声摔倒在地上。朱四娃扭头骂了一句"你妈个屄屄"，话音未落，自己也扑通一声滑倒了。他马上爬起来，用手抹一把脸，继续追撵。

水牛爬上大路后，右拐朝北边三官场方向跑去，但速度已明显慢了下来。刘莽娃几步冲到水牛前面，准备伸手抓牛鼻索时，才发现牛鼻子上根本没有任何绳索。牛鼻子是牛身上十分敏感的部位，拉车犁田，牛全靠牛鼻索领会吆牛者传递的意图。不论脾气多么犟的牛，只要抓住了牛鼻子，你便是它的上帝。

没了牛鼻索，要抓住这头发疯的水牛根本无从着手。如果从正面拦截，稍有不慎就会被牛撞倒踩踏，非常危险。刘莽娃左抓右拦，均无济于事。牛看到有人来抓它，又撒蹄快跑起来。情急之下，刘莽娃从右侧一步冲上去，狠狠攥住水牛一只犄角，以为这样能控制住它。牛将头一猛甩，刘莽娃被抛出一丈开外，重重地砸在路边，蜷着身子抱着膝盖哇哇大叫。

朱四娃见状，从路边捡来一根手臂粗的木棒，冲到水牛左前方，大骂一声"瘟丧"，同时朝牛头一棒猛砸下去，木棒咔嚓一声断成两截。牛一惊，停了下来，然后掉转身子，朝平桥方向跑去。

水牛穿过已经漫水的平桥，很快便冲上了正街。街两边密密地站着躲雨的焦急的人群。当人们看到一头水牛在雨中狂奔，四蹄哗哗地击起水花，都兴奋起来，有人就笑着拍手跺脚，口中发出咧咧的威吓声。看到朱四娃拿着一截木棒气急败坏地在后面追赶，大家才知道这头牛是他的。那些平时受过他欺负的人，此时吼得更凶，笑得更放肆了。受到惊吓的水牛冲得就越发疯狂了，并不时发出哞哞的警告声。

就在这时，一位皮肤黝黑，身材瘦削，衣裤破烂的十四五岁少年，不知从街边什么地方钻出来，突然发力朝水牛冲过去。喧闹的人群立即安静下来，人们都把目光聚焦到少年身上。

少年从水牛左侧跑过去，同时脱掉已经湿透的衣服，将衣服捏在手上，露出瘦瘦的身子。当跑到牛头稍前一点的位置，少年与水牛几乎贴身而行。他用右手在牛头前不停挥动手中的湿衣服，牛视觉受到干扰，狂奔的蹄步顿时放慢下来。少年几次伸手去抓牛鼻，但手臂太短，根本够不着，手稍一碰触牛脸，便被愤怒的水牛用犄角拨开。这期间，他一直扭头侧脸，目不转睛地盯着牛头，面对水牛的每一次反击，稍一扭身便巧妙避开。

这时，有人大喊"小心"，有人喊"注意牛蹄"。就在水牛再一次甩头攻击的瞬间，少年盯准牛头，将手中衣服一抖，猛一挥手，朝牛头撒过去，精准地盖住两只灯笼般的牛眼。与此同时，他向右一扭身，左手稳稳抓住牛的左角，稍一探右臂，右手则抓住牛的右角，双臂用力一伸，整个身子一跃便倒立在牛头上，然后双腿一分，再向下一弯，顺势稳稳地滑骑在牛脖上。牛视觉受限，步伐立即大乱，但依然猛甩其头，试图把少年从头上甩下去。他双手死死抓住牛角，双腿用力夹着牛脖，竭力不让甩自己下去。

突然，盖住牛眼的衣服被牛头甩掉了，人群中有人惊呼"遭了"。就在这时，少年双手在牛角上一伸，从牛脖上抽出双腿，再从牛角内侧穿过将双腿搭在牛脸上，再次死死捂住牛眼。紧接着，他仅用左手稳住身子，从牛角上松开右手，一欠身一探手便将中指插进牛鼻孔，并稳稳地抓住了牛鼻子。水牛立即停止了抗争，只得埋头大口喘气。

人群中发出一阵惊呼。

这场暴雨直到午后才停歇。据《南充日报》报道，这是南部县有水文记载以来遭遇的最大一次强降雨，仅建兴区就因洪灾死亡达四十六人。

洪灾过后，各级政府部门开始统计受灾数据，帮扶受灾群众，组织灾后重建。建兴场的人则纷纷上街铲除淤泥，冲洗街道。房屋被冲坏者，或上房顺瓦，或砌砖码墙。有阳光的地方，到处都是人们晾晒的衣服棉絮、床单被套，花花绿绿一片。

有一个名字，在灾后的建兴场被人们频频提起——捡娃。

在当地，人们一直迷信"名贱命贵"这一说法。为了孩子将来命好，少生病，不夭折，故意给他们取一个十分卑贱的乳名，诸如讨口子、笨女、春牛、癫狗、捡娃等。其中叫"捡娃"的尤其多，意思是从路边捡来的，够贱了吧。要是你在人多的地方喊一声"捡娃"，一定会有多人同时答应。

现在人们口中谈论的捡娃，则是那天冒雨大战水牛的少年。谈论的内容当然是他擒牛的一些细节，诸如多么矫健，多么勇敢，多么聪明等等，甚至还模仿着他的动作，讲述得如临其境。

在建兴场，很多人都认识捡娃，知道他是四龙乡（之前叫新华公社）人，十四五岁，父母都已去世，是个流浪儿，来建兴场快一年了。捡娃胆子大，力气也大。附近哪里发现毒蛇了，哪里发现蜂窝了，哪里房子着火了，都能看到捡娃瘦小的身影。有人甚至看到他徒手打死了一条到处咬人的疯狗，狗头被他用拳头砸得稀烂。

建兴场任何一家喊他帮忙干些体力活，他都会爽快答应，干得十分卖力，也干得让人十分称心。他往往干完活就走，不要任何报酬。但如果到了吃饭的时候，主人要留他吃饭，他也不会推辞。闲得无事的时候，他总爱一个人靠着建兴中学教学楼外墙根坐下，静静地听教室内老师的讲课声或学生的读书声。

灾后的建兴场，一切照旧。

中午，拱背桥头的蒸馍铺老板请捡娃帮忙从粮站往铺子上扛一批灰面，捡娃小跑着往返五六趟，才将灰面扛完。恰好到了午饭时间，老板娘留捡娃吃午饭，他坐下便吃，毫不客气。吃过饭刚要离开，老板娘用报纸包了几个蒸馍，要捡娃带上，他接过蒸馍，一扬手便扔到大街上，同时大声吼道："我吃过饭了，还要这个干啥？你当我是叫花子嗦？"附近的人看到街上滚动着的白花花的蒸馍，面面相觑。

月亮高挂在夜空，照得宝马河银光点点。河水缓缓流淌，发出低沉的哗啦声，河面泛起薄雾般的水汽，清凉而湿润。

白天的捡娃是忙碌而快乐的，夜晚便无家可归了。他独自一人，坐在平桥南侧的河边，望着月光下的宝马河发呆。他随手抓起一块石头，用力投向河中，河水毫不领情，既未回报一点声响，也未回报一朵水花。他很失望，于是扯起嗓子唱道：

> 天上布满星，
> 月儿亮晶晶。
> 生产队里开大会，
> 诉苦把冤申。
> 万恶的旧社会，
> 穷人血泪恨，
> 千头万绪涌上了我的心。
> ……

歌声稚嫩而悲凉，在寂静的夜晚，如泣如诉。

他慢慢走向正街，准备像往常一样，找一处楼梯或屋檐躲一晚上。刚到铁模社宿舍楼下，他看到二楼一家人开着窗户，屋内有人在说话，也有电视的声音，柔和的灯光，从窗口洒向街面。站在灯光里，捡娃一抬头就看到了窗口粉色的窗幔、白色的屋顶、橙色的吊灯，以及窗户旁的朱红色立柜。他被这情景迷住了，于是向旁边跨过几步，在窗下的阶沿上坐了下来。

突然哗啦一声炸响，接着响起一阵锅铲炒菜声，一股腊猪油炒酸菜的浓香便从窗口飘向街道。过了一会儿，传来了碗筷的轻微碰击声音，一家人开始说说笑笑地吃夜饭了。

电视里正在播放连续剧，是武打片。电视中不时传出兵器碰击的叮当声，或赤手搏击的嗨嗨声，或腾空飞越的嗖嗖声；一会儿是义愤填膺的怒斥，一会儿是中招者的惨叫，一会儿又是得胜者十分放肆的哈哈大笑；一阵哀婉的音乐响起，出现了几人声音低沉的对白……听着这些声音，捡娃便在脑子里还原那些丰富的画面和精彩的场景。

"再车个台嘛，一坨人打锤有啥看头嘛。打又打不倒，杀又杀不死，看起都焦人。"是一个年轻女人的声音。

"快了，快了，马上就煞搁了。"一个男子说。

电视里紧接着就传出了片尾曲，起初旋律优美，节奏明快，进而激情澎湃，气势如虹。歌声发音怪怪的，既不像汉语，又不像英语，那位男子似乎能听懂，还跟着大声唱起来。捡娃虽没有听清电视里的歌词，却听见那位男子在充满深情地唱：万里长城永不倒，千里黄河水滔滔……

电视剧一结束，便是闹闹嚷嚷的广告，有钟表、自行车、缝纫机，也有糖果、白酒、汽水。广告语奇声怪调，极富感染力，极具煽动性。捡娃听得兴起，也学着电视里的腔调说："强化牌上海麦乳精，营养丰富，滋补饮品——国营上海咖啡厂出品。"说完还独自傻笑。

又过一会儿，屋里传来一位老奶奶的声音："哎呀，我的嫩爹哋，快点吃嘛，一碗饭还要吃你姐儿妹子好久嘛？建龙，把电视关球哒嘛，毛狗一天就盯到电视，眼睛都不闪一下，又不吃饭。"

电视果然就没有声音了，却听到一位老爷爷在说："他不吃嘛就算球哒嘛。拃长个娃儿，肚子只有啷个大，你再鼓到他吃么，肚皮要装得下嘛。"

"来，乖儿，妈妈喂你哈。"又是那个年轻女人的声音。

突然哗啦一声响，是饭碗掉在地上摔碎的声音，接着是小孩的哇哇大哭声、大人的责骂声、喊叫声、打扫声……屋内零乱而嘈杂起来。

夜渐深，楼上渐渐安静下来，灯光随即熄灭。柔和的月光轻抚着街道。捡娃倒在阶沿上早已睡熟了，脸上挂着幸福的微笑。

6

　　第二天是当场天。铁铺旁边的赵三妹理发店，有人在排队烫发。理发店门口放着一只正在燃烧的煤炉，炉子上烧着几把铁钳。钳头由一根拇指粗的圆铁棍和与之咬合的 C 型铁槽构成。赵三妹刚给一位女青年洗过头，便从煤炉上抽出一把烧得红红的铁钳，夹住女青年的一缕湿发，再捏紧钳柄慢慢朝外拉。头发哧哧地冒着白烟，同时散发出一阵火烧猪蹄子味。泛着红光的铁钳在头上一阵折腾，看起来极像一种酷刑。如此烫过的直发，就变成各种形状了，或"刨花"，或"瓦片"，新潮而夸张。

　　捡娃正在帮铁铺搬铁坨坨。也许是第一次看到烫头发，他双手抱着一个大大的铁块，站在理发店门口看得出神。

　　这时，朱四娃扛着一整扇白花花的猪肉，快步向位于拱背桥横街的肉摊走去。路过理发店门口，他看到捡娃抱着铁块站在那里，就从肉扇下扭头喊了一声"捡娃"。捡娃"呃"了一声，放下铁坨坨就跑过来，问朱四娃有啥事。

　　朱四娃对捡娃说："你这儿忙完了，一会儿去杀猪房，帮我把剩在那里的一个猪脑壳给我拿到摊子上来哈。"朱四娃说完就快步走了。

　　朱四娃知道捡娃是个流浪儿，还经常在街上看到他跑前跑后的身影。朱四娃偶尔也会叫他帮着干一些诸如送点货、抬个案板之类的活儿。

　　在年初的一次打群架中，朱四娃发现其中也有捡娃。本来用油光石砸人的不是捡娃，为了保护同伴，他硬说是自己砸的，结果被对方打得鼻青脸肿，头都打出了血。他不但没哭，连哼都没哼一声。朱四娃当时就看出捡娃小小年纪便有两肋插刀的豪迈义气。

下暴雨那天，为了逮住水牛，朱四娃等人从杀猪房一直追到正街，可谓狼狈不堪、洋相百出。当时水牛已经发疯了，根本无法控制。朱四娃知道当众出丑还是小事，最让他担心的，一是水牛可能会跑丢失，二是水牛要是伤着人了就闯大祸了。在他最无助的时候，捡娃突然出现，帮他解了围。捡娃一连串令人眼花缭乱的斗牛动作，当时就惊得朱四娃等人目瞪口呆。

朱四娃带着一帮兄弟伙，在建兴场打打杀杀、吃吃喝喝，极尽逍遥，极尽风光，捡娃一直把他当作偶像。捡娃刚流浪到建兴场的时候，老是受人欺负、挨人打骂，于是也梦想能组建一支自己的团队，自己当大哥。后来他还真找到了两个与自己年龄相仿、志同道合的兄弟。但与朱四娃的队伍相比，朱四娃们总是打别人，而捡娃们总是被别人打。再后来，两个兄弟的妈老汉找到场上，对捡娃一顿大骂后，便把他们押走了。从此，他的团队宣布解散，他再次成为孤家寡人。

今天生意很好，午饭前肉就卖完了。朱四娃让在肉摊上帮忙打杂的捡娃收拾好钩钩刀刀，并喊他一同到杀猪房吃午饭。途中，朱四娃几次扭头认真地打量过捡娃后，才笑着问道："捡娃，你那几个兄弟伙呢？"

"走球哒。"捡娃大声回答。

"啷个回事？"

"都是他妈些叛徒，一个都靠不住，关键时刻就要出卖兄弟。"捡娃愤愤然。

"你念过书没，识字不？"

"笑话。"捡娃明显不屑地扭头看了朱四娃一眼，然后大声说道，"昨年小学毕业的时候，我们四龙乡共八百学生参考，我考了全乡第三名，直接考进了建兴中学。不信你去建兴中学查，现在也许还能查到我的成绩——一百八十四分：语文八十八，数学九十六。"

"嗬——"朱四娃吃惊不小，他知道，建兴区各乡的小学毕业生，能直接考进建兴中学初中部的，绝对是非常拔尖的学生。他再次扭头看了一眼捡娃才小声问道："那——你为啥不读呢？"

"考试刚煞搁，我老汉就死了。癌症，医不好的。"捡娃沉声答道。

"你妈呢？"

"我从来就没见过我妈，听我老汉说生我的时候难产死了。"

"那你外婆、舅舅、姑妈和其他亲戚呢？"

"都死他妈了。"捡娃似乎很不想提起这个话题，生气似的吼道。

二人不再说话，继续前行。这时，街上一间卖肥料的门市部里，一个光头男子朝外面大声喊道："捡娃，下午过来帮我搬下肥料哈。"捡娃头都没抬就"呃"了一声。

刚上平桥，朱四娃又问："你为啥不回你们生产队呢？为啥不去其他地方，偏偏要留在建兴场，都快一年了？"

"我本来就该来建兴场，我是考起了的。"

"哦——"朱四娃大大地张着嘴巴，半天无语。又走了一阵，朱四娃才继续问道："刚才邓秃子喊你下午去给他搬肥料，去不？"

"去，当然去。答应人家了咋能不去呢？"

"好，你去嘛。"朱四娃稍一停顿道，"我是说，从今天起，你就跟到我干算球了，也就不用再东一家西一家、有一顿没一顿的了嚛。你能干啥就干啥，我们吃啥你吃啥，晚上与我们一起住在杀猪房里，每天还有一元钱的工资，要得不？"

"要得要得要得。"捡娃笑着连声答应，边说边小步跑跳，夹背里的钩钩刀刀发出哐啷的碰击声。他突然像长高了一尺，脚下似乎响起了呼呼风声。

"最关键的是，从此没哪个敢欺负你了，也没哪个敢喊你干活了。你都是我的人了，还给他们做锤子。"

"那，万一有人喊咋办呢？"

朱四娃眼睛一鼓："哪个敢！他娃不想活了。"

从此，捡娃与朱四娃形影不离，杀猪房、河坝地、肉摊、猪市坝都能看到他俩的身影。朱四娃教捡娃剔骨、翻肠、烧猪头，也教他买猪、卖肉、切猪草，后来干脆让他抄刀杀猪。

1

　　高考发榜了，建兴中学升学率依然稳居全地区第一。对于建兴中学而言，这并不是新闻，真正的新闻是——全年级的重点苗子辛丽意外落榜了。在填报志愿的时候，陈德愚还专门为她把关，建议第一志愿报北京大学。消息传出后，从学校领导到所有同学皆唏嘘不已。

　　陈德愚觉得辛丽若就此结束学业实在可惜了，刚放暑假，他就找到她的班主任敬文松老师商量，希望到她家去一趟，劝她回校复读。敬文松满口应允，他从学生登记表上誊下辛丽的家庭地址后，便与陈德愚一起乘车去了她家所在的大桥区。

　　位于一处缓坡上的几间草房，便是辛丽的家。辛丽父亲叫辛万丙，母亲叫黄桂秋，大约五十岁年纪，都是老实巴交的农民。知道陈德愚、敬文松的来意后，辛丽父母从屋内端出两条板凳，十分热情地请二人在阶沿上坐下乘凉。

　　在交谈中，陈德愚得知辛丽还有两个弟弟一个妹妹，一个上初中，两个上小学，加上辛丽，家里一共四个娃娃读书，负担非常重。得知落榜以后，她在家悄悄哭了一场，三天后便随她一个表姐外出打工去了。她说家里太穷了，争取能出去挣点钱，供弟弟妹妹继续上学。

　　"可惜了啊，这个娃娃是个读书的料啊。这次要是正常发挥，凭她平时的成绩，考一个好大学一点问题都没有。"敬文松着急地说。

"哎——"黄桂秋长叹一声道，"这都是命啰。丽娃从小就聪明得莫法，所以才一直供她读到现在，要不然，啥时就不得让她读哒。我们这里前后几个大队，有几个女子是把高小读毕业了的哟。女子家迟早都是人家的人，写得起各人的名字就可以哒，读啷个多书做啥哟。"

"呃——话也不能这样说哈。"陈德愚纠正道，"有些娃儿喜欢读书，也是读书的料，就应该让他们读。这样才对得起他们，将来也不会有什么遗憾。所以，我建议，不要让辛丽这么早就出去挣钱，让她尽快回来，再到建兴中学复读一年，明年很可能就会考上一所好大学。只要考上大学了，你们还担心她将来挣不到钱吗？"

"话是这样说哦，陈校长呃，你不晓得我们家现在穷得像个啥样子啊。"辛万丙愁眉苦脸地说，"我们一不好吃，二不懒做，三不笨，四不傻，也不缺胳膊少腿，之所以恁个穷，就是屋头读书的娃儿太多了哇。全大队，就我们屋头读书的人最多，好多家里七八个娃儿，一个读书的都没得。人家还笑话我们，说读球啷个多书但球疼。说句要不得的话，不要说丽娃没考上大学，就算考上了，还不晓得供不供得起哟。"

"现在读大学费用很低，不会有太大负担。"陈德愚继续劝道，"这样，你们只要让辛丽回来，她复读这一年的学费，学校全免了。现在有政策，对于家庭的确困难的学生，可以申请减免学费。以前又没有听辛丽说起过，学校当然不知道你们的情况。根据我们今天了解到的情况，她具备申请减免学费的条件。"

"算哒。"黄桂秋果断回绝道，"陈校长，敬老师，你们这么远从建兴过来找她，把你们都劳慰哒，但是我们实在撑不下去了。她已经有十八岁了，长大了，也该为家里分担一些负担了。她若继续读书，几个弟弟妹妹就都搞不成事。"

陈德愚还想据理力争，但被敬文松小声阻止。敬文松故作轻松地哈哈一笑道："你们这里风景才好哟。"然后从板凳上站起来，做出观光望景的样子，绕着草房向屋后走去，同时邀请陈德愚也一起去"看看风景"。陈德愚明白敬文松是在刻意消除尴尬气氛，同时也希望与他单独商量一下对策，于是会意地跟了过去。

屋后也是一个小缓坡。敬文松看到陈德愚走过来，便小声对他说："陈校长，我看他们今天是吃了秤砣铁了心地不想让辛丽复读了，如果家长不积极配合，就算辛丽勉强回校复读，将来也会有很多麻烦。何况，谁也不敢保证辛丽明年就一定能考上大学啊。要是她明年又失利了，我们可负不起这个责哟。"

"是啊——"陈德愚边回应边抬头来漫无目标地四下张望。突然，他像中了邪一样，张开的嘴巴僵住了，久久不能合上。稍一停顿，他才大叫一声："天——哪！"然后又沿着缓坡快速向上爬了几步，停下，再回过头来看了一阵草屋。他丢下满脸疑云的敬文松，神情严肃地走近草屋土墙，一转身靠墙坐在墙脚，并认真地审视着眼前的一切。少顷，他站起身来，神情凄楚地说："我找得好苦啊！"然后便大步回到房前。敬文松目不转睛地盯着陈德愚的一举一动，神态木然地嘟哝了一句："咋个啰？"

陈德愚走到房前站定，再次认真地查看着草屋。他突然皱着眉头"噫"了一声，然后问同样站在房前的辛万丙道："老辛啊，这房子不是同时修建的吧？"说完，张着嘴，眯着眼，虽在发问，却明显是一副十分肯定的神态，只是在等待对方别无选择的印证而已。

"不是，不是。"辛万丙指着草屋说，"右边最大的这间，"大跃进"时就修了，当时是公社堆放柴草的仓库，后来就分给我们哒。

左边这两间是丽娃上高中才修的，你看嘛，墙都还是新的。以前我们在下边的大院子住，后来娃儿越来越多，越长越大，院子里那间房子就住不下哒，所以我有时晚上就来这里睡，娃儿和他妈还是住下面。再后来，又修了左边这两间，一家人就都搬上来哒。"

"这就对了。"陈德愚十分兴奋地说完，兀自走进右边那间屋子，在屋内慢慢地走，细细地看。辛万丙以为陈德愚在查看他家到底有多穷，便跟在后面自言自语道："看嘛，家里穷得只剩下土墙了。"

陈德愚发现屋角一张木桌上放着瓶瓶罐罐、坛坛碗碗，于是认真看了一阵，便动手把桌上的东西一件一件地腾到旁边的案板上，然后请辛万丙帮忙，说把桌子抬到门口去一下。辛万丙愣了一下，不知道陈德愚要干什么，但没有拒绝，二人便一人一端地把桌子抬到正对门口的地方放下。放稳木桌后，辛万丙从屋内灶台上拿出一条洗锅碗的丝瓜瓢，将脏兮兮的桌面擦扫干净。

陈德愚跨出门外，一手抓一条板凳返回屋内，将凳子靠桌放下，自己则率先面朝门口坐下，同时请辛万丙坐在下首。

陈德愚凝神朝门外望了一阵，才微笑着扭头看着辛万丙道："老辛哪，我是教书的，但我却会算命，你信吗？"

"哎——？"不光辛万丙，连门外的敬文松和黄桂秋都大为震惊。算命是当地农村最受欢迎的迷信活动，当人们无力改变现状的时候，便心甘情愿地把一切希望都寄托在虚无缥缈的命运上。黄桂秋听说陈德愚会算命，连忙抓起一条板凳便跨进屋来，将板凳面对辛万丙放下，然后请敬文松进屋与自己并排坐在这条板凳上。

"我刚才看了一下风水，发现你们这里地势太旺，如果仅你一人住在这里，估计压不住，一般会蚀财。"陈德愚煞有介事地说完，然后问辛万丙道，"以前你一个人住在这里的时候，家里丢过东西没有？"

"有！"黄桂秋大声吼道，"丢过两把锄头，有一把还是新的，就遭贼娃子偷起跑他妈哒。"

"还丢过一只粪桶子。"辛万丙补充道。

"据我推算，十几年前你们这里就被偷过，你还记得到不？"陈德愚问辛万丙道。

"十几年前？"辛万丙嘟哝了一句，又是抓头又是皱眉。一阵苦苦思索之后，他看着黄桂秋道："十几年前，啥子遭偷了哦？这舅子，这人老吧哒，记球不醒豁哒。那时娃儿还小，我们主要还是在下面住，在这里住的时间少得很。"

"当时这张桌子就放在这里的，对吧？"

"对——对，对，对！"辛万丙稍加思索便吃惊地大声回答。

"准确点说，1966年一个初冬的晚上，你没有住在这里，门也没有上锁，只在门扣上插了一根黄荆棍。当天晚上，有人偷走了屋里所有的红苕干，还将一条裤子的一只裤筒扯走了。有这回事吗？"

"哦——"辛万丙恍然大悟道，"有这回事，有这回事。我当时就想不通，狗日的贼娃子为啥要扯烂我的小衣呢？还是一条阴丹布小衣。"他脸色一凝道，"陈校长啊，没想到你真会算哪，十几年前的事你都算得恁个准。妈呀，太灵了，太灵了！"黄桂秋也大声附和说算得太准了，于是要陈德愚也给她算一下，并主动报出了生辰八字。

"我是校长，不应当传播这些东西。今天我们来这里，不是为了给你们算命，而是为了辛丽的前途。算命的事以后再说，现在我们再说说辛丽的事哈。"陈德愚说完，然后问道："辛丽去哪里打工了？远不远？"

"成都，与她表姐一起去的。"黄桂秋答道。

"哦——"陈德愚迟疑了一下说，"成都——呃——成都好，成都我熟悉得很。成都在哪个方向——呃——在我们这里的西方。"他自言自语说完，又问辛万丙道："辛丽属啥？"

"属蛇，乙巳年的。"

"属蛇——不妙。"陈德愚眉头一锁，一边用手指在桌上指点着成都和南部县的大致方位，一边说，"你看哈，南部县在这里，成都在这里，成都在南部县的西偏南方向。西属金，南属火，蛇最怕金与火，所以，辛丽不应该往那个方向走。

"还有，今年属猪，明年属鼠，蛇克猪，却能吞鼠。辛丽今年诸事不顺，明年却万事亨通，她今年考不上大学是命中注定，明年能考上大学也是命中注定。"

"可是我们实在供不起了啊，出去打工也是她自己决定的呀。"辛万丙一脸痛苦地说。

"这样，你们一会儿把辛丽在成都的地址给我，过几天我要去省教委开会，顺便找她摆摆，听听她的真实想法。另外，你家的孩子，只要能考进建兴中学，都可申请减免学费。"陈德愚从口袋里摸出大约两百元钱放到桌上，然后站起来继续说，"我们马上要回去了，这个钱你们拿去供娃娃读书。"辛万丙夫妇推辞了一阵，还是十分感动地收下了。

陈德愚誊下辛丽在成都的地址后，便与敬文松走出草屋，朝坡下大路走去。

在回建兴的车上，陈德愚一直陷入长长的沉思之中。敬文松几次扭头看过他之后，还是忍不住小声问道："陈校长，到底咋回事哦？"

"嗯？"陈德愚这才回过神来，于是笑着说，"哼，你看他们今天这个架势，与他们讲大道理，讲到太阳落坡可能都讲不伸展。农村人，就应这包药，给他们来封建迷信那一套，马上就见效了。"

"这不是在骗人家吗？"

"瞒天过海，曲线救国呀。你说得对，必须先把他们的工作做通，否则，就算我们把辛丽找回来了也后患无穷。辛丽这个娃娃，如果就这样毁了前程，我们就是在看到她跳崖啊，于心不忍哪！"

"那——十几年前的事，啥子桌子、裤子、红苕干，究竟是哪个回事哦？你真会算哪？"

"哼，说来话长。十七年前，有个小偷坐在那张桌子上吃了人家的红苕干，然后撕下人家一条裤子的一只裤筒，将裤脚打一个结，让裤筒就变成布袋，再用这条布袋偷走了人家一簸箕红苕干。那个小偷——就是我。"

"哝？"

"那个地方我终生难忘，上次我还专门去找过，没有找到，没想到今天却意外发现了。我刚才坐的那个位子，就是当年我偷吃红苕干时坐的位子。透过门框，依然能看到对面山垭上那棵黄葛树，以及树下那间白墙房。"

与以往一样，陈德愚一到成都，仍先回川大，看看以前的老师和留校的同学，尤其是李尚伦教授。李教授已经退休，陈德愚找遍桃林村和经济系，才打听到他在望江公园练太极拳。

在望江楼旁的一个露天茶园里，他们选了一张靠江的桌子相对而坐。师生相见，相谈甚欢。一阵无拘无束、海阔天空的闲聊之后，陈德愚邀请李教授在方便的时候去建兴中学看看。他告诉李教授说，那里有条宝马河，比这里的锦江还漂亮。李教授高兴应允，但条件是要等陈德愚结婚的时候才去。

开完会已是中午。用过会议餐，他便从陕西街乘车去了青羊宫，再从青羊宫步行去草堂邮局，这是他第三次去那里了。第一次去那里，他请邮局的工作人员帮忙查一下那年给学校寄钱的"张永泰"

究竟是谁。第二次去时，邮局的人告诉他说没查到这个人。他想再去碰碰运气。

途经送仙桥古玩市场，陈德愚被那些琳琅满目、真真假假的古董迷住了，于是饶有兴致地边看边与摊主闲聊起来。就在这时，从一间装潢得古色古香的门店里走出一人，不论身高、面相、肤色，还是头发的长度，几乎与谢世昆一模一样，只不过这人头发更有型，衣着更光鲜。陈德愚一惊，夺口就朝那人喊道："老谢。"

那人一愣，看了他一眼，然后用普通话对他说："先生，你在叫我吗？对不起，我不姓谢。"刚才与陈德愚聊天的那个小伙子告诉他说："这是我们老板。"

"对不起，对不起哈，你长得太像我一个好朋友了。"陈德愚边道歉边移步离开，那人也转身走进屋内。陈德愚进而发现那人转身甩臂的动作和背影，与谢世昆几乎就是同一个人。在惊叹天下之大无奇不有的同时，陈德愚自嘲道："人家谢世昆哪会说话嘛，他一放假就回旺苍去了的嘛。"

这次去邮局依然无功而返。工作人员耐心地给他解释说，虽然汇款人地址留的是草堂邮局，但该邮局并没有这个人，可见这是匿名捐赠，要查到真正的捐款人，非常困难。

从邮局出来，他按原路返回青羊宫，花八分钱便乘车去了牛王庙，他要去找辛丽。辛丽在成都工作的地址是经华街241号，陈德愚知道那里在牛王庙一带。读大学的时候，他还与同学去位于那里的成都420厂职工俱乐部，组织过一场"工业学大庆，农业学大寨"的宣传活动。

经华街 241 号就在 420 厂职工俱乐部旁边，相距不过二十丈，正对面是胜利影剧院。陈德愚找到这个门牌时，看见这里关着两扇对开的灰色铁皮门，门上横插着一根粗大的铁棍门闩，锁着大号铁锁。

在门口站了一阵，他从裤兜里摸出那张抄有地址的纸条，再次认真地看了一遍——没错，是经华街 241 号。抬腕看了一眼手表，已过下午四点，他掏出手巾擦了一把汗，然后到对面的小商店花一角五分钱买了一瓶汽水，边喝边漫无目标地闲逛。突然，他看到那扇铁门上方，赫然挂着几个三尺见方的大字——东方夜总会。

一种不祥之感向他猛然袭来。他一仰脖子喝尽瓶中汽水，当的一声扔掉空瓶，然后大步踅回到铁门前。他抬手拍了几下铁门，门内依然毫无动静。铁门旁边，有个中年男子光着上身推着三轮车在卖磁带，音箱里正传出电影《少林寺》主题曲："日出嵩山坳，晨钟惊飞鸟……"音量很高，音箱又破，听起来就像歌手患了支气管炎。男子还大声武气地吼道："来挑来选，最新流行歌曲，两元钱一盘。"陈德愚便走了过去。

看到有买主上门，那人伸手将音量调小，同时十分热情地招呼道："哥老倌，随便挑哈，刚从广州进的新货，巴适得很。想听啥子？"陈德愚说先看看，于是在放磁带的木板上扒拉了一阵，才选了一盒王洁实、谢莉斯的专辑——《何日再相会》。那人问要在机子上放一下不，陈德愚说算了。

付完钱，揣好磁带，陈德愚没有离开，而是与那人聊了起来。他扭身指着铁门上方那几个大字问道："东方夜总会是干啥的哟？"

"夜总会都不晓得嗦？"那人翻眼看了他一下才大声说道，"夜总会么，就夜夜总在这里相会噻。跳舞的嘛，是舞厅的嘛。"

"都哪些人在这里跳呢？"

"哼，哪个都可以去跳。"那人抓起三轮车上一件红色衣服，在肚皮上胡乱抹了一把后，便拖起声音唱道："各屙各的尿，各睡各的觉；晚上在一起，搂搂又抱抱。"

"听说有外地来的年轻女娃儿在这里打工，她们都干些啥呢？"

"嘿，陪人跳舞噻。现在舞厅都这样噻，到处找些女娃子来陪人跳舞。哪个舞厅的女娃子多，哪个舞厅的女娃子长得巴适，生意憋憋好，要不然，都是一群公的，还有球大爷去跳啊。"

夜幕降临，华灯初上。一阵微风过后，街上凉爽了许多。卖冰糕的，摆地摊的，纷纷占据着路边的人行道。男人光着上身，女人摇着蒲扇，三三两两地上街散步，街道顿时就活泛起来了。

刚到八点，原来黑黢黢的东方夜总会的门面就亮了起来，几个大字上，耀眼的霓虹灯在旋转闪烁。铁门打开了，两个身材魁梧、剃着光头、戴着墨镜、穿着一身黑衣服的小伙子站在大门两侧。屋内随即传出咚咚嚓嚓的音乐声，声音震耳欲聋，激越而令人亢奋。

进门左侧搭着一张木桌，两位中年妇女坐在桌前售票。桌上立着一块小牌子，上面写着"票价1元，女士免票"。

很快，男男女女便往这里汇聚。有一男一女前来的，有几个小伙子一起进去的，也有男男女女一群人嘻嘻哈哈地拥进去的。中年人也有，但年轻人居多。人们梳着漂亮的发型，男穿喇叭裤，女穿花长裙，一脸兴奋地笑。舞厅内，五彩斑斓的射灯，随着音乐摇曳。舞厅中央，一个巨大的球形旋转灯，投下如繁星一样的光斑。光斑洒在人们的脸上和衣服上，迷迷蒙蒙、如影如幻，使人如饮烈酒，沉醉而飘忽。

陈德愚在门外盯了很久，都没有发现辛丽的影子。他不知是人太多，辛丽进去时他没看见，还是辛丽根本就没有来。他正探头朝里巡视，才发现里面还有一道门，这道门正在徐徐合上，直到外面什么都看不见，什么也听不见。

陈德愚也买票进去了。灯光、音乐、人声和激情舞动的人影，令他晕眩。他把提包寄存在总台上，揣好存物牌，便在靠角处找一个座位坐下。由于跳舞的人太多，加之灯光迷蒙，他不得不频繁变换位置，但始终没有找到辛丽。

《乡恋》《小雨中的回忆》《踏着夕阳归去》《走进咖啡屋》等几曲音乐之后，仍不见辛丽的身影。他看了一眼手表，已经十点半了。当他正要起身离去时，一曲音乐又结束了，照明灯也随即亮起。

这是，他突然听见一位女孩在大声喊："丽丽，你跑到哪个塌塌去哒嘛？我找焦哒都没找到你。"从口音上判断，此女也应是南部县人。循声望去，一位身着长裙，披着长发，身材婀娜的女子出现在他眼前——正是辛丽！与在学校相比，她涂了粉、抹了唇、描了眉，简直判若两人，难怪陈德愚一直没有找到她。

辛丽与那女孩说说笑笑地从舞池中间走到墙边坐下休息。陈德愚没有惊动她，而是在离她一丈开外的地方紧紧盯着，似乎怕她突然又消失了。

一曲《美酒加咖啡》响起，陈德愚快步过去，很绅士地邀请辛丽跳舞。辛丽没有拒绝，而是大大方方地与陈德愚翩翩起舞。舞曲一结束，照明灯再次亮起。陈德愚小声叫了一声"辛丽"。辛丽一惊，十分紧张地看着陈德愚，然后带着哭音喊了一声："陈——"，便大哭着扭身就往外跑，差点将旁边几人撞倒。

陈德愚大喊一声："辛丽，不要跑。"随即也追了出去。先前喊"丽丽"的那位女孩看到辛丽哭着往外跑，后面还追着一个男子，也跟着冲了出去。

眼看陈德愚就要追上辛丽，后面追出来的那个女子却惊乍乍地大声喊道："抓流氓啊——"喊声一起，街上的人呼的一下围了过来，将陈德愚团团围住。这时，守在舞厅门口的两位光头也冲了过来，二人扒开人群，站在陈德愚面前，将他从头到脚认真地扫视了一遍，其中一人咬牙骂了一声"瓜娃子"，并猛出一拳狠狠击向陈德愚腹部。陈德愚哎哟一声用手按住腹部，同时解释道："我不是流氓，你们打错人了。"

另一人也恨恨地骂道："你个瓜娃子活得不耐烦了，敢到这里来撒野。你不是流氓谁是流氓？打的就是你。"说完一脚朝陈德愚踹去，将他踹倒在地。二人再同时上来，对他又是一阵拳打脚踢。

围观的人越来越多，大家议论纷纷。有人说，居然敢在大街上耍流氓，光天化日之下调戏过路女娃子，现在社会治安真的越来越不像话了。有人说，这个舞厅为了争舞伴，天天都有人打架。一位老大爷气愤地将拐棍在地上用力一杵："男的女的，认都认球不到，还抱在一起跳舞，不出问题才怪。这种东西，该打，该往死里打。"

一辆鸣着警笛、闪着警灯的面包车很快就开了过来。车门哗的一声开了，从车上下来两名警察，人群立刻就闪开一条口子。一名警察将倒在地上的陈德愚扶坐起来，认真观察了一下，然后问他："能站起来不？"陈德愚从地上摸起眼镜戴上，看着警察，微微点了一下头。

他双手撑在地上，艰难地慢慢直起身来，突然一个趔趄差点又倒了下去。两名警察同时抢上一步，一边一人架住他胳膊，将他扶上警车坐下。警察在现场进行了一番调查，做了笔录，就驾车"呜啦呜啦"地驶向牛王庙派出所。

6

在派出所的灯光下，警察才看清陈德愚嘴角仍在流血，脸上和额头上肿起了几个紫色的包块。一名警察走到办公桌前，从抽屉里拿出一副闪着寒光的手铐，边在桌上拍打边大声训斥道："你们这些家伙，还如此放肆，还不知收敛。晓不晓得全国的严打马上就要开始了，晓不晓得首先要理抹的就是你们这类危害社会治安的货色，咹？"

"警察同志，我不是流氓，我是一名中学校长。刚才我追的那个女子是我的一个学生……"陈德愚有气无力地说着，然后按住腹部咳了两声。他还想继续说下去，却被那名警察大声喝止道："哼，你才不害臊呢，明明是流氓，还说自己是校长，你要是校长，老子还是省长呢。有中学校长晚上带自己的学生进舞厅的吗，有校长晚上在大街上追一个女学生的吗，咹？"

"陈校长——"这时，一个带着哭音的喊声从门外传来。

原来，在陈德愚被人围殴的时候，辛丽二人已经跑远了。等她们又悄悄回到那里时，才听说陈德愚被那两个光头保安当流氓痛打了一顿，已被抓进了派出所。那位喊"抓流氓"的女子，正是这次带她到成都来的表姐，名叫斯小英。辛丽向斯小英讲明陈德愚的真实身份后哭着说："我哪里想到他会来这里嘛。舞都跳完了，我都没看他一眼，也没有认出来。我现在干的事，哪还有脸见他嘛。陈校长是学校最受人尊敬的领导，平时对我们关心得很……呜呜呜……"

辛丽打听到陈德愚被带到牛王庙派出所后，拒绝了斯小英的劝阻，并拉着她一同来到派出所。一看到伤痕累累的陈德愚，辛丽便哭喊着冲到他面前。她掏出手绢，流着泪帮陈德愚擦去脸上的血污，然后咚的一声双膝跪在地上，趴在他膝上伤心地大哭起来。

"到底是啷个回事哦?"那位警察无助地鼓起双眼。

陈德愚看着辛丽小声说道:"辛丽呀,今天发生的事,我不会对任何人讲。你是块读书的料,你是考北大的料,你应该有很好的前程。建兴中学的学生,怎么能干这种工作呢?我已去过你家了,也做通了你父母的工作,希望你能回校复读。你三个弟妹这一年的学费,我已交给你父亲了。明天你就跟我一起回去哈!"

辛丽泪如雨下,抽泣着使劲点头。

初秋深夜，皓月当空。

花果山校园外侧山腰，一个黑影在林中晃动。此人一会儿用锄头在地上使劲刨挖，一会儿用木槌将一根长长的铁钎砸入土中。他一边忙碌，一边鬼鬼祟祟地东张西望，稍有动静，便迅速躲藏起来。

此人便是秦勇全。自从发现了花果山的秘密，这里便是他终日迷恋的地方。他减少了看风水的时间，也减少了开奠的时间，甚至连家里的庄稼活他都能不干就不干，能少干决不多干。他一想到花果山下那数不尽的稀世珍宝，觉得为了挣几元钱给别人开奠时又哭又唱，简直卑微可笑得无法忍受。有时候，睡至半夜，他因激动而无法入眠，于是自言自语道："老子随便拿一件，都能买下半个县城。"

他多次到区公所找李元成，希望尽快挖宝，但每次李元成都十分耐心地给他分析挖宝必须具备的几个条件，说现在时机还不成熟，切不可操之过急，否则欲速则不达，还会酿成大祸。李元成要秦勇全耐心等待，少安毋躁，他会尽快创造条件，以成大事。谁知一等就是四年。

在漫长的等待中，秦勇全备受煎熬、几近疯狂，以至于他从自家山后的坟林经过时，都恨不得抡起锄头挖几下。有时实在按捺不住对宝物的渴望，他便只身一人，在花果山校园外侧转悠，或者远远地望着花果山发呆，一望就是一整天。

今夜，他不只观望，他要动手了。当然，他也知道，凭他一个人半夜偷偷摸摸地行动，想挖出宝贝是不可能的。但是，他这一动手，一是对自己有了个交代，因为至少已经超越了单纯的空想阶段；二是可稍微舒缓一下等待和"相思"之苦，并借此解解馋、过过瘾；三是以前对这里的思索和推理，现在可以到实地逐步得到证实了。

他自备了一些简单粗笨的家伙，偷偷来这里做些初步的勘探。砸入土中的铁钎头上有一个小钩，拔出铁钎时，小钩上会带出一点泥土，他通过闻这些泥土，以判断其中是否有金属腐蚀的气味，通过捏搓这些泥土，以感知夯土的硬度和湿度。

2

突然，他感到身旁有微弱的白光晃动，猛一扭身，果然看到一丈开外站着一人。此人中等身材，看不清面孔，一身白色衣服在皎洁的月光下十分晃眼。由于没有注意到那人的脚步声，秦勇全瞬间闪过一个念头——鬼，于是汗如泉涌，两股战战。他本能地将铁钎握在胸前，带着哭腔吼道："哪——哪个？"

那人一动不动，没有回答，只是用缓慢而平和的语调说道："既然知道这里面有宝，想必一定知道这花果山的来历，当然也应该大致清楚这山内乾坤。像你这样挖，哼，难啰。"

秦勇全一听，原来是一名行家，而且也知道了这里的秘密，这当然是一件不妙的事，但与撞上鬼相比，可就好多了。他长舒一口气，将手中铁钎插在地上，然后一抱拳道："不知高人到此，弟子秦勇全拜见大师，望大师恕罪。"

"我知道你叫秦勇全，你名气大得很。关注这里很久了吧？"

"嗯哪。敢问大师尊姓大名，府上何处？在方便的时候，弟子好登门请罪。"秦勇全觉得此人果真厉害，不敢小视。

"我是谁不重要。这花果山在这里已经几千年了，天下高人众多，能发现这个秘密的绝非只有你我二人，可这里至今安然无恙，其中必有缘由。如此庞大的墓葬，其中用于建造墓室的三合土坚硬如铁，从外到内，暗弩密布，机关重重，通往内室的甬道上，头上巨石悬空，地下利刃如林，棺椁外有虫蛇守护，内有毒气充盈，盗墓者往往还未进入外室，便做了墓下新鬼。"

"那该如何化解呢?"

"花果山绝大部分都在学校内，这里只是一点边坡，就算你把这儿的土全部挖掉，也进不了墓室。唯一的办法是，从学校内入手，自上而下，一层一层地将上面的夯土揭掉，再一边破掉其机关，一边向内挺进。如果这样，整个花果山将被夷为平地，凭你的能力，你做得到吗?"

"是啊，不容易啊。"

"花果山位于建兴中学大门东侧，它像一位威武而忠诚的卫士，一直默默地守护着学校。花果山让这所学校风景更秀丽，地势更阳刚，也让这所学校充满灵气，沾上福气。花果山占尽天下风水，建兴中学就占尽天下风水，花果山中墓主身份显赫，建兴中学则声名赫赫。所以，花果山就是这所学校的镇校之宝，是学校的福地，你为啥一定要毁掉它呢?"

"难道你不想——?"秦勇全这才听明白，对方原来是来劝阻自己的。他怀疑那人想独吞花果山，于是变得不悦:"恕我直言，这种好事，一辈子也难得遇上一回。现在只有你我才知道这个秘密，我希望咱们能联手合作，沿山打猎——见者有份，要得不?"

"掘人祖坟历来都是丧尽天良之事。我决不会对这里下手，希望你也能放过这里。"

"我要是非挖不可呢?"秦勇全不耐烦了。

"必遭报应!"那人大声说完,转身离去,白色的身影很快就溶于月色中。

次日下午,在李元成办公室,秦勇全眉飞色舞、一五一十地向他讲述了昨晚发生在花果山的那件怪事之后,望着李元成,以一副世界末日的神态说:"如果再不行动,花果山就是别人的了啊。"

李元成听完,一口接一口地抽烟,长时间不置一词。对于秦勇全讲的故事,他将信将疑。他十分清楚,秦勇全为了挖宝,已经达到如痴如狂的程度,因此,不排除秦勇全为了催他尽快动手而编了这个故事。但是,秦勇全夜上花果山,他相信这是事实。

他担心秦勇全迟早会因忍不住等待的煎熬而鲁莽行事,进而导致局面失控,于是看着秦勇全说:"我现在可以告诉你,关于花果山,我会尽快动手的,但是,你不要再一个人贸然行动了,否则,天机一旦泄露,谁都无力回天了。另外,昨晚你碰到的这个人究竟是什么人,必须尽快搞清楚,若再有机会遇到他,一定要把他给我逮住。这个秘密决不能有第三人知道,必要时——"他一咬牙,没有说下去,但眼中却掠过一丝不易觉察的杀气。

开完会从县委礼堂出来,李元成打算去妹妹家看看刚满一周岁的外甥——扯娃,同时与妹夫王文昭谈点事。之所以叫"扯娃"这个名字,据说秀英在生他时,怎么都生不出来,最后还是医生从秀英肚皮里扯出来的。

刚出大门，突然听到有人在身后喊"李县长"，李元成正纳闷儿，县政府还没有哪位县长或副县长姓李，一转身，发现魏中华正笑笑地朝他走来。魏中华走到他面前又喊了一声"李县长"说："你跑球嘟个快搓锤子啊，火烧沟子了嗦？"

"魏县长，你在喊哪个哦？"李元成皱起眉头问道。

"你这个家伙，少给我装疯迷窍的哈。现在县委县政府还有哪个不晓得你将升任下届政府的副县长？从今天公布的下一届县委委员候选人名单来看，你当这个副县长已是铁板钉钉的事了，跋都跋不脱。"魏中华发现有人陆续从县委大院出来，于是一边用眼睛余光防着来人，一边压低声音说，"我先说哈，为了你的事，我可是展哒劲的哟。"

"哎哟，把你劳慰哒。"李元成瞟了一眼来人，然后看着魏中华并笑着责怪道，"不要踏屑老弟嘛，县上领导班子明年下半年才换届，还差球八帽子远，你怎个大声武气地吼，影响不好嘛。"

"好好好，我小声喊哈，李县长。"魏中华一脸坏笑地说，"我是替你高兴嘛，提前祝贺嘞。"

"你一天简直把我拽得稀烂，跟你扯球不伸展。走，喝酒。"在李元成的提议下，二人有说有笑地往白鹤饭店走去。

酒足饭饱之后，二人来到饭店顶层的茶房，选了一个包间，边喝茶边闲聊。

"兄弟呀，在官场打拼怎个多年，一天与这个争与那个斗，到头来，一事无成，万事皆空啊。"魏中华抿了一口茶，边说边散开双臂，跷起二郎腿，懒懒地往后一靠。

"不要嘟个悲观嘛，魏县长。"李元成说罢，点上一支烟，猛吸一口，然后从口鼻中长长地射出一股烟雾。今天公布的下届县委委员候选人名单，在宣告李元成即将升任副县长的同时，也宣告了魏中华即将结束他的副县长生涯。李元成知道，一直在仕途上很有抱负的魏中华，现在一定十分低落沮丧，于是安慰道："到明年底，还有一年多的时间，还早球得很，到时再说嘛。退一万步讲，一个副县长，又有好大个搞头嘛。"

"我不服气！"魏中华把跷起的腿往地上一松，身子一直，双手放在大腿上，眼睛一鼓道，"兄弟你是晓得的，1979 年撤销'革委会'的时候，南部县县长就该是我的，结果老子只是从'革委会'副主任变成了副县长，还不球是他妈一码事啊？"

"哎——说起那年的事……如果你父亲当时在建兴中学……"李元成故作不忍言说的样子，以一副痛不欲生的表情，不停地摇头叹息。

当！魏中华端起茶盅，往木桌上重重一蹾，茶水洒了一桌。一位服务员神态惊慌地推门而入，李元成把手往外一摆，示意服务员出去，这里没事。魏中华脸上的肌肉一拧，怒不可遏地说道："陈德愚啊，你个杂种，你让我不但没当成县长，连我爹的脑壳都被狗吃了——啊——"一阵酒力潮起，魏中华渐渐哽咽起来。

"不要说这个王八蛋了。"李元成同仇敌忾、义愤填膺地说，"他妈一个教书匠，欺负了我也就算哒，居然还欺负到一个分管他的副县长头上，说出去都他妈羞死先人板板。"

"哼，放心，兄弟，这口气我是咽不下去的。老子后半生唯一的人生目标，就是整垮他狗日的。"

"不过话又说回来，建兴中学是南充地区直管的学校，南部县政府只是代管而已。他管理学校这几年，教学质量的确一年比一年好，今年高考又是全地区第一。他在建兴的影响，比老子还大，要整倒他，不容易呀。"

"也只有你才好意思说这些哦。连各家的婆娘都要到人家桶子上去屙尿哒，未必你还要忍啊？堂堂一区之长还戴绿帽子。你天天住在建兴场，我就不信给他找不出点碴子来。我要是你，整都要给他整些事情摆起。我虽然无权直接撤他的职，但是，只要他犯了错误，把柄落到我手上了，我就可以向南充教委建议撤职。趁现在你还在建兴，我还在分管教育，只要你我联手，我就不信斗不过他。但是要抓紧时间，要是过了明年，可真就麻烦了。"

"哥哥啊，不瞒你说，你真的戳到我的痛处了啊。到建兴这几年，我过得真他妈窝囊，如果明年就这样灰溜溜地走了，我不甘心哪。这样，我一定抓住这一年多的时间，你我两兄弟好好合作一回。"李元成说完，抿着嘴，神态严肃地把手伸向茶桌对面的魏中华，魏中华会意地伸手拉了一把。

从白鹤饭店出来，二人分头离去。李元成要去公安局找王文昭，在路上，他认真地思考着刚才与魏中华的谈话。

在官场上，李元成与魏中华只是面面相光而已，但在整倒陈德愚这一动机上，二人目标却高度一致，其迫切程度，李元成比魏中华有过之而无不及。李元成清楚，凭陈德愚在南充教育界的威望，要整倒他绝非易事，他认为陈德愚就是一只刺猬，与他斗，稍有不慎就会伤得十分难看。墓地风波之后，李元成以为分管教育的魏中华马上就要对陈德愚下手，真要那样，自己不伤一点元气，既可隔岸观火，又可坐享其成。

就在李元成等待魏中华出手的同时，魏中华也产生了与李元成完全一样的想法。他认为：李元成作为一区之长，自己的老婆却爱上了陈德愚，这对于任何一个男人来说都是是可忍孰不可忍；李元成长期身处建兴镇，要下手肯定比自己方便得多。因此，他也在耐心地等待李元成出手。他想，一旦李元成动手收拾陈德愚，自己就用职务之便狠狠地补上一脚。于是，双方就在这样的相互等待中，让陈德愚侥幸地平安了四年。

可是，时间不多了，双方都按捺不住了。为了一个共同的目标，两人终于达成了默契。

对于李元成而言，急于搞倒陈德愚，还有一件迫在眉睫的事，那就是花果山。他想：秦勇全已等得快发疯了，如果再不动手，他迟早会将风声走漏出去；一旦明年底离开了建兴区，自己将永远失去花果山。即将升任副县长的李元成已经有了更高的人生目标，但这需要一定的财力作支撑，而花果山则是上帝赐给他的一个金矿。问题是，只要陈德愚还把控着建兴中学，不要说挖掉整个花果山，就是在那里动一寸土，都十分困难。

6

在公安局，他听局里的人说，王文昭去定水区参与打掉那里的一个黑社会团伙行动了。他来到位于炮台路的妹妹李秀英家，一边逗扯娃玩耍，一边等王文昭。

晚饭过后，王文昭才回来。他刚换掉警服，李元成便邀他一同到外面走走。王文昭抱起儿子亲了一下，便把他交给秀英，然后与李元成一同走了出去。

"我这段时间忙得很，也没时间来看你们，最近情况怎么样啊？"李元成双手后剪，以大哥的口气十分关切地问。

"嗨呀，我们也忙得扑爬跟斗儿的呀。你晓得的嘛，严打的嘛。现在社会治安真的越来越不像话了，大白天的都有抢劫、强奸的事发生。我们今天就在定水场打掉了一个流氓犯罪团伙，一共抓了七人。从他们家里，居然搜出了十三支自制火药枪——太猖狂了。"

"这次不一样啊。听说上面要对当前各种刑事犯罪行为严厉打击，从重从快。我看，够你们忙哦。"

"嗯哪。"王文昭突然扭头看着李元成道，"哥儿，听说建兴场现在社会治安也很糟糕哦，好多人都在向县委王书记反映啰。上周巫局长还把任家刚骂了一顿，说干不好就换人。到底是哪个回事哦？"

"啧——"李元成咂巴了一下嘴皮，边走边说，"文昭，不瞒你说，这事我有责任。主要是朱四娃那伙天棒，在建兴场干的坏事太多哒，现在有人就在往县上告。严打刚开始的时候，专案组拿着一摞举报信到建兴来调查，结果看到他们在老老实实地开杀猪房，并不是信上所说的是一群不务正业、为非作歹的社会闲散人员。任家刚也向专案组证实，说那些人是在瞎球鸡巴说，说朱四娃他们早就改邪归正了，专案组也就只有相信一个派出所所长的话了嚓。当然，任家刚是看在我的面子上才那样说的哈。"

"问题是，现在朱四娃他们一天都忙着杀猪卖肉，的确也没时间干坏事啊，咋个那些人还在继续告呢？"

"哼，变狗都改得了吃屎哇？江山易改，本性难移呀。啥子都想占欺头，买猪的时候要强买，卖肉的时候要强卖，欺行霸市、短斤少两的事经常发生，整得市管会郭主任都找我好多道了。他心口子比船拐还厚，指甲深球得莫法，猪肉人家卖八角，他偏要卖一块，他说他的肉要肥些，你说是不是找起龙门阵摆嘛。昨天当场，他去猪市坝买一头猪，人家卖九十五元，他只给九十二，结果把那个卖猪的打了一顿，头上血都打出来了。这个烂鸡娃子的，弄得任家刚都想把他喊爹呀。"

"那你得好好管一管哪，长期这样下去，不光对任所长不利，对你影响也不好噻。"

"是啊，是该好好管一管哪。可是——有时候，我得靠三娃四娃帮我干点事——有些事也只有让他们去做——我才……所以，任家刚找到我的时候，我就让他睁只眼闭只眼算球了。"

王文昭不明白李元成吞吞吐吐说的"有些事"到底指的什么事，也不便多问，于是将话题一转："听说你要当副县长了？全公安局的人今天见到我就在问，巫局长都问过我两次了，是不是哦，哥？"

"哼，那是当然，不就一个副县长嘛，小意思。不过还早，明年底才得换届的嘛。"在妹夫面前，李元成浑身轻松，自信和狂傲溢于言表。他突然用神秘的微笑面对王文昭说："你晓得我今天为啥来找你不？"

"不，不晓得。"王文昭莫名其妙地摸了一下脑袋，试探性地笑着回答，"是不是给我说你要当副县长了哦？"

"哼，副县长算个球啊，我要当那个副县长，比吃醋汤面还容易。"李元成接着小声说道，"我是为你的事来的。"

"我？啥事哟？"

"哎呀，刚才你都伸了个话把把出来了——任家刚要调走了，建兴区这个派出所所长你想不想干？"李元成说完，面带微笑，用鼓励的眼神看着王文昭。

"我现在这个刑警大队副大队长干得还将就啊。"

"你呀，转业都怎个多年了，咋个还对地方官场升迁门道一点都不懂呢？你这个副大队长干得再好，至少还要再干一届大队长——我是说如果你能当上大队长的话，才能升为副局长，如果到建兴当派出所所长，就可直接升为副局长。建兴是南部县最大的区，好多人都想把那里当跳板，懂不？"

"哦——那倒是好事，但这要巫局长点头才得行噻。"

"这个你就不用操心了。你晓得我和老巫关系好到啥程度不？我们是多年的铁哥们儿，简直是同鼻子出气气，连他妈偷人的话他都要给我说。还有，我明年到县上，刚好分管公安这一块，他能不听我的？你在建兴先干上一两年，我前脚去县上，后脚就把你提为副局长。等老巫到点去政协后，南部县公安局自然就姓'王'了噻。"

"妈呀，那也升得太顺利了嘛。感谢哥儿关照哦！"

"嘿，弟兄家，说这些就见外了哈。这些好事么，我第一个想到的肯定是你噻，我不拉扯你未必去拉扯别个啊。何况你转业前就是正团级了，是县上重点培养的年轻干部的嘛。"

"那任家刚又去哪里呢？我觉得他还是挺冤的，毕竟人家是因为你才——"

"巫启旺打算把他'发配'到升钟去，只有这样，才有法给上面交代。不过，我也找任家刚谈了，说等我去县上后，再想法把他调回城里就是了。"

由于长期迁就李元成，建兴场社会治安越来越差，任家刚因此在公安局经常挨批。严打开始后，他多次向李元成表示压力太大，在处理朱四娃的一些事情上，也开始不给李元成面子了。李元成担心，如果将来发生什么事，任家刚是否还会配合都很难说了。因此，调走任家刚，调来王文昭，都是李元成在一手操弄。李元成想，就算任家刚能继续配合他，但哪有自己的亲妹夫更让人放心呢。

他在下一盘很大的棋。

放学钟一响，整个校园便哗的一声炸开了。学生如潮水般从教学楼两端的楼梯口涌泻下来，迅速填满操场，再分成几股，一股从学校正门流向建兴场，一股流向东侧门，一股流向西侧门，其余的则漫进教师宿舍和学生食堂。

　　学生食堂内，蒸饭的巨大木簧刚刚揭开，米饭的浓香与煤烟混合的特有味道，随着蒸簧中腾起的热气，弥漫整个食堂，同时钻进饥肠辘辘的学生的鼻孔，刺激其味蕾，搅动其肠胃。同学们一手拿着盅子或搪瓷碗，一手拿着箸子或饭匙，胡乱哼着流行歌曲，敲敲打打、说说笑笑地拥进食堂……

　　吃完饭的同学，便围到洗碗槽前，就着水龙头清洗饭盒饭盅。这时，一个初一模样的学生，从洗净的盅子里喝一口水，仰起头咕噜咕噜地漱口，然后将口里的水啪地吐出。突然，他尖起嗓子小声吼道："哎哟。"

　　旁边的伙伴关切地问道："杂个啰?"

　　"肚子疼。"

　　"哦，估计昨晚睡凉了。走，去开水房打点开水喝嘛。"

　　开水太烫，刚从开水房出来，先前喊肚子疼的那位同学还没来得及喝，手里盛有开水的盅子突然嚓的一声落在满是炉渣的地上，然后双手抱着肚子，坐在地上"哎哟妈哟"地大喊大叫起来，脸上立刻就浸出豆大的汗珠。小伙伴吃惊地一边呼喊一边去扶他。

这时，扶他的这位小伙伴也喊了一声："遭了，我肚子也在疼了。"然后蹲在地上，双手压住腹部，表情十分痛苦。而先喊肚子疼的那位同学，已经倒在地上打起滚来。

很快，喊"肚子疼"的声音，像被击起的无数的回声，在食堂外的空地上蔓延扩散，此起彼伏。学生横七竖八地躺在地上大呼小叫，饭盅饭盒白花花地落满一地。哭喊声、呼救声、哇哇的呕吐声、慌乱杂沓的脚步声混杂在一起，令整个食堂弥漫着无助而绝望的气氛。

食堂工人、卖汤卖菜的所有人员以及闻讯快速汇集过来的校领导和老师，以各种不管有用无用的方法进行紧急施救——掐虎口、揉肚皮、拍背、喂开水、抠喉咙……救援场所也从食堂迅速扩展到操场上，大家或抬或背或抱，将那些倒在地上的同学向操场转移。

人们找出所能找到的肥皂，在一只只洗脸盆里溶化成肥皂水，然后端着一碗碗浮着泡沫的肥皂水，让同学们喝下。喝下肥皂水的同学，随即哇哇地猛吐起来。

所有救援工作，都在陈德愚的指挥下，紧张而忙碌地展开。当他冲进食堂，看到遍地打滚的学生时，摇着头道："又下黑手了啊。"

陈德愚冲进学校办公室，用颤抖的手摇通了县委书记王善奎的电话："王书记，我是建兴中学校长陈德愚，有紧急情况汇报，十万火急！"

"什么情况？快说。"王善奎已听出话筒里声音在微微发抖。

"学生集体食物中毒，情况非常危急。"

"多少人？"

“将近一千。”陈德愚带着哭音回答。

“咹——？”陈德愚听到对方话筒啪的一声落在桌子上。

南充地委书记朱和平也接到了建兴中学学生集体食物中毒的报告。紧接着，建兴人民医院、派出所以及区公所的所有救援力量都赶到了学校，川北医学院附院、南充人民医院、南部县人民医院以及广安、西充、蓬安、阆中、仪隆等地医院的救护车，也纷纷闪着警灯向建兴场汇聚。

王善奎带着县上卫生、教育、公安等部门主要负责人，很快就赶到了建兴中学。学校会议室已作为临时指挥中心，王善奎则自任临时救援指挥长。他守在会议室，不停地接听和摇拨电话，同时用纸笔记录分析着各路救援信息。

警察立即荷枪实弹地封锁了整个学校，与救援有关的人员、车辆可以自由出入，其余人员，未经门岗允许一律禁止进出。

由于中毒人员太多，救援车辆人员又十分有限，王善奎决定将教室改为临时救护站，几张课桌一拼就是一张病床。

随着时间的推移，中毒者陆续出现了各种不同的症状。部分喝过肥皂水的同学，一阵猛吐之后便稍有缓和，有些则出现抽搐、痉挛、牙龈出血、口吐白沫、小便失禁等严重症状。对于情况严重者，便用救护车立即送往建兴、西充、南部等就近的医院进行抢救，而症状较轻者，则一律在教室就地抢救。

未在学校食堂吃饭的同学纷纷返校后，立即也参与到救援行动中。他们帮着抬病员，烧开水，送清水，打扫卫生，护理病人，传递信息，收集清洗试管。化学实验室已改为临时药剂室，理科学生在化学老师的带领下，配兑高锰酸钾或氯化钠溶液供医生使用。

校外汇聚的人越来越多了，长长的人流从校门口沿着宝马河黑压压地延伸到镇上。这些人大多是学生家长，听说学生集体中毒后，都闹闹嚷嚷地要冲进校园找自己的娃儿。由于围观人群阻碍了救援车辆的正常进出，也严重影响了现场的救援秩序，巫启旺立即调来全县所有警力维持秩序，对于不听劝阻及影响救援者，一律强制抓上警车拉走。

由县公安局、县卫生局组成的临时专案组随即成立。经侦察，从部分中毒学生未吃完的米饭中发现了麦粒，而这些学生都说，头天晚上向食堂送饭盒饭盅时都没有放麦粒。通过对剩饭、麦粒、呕吐物、排泄物进行取样化验，化验结果为四亚甲基二砜四氨中毒，即毒鼠强中毒。毒鼠强是当地人广泛使用的一种毒性很强的老鼠药。

一份侦察报告很快就送到王善奎手上：人为投毒！

县公安局立即在全校范围内展开了地毯式搜查。巫启旺下令绝不放过任何一处蛛丝马迹。食堂工作人员、卖汤卖菜的所有人员、分管后勤的罗副校长及陈德愚一并被警察带走。

已是建兴派出所所长的王文昭，手里拿着一副锃亮的手铐，站在陈德愚面前，埋着头，一言不发。陈德愚看了看他，平静地说："文昭，给你们添麻烦了。"然后双手一并就伸到王文昭面前。王文昭也喊了声"陈老师"，把头一扭，便将手铐嚓的一声给陈德愚扣上。被带走的所有人中，只有陈德愚一人戴着手铐，这是公安局特别安排的。

这起学生集体中毒事件，震惊了整个南充地区。据第二天的《南充日报》头版头条报道：这起中毒事件中，共九百七十七人中毒；由于学校自救得法，处理及时，事故没有造成人员死亡；有二十六人中毒较重，不同程度出现了肠胃出血、意识模糊等症状，但均已解除病危警告，现正在川北医学院附院接受救治，其余学生经过一周的治疗便可复学。

中毒事件发生的当天下午，全县各相关部门都在全力参与抢救学生，而分管教育的副县长魏中华，却迫不及待地向南充教委提交了一份《关于撤掉陈德愚建兴中学校长职务的建议》。当这份文件由教委送到朱和平手上时，他连内容都没看就大笔一挥：同意。

被带走的食堂工人和所有卖汤卖菜人员，在派出所做完调查笔录后，当晚就放了出来。陈德愚作为这起事故的第一责任人，在派出所关押一周之后，允许暂时离开，但得随时无条件接受调查。

经南充地区教委研究决定，陈德愚的工作被调整至学校油印室，专门为学校印刷资料、试卷兼刻写蜡纸，学校校长由主动请缨的魏中华暂时兼任。案件侦破小组成立后，王善奎任组长，巫启旺任副组长，具体侦破工作由王文昭负责。

当场天的建兴镇，总是弥漫着令人亢奋的节日般的味道。从东头的拱背桥到西头的平桥，人头攒动，熙来攘往。人们或背或挑，或扛或抬，说说笑笑、闹闹嚷嚷地来到各个专业市场，卖掉各自的农副产品，再买回自家需要的东西。于是，木材市场、篾货市场、粮油市场、生猪市场、鸡鸭市场，叫卖声、讨价还价声，乱哄哄地搅成一团。

由于赶场的人太多，街道拥挤不堪，急于赶路的人就在人群中尖起嗓子大声吼道："嘿嘿嘿，看到看到，开水烫背，开水烫背了哈。"前面的人以为后面有人端着一锅开水在横冲直撞，怕开水溅到自己身上，果真就避开了。其实，"开水烫背"的声音到处都是，似乎整条街道就是一个开水房。

铁匠铺、农资店、日杂摊、小饭店，生意也十分红火。已经卖掉农副产品的人，一脸幸福地数完一把红红的钞票，然后将钞票折成一沓，稳稳地塞进贴身的内衣口袋内，再用手在外面压一压，才走进小饭馆美美地吃上一顿。酒足饭饱后的人们，买上家里急需的洋油、盐巴、火柴，或者农药、化肥、镰刀等东西，才慢慢悠悠地往家赶。通往场镇的各条小路上，人来人往、川流不息，认识不认识的人，都会热情而兴奋地相互打招呼，顺便打探一下物价行情。

"这猪买成啥价呀？"

"十六块。"

"嗬，买得好，买着了，便宜。这猪儿一定肯吃肯长，保准长成巴掌膘。"

"大米打算哪个卖呀？"

"两角。"

"哦，这价不贵，今天大米都卖到二角五了。"

……

淳朴的山里人，总是把最美好的祝福送给对方。

拱背桥西头临碾盘河的一小块空地上，一人头戴草帽，皮肤黝黑，胡子拉碴，身旁放着一个蓝色大背包，右手端着三个鸭蛋大的锃亮的金属球，微动五指，三个球便在手掌上哗哗地旋转开来。

赶场的人越来越多了，那人停止转球，将铁球放在地上，然后从背包中拿出几个鼓鼓囊囊的白色纸包。纸包有手掌大，立面呈正方形。他将纸包一角撕掉，然后将撕口倾触于地上，包中便流出白色的粉末。那人运动纸包，用白色粉末熟练而精准地在平地上画出一个长五尺宽三尺的方框，再在方框中用纸包运腕题字。纸包或正或斜，或快或慢，粉末或厚或薄，或粗或细，他一气呵成，地上便呈现几个流畅而潇洒的大字：相逢是缘。

围观的人们看着那人写完地上那几个大字，发出一阵惊呼。当里三层外三层的人群正在议论这是何方高人时，他却突然大声唱道：

> 爹妈生我一尺五，
> 七岁送我把书读。
> 读书又怕挨屁股，
> 丢了书本跑江湖。
> 说江湖来道江湖，
> 哪州哪县我不熟。
> 买卖要数重庆府，
> 黄秧白儿产成都。
> 荣隆二昌出麻布，
> 宜宾芽菜香满屋。
> 自流贡井盐巴好，
> 内江又把白糖出。
> 温江豆油保宁醋，
> 大头菜出顺庆府。
> ……

唱过之后，他一边说"赚钱不赚钱，摊摊先扯圆"，一边从身旁的背包里，扯出两个黑色油纸袋放在地上，一个袋里装着若干个由黄表纸折好的小纸包，另一个袋里则装着十来只肥大的死老鼠。

人们哗的一下笑开了："原来是个卖耗儿药的嗦，还整得恁个神秘兮兮的，我默倒是哪个武林大侠耶。走哦，有个锤子看头。"闹哄哄的人群立刻就散去一大半。

那人既不生气，也不着急，等慢慢摆好死耗子和耗儿药，才抓起先前那三个铁球，一边旋转一边继续唱：

> 弓着腰，弯着脖，
> 光吃粮食不干活。
> 前腿短，后腿长，
> 不用梯子能上梁。
> 吃你肉，吃你糖，
> 还吃衣柜的确良。
> 咬你穷，咬你富，
> 咬你党员和干部。
> 咂你衣，咂你裤，
> 咂得床单像抹布。
> 啃你凳，啃你桌，
> 半夜上床啃脑壳。
> 打洞洞，藏角角，
> 钻进裤裆咬雀雀。
> ……

还未完全散去的人们，听到这里又哈哈地笑开了。那些闹着说没看头的人，滞住了离去的步伐。几名中年妇女，捂住嘴呵呵地笑，既害羞，又不愿意离去，红着脸骂了一句什么又围过来继续听得津津有味。渐渐有人掏钱买耗儿药了，一角五一包。那人慢条斯理地收钱、找钱、拿药，然后耐心地教买药的人如何使用，如何避免人畜误食。稍一有空，他又唱开了：

盯到买，看到买，

买了保证不得拐。

买得快，药得快，

免得耗儿谈恋爱。

你也买，他也买，

耗儿吃了就停摆。

一角五，不算钱，

顶多只称一斤盐。

一角五，不算多，

去不了香港新加坡。

回家带包耗儿药，

夜晚上床就睡着。

如果不买耗儿药，

婆娘天天寻话说。

……

人越聚越多，耗儿药也越卖越快。那人说得口角堆起了两坨白沫，两条黑黑的鼻涕也从鼻孔里挂了出来。他转身从树上扯了一片桑叶，夹在鼻子上呼的一声擤出鼻涕，将脏兮兮的树叶扔进身后河里，再用指头刮下鼻尖残留的鼻涕，扭身在鞋后跟一抹又大声吼道："不多了，不多了哈，要买要卖，动作要搞快，走过路过，机会不要错过哦。凡是买我耗儿药的，下一场把死耗子带来哈，五只死耗子换一包耗儿药哈。"

6

围观的人群中，有一个人一直在认真观察每一位买耗儿药的人，他便是穿便衣的王文昭。等到快散场的时候，耗儿药也所剩不多了，王文昭才走到那人跟前，说要买一包耗儿药，并借机和他攀谈起来。

"这位大哥，今天生意真好啊，这么早就要卖完了哟。"

"嘿嘿，我的耗儿药巴适得很，耗儿吃了憋憋戳脱。好多人就是觉得效果好才又来买的。"

"那你不是第一次来建兴场啰？"

"不是，快一个月了，每场都来，你看刚才还有人提着死耗子来换耗儿药的嘛。"

"你贵姓呢？"

"免贵姓何，我叫何勇。第一次来建兴场生意还是秋得很，人家都不相信。有个哥老倌当时也买了一包，他说回去试一下再说，效果好就多买。第二场来，他一下就把我的货全拿走了，将近一百五十包。"

"嗬，哪个家里有哪个多耗子哦？"

"我也不晓得他为啥一次要买那么多。我怀疑他把我的药又拿到其他场上卖去了，一包赚五分钱，轻轻松松。"

"你认得到这个人不，记得长啥样子？"

"认不到，每场来买药的人多得起线线，只晓得是个男的，年轻人，别的就找不到了。从那次过后就再没来过，估计还没卖完。你找他有事哇？"何勇眉头一锁，开始警惕起来。

"我一个远房亲戚也是卖耗儿药的，我看是不是他哟。"

"哦，是恁个的嗦。这样，下次他若再来，我就顺便问问哈。"他不再多说话，开始埋头收拾摊摊。

王文昭还想问问他家庭住址以及之前在哪里摆摊等信息，但看出此人是个老江湖，见多识广，警惕性极高，担心言多必失、打草惊蛇，于是拿着那包耗子药就走了。

回到派出所，他打开那包耗子药一看，果然是麦粒，颗粒饱满，色泽橙黄。他马上派人将这包药送到县人民医院检测。检测报告第二天下午就送来了：四亚甲基二砜四氨！

最近几天，王文昭都在暗中观察全建兴区所有卖耗子药的场所，包括流马、三官、碾垭、四龙等场镇，均一无所获。直到今天建兴逢场，他才发现了拱背桥这里的何勇。

然而，接下来的几场，何勇再也没来建兴场了。那些大老远提着一串死耗子来换耗儿药的人，因找不到何勇，大骂一阵后，便把死耗子扔进了碾盘河。王文昭十分后悔没将何勇当场拿下。他再次跑遍建兴附近的所有场镇，都没有发现何勇的身影。

夜深了，油印房还亮着灯。冷白的灯光将窗上的木棍拉出长长的阴影，投向满是炉渣的操场上。油印房位于学生食堂靠操场一侧，正门面对花果山，是印刷全校学生学习资料和试卷的地方。以前这里共有四名工人，负责裁纸、刻蜡纸、印刷等工作，人手一直很紧张。中毒事件后，魏中华说为了保证食堂的安全，便将仅有的这四人都抽到食堂去了，油印房如此繁重的工作，只得由陈德愚一人去完成了。他现在忙着印刷半期考试的试卷。

在钢板上刻蜡纸，可不像用粉笔在黑板上写字那样潇洒流畅，钢板上有细细的螺纹，铁笔的针尖划行于螺纹之上，艰涩难行，紧攥铁笔的五指及手腕都得同时发力。用力轻了，刻不透蜡纸，印出的文字就模糊不清，用力重了，又容易将蜡纸划破，印刷的时候就会漏墨污染页面。推动滚刷也是如此，必须用力轻推、匀缓着力，才能保证最佳印刷效果。

陈德愚也许是一位好老师、一位好校长，但绝对是一位蹩脚的油印工人。为了保证印刷质量，好几次都已经开始印刷了，他发现页面不够干净清晰，于是从罗网上揭下蜡纸，重刻重印，直到满意为止。所以他常常要加班到很晚才能完成任务。

魏中华在半期考试动员会上下达试卷印刷任务时，学校部分领导及老师认为，如此繁重的工作让陈德愚一个人去做，过于严苛。大家知道这是魏中华在落井下石，借机报复，于是建议刻写蜡纸由另外几位老师帮忙，陈德愚只负责油印就行了，却遭到魏中华的坚决反对。

他说："半期考试是学校的大事，参与试卷印刷的人越多，泄题的风险就越大，所以，这项工作只能由一个人去做，谁帮忙谁承担泄题责任。"罗副校长当即就和魏中华争了起来："建兴中学这么多年的试卷印刷，哪次不是多人完成的呢？可从来也没有发生过泄题事件哪。"

魏中华当着众人的面，也毫不客气地大声回应道："以前没发生过的事，不能说现在就一定不会发生。而今世风日下、人心不古，很多稀奇古怪的事天天都在发生。请问，以前建兴中学发生过集体中毒事件吗？"

一位头发花白的老师摘下眼镜往桌上一扔道："说到中毒事件，你作为分管副县长，就没有一点责任吗？我看你一副幸灾乐祸的样子，好像这事跟你毫不相干似的。半期考试固然重要，还有比这更重要的事，就是尽快查清投毒事件真相，给全校一个交代。现在你是校长，这事总该由你负责吧？"

"至于投毒案的侦破工作，由建兴派出所所长王文昭具体负责，这是公安部门的事，不归我管，想管也管不了。"魏中华表情复杂地扫了全场一眼道，"我晓得有些人见不得我，对当年的墓地风波还心存芥蒂，同时认为我抢了陈德愚的位子，但我也要告诉你们，我现在是县政府副县长，我来这里是地区教委和县委县政府共同研究决定的，你们以为我稀罕来接这个烂摊摊吗？"

"建兴中学的大门没有锁上，你不稀罕这个烂摊摊，从哪里来，可以回哪里去，没人拦着你。"一位刚从四川师大分过来的年轻老师站起来大声吼道。

"哎、哎、哎，"陈德愚突然从座位上站起来，右手手掌朝下频频下压道，"魏县长，各位老师们，建兴中学刚刚发生了这么大一件事，学校受到了重创，魏县长能亲自来管理我们这个学校，体现了地区教委和县委县政府对我们的关心和重视。现在正是学校最困难的时期，大家不要内讧，要团结。我们要以教学质量为重，要以学生的学业为重。不就几千套试卷嘛，大家放心，我能按质按量完成，保证半期考试顺利进行。"

全场立刻安静下来。

明天就要举行全校半期考试了。陈德愚提前一周就印好了所有试卷，并交付于教务处。按照惯例，教务处收到试卷后，都要再次核对一次试卷，因为所有试卷都是手工刻写的，难免出错。如果发现试卷有错误，将另行制作勘误表与每套试卷同行，考试的时候，监考老师只需将相应内容在黑板上注明，并提醒考生改过来则可。

按照魏中华的安排，各教研组组长在陈德愚交付试卷的当天，便开始审查核对试卷。核对完毕，大家发现只有三套试卷各出了一处错误，这是近年来试卷印刷中错误最少的一次。

可直到今天下午，魏中华才把蒋永平和陈德愚叫到学校办公室，说试卷有问题。魏中华坐在椅子上，身子后仰，跷起二郎腿，面对刚走进来的蒋、陈二人，将一摞试卷往桌上用力一掼，板起脸道："半期考试是检验全校学生学习情况的重要方式，也是检验我们老师教学质量的重要手段。这么重要的考试，怎么能如此草率、如此马虎、如此不负责任呢？居然有三套试卷都出现了错误，这是绝对不允许的，也是绝不可原谅的，这是对命题老师的侮辱，也是对广大学生的不尊重。科学的道路上来不得半点虚假，教育工作必须严谨细致，精益求精，否则，老师都是吊儿活甩的，怎么严格要求学生，怎么给学生做表率，怎么提高教学质量，唉？"

"魏县长，凡是手刻的试卷都难免出现错误，但这并不影响考试啊。"陈德愚小声说道。

"我没问你。"魏中华大声喝止陈德愚，然后看着蒋校长说，"啷个办？明天就要考试了。"

"勘误表不是都做好了吗？监考老师到时在黑板上写明，再提醒学生在试卷上改过来就行了嘛。这么多年哪次不是恁个的呢？"蒋校长明显在强忍怒气，但说话的语气表示他不会忍得太久。

"说得轻巧吃根灯草，如此重要的考试，决不容忍试卷有一丝一毫的错误。以前可以，那是你们说了算，现在不行，是我说了算。"魏中华将头一扭，用侧脸对着二人，轻蔑而居高临下地迸出两个字："重来。"

"啥——？"蒋校长吃惊道，"一份试卷光刻蜡纸就要花两个小时，明天上午八点就要开考了，咋个搞得赢嘛。"

"我管你搞不搞得赢？反正谁耽误考试，谁承担责任。"

"魏县长，"蒋校长一抿嘴道，"据我所知，试卷一周前就印好了，试卷错误也一周前就查出来了，这些你都知道，这么长的时间你不安排重来，现在才喊重来，你说应该由谁来承担这个责任呢？"

"我什么时候喊重来，还要你来安排吗？"魏中华怒目而视。

"我也警告你，建兴中学有多少年历史了？你才来混几天？建兴中学是全南充地区的重点中学，不是某些人泄私愤的公共厕所。你是校长，我当然无权来安排你。反正我也要退休了，明天我就去南充办退休手续，考试的事我才懒球得管。"蒋校长愤怒地说完，一转身就朝外走。

这时，一直不便吱声的陈德愚，一步抢到蒋校长前面拦住他去路，然后抓住他一只胳膊把他拉回来，并顺势把他按到一把藤椅上。陈德愚站着看了看魏中华，又看了看蒋永平，然后小声说道："两位领导都不要生气，学校再也经不起折腾了，现在急需一场出色的考试，让全校师生尽快走出中毒事件的阴影，所以，半期考试无论如何不能再有闪失了。事情因我而起，责任当然应由我来承担。我马上就动手，时间还来得及，保证明天上午七点前，把重印的试卷交到教务处来。"

紧张地刻写，紧张地校对，再紧张地印刷，他从罗网下翻起最后一张散发着墨香的试卷后，抬腕看了一下时间——凌晨三点！他微笑着长长地舒了一口气。高压之后的突然轻松，令他惬意而愉悦，困顿和疲乏瞬间便消散了。他脱掉围腰和袖套，从墙脚抓起一只肥皂盒，来到学生食堂的洗碗槽前，拧开水龙头，洗掉脸上和手上的墨污。

9

他从油印房出来，踩着松软的炉渣缓坡，慢慢走向操场。天空繁星点点，大地万籁俱寂，整个校园皆已入梦，他似乎已听到了均匀而有节律的呼吸声。

从校长职位上退下来，再到油印房，陈德愚一点都不觉得沮丧和失落，甚至还平添了些许前所未有的轻松和释然。学校发生这么严重的事故，作为校长，他难辞其咎，就算上级不撤他的职，他也会主动请辞。只有这样，对中毒学生才算勉强有一个交代，他才会稍稍心安一些。他现在需要认真思考的是，投毒者动机究竟是什么？如此大范围的投毒，目标显然不是针对某一个学生，何况这些学生娃又与谁有深仇大恨呢？

和平村大火过后，陈德愚就担心灾难还会发生，虽然平平安安地度过了四年，仍没有逃过这一劫。加害学生的真正动机，或许就是要把他从校长位子上赶下来，那么，自己现在已经不是校长了，学生总该平安了吧。这，也许才是他心情轻松的真正原因。

从校长到油印工人，全校师生都为他抱不平，有事没事便与魏中华顶撞，甚至利用各种机会给魏中华制造麻烦，但每次都是陈德愚出面才得以平息的。大家遇到棘手的事，不是首先去找魏中华商量，而是大喊"去油印房问芋头嘛"，这些令他十分不安。油印房固然辛苦，但那只是筋骨的劳累，与管理一个学校的心力交瘁相比，他认为这份工作简直就是让心灵度假。这种乐趣，世人难懂，那他就独自享用了。

对于魏中华，他一直有种深深的负疚感。反对魏中华将其父亲葬在校门口，陈德愚当时的确十分坚决，但安葬结束后，他也不得不接受这个现实。后来，魏大贤却被人掘了坟，抛了尸，尸体还被狗吃了，这令陈德愚十分难受——人人都有父母啊！他至今不知掘坟者是何人，更不知其动机，但他很清楚，魏中华已经把这笔账明白无误地记到他头上了。他向谁说得清呢？

魏中华一到建兴中学，对于陈德愚的报复，果然大展拳脚，无所不用其极。这些都在陈德愚的意料之中，因此面对每一次责难，他都照单全收，逆来顺受。他知道，魏中华对他折磨得越狠，心理就越平衡，只要他心理平衡了，也就能安心管理学校了。当他一个人在油印房机械地推动滚刷的时候，偶尔会微笑着自言自语道："鼠肚鸡肠，不过尔尔。"

他边走边想，不知不觉来到了位于花果山半山腰的后勤处职工宿舍外。突然，一阵奇怪的声音打断了他的思绪，他仔细一听，声音是从谢世昆的房间内传出来的，是一名男子低沉的哭声——断断续续、悲恸欲绝。

陈德愚大吃一惊——谢世昆在建兴场没有任何亲人，也没发现他近几天有客人来，这么晚了，怎么会有人在他房间里哭得如此伤心呢？他蹑足走到门前，贴耳在门上继续寻听，再次确认声音不是出自其他房屋，也不是出自收音机，而且已经听出这人在努力压抑自己的声音，抽抽噎噎地不敢放声大哭。陈德愚认真听了一阵，根本听不清他究竟在哭什么，只隐隐约约听到几句哭喊"阿妈"的声音。

他慢慢回到油印房，挪一条板凳，在面朝花果山的一扇窗内坐下，目不转睛地盯着谢世昆的木门静待天亮。

快敲起床钟了，谢世昆的屋内亮起了灯，木门随即吱呀一声打开了，他看到谢世昆那熟悉的身影从山腰上快速下来。

等第一声钟声响起后，陈德愚从油印房出来，快步爬上山腰，轻轻推开谢世昆虚掩的木门，一看，屋内空无一人。他快速查遍床下床后以及木柜里面，仍未发现任何人影。钟声结束前，他重回到油印房内，关起门来，陷入长长的思索之中。

在李元成的扶持下，朱四娃的杀猪房生意越来越红火了，除肉摊卖肉外，区公所、供销社、铁模社、人民医院，甚至榨油坊等单位，看在李元成的面上，也会经常到这里买肉。因此，杀猪房天天烟气腾腾，闹闹哄哄，一派繁荣景象。

朱四娃也越来越忙碌了，他成天不是忙着送肉收款，就是忙着买猪杀猪，顾了这头，丢了那头，按下葫芦起来瓢。而他的同伙中，大多是些好吃懒做、偷奸耍滑之徒，天天吵着闹着不是说工资低就是说伙食差，在卖肉时偷点零钱、藏坨猪肉的事也经常发生，这些令朱四娃心里越来越不烫热。

本来以前送肉的事是千万干不得在做，可他也让四娃十分失望。千万干不得上个月送十斤肉到榨油坊，想让冬瓜只算八斤，将多出的两斤肉钱补给他。冬瓜认为沿山打猎，见者有份，自己也要占点好处，于是只愿补一斤肉的钱。由于千万干不得一毛也不肯拔，冬瓜没占到一分钱的好处，四娃去收款的时候，冬瓜便将这个秘密告诉了他。四娃回到杀猪房，抓起擀面杖将千万干不得痛打一顿之后，就再也不让他送肉了。

千万干不得真名叫胡正宝，这个怪怪的名字是他的绰号，准确点说是他妈的绰号。大炼钢铁的时候，公社组织人马到很远的"钢厂"炼钢，为了"赶英超美"，厂里白天黑夜不间断生产，社员晚上只得住在工棚里，男男女女都挤在一间大地铺内，男女各睡一排。

361

由于男女两排紧挨在一起，公社书记害怕晚上闹出是非，就各安排了一名先进分子把守各自边界。谁知睡到半夜，那名男先进睡梦中一翻身，就把手搭在了女先进的胸部上，女先进吓了一跳，立即将男先进的手推开，并小声说道："现在千万干不得哈。"男先进没有听到这句话，却被刚下班回来的另一名社员听到了。从此，女先进就有了"千万干不得"这个绰号。胡正宝在建兴场鬼混的时候，人们都知道他是"千万干不得"的儿子，时间一久，干脆就把他也喊成了"千万干不得"。

捡娃投奔四娃后，一日三餐总算有了保障，晚上也不再露宿街头了，更为关键的是，大家都知道他是四娃的跟班，不仅没人再敢喊他去干活了，有时还主动和他打招呼。他从别人笑着和他说话的眼神中看出，他不再是以前的流浪儿了，他是居有定所有工作有组织的人了。他有四娃这棵大树罩着，四娃又背靠区长这棵大树，所以，他常常认为自己也是区长的人。于是，脆弱的安全感快速膨胀起来，年幼的虚荣心得到了极大的满足。

日常生活中，他或去猪市坝买猪，或在杀猪房杀猪，或在肉摊上卖肉。日出的时候，他外出劳作，日落的时候，他归杀猪房而息。他的生活有了规律，也有了目标，他的日子渐渐变得自在而阳光灿烂起来。

与其他人不同，他从不挑三拣四、拈轻怕重，不论什么脏活苦活，他都抢着干。月底发工资的时候，他总是笑着对四娃说："我现在什么都不用买，要钱有啥用啊？不要！"

由于捡娃对四娃既感恩又崇拜，因此，他对四娃可谓忠心耿耿、言听计从。一次，他与千万干不得卖肉回来向四娃交账，千万干不得少算了两角钱。他用扒火棒在地上认真算过后，当众戳穿了千万干不得的阴谋，并要他交出那两角钱。千万干不得还想抵赖，捡娃提起杀猪刀就要与他拼命，吓得千万干不得马上从裤兜里摸出了两角钱。

　　四娃也越来越信任捡娃了。一次晚饭后，四娃当着众人宣布：如果他本人不在的时候，所有人都必须听从捡娃指挥；捡娃说的话就是他说的话，任何人不得违抗；发工资的时候，奖谁罚谁，发多发少，他将充分听取捡娃的意见。从那以后，在整个杀猪房，捡娃年龄最小，权力却仅次于四娃。

　　半年时间过去了，由于吃得饱，睡得好，捡娃明显长高了一大截，身体越来越壮实了，嘴唇上也开始冒出一些黄黄的绒毛。在四娃和赵瞎子的带领下，捡娃已熟练掌握了杀猪、烫猪、分肉、翻肠、卖肉等一系列技能。

　　四娃杀猪房的生意越来越好，污染也越来越严重。首先是杀猪烫猪的污水直接排进了宝马河；其次是粪池里越来越多的粪水，河滩地根本存不住，也流进了河里；再次是卖不完的猪肠猪肚，全都扔进了宝马河。

　　位于杀猪房下游的建兴中学，便成了最直接的受害者。早在夏天的时候，学生下河游泳后，就浑身发痒起红疹。到河边洗衣服的同学，发现衣服越来越洗不干净了——白衣洗黄，黄衣洗黑。

　　河水一天天变黑，一天天变臭，人们已难以看清河底的水草和游鱼了，倒能看到水面上翻着白肚皮的死鱼。夏天雨水丰盈的时候，污水还能很快被稀释并流向下游，可降雨一减少，河水流速渐缓，大量污水便积在映月湖。湖上漂浮着越来越多的灰色泡沫和已腐烂的动物内脏，使映月湖看起来就像一个黑乎乎的大粪池。

　　一阵微风从河里飘进教学楼，带来的不是清爽惬意，而是一阵令人作呕的恶臭。同学们如避瘟神般快速将临河的窗户关上，整幢教学楼便如飓风般响起了一阵啪啪声。

下课钟一响，忍无可忍的学生便三五成群地到油印房向陈德愚诉苦。学生越聚越多，大家闹闹嚷嚷地要陈德愚想个办法。陈德愚本来正在赶印一份毕业班复习资料，满脸满手都是墨污，他站在门口，一边在围腰上擦手，一边对大家说："我现在是一名油印工人，能拿朱四娃怎么办呢？这事如果由学校出面找区公所，或许能得到解决。你们先回教室上课，暂时忍一忍，我待会儿去找一下魏县长看看。大家不要闹，千万不要闹哈，快回教室吧！"陈德愚把手朝外一摆，众人就听话地纷纷离去。

干完手中的活，陈德愚既未脱下围腰袖套，又未洗脸洗手就走向行政楼，在五星花园刚好碰上魏中华。魏中华看到陈德愚过来，立即转身走开，陈德愚几步跟上，冲着魏中华后背喊道："魏县长，杀猪房的污染的确太严重了。刚才一群学生来找我，要我帮忙。你看能不能找区公所商量一个解决办法嘛？"

魏中华站定，回过身来，从头到脚认真地看了一阵跟在身后的陈德愚，然后用十分嫌恶的口气说："找你——？那你去解决噻。"说完又转身走进了行政楼。陈德愚呆立在原地，目光茫然地撩起围腰用力擦手。

回到油印房，陈德愚便铺纸提笔，实名给王善奎写了一封举报信。他说，朱四娃的杀猪房虽然"大跃进"时就有了，但那时养猪杀猪都少，粪池的粪水浇地都不够用，所以当时根本没有污染，而现在污染已十分严重了，不仅污染了美丽的宝马河，还严重影响到建兴中学学生的学习和生活，因此，建议立即关闭该杀猪房。

王善奎在信上批了"请元成同志调查处理"几个字后，这封信便转到了李元成手上。李元成看完信，轻蔑地自言自语道："死而不僵啊。"然后便将这封信扔进抽屉，再无下文。

晚饭后，三三两两的学生便围着报亭看报纸。以前晚饭后大多喜欢逛河边，现在河水又脏又臭，来看报纸的人自然就多了。这里是除教室以外，学生吸收知识营养的另一片沃土。

辛丽也在。当她刚从一面报墙移步到另一面报墙时，一侧身发现陈德愚也在看报，于是喊了一声"陈校长"。陈德愚这才看见辛丽，便高兴地把她叫到旁边小声说："辛丽，听说你这次半期考试考得不错哦，复习班第一名。这个成绩不容易呀，要保持下去哈。要总结高考失利的教训，从薄弱环节下手，多练试题。要劳逸结合，轻装前进，不能有任何思想包袱哈。"

辛丽点头答应，随即却支支吾吾欲言又止起来。陈德愚看出她还想说什么，于是问道："遇到啥子困难了吗？是不是缺钱用了？有啥子就给我说哈，千万不要影响学习哟。"

"没、没、没、没有。"辛丽不停摇头，然后小声说道，"有件事，我想了一整天，又不知该不该给你说。"

"呵，还想了一整天？啥子事，说来听听。"陈德愚大声鼓励道。

辛丽十分警惕地环顾一下四周才小声说："食堂中毒事件发生的头一天晚上，刚下晚自习的时候，我从教室出来急着去上厕所，看到了朱四娃。"

"咹？"陈德愚大吃一惊，然后小声问道，"你确认是他？"

"肯定是他。年初与他在河边干过一架，他化成灰我都认得到。"

"他手里拿什么东西没有？"

"没看清楚。我看了他一眼，他在食堂外的操场上闲逛抽烟。他也看了我一眼，估计没有认出来。"

"为啥不早点告诉我呢？这可是一条非常重要的破案线索啊。"

"我当时不是也中毒了吗？后来昏昏沉沉地就把这事搞忘了，再后来就是半期考试了。今天上午，我从拱背桥横街路过，看到他在那里卖肉，穿一件红蓝相间的粗格子夹克，才突然记起那天晚上来学校他穿的就是那件衣服。"

"好，我都知道了。这事你不要告诉任何人，也不要再去想这件事了，免得影响学习，我晓得该怎么处理。"陈德愚说完，丢下辛丽便朝建兴场快步走去。

4

派出所也位于莲花上街旁的缓坡上，与区公所相距不过三十步，去区公所必从派出所门口经过。所长办公室的门关着，但屋内已经亮起了灯。陈德愚举手轻敲了一下木门，便听到王文昭在里面大声问"哪个?"接着门便打开了。他看到陈德愚站在门口，惊喜地喊了一声："陈老师，嗨呀，请进，请进。"陈德愚进屋后，王文昭拉过一把翻板椅请他坐下，然后就哗啦哗啦地找茶杯茶叶。

屋内只有王文昭一人，桌上放着一摞资料和一支打开的钢笔，看样子他正在研究这些资料。

"还在忙啊?"陈德愚关心地问。

"没有，没有。"王文昭泡好一杯茶放在陈德愚面前，然后与陈德愚对着办公桌坐下才说，"陈老师啊，不瞒你说，这段时间还真不好过。学生中毒这个案子已经把我脑壳都整大了，好不容易发现一点线索又中断哒。我现在正在整理材料，要定期向公安局汇报侦破进展，可我拿啥子汇报嘛。"

"哎呀！啥子线索哦，咋又断了呢?"

王文昭把发现何勇的事告诉了他，然后十分懊悔地说："我也是太着急了，当时就问了他一些问题——打草惊蛇了。但可以肯定，何勇绝对是一个非常关键的人物，他应该多少知道一些情况，否则他不会放弃生意不做，连建兴场都不来了。"

"可惜了，的确可惜了。"陈德愚端起茶杯抿了一口水，然后看着杯中浮茶，好一阵才抬头看着王文昭说，"文昭，建兴场地方不大，但水深得很，要破这案子，恐怕不会一帆风顺，你要有充分的思想准备哟。"

"不是啥？五年前的和平村大火，该也是一件大案哈，可至今都没破。任家刚离开建兴，这也是原因之一啊。我来这里的时候，巫局长还特别提醒我要继续关注那个案子，哪晓得还没找到一点把把系系，又摊上这事。唉——"

"朱四娃你应该很熟悉吧。"陈德愚边说边伸手端茶杯。

"当然，他是我老表。"王文昭突然眉头一锁，"你是说——？"

"没有，没有。"陈德愚端起茶杯，只噗噗地吹了两下，又将茶杯轻轻地放回桌上。他笑着看了王文昭一眼，才神态轻松地说："学生蒸早饭的饭盒饭盅，头天晚上就要送进食堂，根据食堂工作流程，投毒也只有在头天晚上进行才有机会。而就在那天晚上，有人在下晚自习时，看到朱四娃在食堂外的操场上闲逛，身穿一件红蓝相间的粗格子夹克。"

"哎——？"王文昭神态木然地端起杯子，凑到嘴边，才发现杯盖没有揭掉，于是又慢慢放回茶杯，面对桌面发呆。过了一阵，他才望着陈德愚说："陈老师，你还知道什么情况尽管说。你放心，不管是谁，只要违法，我决不护短。建兴中学也是我的母校啊！"

"我也只知道这一点。知道并向你们提供破案线索是我们的义务，怎么侦破那是你们公安部门的事。当然，这也只是一条线索而已，并不能说明他就是投毒者。"

"那是，那是，一切都要以事实为依据。我这几天正在对全建兴场有前科的人员进行排查，其中也有他，他以前干的坏事太多了。"

"那就好。不过，他这几年一直在建兴场为非作歹，却毫发无损，你更应该研究一下其中的原因。"陈德愚说完，意味深长地看着王文昭，发现王文昭也在神情专注地盯着他。二人眼神相接，不再言语。

关于陈德愚、李元成、梅兰之间的恩怨，王文昭婚后很快就知道了。陈德愚今天的提醒，让他十分不安。

第二天早上刚上班，王文昭就叫派出所民警曹正平去把朱四娃找来。曹正平先去杀猪房，捡娃告诉他说四娃到摊上卖肉去了。他又到肉摊上，看到四娃果真在忙着卖肉，于是上前小声对他说："四娃，王所长喊你去一下，他有事要问你。"

四娃先是一愣，然后麻利地把称好的肉交给一位中年妇女。收钱找钱之后，他突然看着曹正平眼睛一鼓道："你没看到我现在正忙得扑爬跟斗儿的嗦？清早八晨的，就喊我去派出所，撞你妈的鬼哟。给老子爬！"说完便抓起分肉刀继续为客户割肉。

曹正平灰溜溜地回到派出所，把所有情况向王文昭如实汇报。王文昭听罢大骂一声"废物"，然后又叫来三名警察，命令他们戴上手铐警棍，去把四娃强制带来。四娃这次没有嚣张，他把摊子交给随后赶到的捡娃后，便乖乖地随几名警察来到派出所。

四娃走进王文昭办公室后，王文昭挥手让其他人员退去，然后把门插上。四娃兀自拉过一把椅子，隔着办公桌斜对着王文昭坐下后，从裤兜里摸出一包"春耕"，抽出两支，扔一支到王文昭面前，自己划燃火柴点上一支。王文昭将滚过来的那支烟往旁边一拨，然后静静地看着四娃抽烟，长时间一言不发。

"老表，知道我为啥喊你来吗？"王文昭看见四娃手中那支烟快抽完了，才小声问道。

"你还认得到我们这些穷老表嗦？"四娃猛吸一口烟，将烟屁股砸在地上，一脚压灭，说，"你是所长，你有警察，有电棍，有手铐，你想抓哪个就抓哪个。球大爷晓得你为啥要喊我来呀？"

"拱背桥卖耗儿药的何勇，你认识吧？"

"哪个何勇哦？认球不到。"四娃把头一扭，一副很不耐烦的样子。

"你在他那里买了好多耗儿药？有一百五十包吧？"

"我好久买过耗儿药哦？"四娃把眼睛一鼓，大声吼道。

"你到底与建兴中学哪个有仇？"

"我跟哪个有仇哦？跟哪个都没仇。"

"跟陆小军也没有？"

"有——没有了。"

"那你为啥要去食堂投毒，唵？"王文昭厉声喝道。

"王文昭！"四娃大喊一声，愤怒地从椅子上哗地站起来，指着王文昭咆哮道，"你以为所长就了不起嗦？你破不了案就想拿我垫背嗦？告诉你，王文昭，建兴场也不是你一个人的天下，少给老子来这一套。我也不是好欺负的，惹毛哒，老子统统不认黄，大不了就拼命，怕锤子。"四娃一阵怒吼之后转身便去开门，王文昭猛拍一下桌子道："站住！"四娃一惊，果真僵立不动。

王文昭密如连珠地发问，是想故意激怒四娃，搅乱他的思路，迫使他快速做出反应，以趁机发现漏洞。四娃被激怒大吼时，王文昭却在冷静地观察他的言语、神态、眼神和动作。初次交锋，他并没发现明显异常，于是对仍然站着的四娃小声说："四娃，你先坐下，我还有话要跟你说。"

四娃拧着脸，十分不情愿地将身子重重地朝椅子上砸下去，木椅发出嚓的一声轻响。

"四娃，我不会冤枉任何一个人，毕竟你我还是亲戚的嘛，但是，你得无条件配合我的调查，必须如实回答我的所有问话。清者自清，浊者自浊，如果这件事是你干的，想赖是赖不掉的，如果这件事与你无关，谁也不会把这盆屎扣到你头上。你在建兴场名气太大了，所以你得与我一起证明你与投毒案无关，懂吗？"

"那你刚才为啥不分青红皂白就说是我投的毒？"四娃神态稍有缓和。

"那只是我个人的说法，并不算定罪，但要证明你没有投毒，就得靠你自己了。"

"各家悄悄的呀，我啷个证明嘛？"

"中毒事件发生的前几天，你都在干啥？"王文昭继续问道。

"恁个久了，哪个还记得到哦，不是买猪就是杀猪，再不就是卖肉、收款，反正一天到黑就搞这些名堂噻。"

"那几天你去过建兴中学没有？"

"没有。"

"中毒事件发生的头一天晚上，你到哪去了？"

"记不到了。"

"去建兴中学没有？"

"没有。"

"确定？"

"确定。"

王文昭不再问话，而是站起身来打开门走出办公室。走到外面过道上，他喊了一声"小曹、小廖"，一间办公室里有人"哦"了一声，便出来几名警察。王文昭转身指了一下仍朝里坐着的朱四娃对他们说："把他给我关起来！"说完便朝区公所走去。

四娃惊恐地喊了一声："你们要干啥子？"没人理他，一名警察便嚓地一下将他铐住。他扭动几下身子，觉得反抗无用，索性就不再折腾了，便十分顺从地蹲进了留置室，一副大义凛然的样子。

李元成的办公室开着，但屋内无人，王文昭一打听，才知道区公所正在开会。他来到会议室，透过门缝往里一看，会议室果然黑压压地坐满了人，李元成和万建国都坐在主席台上，同时听到李元成正在大声讲着农作物的病虫害防治问题。这时，从门缝中突然冒出一颗脑袋——袁建军，他看到是王文昭，于是轻轻打开一点大门挤了出来，然后反手把门带上。

袁建军问王文昭道："王所长，找人哇？正在开会。"

王文昭说："哦，我找李区长。没事，我等一会儿就是。"袁建军说了声"要得嘛"，又钻了进去并将大门关上，一点缝隙都不留。

大约一袋烟工夫过后，李元成才从会议室出来，看到王文昭便笑呵呵地问："有事哇？"

"有点小事要向你汇报一下。"王文昭边说边随李元成走进办公室。待李元成坐下，王文昭才面对他坐下小声说："建兴中学投毒案有点线索了。"

"嗯？"李元成脸色一沉，"有线索了？什么情况？"

"也只是线索而已。"王文昭轻描淡写地说，"昨晚我得到可靠消息，中毒事件发生的头一天晚上，有人在下晚自习时，看到四娃在建兴中学，穿一件红蓝相间的粗格子夹克。但我刚才把他找来问他，他却说那天没去建兴中学。"

"万一他真没去呢?"

"在这一点上,要么给我提供线索的人在撒谎,要么四娃在撒谎。凭我的直觉和判断,四娃在撒谎。"

"要有证据哦,不要凭直觉哦,哈哈哈。"李元成笑着点上一支烟,然后把烟盒扔给王文昭,王文昭接过烟盒放在桌上,并未取烟。

"我问他中毒事件发生的头一天晚上去了哪里,他说记不到了,又问他去过建兴中学没有,他却十分肯定地说没有去。他去了哪里都记不清楚,独独记得没去过建兴中学,这前后存在着一定的矛盾关系,证明他可能在撒谎。而给我提供线索的人,我非常了解他,他从不撒谎。问题是,四娃为啥要撒谎呢?他想隐瞒什么呢?所以,他身上有重大疑点。根据有关规定,重大案件的重要嫌疑人,公安机关有权关押审问,所以我已将他关起来了。"

"呃——不行、不行、不行,这样坚决不行。"李元成突然脸色大变,一边挥手一边说,"文昭,不管哪个说,大家还是亲戚,倒拐子嘛弯内不弯外噻。现在你只是怀疑,等有了证据再抓也不迟嘛,他又不会飞球哒。你说的那个给你提供线索的人,我晓得是哪个,不管你多么信任他,都要讲证据噻。何况,四娃那个杀猪房,现在生意好球得莫法,你把他抓起来,不是要把它整垮吗?他花了那么多钱开杀猪房,如果垮了,可能裤儿都要亏脱。现在全国都在支持发展个体户哦。

"说句公道话,他每天早晨鸡打乱叫就要起床杀猪,晚上摸天地黑才落屋,一天累得皮搭嘴歪的,忙得屁都没时间放,哪还有时间去干那些莫屁眼儿的事哦。你想嘛,他与学校又没得仇,就算年初与陆小军打了一架,那也只是他两人之间的恩怨噻,何况那个娃儿已经到成都体院读大学去了的嘛。依我看,投毒者很可能就是学校内部的人。你想,制造这么大的事端,动机是什么?很明显是针对陈德愚噻。谁又想整垮陈德愚呢?想当校长的人噻。"李元成得意地将右手手背在左手掌上用力一拍，然后双手一摊，"好简单的道理哟。"

"既然公安局责令由我来负责这个案子，那么任何蛛丝马迹我都不会放过。四娃身上的疑点在没彻底消除之前，我可能还得对他进行调查哟。"

"调查，当然要调查，不调查清楚咋能还他清白呢?"李元成端起茶杯才发现杯中无水，于是将杯子放下，看着王文昭说，"文昭啊，建兴这个塌塌水深得很啰，有些事不必太过认真。像你这种军人脾气如果不改，老是一根肠子通屁眼儿，迟早是要吃亏的哟。你看哈，和平村大火该不是个小事哈，任家刚调查了几年，连个把把系系都没找到，也没啥子嘛。还有，我去县上工作后，你跟到就要去公安局了，所以，费力不讨好的事尽量少做，案子破不破都但球疼。"

王文昭不再说话，静坐片刻后便起身下楼。李元成也跟了下去，说要亲自到派出所看看。二人一同来到派出所留置室门口，李元成看着铁栅栏里若无其事的四娃大声说："配合公安机关调查，是每个公民应尽的义务。你知道什么情况，都必须尽快如实向王所长汇报，听到没有?"四娃在里面非常放肆地"嗯"了一声。

李元成又看着王文昭说："让他先回杀猪房，有什么需要调查的，随时喊他来就是了。放心，我担保，出了什么事我负全责。"王文昭没有吱声，只是从一名警察手中拿过钥匙，打开铁栅门，把四娃放了出来。

由于长期忙于学校事务,陈德愚回老家的时间越来越少了。到油印房后,虽然劳动强度比以前大得多,但思想负荷却轻松了不少,也较能自由地安排自己的业余时间了。最近几天,他总是在想,该回底下湾看看了。

礼拜天刚好是老父亲的生日。星期六下午一放学,陈德愚便邀上谢世昆一同朝底下湾走去。谢世昆已经不止一次去底下湾了,他在建兴没有亲人,陈德愚觉得他太过孤单,但凡回老家,都会把他邀上。那天夜里听到谢世昆屋内的哭声后,陈德愚百思不得其解,因此,他也想借此机会对谢世昆再做些观察。

二人刚走到碑坪子,就远远地听到山坡上一名妇女正尖着嗓子在骂人。陈德愚听了一阵,才听出她家一只母鸡下的蛋被人偷了,这是在骂小偷。鸡蛋一角五一个,卖一个鸡蛋可称一斤盐,打四两洋油,买七盒火柴。在当时农村,一家人称盐打油的钱,大多靠卖鸡蛋,所以才有"鸡屁股银行"这一说法。

这名妇女骂人,不仅语言恶毒、声音大,而且极具爆发力、节奏感。她每骂一句,一只脚在地上一顿,身子一抖,双手同时在大腿外侧用力一拍,似乎那尖乍乍的声音是用双手拍打出来的。她骂人时,动作的力度、弧度与声音的高低快慢完全对应——声音快则动作疾,声音慢则动作缓,声音越高动作越猛,声音结束则动作止歇,可谓步调一致,整齐划一,但不知是声音在引领动作,还是动作在伴奏声音，总之极像一位在舞台上倾情演出的三流摇滚歌手。

陈德愚实在听不下去了，他让谢世昆在下面等着，独自沿着一条斜斜的小路爬了上去。走近一看，才发现是大嫂——陈德智的老婆张莲花。张莲花看见有人走过来，停止了叫骂，随后才看清是陈德愚，于是脸一红道："他二爹回来哒。"

陈德愚喊了一声大嫂说："一个鸡蛋，犯得着这样吗？看你都骂的些啥哟，太难听了，这让娃娃们听见影响多不好啊。"张莲花没有说话，觉得刚才的骂声被大知识分子听见，的确很丢人，于是十分难堪地往坡下走去。

进入院子，陈德愚才发现冯文普老先生也来了，正与父亲及另外两位堂兄弟围着院坝里的一张方桌打长牌。几个小娃娃流着鼻涕追来撵去，院子里充满着喊叫声、嬉笑声、说话声，十分热闹。

陈元礼看了陈德愚一眼，边摸牌边笑着埋怨道："你还晓得回来呀？我还说喊几个孙娃子抬个轿子去学堂请你哩。"陈德愚知道父亲心里高兴在说笑话，没有接话，只是笑着喊了一声冯伯伯，随后便把谢世昆介绍给他。

院子里其他人都认识谢世昆，但冯文普与他还是第一次见面。冯文普刚与谢世昆打了一声招呼，看到上家打出一张牌，小孩般笑着双手一拍，大声吼道："拐子——割了，哈哈。"

冯文普笑呵呵地收好钱，动作麻利地洗好牌，然后叼着烟袋喊陈德愚去把灶孔洞洞头的火柴拿出来，说外面的火柴用完了，陈德愚就去灶屋拿来火柴给他点上。堂兄德敏请谢世昆打牌，谢世昆挥手拒绝了。堂弟德贵也起身让陈德愚入座，陈德愚笑着说："你两个安安心心地陪两位老人家玩高兴、玩好，烧水泡茶、准备晚饭的事都算我的。我好多年没打过牌了，也不想打，你们玩就是。"

陈德愚提起温水壶往茶盅续水时，才发现水壶已干，于是就去灶屋烧水。这时，德慧的老婆蒲秀芳从院外背着一夹背红苕藤进来

�在屋外阶沿上，走进灶屋才看到陈德愚坐在灶前，于是喊一声二哥道："哎呀，莫把衣裳给你整脏哒，这哪是你做的活路嘛，坐哒耍，我来烧。"她走到灶孔前把陈德愚喊起来，自己便坐下挽柴喂灶。陈德愚看见水缸里水已不多了，挑起木桶就去屋外水井挑水。

一会儿，院门被推开，德智的小儿子春狗斜挎一个黄布书包，跌跌撞撞地冲进来，跑到陈元礼面前气喘吁吁地说："爷耶，幺爹……幺爹……"

"幺爹啷个啰？"陈元礼将手中的牌扣在桌上神情严肃地问。春狗叫的幺爹就是陈德愚的弟弟陈德慧，在土地垭小学当民办教师。春狗是他班上的学生，刚放学回家。

"幺爹——幺爹他坐在山上地头叫唤——"陈德愚听说德慧坐在地里哭，很惊讶，从小到大，他还很少看到弟弟哭过。陈元礼、陈德愚及蒲秀芳等人立即就随春狗一起朝山上爬去。上山后，众人看到德慧果然坐在地上，嗷嗷地哭得很伤心，还不时横起袖子揩眼泪。他身边倒着一挑粪桶，粪水洒了一地。

"你球日疯哒？男客家家的哭个锤子啊。"秀芳边收拾粪桶边吼道。

德慧果真就不再哭了，仍坐在地上，看到陈德愚便喊了一声"二哥"，然后讲出了事情的原委。

农村小学的民办教师，真实身份实际是农民，教书只能算副业。土地垭共有三名老师，其中两名都属民办。学校厕所的粪水很稠，是庄稼人十分喜欢的肥料，去学校的时候，陈德慧就挑一挑粪桶去，放学的时候便捎一挑粪水回来。以前都是他自己用粪舀舀在茅坑里舀起粪水将粪桶灌满，可今天一放学，他看到两只桶已经灌好了，估计是学生帮忙干的。他十分高兴，说娃儿些真懂事。

他挑起粪桶就往家走，但总觉得今天粪桶特别重，他怀疑可能是肚子饿了，或者感冒了。才几里山路，他就停歇了好几次，才艰难地将这挑粪水挑到山后的庄稼地里。当他从地边黄荆笼里抽出粪舀舀到桶里舀粪泼地时，粪舀舀被重重地杵了一下。原来桶内全是石头，再舀另一只，仍是。他突然记起，今天上午他批评过五年级的两个学生，这两个家伙是全校有名的捣蛋鬼。他当即明白了是怎么回事，感到十分伤心，于是砰砰地将两只粪桶踢倒后，便坐在地上哭了起来。

陈德愚把德慧从地上拉起来，一边帮他拍去屁股上的泥土，一边笑着劝道："我还以为多大个事呢，不就白挑一趟粪嘛。男儿有泪不轻弹，这都值得哭么？"

"二哥，白挑一趟都无所谓，我也不心疼这点体力，我想不通的是，这些娃娃咋会这样医治我呢？我说他们两句也是在帮他们改正错误啊，我是他们的老师，天天还巴心巴肝地教他们学知识啊！"

陈德愚在与众人一起下山途中，自言自语道："社会风气——真的在变了！"

院子里的人越聚越多，挂在木柱上的有线广播也定时响了起来。有线广播是当时农村唯一的信息窗口和娱乐中心。乡广播站正在播放著名表演艺术家邹忠新老师演唱的金钱板——《武松打虎》：

> 油菜花开遍坡黄，
> 大路上走来武二郎，
> 手提齐眉短哨棒，
> 背上横背小包囊。
> 好汉回家看兄长，

前面就到景阳冈，

太阳晒得汗长淌。

路旁出现酒店房，

白布招牌迎风晃，

上面写着"三碗不过冈"。

……

　　这段金钱板，几个月来广播站天天必放，所以家喻户晓，人人能唱，有人就和着广播，也有腔有调地跟着唱起来。院子里立刻就充满了怡然自乐的气氛，将刚才陈德慧坐地而哭的伤感情绪一扫而光。

　　伴随着广播里的说说唱唱，各家各户都在闹哄哄地准备夜饭。秀芳已早早地炖了一只大公鸡，蒸了坨子肉，熬了白菜血皮，炸了红苕螃蟹，煮了酥肉，炕了面搭子，再荤素炒几个菜，外加一坛高粱白酒，虽未特意准备，也算十分丰盛了。

　　陈元礼本没打算庆生，只是让德智在赶流马场的时候，请了冯文普老先生，说老哥俩多日不见，想请他过来说说话，顺便作一些医疗方面的交流。

　　包产到户后，德智、德慧两兄弟就分家立户了，陈元礼与德慧一家算一户。今晚是父亲的生日，德智一家就到德慧家里一起吃饭。邻居也请了好几人。德智有三个娃，两儿一女，德慧有两个娃，一儿一女，客人不多，主人倒不少。要喝酒的男人们坐一桌，不喝酒的妇女娃儿另坐一桌。

　　席间除了猜拳行令，便是敬酒劝菜，致使整个院子里闹闹嚷嚷、嘻嘻哈哈。酒后闲谈无拘无束，不分宾主，谈论的话题自然也是不着边际，扯到哪里算哪里。

　　夜饭快结束的时候，冯文普突然皱着眉头看了谢世昆一阵，才若有所思地说:"我——好像在哪里见过你。"

谢世昆稍稍一愣,也看着冯文普笑着摇了摇头。陈德愚看了一眼谢世昆,然后看着冯文普说:"老谢到建兴中学已经好几年了,你只要来过学校就应该见过他,那多正常哦。冯伯伯,来,喝酒。"说完便朝他举了一下酒杯。冯文普缓缓举起酒杯,目光仍然黏着谢世昆,并幽幽地说:"'文革'结束我就没去过建兴中学了。"

第二天流马逢场,冯文普一早就要回去坐诊,陈德愚一直把他送到山后大路上才告别。冯老先生刚走出几步突然又停下,转身朝陈德愚走来,然后看着他小声说:"老二,你冯伯伯阅人无数,天天都在望闻问切,这么多年从来就没看走眼过——你说那个谢世昆真是个哑巴?"

"冯伯伯,千真万确,侄儿哪敢骗你老人家喃,全建兴中学的人都知道他是哑巴。他是旺苍县人,还有残疾证明。"陈德愚当然知道冯老先生眼力惊人,于是十分期待地问道:"那你记不记得在哪见过他嘛?"

"我也记不起了。"冯文普说完便转身离去,同时自言自语道:"哑巴?"

学生会主办了一份校报,名曰《建中文艺》,有报头,有字号,像模像样。校报主要发表学生的一些诸如评论、诗歌、散文、小说等文艺作品,读者也主要是建兴中学的学生。报纸是油印的,一月一期,厚厚一摞,装订成册,因此,看起来更像一本杂志。

《建中文艺》一创刊,便在全校引起了极大轰动,他们积极投稿,争相订阅。同学之间既是读者又是作者,因此,这份校报既是同学们相互交流、相互学习的场所，又是他们展现自我、表达观点的重要平台。

　　随着其影响越来越大，《建中文艺》很快便成了全校学生十分重要的课外读物，发行范围快速从建兴中学向相邻学校辐射，读者已从学生扩展到老师和其他社会人士，内容也从单一的文学作品发展到消息甚至广告。

　　在校长办公室，魏中华一边喝茶一边翻着《建中文艺》，看得津津有味。当他看到一个笔名叫归去来兮的学生发表的一首《江城子·仁政》时，简直如获至宝。现将该词上阕抄录如下：

　　　　魏莹迁都入大梁，
　　　　中原游，孟子堂。
　　　　华光远去，
　　　　是非论短长。
　　　　王道仁政皆金玉，
　　　　八百里，弄麻桑。

　　在建兴中学，不管你是什么来头，老师也罢，校长也罢，要赢得大家的敬重和认可，必须在教学领域树立自己的权威，也就是拿实力说话。魏中华主政这里后，处处不顺心，不是老师不领情，就是学生不买账，令他这个副县长十分恼火。究其原因，他认为除占了陈德愚的校长位子和四年前的墓地风波外，没在学校树立自己的学术权威也是原因之一。事实上，大家也认为他只是个当官的，搞教育纯属一窍不通。用食堂文师傅的话说——当官的都球经不懂，搞啥教育嘛。

　　这还真冤枉了魏中华。当年他本科毕业于南充师院历史系，还是有一定的文史功底的，从政之前，就是定水中学一名声望很高的历史老师。由于不上课，到建兴中学后，他一直也没有找到展示才华的机会。

《建中文艺》上刊载的文学作品，虽不乏优秀之作，但在魏中华看来，大多浅薄稚嫩，积淀不深，有的甚至是人云亦云，无病呻吟。唯独这首《江城子·仁政》，魏中华认为在选题上有一种历史的厚重感，在立意上也透出一股充满思辨的人文情怀，更为关键的是，他可在这首词上大做文章。

在周末例会上，魏中华公开对这份报纸大加赞赏。他将报纸抓起来朝会场一挥道："这份报纸办得很好，很有水平，好多作品已经具有很高的文学造诣了。希望大家坚持办下去，办出影响，办出特色，我本人一定大力支持。人们说政治家办报，学生也要办报嘛，政治家办大报，学生办小报，只有办好了小报，将来才能办大报。当然哈——"他笑笑地说，"千万不要办成大字报哦。"

下面的同学就呵呵地笑。

学生笑，他也笑，谈兴更浓。以前开会，他在上面大讲，同学们在下面小讲。少有几个不讲话的，都板起脸，垂着头，目光索然地看着地面，好像听他讲话是一场漫长的煎熬。讲着讲着，下面始终没有一点回应，他自己都觉得尴尬无趣，因此，经常还没讲完干脆就不讲了，大家都轻松。今天下面的同学一笑，令他大受鼓舞，于是越讲越来劲，进而眉飞色舞，口若悬河。

他说："这期有首《江城子·仁政》，就填得非常漂亮，不仅平仄工整，韵脚严密，而且可以看出作者深厚的历史功底以及追求仁政的人文情怀。这首词大意是说，魏惠王从安邑迁都到大梁后，将统治者独占的山林川泽交给广大老百姓，同时兴修水利，鼓励农桑。后来，孟子到中原游学，魏惠王便问政于孟子。孟子告诉他要行王道，施仁政。魏惠王虽然只部分采纳了孟子的建议，但在列强纷争的战国时代，已经非常不易了。为了纪念孟子游梁，后人修了孟子游梁祠，河南开封至今仍保存有孟子游梁祠遗迹——听说现在已经是一家钢窗厂了。"

"这首词中间有两句——'华光远去，是非论短长'，可能有的同学不太明白是什么意思。其实，这两句应该放在后面说，作者可能考虑到词牌的字数和平仄限制，而不得已放在中间了。当然，后话先说在诗词创作中也是很常见的嘛。魏惠王施行的兴修水利、鼓励农桑等一系列治国措施，使魏国国力一度达到巅峰，终于于公元前344年在蓬泽称王，这是他的'华光'。不可否认，魏罃这个人是战国时期著名的能才庸君。他才华出众，又极其昏庸；他聪敏机变，却胸襟狭小；他表面豪爽，又内心谨慎；他敬重人才，却任人唯亲。当时一批著名的能人志士陆续被他逼出魏国，其中孙膑、商鞅、张仪、范雎等便是典型代表。随着大批人才纷纷出走，魏国国力也由盛而衰，终于于公元前225年被秦所灭。因此，魏罃也是历史上一个饱受争议的人物。这便是词中'是非论短长'的大致意思。

"通读全词，可以看出作者的'仁政'主张。一个国家要实施仁政，才能繁荣富强，一个地方要实施仁政，才能长治久安……"

魏中华旁征博引，滔滔不绝，同学们听得兴趣盎然，笑声不断，魏中华高兴地认为这是他到建兴中学以来最成功的一次讲话。他讲了魏罃讲孟子，讲完古代讲当代，最后总结为，他也要在学校实施仁政。大家都已听出，他在借此机会向大家公开喊话——他会善待大家，希望大家不要处处给他难堪。

在大秀他的文史功底之后，魏中华还要让全校师生知道他书法也如何了得，他要打一场自卫反击的全面战争。他说，如此难得的优秀作品，一定要大力宣传，让作者的创作激情在全校发扬光大，因此，他要将这首词亲自写一幅书法作品。两天之后，在教学楼两端的楼梯口，便挂起了两幅经过精美装裱且嵌于镜框的字画——笔迹果然潇洒飘逸、清新流畅，内容正是这首《江城子·仁政》。同学们上下楼梯，都会笑着"瞻仰"他的墨宝。

其实，同学们并不认为这首《江城子·仁政》有多高的文学造诣和史学价值，但令大家拍案叫绝的是，它将这期《建中文艺》非常高雅地变成了一张大字报。这是一首藏头诗，准确点说是藏头词，骂魏中华的。

这首词刊登在校报上时，并未采用一句一行的排版格式，而是逐字横写，自然分行，魏中华的书法作品是竖题格式，也是逐字竖写，自然分行，因此，他始终没有发现其中的秘密。这期校报一出刊，有人把这首词一句一行地抄写一遍，才发现将每行第一个字连起来，居然是"魏中华是王八"。这个秘密很快在全校疯狂传播，在魏中华对这首词公开赞赏之前，全校师生都在私下笑着谈论，就是没人提醒他。

区公所食堂孔师傅的儿子也在建兴中学读书，他儿子把这个秘密告诉他后，他在吃饭的时候又当作笑话讲给了李元成。李元成一听，丢下饭碗就往学校跑。

知道真相后，魏中华在寝室里软软地仰靠在一把藤椅上，面对李元成有气无力地说："这回——皮臊大了啊!"

当天晚上，魏中华从教学楼墙上取下那两幅字，偷偷拿到河边，狠狠地踩过几脚后，便一下踢入河中。

第二天，他找到学生会主席姚猛，问那首词究竟是谁写的。姚猛说人家是笔名投稿，他也不知是谁。魏中华又要他找来那篇手稿，他要在全校学生中核对笔迹。姚猛说编辑部从不保留手稿，编完就将手稿当垃圾扔了。魏中华怀疑学生会早就知道其中秘密，甚至认为就是学生会一手策划的，于是撂下狠话："你们多少应该知道一些作者的蛛丝马迹。命令你们两天之内找出这位'归去来兮'，否则，校报立即停刊。"姚猛走后，他才咬牙切齿地吼道："还归去来兮，这他妈是在明目张胆地喊老子滚哪!"

"归去来兮"始终没有找到，《建中文艺》从此便光荣作古了，但魏中华却赚了一个外号——魏八公。

在朱三娃的小包间里，李元成与魏中华已喝得满面飞红。

"兄弟呀，建兴中学这个塌塌，我实在是待不下去了啊，我现在哪还有他妈的颜面来当这个校长哦。"魏中华苦着脸说。

"不当就算球哒。我告诉你，你前脚一走，陈德愚后脚就会坐回校长的宝座，他现在巴球不得你早点滚。"李元成毫不客气地吼道。

"那——我也不甘心哪。"

"晓得就好。你若回县政府，明年年底憋憋去县人大喝茶，如果不走，就可正式当这个校长。你是知道的，建兴中学一个校长比一个副县长都牛，何况人大副主任了。"

"问题是，不管老师还是学生，狗日的一天到黑都变起花样地医治我，我若不早点走，迟早会被他们活活怄死。"

"陈德愚在建兴中学的根基十分牢固，他在师生中的威望也可不是一两天才建立起来的。现在与你作对的，都是陈德愚的人。他们之所以这样做，就是想把你逼走，你若真一走，他们的目的就达到了。到那个时候，你没被活活怄死，有人却会偷偷笑死。"李元成端起酒杯吱的一声喝下，继续说："哥子，也算你运气好，眼看就要去人大休息了，又碰上这等好事。这种机会对你来说，已经不多了，你无论如何都要抓住，咬牙也得挺过去。看在你我多年革命友谊的分上，兄弟我这次也横了——推你一把！"

"唧——唧个推?"魏中华刚举起酒杯，突然停止饮酒，十分期待地望着李元成。

"要在建兴中学站稳脚跟，你必须干一件令全校师生都十分高兴的大事，而这件事又是陈德愚想干却没有干成的。只要你能干成一件这样的事，他们就不得不服你。"

"啥子事能让他们都服我呢?"

"建兴中学师生几千，却没有一座与这所学校规模相匹配的图书馆，只在阶梯教室那里有一间非常简陋的借书室。陈德愚多次向上面打报告，希望能修图书馆，由于各种原因至今都没修成。全校师生都十分渴望能有一座像模像样的图书馆。你若把这件事办成了，你说——"李元成看着魏中华，微笑着十分自豪地晃动着大脑袋。

"主意倒是个好主意，问题是我哪有嘞个大本事哦，那可是一个不小的工程啰。"

"是的，那肯定是一个大工程。前几次陈德愚打报告后，之所以没有下文，主要是经费问题。要修这个图书馆，南充教委和南部县政府要各出一半资金，而县政府又把这一半经费的负担转嫁给了建兴区。县上每次问到这事，我都说区上拿不出钱。现在，为了哥子你的事，我决定先把这个图书馆建起来，好让他们也见识见识咱们魏大县长的能耐。"

"你不是拿不出钱吗?"

"放心，区上好几年就准备修礼堂，由于一直没选好合适的塌塌，至今都没修。我现在打算先将修礼堂的财力物力全部用于图书馆，礼堂以后再说。我连图书馆的位置都想好了，就修在操场西侧的花果山下算哒。如果怕占了操场，可以将花果山挖一部分。过几天，我还是喊秦勇全去看看那里的风水。"

"兄弟，说话要算数哈，涮不得坛子哦。"

"哪个龟儿子哄你。"

"好，喝酒——"魏中华一声低吼，举起酒杯与李元成的酒杯用力一撞，然后十分痛快地一饮而尽。放下酒杯，他无比激动地说:

"兄弟呀，我这辈子能有你这样的好兄弟，全靠老祖宗积德呀！"

"你我两兄弟，还说个锤子啊？我作为区长，为学校修一座图书馆，也算对教育事业做了点贡献嘛。再穷也不能穷教育嘛，再富也不能富政府嘛，唉？"

当！两只酒杯又重重地碰在了一起。

第二天上午，魏中华迫不及待召开了全校师生大会，并神秘而自豪地宣布了这个振奋人心的消息。他无上荣光地说："同学们，如此大的建兴中学，居然没有一座图书馆，这与我们学校的规模、地位严重不相称。作为校长，不能在这些重大的基础建设上有所作为，就是失职。本人目前虽为代校长，但仍要竭尽全力办好此事，也算是我魏某人对学校做的一点贡献嘛。"他的讲话的确令全校师生十分兴奋，连陈德愚都在憧憬着将来到图书馆借书学习的情景。

5

又是一个当场天的下午，秦勇全刚卖完鸡蛋，便背着空夹背一颠一颠地来找李元成。李元成刚好从派出所回来，在区公所门口碰到他，知道他又是来打探花果山的事，于是喊他到办公室坐。

李元成反手把门关上对秦勇全说："我准备马上动手开挖花果山了，你今天来了正好，我还有事要和你商量。坐。"

"嗨呀——"秦勇全坐下后在大腿上猛拍一掌，十分激动地说，"太好了，我等你这句话，都等得快发疯了啊。"他稍一停顿后问道，"那魏八公也知道这事了哦？"

"暂时还没让他知道。"李元成坐到藤椅上，边清理桌上的资料边说，"这种事，知道的人越少越好，将来嘛——能不让他知道就尽量不让他知道，实在瞒不过去再说。"

"那么大匹山要挖掉，恐怕瞒不过他哟。"

"哪个给你说的要把整个山挖掉哟。土堆虽大，墓室毕竟要小得多嚷，只要能判断墓室的大致位置，我们就从那个方位下手。这样就不必将整个山挖掉，自然就减少了工程量，缩短了工期，也有利于保密。"

"问题是，不管从哪里下手，都不可能不惊动建兴中学，也不可能不惊动魏八公。"

"当然要惊动。"李元成自信地笑着说，"我已与魏八公谈好了，我要为建兴中学修一座图书馆。修图书馆总要破土施工嚷。"

"哦——"秦勇全恍然大悟道，"高明，高明哪!"

"你看——这图书馆该修在哪里呢?"

"当然要挨到花果山修嚷。"

"对啰。"李元成边用手指在桌上比画边说，"你看哈，这里是操场，北边是行政楼和男生宿舍，南边是教学楼和阶梯教室，西边是厕所和女生大院，东边就是食堂和花果山。这图书馆总不能放在操场中间嘛，也不可能放在行政楼后面的旮旯头去嚷，现在还只有打花果山的主意了。"

"天助我——我们也!"

"其实我已经给魏八公说了，建议把图书馆修在花果山下，也说了为了不占操场可以挖一部分山体。但是，花果山毕竟有那么大，我们一定要将图书馆的位置最大限度地靠近目标才能事半功倍。给你一任务，你尽快去花果山——当然是秘密进行哈，初步勘探一下墓室的大致方位。等位置一定下来，我们就请施工队把外面一围，里边就开始行动。"

"好，我今晚就去。不过，修一座图书馆，可不是打一个红苕洞哦，施工人员肯定会很多。我担心二天宝贝挖出来后，大家都看得到哦。"

"前期只派两三个信得过的人进场，其他无关人员一律不得进入，我要亲自到现场监管。另外，到时宣称为了避免施工影响学生上课，一是将施工围墙尽量修高，二是所有工作都在晚上进行。"

"那么大的工程，两三个人要整到猴年马月呀？"

"你说对了，就是要整到猴年马月。"李元成看着一脸不知所云的秦勇全说，"你刚才说得对，修图书馆不是打红苕洞，一方面要有施工图纸，另一方面前期要开山破石挖地基。制作图纸，要去成都请工程设计院的工程师过来，先勘探再设计。图纸下来之前，我们先干我们的事，对外就说挖地基。我们把里边的东西一挖出来，就大功告成了。等图纸慢慢设计出来，估计我就该去县政府了，魏八公也该去县人大了。我在哪去找钱修图书馆啰，未必我去抢啊？所以，修不修图书馆，关我锤子事。"

"咹——？哈、哈、哈……"

6

深夜的花果山，一片死寂。远处抽水房里电机干涩而枯燥的尖啸声隐隐传来，令人烦乱而不安。

秦勇全又带上锄头铁钎等简易勘探工具，鬼鬼祟祟地在藤缠枝绕的山上，东挖一锄，西插一钎，忙得满头大汗。一阵手忙脚乱之后，不仅没发现墓室的一点眉目，在黑魆魆的林中，他连自己身在何处都搞不清了。他渐渐失去了信心，决定先走出去，从外围观察一下再说。

刚走到靠近校门的一处边坡上，他隐约看到五步开外有一个人影，一动不动。他一惊，浑身寒毛乍起，双腿发软，同时用颤抖的声音问道："哪——哪个？"

"我提醒过你，像这样挖，是很难进得了墓室的。"那人仍一动不动。

秦勇全一听，原来是上次碰到的那人，立即释然。他记起李元成说的话——若再碰上此人，一定要将他逮住，甚至可将他干掉。但在这夜深人静的山上，在未对此人作充分的了解之前，他不敢轻举妄动。对方既然敢深夜只身前来，一定是来者不善。在建兴上下几个区，秦勇全还从未听说过此人，上次相遇之后，他就很想知道这人究竟是何方神圣。他不仅清楚这花果山的秘密，也清楚秦勇全的行踪，而且总是在深夜频频出现，秦勇全觉得此人绝非等闲之辈。

他咳咳地清了一下刚才被吓哑的嗓子，大声回应道："既然是大师在此，那就实不相瞒，我现在只是想打探一下墓室的大致方位，为下一步的挖掘做准备。"秦勇全如此肆无忌惮，无非是想告诉对方：我不怕你，我就要行动了，你最好别再打这里的主意了。

"那——是李元成让你来的吧？"

"大师——你——哪个——晓得？"秦勇全大吃一惊。

"我晓得的比你还多。几年前给魏八公的父亲找墓地时，你才发现这个秘密的，对吧？"

"嗯哪。"

"让魏八公把他爹葬在这里，是李元成的主意吧？"

"是。"

"把魏大贤葬在这里的真正动机，是想借机挑拨魏八公与陈德愚的关系，然后逼走陈德愚，对吧？"

"嗯哪。"

"花果山的秘密是你告诉李元成的，没错吧？"

"没错、没错、没错。大师——"

"我还知道和平村大火是谁放的，魏大贤的坟是谁挖的，学校食堂的毒是谁投的。对于开挖花果山，我还知道你与李元成是怎么谋划的。"

"妈——呀!"

"你以为你就算高人了?天外有天,人外有人,你还差得远。你可知道,死神正在向你逼近?"

"哎——?咋——咋回事,大师?"秦勇全往后挪了一步。

"我可以告诉你原因,也可以告诉你化解之法,但你得先给我说说你们下一步的详细计划。当然,我已经说了,你不告诉我,我也很清楚,我只是在借此考验你是否诚实。"那人稍一停顿,用低沉而有力的语气继续说道,"你若敢说半句谎话,那——谁也救不了你。"

"不敢、不敢、不敢,小弟一定将所知情况如实相告。"秦勇全一生见过高人奇士无数,但像此人如此高深的道行,还是第一次遇到,他居然对只有秦勇全与李元成之间才知道的秘密洞若观火。在这夜深人静的山上,秦勇全真的害怕了,于是将李元成劝魏中华葬父于花果山,到发现古墓,到以修图书馆为名策划挖宝等内容,竹筒倒豆子般全说了出来。

听完秦勇全的讲述,那人说:"你能告诉我这些,很好,但是,墓中宝贝找到的那天,便是你的大难之日。现在唯一的化解之法,就是远离这里,远离李元成。"

"为——为啥?"

"李元成是不会与你分享这笔财富的,何况,你知道的太多了,懂么?"那人说完,便挪步朝坡脚走去。

秦勇全突然想起李元成在警告他不要将花果山的秘密告诉别人时眼中露出的凶光,觉得此人说得非常有道理。他还想再问一些问题,于是快步跟了下去。这时,借助昏暗的星光,秦勇全才看到他依然穿一身与上次一样的白色服装,这在初冬的深夜,显得极其诡异。

那人发现秦勇全跟在身后,于是站住小声说:"我快到家了,你要一起去吗?"

"你要到家了?"秦勇全吃惊地问道,"大师,这附近的人我都认识,怎么没——?还有,为啥你总穿一身白衣?"

"我住在和平村。"

"和平村不是早就烧毁了吗?还烧死了……"秦勇全大脑突然嗡的一声响。

"是的,我就住在里面。我叫张永泰,五年前就烧死了。这身衣服是我的裹尸布——"

"啊——"秦勇全一声惊叫,扭头就朝宝马河跌跌撞撞地跑去。跑到河边,突然脚下一空,他便咚的一声栽进了冰冷的河水中。

秦勇全不会游泳,惊吓过度的他,跌入宝马河的污水中,化作一朵并不绚丽的浪花。

秦勇全的尸体被抽水房的铸铁水管挡住,第二天中午才被放学回家的学生发现。公安机关根据其身体无伤痕、衣服完好等特征,最后鉴定为:无打斗痕迹,属自然落水溺亡;死亡时间大约为凌晨两点。

没人知道秦勇全为何半夜溺亡在建兴中学外的河中。有人向派出所反映:他多次去过李元成办公室,与李元成关系甚密;落水前的那天下午,有人亲眼看到他去了李元成的办公室,还背一个夹背。王文昭就这些传言向李元成求证时,李元成眼睛一鼓:"胡球鸡巴说。"

秦勇全死后,李元成再也不提修图书馆的事了。魏中华多次去区公所找他,但他总是含含糊糊地说:"不急,不急嘛。"这让魏中华百思不得其解。

下午，陈德愚来到派出所，刚到派出所大门，他看到李元成正与王文昭站在所长办公室门口说话，于是就候在门外，等李元成出来了才进去。二人在大门口碰了个正面，自然无话。李元成扭头斜眼看着陈德愚走进王文昭的办公室，才若有所思地慢步离去。

王文昭又要去找茶杯，却被陈德愚阻止道："不必客气，我来这里很频繁。今天主要是来打听一下投毒案的侦破进展，几句话说完就走，我还要回去印资料。"

"哎呀——啧——"王文昭果然就不找茶杯了，他请陈德愚坐下后才说，"一直没有新的进展，我也着急得很哪。陈老师，如果你听到什么风声，或者发现什么线索，一定要及时告诉我哈，毕竟你天天都在学校，看能否从学校内找到一些蛛丝马迹。"

"那是当然——"陈德愚迟疑了一下才问道，"朱四娃那里有什么情况吗？"

"呃——调查了，暂时还没什么收获，唉——"王文昭长叹一声道，"我有一种不祥的预感，和平村大火、食堂投毒案以及秦勇全的死几件事，有一种说不清道不明的联系，而这些事似乎都与某一个人有关。看来，我来建兴还真不知是福是祸啊，现在失悔都搞不赢了啊。"

"建兴这个地方，复杂得很啰。慢慢调查吧，我不给你施压就是。"陈德愚与王文昭对视了一下，然后才将那天晚上听到谢世昆屋内的哭声，以及冯文普怀疑谢世昆不是哑巴等事告诉了他，希望他以警察的视角帮着分析分析。

王文昭皱着眉头沉思了一阵，然后自言自语道："有这种事？难道谢世昆不是谢世昆？那他——？"

第二天一大早，王文昭就突突突地骑着警用偏斗三轮摩托来到流马场，将摩托远远地停放在场口一处名叫亮垭子的空地上，稍一打听便找到了冯文普的诊所。

看病的人很多。王文昭候在一旁，等其他人都看完了，才慢慢走过去，与冯文普对坐在木桌前的一条板凳上。他没穿警服，二人之前互不相识。冯文普望着他既不问病，也不搭脉，只是皱着眉头苦苦地思索着什么。突然，他一拍木桌自言自语道："是他，肯定是他。"然后闪动几下眼睑，对王文昭歉意地笑笑说："对不起哈，刚才看到你，我突然想起了一个人。"

"哦，我还以为你认识我呢。"王文昭笑着问道，"你说的那个人长得很像我么？"

"不像，一点都不像，你比他个子还高些，也比他壮实些。你刚才站在旁边等我给别人看病，待别人看完了才过来与我说话，这点你与他很像。不说了，这都是好几年前的事了，说了你也不懂。哪儿不舒服？"他边问边习惯性地弯起右手五指，并伸向王文昭的左手。王文昭却歉意地一缩手道："冯老先生，实在对不起哈，我今天不是来看病的。我是建兴中学校长陈德愚的老庚儿，也是受他之托，特来向你打听一件事。"

"嗨，你两个硬是像得很哩，他找我不是看病而是买古玩，你找我也不看病而是打探事情，巧啊，巧啊，哈哈。"冯文普爽朗地笑着说，"我刚才想起的这个人，正与陈德愚有关。我过几天就要去建兴中学，我要看看，我冯文普这次究竟是不是看走眼了。"他稍一停顿才问，"你向我打听啥子事？"

"我听陈老师说，他上次回老家给他父亲祝寿，先生你也去了，学校的敲钟师傅谢世昆也去了。听说你以前可能见过谢世昆，是吗？"

"嘿，我刚才说的那个人就是他。"冯文普随即眉头一锁道，"好几年前了，他来流马场收古玩，想要我那块战国夔纹玉，我没卖给他。他多次来药铺与我商谈，所以印象深得很。他是南方人，既不是旺苍人，也不是哑巴。那天在元礼家见过他之后，我就一直在苦苦回忆，几天来脑壳都想痛哒，直到刚才看到你才想起来——绝对错不了！"

"你晓得他叫啥子名字不？"

"搞忘了。"

"是好久的事——哪年哪月？"

"记不得，太久了，反正是'文革'以后的事。"

"1977 年冬季高考之前吗之后？"

"之后。"

"1978 年夏季高考之前吗之后？"

"之前。"

"1978 年春节之前吗之后？"

"之后。"

"和平村大火之前吗之后？"

"之前。哦——"冯文普恍然大悟道，"1978 年农历四月的样子，天气还不算很热。没过几天，就听说和平村遭烧哒，还烧死了一个老师。"

"你晓得他离开流马后又去了哪里吗?"

"应该是直接去建兴场了。我记得很清楚,当时有个人在我这里看病,听说他对古玩很有研究,那个人说他家里也有一件古玩,想请他去帮忙鉴定一下,还给他留了地址。那人向我借的纸笔,我看到他写的,好像是建兴区公所。"

"你晓得那个看病的人叫什么名字不?"

"记不到了,看起来像个当官的,四十多岁,头发后梳,这里有一颗黑痣。"冯文普指了一下自己的下巴右侧。

"你认识建兴区区长吗?"

"不认识。"

王文昭从诊所出来,在场口吃了一套肥肠干饭,便又突突突地骑着摩托,直接去了建兴中学。他把所打探到的情况告诉了陈德愚,并提醒他注意暗中观察谢世昆,暂不惊动他。

李元成将升任副县长的消息很快就在全区传开了,人们在与他打招呼时都喊他李县长,他也很自然地微笑着颔首答应,可谓春风得意。

县委将召开常委会,研究明年的换届工作,而并非常委的李元成也将列席参加,这被普遍看成是他将要高升的重要标志。临走之前,他把文书袁建军叫到办公室,小声对他说:"小袁,你也知道了,我也不用瞒你了,明年我就要去县上工作了。你跟我在建兴的这几年,工作踏踏实实、兢兢业业,既讲原则,又灵活务实,简直就是我的左膀右臂。我很赏识你,对你的工作很满意。我到县上去之前,想听听你有什么想法,有什么要求没有。"

"没有、没有，只是不能再为李县长做事了，心里很舍不得。"袁建军略带伤感地说。

"哎——啥叫不能再为我做事了哦？我现在找你谈话，就是想问问你还愿不愿意继续跟到我干。若愿意明年跟我一起去县政府，在明天的新一届政府人事安排会议上，我就好提出来。"

"谢谢李县长栽培！"袁建军激动地说，"我永远不忘李县长的提拔之恩，永远效忠于李县长，哪怕肝脑涂地！"

"好，好啊！主要是我用你都用顺手了，工作起来配合得也很默契，我也舍不得把你丢在建兴哪。"李元成说完，稍一停顿，才漫不经心地说，"小袁，我这次去县上，除了参加常委会，还有其他几个会议，会期共三天。"他压低声音道，"给你一个小任务——注意观察一下王文昭与陈德愚这几天的动向，特别要注意他们在一起的次数、时间和地点。不要被他们发现了，暗中观察就行。"袁建军自信地一挺身："没问题。"

四娃正准备收摊，三娃系一条白围腰，来到摊子上，笑着对他说："四娃，一会儿去我那里喝酒哈。"

四娃一愣，警惕地看着三娃道："你个细罗筛请我喝酒？不要我出钱？算啰，有啥事快说，是不是还想拖欠几天肉钱嘛？"

"你个短命害寒老二的硬是论尽得很，一天就晓得钱钱钱。赊你几天肉一天闹麻球了，只害怕哪个占你一丁点欺头——明天就给你。你以为是我请你嗦？想得美，老表请我两个喝酒，去不去嘛？不去算球哒，我可惜嘴巴子头热气给你出哒。"三娃说完转身就走。

"哎、哎、哎——"四娃稍一迟疑，然后绕过肉摊跑出来拦住三娃道，"你说啥？哪个老表请我们喝酒哦？元成哥开会去了的嘛。"

"你算个啥东西哟，人家马上都是县长哒还请你喝酒。派出所王所长王文昭，听到没？"

"他——?"四娃吃惊道，"他一天看我浑身上下都不顺眼，就像我借他的谷子还他的糠。我现在怄火他得很，一看到他就像耗子见到猫，还敢去喝他的酒啊？劳慰你先人哪，各家悄悄耍呀。"

"你晓得个铲铲。"三娃在四娃肩上擂了一拳道，"你一天东想西想，睡到抠痒。人家王哥都说了，他来建兴这么久了还没请我们吃过饭，毕竟还是亲戚，太过生分了也不好。他想借这个机会，让咱们几兄弟摆摆龙门阵，说说心里话。我觉得也好，你一天到处打锤角逆的，以后还有很多事情要靠他罩到。去不去随便你，反正人家下午就专门来给我打了招呼，要我多准备些好酒好菜。"

"要得嘛。"四娃说完便开始收拾摊摊。他让捡娃把卖肉的家伙背回杀猪房，自己则径直去了三娃的饭馆。

吊脚楼上，猪耳朵、卤牛肉、心肺炖肥肠、白菜熬血皮，已大碗小盘地放了满满一桌。三娃早早就合上门板，认认真真地准备了这桌丰盛的晚餐。为了表示诚意，王文昭说今晚不喝散酒，要喝瓶装的塔山大曲，两元钱一瓶的。

一阵狂嚼猛饮之后，桌上酒杯与竹箸齐舞，脚下骨渣与空瓶遍地，屋中烟雾弥漫，笑声不绝。

"两位老表，你我几个弟兄家的，这还是头一回在建兴场喝酒哈，上次还是我结婚的时候，在城里西桥迎宾楼喝的，都好几年了。我来建兴这么久了，平时又忙球得很，确实对二位关照不够。至于四娃，有时候还要吼你两句，今天就给你赔个不是哈。喝——"王文昭频频举杯。

"老表，你早就该和我们这些贫下中农打成一片了。虽然你是国家干部么，还是要关照一下我们这些阶级兄弟噻，不要一看到我，就想把我抓起来嘛。"四娃也笑着痛快地干下一杯。

"四娃，你、我、三娃，还有李区——不、不、不，李县长，不管咋个说都是亲戚，都是一家人，我咋可能不关照你呢？有时候，我也莫球得办法，不得不做做样子啊。我今天就和你两个说几句掏心窝子的话。四娃，有时候你个短命娃娃也做得太过头了，两句话不对头就要嗨掟子，再不就白刀子进红刀子出，这样要球不得。建兴场只有沟子大个塌塌，这头打扑爬，那头捡帽子，你怎个弄下去，我的工作还有法开展个锤子啊？今天请你们喝酒，也有这个意思，希望四娃你以后少惹点事，就算给我个面子，支持一下我的工作，要得不？"

"哥，你这话说到我心里去哒，都是一家人，痛快，今天这酒喝得真他妈痛快呀。"四娃晃了一下酒杯，又咕的一声干下一杯。

"三娃，四娃，明年哥儿就要去县城了，但我还要在这里待下去，所以我们三兄弟一定要团结，这样，哥儿走了，还有我罩到你们噻。只要我们三个齐心了，在建兴场就没的哪个狗日的敢欺负我们了。我建议，我们三兄弟，今晚一定要喝个桃园三结义，要得不？"

"好，桃园三结义。我去拿酒拿碗。"三娃大吼一声就站起来，身子一晃，哐的一声斜砸在木门上。他扶住门框吃力地站直后笑着说："糟了，喝——喝多球哒……"

四娃看了他一眼说："才喝三瓶就——就喝多了嗦。你坐哒，我——我去拿。"他摇摇晃晃地站起来，刚一挪步，却一个跟跄差点倒地。他用力撑住背后墙壁说："老子也喝——喝多球哒。"随即喘着气无助地坐回板凳上。

三娃晃晃悠悠地从外面抱回三只土碗、两瓶酒放到桌上。他将酒瓶拧开，满满地斟了三碗，一人面前放一碗，并坐回原位。这时，王文昭却说："我已经喝——喝醉哒，这碗酒怕是喝——喝不下了。"然后按住胸口，做欲吐状。

四娃用一双醉眼斜斜地看着王文昭说："哥，这酒无论如何也得喝，喝倒就喝倒，喝死就喝死。这是结义酒，喝了咱们三兄弟才能有难同当，有福同享。"三娃也醉醺醺地附和说："要喝，要喝，这酒一定要——要喝。"王文昭佯作十分不情愿的样子，举起酒碗与另外两只碗碰了一下。三娃、四娃仰起脖子，像喝凉水一样将碗中酒咕噜咕噜地一饮而尽，然后放下碗大口喘气。王文昭将碗沿触在下巴上，也一仰头，将酒顺着下巴慢慢倾倒在肚皮上。

"兄弟呀——呃——在建兴场，我最讨厌一个人，你们晓得是哪个不？"王文昭看三娃四娃都已醉眼迷离，于是打着脆响的酒嗝问道。

"不晓得，是不是最讨厌我——我哟？"四娃指了一下自己的鼻子。

"是不是最讨厌李——李区长哦？他老是管到你。"三娃说。

"都——都不对。"王文昭挥了一下手道，"我最讨厌建兴中学的——陈德愚。他妈的一天到黑尽往派出所跑，要我——我破案。啥子和平村被烧了哟，啥子食堂投毒了哦，整球一啪啦子，我看到他——呃——浑身都是气。和平村都烧了恁个多年了么，就算——算球哒嘛，哪晓得他硬是弯酸球得很。"

"哈哈，我们四兄弟都——都讨厌他。你说对了。"四娃说。

"是我们三兄弟，咋又整成四兄弟了哦？"王文昭纠正道。

"是四兄弟，还有我们元——元成大哥呢。他才最讨厌芋头，恨不得把他掐来吃球哒。"四娃回答道。

"为啥呢?"王文昭故意问道。

"你还不晓得嗦?嗯——"三娃白了王文昭一眼,"他两个是死对头。嫂子喜欢陈德愚,不要我们李——李县长了,你说哥儿恨不恨嘛,所以那年才放火把和平村给他烧——球哒。"

"是哪个烧的嘛?总不可能是哥儿放的火噻。"王文昭说。

"不是,当然不是,是那个叫林锡平的——呃——广东人放的火。"三娃说,"那天晚上,他们两个在这里喝酒,哥儿就喊他——去把和平村烧哒,还喊他到平桥去买汽油。我当时就在门外头,听得清清楚楚的。第二天晚上,和——和平村就遭烧球哒。"

"那——那个林锡平呢?他跑到哪去哒?"

"死了,一棒打死了。"四娃做了一个举棒猛打的动作,倒肘碰到桌上酒碗,哐的一声,酒碗差点就落到地上,被王文昭一把扶住。四娃用手背揩了一下嘴巴说:"那个狗日的要去举报哥儿,哥儿就把他——他约到三官公社——牛滚崖那里钓鱼,让我在后面一打杆子就把他打滚到河头淹死球哒。本来想喊三娃去的,但林锡平认得到三娃,哥儿才喊我去的。"

"看到尸体没得?"

"没有。宝马河水大球得很,冲走了。"

"哦,该打,就是该打死,他还敢去举报哥儿。"王文昭说。

"我还不是帮你打死过人的呀,就你得行完球哒。"四娃与王文昭吹得正火热时,三娃也不甘被冷落,"那——那天晚上,我们把魏八公他爹挖出来——往河里扔时,突然冒出个家伙要阻挡我们,还不是被我们几下就整死了啊?"

"咹——?为啥要把人家挖起来呢?"

四娃说:"哥儿说那个地方风水太好了,不想让魏八公他爹占去,主要是不想让魏八公当上县长。还有,因为陈德愚那——那天激烈反对把死人葬在那里,这样,魏八公就——就会怀疑是陈德愚干的。魏八公是分管——管教育的，他一旦恨上了陈德愚，就——就有好戏看了嘛。"

三娃争着说："我到现在都没搞醒豁，那个自称叫张——张朝建的家伙到底是他妈哪个虾子，为啥哪个晚了还在那里。他——他狗日的居然敢阻止我们把尸体扔进河里，你说他是不是在——在找死嘛，结果被我们三五两下就洗白球哒。他看到我们挖的尸，所以必须灭口……不对，其实当时他还没死。我记得我们把他往河里扔时，他——他还伸手抓住了我的袖子，把我半截袖子都扯脱哒——你还不信嗦？"他发现王文昭正用疑惑的眼神看着他，大声说，"那件衣裳现在都还在——在我楼上床底下，我马——马上拿给你看，未必还是谝嘴的嗦？"三娃说完，偏偏晃晃地站起来，跨出小门，然后一步一喘地从木扶梯爬上楼去，找到了那件灰色衣服——果然右边袖子少了一截。

王文昭正在认真研究那件破衣服，四娃觉得又被冷落了，于是挥手将那件衣服往旁边一拨道："真正干得巴适的还——还是这回，老子翻进食堂，硬把一百多包耗儿药全——全部给那些学生娃儿吃哒。啧，遗憾的是，一个都没整死，但总算把芋头那——那虾子整下台球哒。"

"是哪个喊你投的毒哦？"王文昭问道。

"当然是哥儿嘛，不弄垮——陈德愚，他决不罢休。这回终于达到目的哒，安逸。"四娃自豪地咂巴了一下嘴皮。

夜深了，王文昭还想问一些问题，比如在哪里买的耗儿药，怎么策划火烧和平村的，那个叫张朝建的人长什么样等，但三娃四娃说着说着就趴在油腻腻的木桌上呼呼睡去，推都推不醒。王文昭抓起那件少了半截袖子的旧衣服，走出了饭馆。他回身把木门嘎的一声带上，然后走到街上，在布满星斗的夜空下仰头叹息："你呀——做得太过分了啊！"

6

包产到户后，生产队考虑到张朝建老人无儿无女一个独人，多年已经习惯了在道士湾生活，便把养猪场的几间草屋和几亩地分给了他。因此他依然独自一人在这里生活，当然这也是他十分希望的。

他不愿搬离这里还有一个十分重要的原因，就是他一直挂念着他救活的那个人。那人在偷偷离开他时给他留的那封信中，称"我与和平村大火有牵连"，张朝建一直都没想明白这句话的确切含义，但他始终认为那个人应该是个好人，所以就没将这件事告诉任何人。那人在信中喊他爹，并说如果还有机会，一定会回来当他的儿子，因此他坚信那个人总有一天会回来的，他还有很多话等着问那个人呢。他担心如果自己搬走了，那个人回来就找不到他了，于是就在这里一天一天地等下去。

忙完农活，他总是到外面的大路上去，细数每一个过往的行人。日子就这样一天天地过去，他也一天天地老去，但，那个人还是没有来。

王文昭是在向陈德愚打听之后，才知道张朝建老人的住址的。张永泰牺牲后，陈德愚去看过张朝建几次，所以对路线很熟悉。

由于不通马路，王文昭只得步行前往。刚走到一个湾口，他看到路边站着一位白发苍苍的老人，便过去打听。谁知老人眼睛一亮，笑着大声说道："嘿嘿，你问得才巧哩，我就是。"老人突然眉头一紧，"你——是——？"

"哦，张伯伯，我叫王文昭。是怎个的，我以前也是建兴中学的学生，初中高中都住在和平村的。我现在是建兴派出所所长，负责继续调查和平村大火那个案子。我来建兴的时间不长，当时的很多情况也不清楚，所以专程来拜访你，想和你摆一摆。"

"呵呵，辛苦了。我就听说所长换了，还说过几天赶场的时候来找你，没想到你就找我来了。欢迎，欢迎！"张朝建随后带着王文昭朝草屋走去，边走边说："我儿子牺牲都恁个多年哒，派出所到现在连个把把系都没找到。我找过任家刚好多回了，他每次都说还在查，查他妈个屁呀。难怪他狗日的要滚出建兴，早就该滚蛋了，一个只吃人饭不干人事的狗杂种！"

"老人家，不要生气，我今天来找你，就是有好消息要告诉你嘛。"

"找到了？"张朝建停下脚步，十分紧张地望着王文昭。

"快找到了。我保证一个月之内，把纵火犯找到。"

"唉——?"老人愣了一下，然后双手捂面，泣不成声。王文昭也不劝他，任他痛痛快快地哭。老人哭了一阵，才扯起袖子揩了一下眼睛，然后目光茫然地慢慢前行，王文昭则默默地跟在身后。

老人进屋提出两条黑黑的板凳放在屋外阶沿上，请王文昭坐下，自己也坐在一旁。刚坐下，他就迫不及待地问："是哪个？"

"老人家，根据相关规定，在案件没有最终侦破之前，我不便告诉你相关信息，但请你放心，我说一个月之内找到就肯定能找到。"

"那是，那是。"张朝建迟疑了一下说，"一个与和平村大火有关的人，曾经来过我这里。我不晓得他究竟是什么人，但从口音来看，不是我们南部人。"紧接着，他又把当年救林锡平的整个经过向王文昭讲了一遍，然后从屋内一只黑色木箱中，翻出一本红色封面的《毛泽东选集》。他用手轻抚了一下封面，小心翼翼地从书中找出一页夹在里面的纸签交给王文昭。这正是林锡平留给他的那封信。

王文昭看完信说："这么重要的线索，为啥当时不向派出所反映呢？"

"我觉得这个人应该是个好人，所以一直都没向任何人谈起过这件事。你刚才说纵火犯快找到了，我才——我害怕——"

"害怕啥？"

"不是——"张朝建语无伦次起来，"他说他还要回来——我隔三岔五就会收到一笔……"

"一笔啥？"

"呃——没啥，没啥。我感觉他一直离我不远。"

王文昭不再做任何评判，只是说希望暂时借走这封信。张朝建同意了，但提醒一定要保护好，王文昭自然满口答应。

一阵闲聊之后，王文昭又问："你听说过魏八公他老汉的事吗？"

"哼，听说？我是亲眼看见的。"张朝建十分自豪地大声说道。

"哎——？"

"说来话长，老子差点连命都戳脱球哒。"他随后把那天夜里看到有人挖坟抛尸，到被人打昏扔进河里，再到被人救起等细节一一告诉了王文昭。他说他当时还有点意识，为了活命，就拼命抓住一个人的袖子不放，结果就把那人的袖子扯断了一截。为了证明他此言不虚，他随后起身进屋，在挂在墙上的一只竹筐里，果然找出了一截旧布。他把那截旧布递给王文昭说："看嘛，我还把这半截袖子拿回来了。"

"你为啥还是不报案呢？"

"就任家刚那帮浑蛋，报了也但球疼。"

王文昭问他认不认识那两个挖坟的人和那个救他的人，他说都不认识，因为是晚上，太黑，看不清。他突然陷入沉思，并幽幽地说："我一直想不明白的是，为啥那个时候恰好就出现一个人，他居然还知道我住在道士湾，你说奇怪不奇怪？要不是那个人，我当晚肯定就洗白了，哪还能活到现在哟。我很想找到那个人，哪怕当面给人家道个谢也好啊，可到哪里去找嘛，又不晓得他的名字的嘛。"

要离开的时候，王文昭又要借走那半截袖子，张朝建爽快地说：

"拿去就是。"

王文昭回到派出所，拿出三娃那件衣服与那半截袖子一拼接，完全吻合，只是袖子倒肘处有一个破洞。

王文昭马上来到建兴中学，在陈德愚寝室内，小声向他讲述了这几天的侦破进展。下楼的时候，他把张朝建的那张纸签留给陈德愚，要他好好研究一下。

李元成从县城刚回到办公室，袁建军便提一只温水瓶进来给他泡茶。他把茶盅恭恭敬敬地往李元成座位上一放，就开始主动汇报这几天的跟踪工作。他说："他们来往的确十分频繁，几乎天天都见面，最多一天见三次，最少一次。王文昭去过建兴中学四次，陈德愚来过派出所六次，有一次陈德愚在派出所待了一个小时四十八分。王文昭还去朱三娃饭馆喝过一次酒……"

"和谁去喝的？"李元成将揭开的盅盖又放回，打断袁建军并警惕地问道。

"他一个人，和三娃四娃喝的。"

"他会与三娃四娃喝酒？"

"嗯哪。"

"喝了好久？"

"估计有三个小时，都喝麻了。"

"拐——了——"李元成举掌用力在桌上一拍，茶水就从茶盅中漾了出来。他抿着嘴，痛苦地一摇头，然后站起身来快步走了出去。袁建军避之不及，被撞了一个趔趄。袁建军本想跟他一起下去，一扭头看到他已咚咚咚地冲到了院坝里。

路过派出所门口，他下意识地往里一瞥，不觉浑身一凉——陈德愚又在派出所里。他加快了脚步，几乎是小跑着冲向三娃的饭馆，边跑边伸手在脸上抹汗。

　　三娃正在打整一个猪脑壳，看到李元成来了，双手在围腰上一抹，老远就笑着大声喊："哥儿，今天又要喝酒哇？"

　　"喝你妈个锤子，信不信老子给你搁上。"李元成一捏拳，大声吼道，"快去把四娃给我喊来。"三娃还想说什么，看到李元成满脸盛怒，吓得不敢再开腔。他一埋头取下挂在脖子上的围腰布，胡乱挽成一团，扔在板凳上便跑了出去。由于着急，三娃脚下一绊，一只布鞋就甩了出去。他几步跳过去，趿上鞋子继续跑。

　　等三娃四娃一进门，李元成便让三娃将门板合上并插上门闩。他兀自走到里间坐下，同时叫三娃四娃也进去。二人看到李元成今天的阵仗，都不敢进去，互相推了一下，还是三娃先怯怯地走了进去，四娃则跟在后面。

　　"老子才走几天就拙头倒耳的。说，我走那天晚上，王文昭与你们喝酒，是啷个回事？"李元成尽量压低声音，但整个人明显就像一堆烈性炸药，随时都会引爆。

　　"他说我们毕竟是亲戚，不要那么生分，几兄弟在建兴场还没一起喝过酒，所以要请我们喝酒。喝的塔山大曲，三个人一共喝了五瓶，都醉了。"三娃埋头小声说道。

　　"他喝醉没？"

　　"可能也醉哒，但我们醒来后，发现他都走了。"四娃说。

　　"他问些啥子没？"

　　"也没问啥子，好像说他很讨厌陈德愚。"三娃说。

　　"他讨厌陈德愚？"

　　"嗯哪，我说我们都讨厌他。"

　　"说和平村、林锡平和投毒这些事没？"

"好像说了。"

"你们嘟个说的？"

"当时大家都喝麻了，也喝高兴了，好像是说了些啥子，但记不醒豁了。"三娃搓着手，警惕地看了李元成一眼，又垂下眼睑小声回答。

李元成一咬牙，抡起右手，狠狠地扇了三娃一耳光。三娃没站稳，一头撞在墙上，发出咚的一声闷响。

李元成一边呼呼喘气，一边破口大骂："你两个狗日的，把天都戳漏了，晓得不？×你先人板板的，一天就只晓得喝，咋不喝死你狗日的嘛。你晓得他为啥要请你们喝酒不？就是想从你们口里打探和平村和投毒那些事情啊。这下他啥都晓得了，不光你们完了，我也完了，晓得不？嫩爹些——"李元成气得放在桌上的手微微发抖。

三娃说："他说我们是兄弟，是一家人，我就默倒他不会整我们，所以……"

"××兄弟，他就是他妈个白眼狼。老子真是引狼入室啊！"李元成伸指朝二人一点一点地说，"我先给你们说清楚哈，如果王文昭这回牛抟起硬来，我们三个的脑瓜子可能都要搬家哟。"他稍一凝神道，"从今天起，你们该干啥干啥，但谁也不准再向任何人说起我交办给你们的所有事情。如果有人问起你们那天晚上酒后说的那些事，都一口咬定啥也没说。在王文昭面前千万要把细点哈，他在部队可是侦察兵出生，板眼多得很，就你们那几刷子，统统给他搁到起。"

"他狗日的那天说得嘟个好听，未必还是骗我们的嗦？"四娃气得脸都发黑了。

"骗没骗，你们各家到派出所去看看就晓得了。陈德愚现在就在派出所，他们谈得火热得很。他说他恨陈德愚，你们也相信？就是三岁大的娃儿么，也晓得是哄你们的嘛。他们是十几年的生死之交了，王文昭的老汉死哒，还是陈德愚当的孝子。上次向王文昭反映，说你四娃在投毒事件发生的前一天晚上去过建兴中学的人，就是陈德愚。"

8

从三娃的馆子里出来，李元成解开衣服，抓住衣服的两扇用力一抖，再伸手向后稳稳地捋了一把头发，深吸一口气，然后双手后剪，以常有的气派，挺胸抬头，步伐尽量稳健地朝区公所踱去。他正面临一场狂风暴雨。

回到办公室，他掩上门一支接一支地抽烟，致使整个办公室烟气腾腾。这时，楼道上传来鞋钉敲击楼板的嗒嗒声，李元成听出是王文昭的声音。果然，随着咚咚的敲门声响起，门外便传来了王文昭的喊声。李元成在里边应了一声"进来"，王文昭随即推门而入。

李元成把烟放入烟缸，笑着大声说："嗨呀，你好几天没回城了吧？扯娃子现在乖得很哪。秀英教他喊'舅舅'，他就喊'豆豆'，说又说不伸抖。这个娃儿，精灵得很，也愆翻儿得很啰，都能一栽一栽地到处跑了，哈哈。"

王文昭笑着拉过一把木椅，对着李元成坐下，同时反手将木门掀上，然后才脸色一阴道："哥儿，有件事情——可能有点麻烦，我得先向你汇报一下。"

"啥事？说。"

"通过我这几天的调查，和平村及食堂投毒等案件，都有了很大的进展，甚至还拔出萝卜带出泥，魏大贤的事也有些眉目了。遗憾的是，这些事直接或间接都与三娃四娃有关。林锡平放火烧了和平村，四娃又在牛滚崖把人家打死了；三娃四娃掘坟抛尸时被人发现了，他们把那个人也打死哒；食堂投毒案，就是四娃干的，他一共用了一百多包耗儿药。"

"都查实了吗？"李元成吃惊地看着王文昭。

"还没完全查实，但这些都是他们亲口告诉我的。"

"哦——真要是这样，那就公事公办，该坐牢坐牢，该敲沙罐敲沙罐，杀人填命，欠债还钱，天经地义。怎个心狠手辣的，若不绳之以法，天理难容。你不用请示我，该咿个弄就咿个弄，不过——"李元成看着王文昭小声说，"定罪可是要讲证据的哟，你目前都有些啥子证据呢？"

"他们自己的供述就是非常重要的证据。"

李元成不再说话，他猛吸一口烟，然后扯起嗓子喊了声"建军"，袁建军在隔壁办公室"呃"了一声便冲了过来。李元成对袁建军说："你马上去把三娃四娃给我喊来。"袁建军又"呃"了一声，转身便朝楼下跑去。

三娃四娃被袁建军带到李元成办公室时，李元成与二人目光一碰，然后挥手让袁建军出去。袁建军退出时，顺手带上木门。王文昭仍与李元成对坐，三娃四娃并排站在办公桌横侧。李元成看着三娃四娃，神态严肃地说："和平村放火、魏大贤抛尸、学生食堂投毒，这些事都是你们干的，是吗？"

"哪个说的哟，简直打胡乱说。"四娃义愤填膺道。

三娃也帮腔道："哪个龟儿子一天锤子吃多了莫事干，就晓得瞎说，我们跟那些事一点儿边都不沾。"

王文昭不吱声，只是不动声色地观察李元成与三娃四娃之间极其微妙的目光交流，然后小声说："那天晚上你们喝酒后，把什么都说了。现在我想说的是，如果这些事只是你们干的，而与其他人无关，那就万幸了。老实说，就你们两个，拉到嘉陵江河坝头，两枪就解决了，简单球得很。问题是，你们说这些都是哥儿喊你们干的，这就麻烦了。"王文昭说完,目光死死锁定李元成的眼睛。

"是这样说的吗?"李元成脸色铁青地逼视着三娃四娃。

"没有,绝对没有。"四娃一口咬定。

"三娃,你呢,说没有?"李元成又问三娃。

"没有,我们什么都没说,只喝酒。"三娃回答道。

"王文昭,你刚才说这些话可要负责哟,这可不是说起耍的哟。不要说他们没有说,就算说了,酒后说的话能算数么?"李元成盯着王文昭,弯着右手手指,一边咚咚地敲击桌面一边说,"还有,你都是搞刑侦出身的,你好好想一想,我为啥要让他们去干那些事呢?难道我不晓得那是犯法的吗,嗯?"

"因为梅兰的事,你与陈德愚有仇,一直想搞垮他,全建兴场的人都晓得。"王文昭看着烟缸,面无表情地说。

"王文昭,我再说一遍,那些事与我毫不相干。我把你调到建兴来,是想让你尽快当上公安局局长,而不是让你来调查我的。建兴这个派出所所长,你愿干则干,不想干就趁早请便。"李元成怒不可遏地大声吼道,同时将手中已经抽了一半的烟用力砸到墙上。红红的火星从烟头上弹出,滚落到地上。

"劳慰哥儿关照,建兴这个鬼塌塌我还真不想待了。"王文昭从椅子上哗地站起来,转身就去开门。这时,李元成喊了一声"等到",同时挥手让三娃四娃先走。

等三娃四娃出门后,李元成才绕过办公桌,把门关上,然后拍了一下王文昭的肩膀,心平气和地说:"坐下,我还有话说。"

李元成待王文昭坐下后,才回到座位上,点上一支烟说:"文昭,把任家刚弄走,把你调来,你晓得我淘了好多神不?好多人一天削尖脑壳都想往这里拱啊。可是你一到建兴来就变了,变得连我都认不到哒。我晓得你与陈德愚关系好,但再好么,也比不过你我两个兄弟间的关系嚜。我现在才发现,他说啥你都信,而我说啥你都怀疑，甚至还明里暗里与我对到干。哎，王文昭，我李元成到底哪点儿对不起你嘛？我再不是东西么，还是李秀英的亲哥哥、扯娃子的亲舅舅的嘛，你咋个像与我有仇一样喃？"

待李元成说完，王文昭沉默了一阵才小声说："哥儿，你对我的帮助，我当然心中有数。正因为我是你兄弟，所以这件事对我来说才这么棘手。你想想，要是换成其他人，我还会来向你汇报侦破进展吗？我直接把调查材料往公安局一交就行了，还撇脱些。实话说，我现在掌握的好多情况对你都非常不利。过去究竟发生了什么，你愿告诉我就告诉我，不愿意就算了，但你一定要做好最坏的思想准备。"

"文昭，你能对我说这些，我很感动，证明你心中还是有我这个哥哥的，劳慰你了。对于你，我从来都是掏心掏肺的，没有什么瞒过你。既然你把话都说到这个份上，我也就抖开窗子说亮话了。不错，我与陈德愚是有矛盾，也的确与梅兰有关，这些你都清楚，但是，我犯得着去杀人放火吗？我大小也是个区长啊，是有政治前途的人哪，会那么糊涂么？你怎个聪明的人，这么简单的道理都想不明白么？"

"是啊，这几天我也经常怎个想，你啷个会干那些事呢？但愿那些都与你无关，但愿那天晚上三娃四娃说的都是酒后胡言。但是，既然我负责这两个案子，我还得继续查下去，否则也交不了差呀。"

"呃——该查就查嘛。不过，凡事都要灵活务实才好，就算你把真凶找出来了，对你又有啥好处呢？未必你破几个案子就多长个耳朵哇？所以，我建议你走走过场，做做样子，给建兴中学，给公安局有个说法就行球哒。等过了明年，你就要当副局长去了，球大爷还管得了啷个多啊。还有，我晓得你现在只是在重点调查三娃四娃，可是你想过没有，谁都晓得他们是我的亲戚老表，不管他们有没有事，一旦你公开调查他们，我必然会受到影响。你应该清楚，在现在这个节骨眼儿上，我还能有一丁点儿闪失吗？我要是有个啥子三长两短，你的前途也就完了啊！还是那句话，我希望你听哥哥一句劝，这几个案子能拖就拖，应付一下就算球哒。"李元成说完，用乞求的目光长时间望着王文昭。

王文昭不置可否，只是神态自若地说："所里还有点事，我要先回去一下。"然后就起身下楼了。

吃过午饭，王文昭便步行回碾垭去了，他要回去看看老妈，同时也想边走边整理一下烦乱的思绪。经过近几天艰难而复杂的侦查后，他将所掌握的侦破内容进行拼接推演，发现这一系列复杂案件的顶端，都站着一个人——李元成。

李元成也许干过对不起很多人的事，但对于王文昭来说，绝对是有百利而无一害的。李元成不仅促成了他与秀英的美满姻缘，也为他的仕途铺平了道路。结婚以来，两口子的小日子过得有滋有味，特别是儿子出生后，王文昭觉得这个家幸福得简直就像一个蜜罐子。因此，他对李元成是常怀感恩之心的。

随着调查的深入，案情脉络越来越清晰，他却越来越惴惴不安了，甚至对即将面对的残酷现实，产生了一丝畏怯和惶恐。将自己的亲人和恩人送上绝路，他下得了手么？他明白，如果李元成一旦毁灭，自己的前途，甚至家庭，都难免遭池鱼之殃。结婚以来，王文昭处处疼着秀英，事事顺着她，可是，在她面前，他过得了这道坎吗？李元成毕竟是秀英的亲哥哥啊！想到这里，他似乎已经看到秀英那副大吵大闹、哭哭啼啼的面孔，不由得心里一紧。

王文昭之前一直希望母亲到城里与他们住在一起，可老人家坚决不同意，说不习惯城里的生活。眼看扯娃子越长越大，越来越调皮了，秀英根本照顾不过来，上个月回老家的时候，他再次希望母亲能进城去，说顺便帮秀英管一下娃儿。看在小孙子的分上，母亲终于勉强同意了。可是，今天他却要告诉老妈，进城的事暂缓。

一回到家，他才知道几个生产队正在热热闹闹地准备攮旱魃，于是也高兴地参加进去。

入秋以后，就没下过一滴雨，往年的烂雨季节，今年却成了秋旱。到挖老红苕的时候，庄稼地已经干得快冒烟了，板硬得像石头，种小麦挖地，撬断锄把是常有的事。人们用力挖起一块土，抡起锄头一砸，土块便噗的一声化作一摊干灰。为了能顺利下种，家家户户就到附近有水的地方取水浇地。舀干茅坑水井后，水沟堰塘旁，都能看到成群结队的挑着桶子的人们。

水一泼出，地上就发出一阵干土吞水的沙沙声，空气中随即漫起一股浓浓的土腥味。小麦虽然勉强种下了，但老天依然没有下雨的意思，倒是太阳依旧晴朗，令初冬的大地呈现出令人不安的温暖。由于缺乏必要的水分滋养，麦种发芽十分缓慢，甚至大片大片庄稼地不见一棵麦苗。着急了的庄稼人，在舀干堰塘最后一瓢水后，唯一能想到的办法，便是向天求雨。

在川北地区，世世代代沿袭着一种古老的求雨方式——攮旱魃。传说当地有人死后尸体不腐烂，就会变成一种鬼，叫旱魃。这种鬼一旦出现必闹旱灾，人们只有齐心协力攮走旱魃，老天才会下雨。攮旱魃一般都在夏天，很少在秋冬进行，可见这次冬旱实在太严重了。

旱魃是由王文昭相邻生产队的一个叫冬全的小伙子装的。人们事先将他剃成光头，用锅烟墨将他整张脸抹黑，他自己则穿条短裤，光着上身，藏在院子后面山上一处他认为最不易被发现的地方。其余人不分男女老少，都可上山攮旱魃。

天快黑的时候，活动就要开始了。成年人用背架子已将大捆大捆的干谷草背上山去，码成一个大大的草垛。待一百多人闹闹嚷嚷地聚在一起的时候，一位年长者便尖起嗓子大声宣布活动开始。于是，人们从草垛上抽出一束谷草，用火柴点燃，形成一个火把，然后舞动火把，一边哟嗬哟嗬地大声吼叫，一边在山上四处寻找。

天完全黑下来了。随着越来越多的人加入到撵旱魃的行列，欢快的吼叫声响遍山野，灿烂的火把映红了夜空。远远看去，整个山上火光一片，在灰黑的天幕下，如一幅浓墨重彩的油画。

装一次旱魃，生产队要补贴"演员"一个工，所以很多小伙子都争着当旱魃。旱魃要藏得深、藏得巧，如果很快就被找到了，那是不成功的。为了便于人们追撵，又要避免意外事故发生，旱魃被找到后，其"逃跑"路线要尽量选择安全平坦的地方。

根据事先分工，有人专门负责从山下源源不断地背来谷草，有人腋下夹着一捆草，再一束一束地分给撵旱魃的人。手中火把快燃尽的时候，撵旱魃的人便从分草的人手中接过一束干草并引燃，然后扔掉另一只手中的火把头。于是，山上到处散落着火头，星星点点。娃娃们尤其兴奋，他们成群结队，欢呼雀跃，把求雨当成了一次众人狂欢的火把节。

终于有人在一处很不起眼的黄荆笼里把旱魃找到了。旱魃先怪叫一声，然后瞪眼吐舌地跳出来，在山上张牙舞爪地四处乱跑。众人就手持火把，追赶着旱魃，同时大声吼道："撵旱魃哟——哦嚯嚯——撵旱魃哟——哦嚯嚯——"

这时，先前零星散乱的火把，立即就汇成一条星河，并随着旱魃逃跑的线路快速流淌。旱魃爬到山包上，星河便涌向山包；旱魃长途奔袭，星河便扯成长条；旱魃原地跑圈，星河便形成一个首尾相接的圆环。

待山上的谷草快燃完的时候，流动的星火渐渐萎缩暗淡下来，旱魃终于被赶跑了。经过一阵狂欢的人们都已疲倦了，于是三三两两、说说笑笑地走向山下，并幸福地憧憬着即将到来的一场甘霖。

乘着余兴，半山腰的一条小路上，传来了一阵歌声：

> 三十初一大月亮，
> 贼娃子进来偷水缸。
> 聋子听到脚板响，
> 瞎子看到在翻墙，
> 瘸子起来撵一趟，
> 哑巴跟到吼一腔，
> ……

一位年长者笑着骂道："背你妈的万年时哦，三十初一哪来的月亮嘛。"没人搭理他，歌声反倒像激起了回音，又听到另一个小伙子在唱：

> 盯到买，看到买，
> 买了保证不得拐。
> 买得快，死得快，
> 免得耗儿谈恋爱。
> 你也买，他也买，
> 耗儿吃了就停摆。
> ……

王文昭大吃一惊，立即循声找过去，发现这个唱歌的小伙子是相邻生产队的，名叫丑娃，于是大声喊道："丑娃，你好久开始卖耗儿药的哟？给我两包嚛，我妈说屋头耗子多得莫法。"

借助火把的光亮，丑娃一看是王文昭，笑着说："哎哟，文昭哥的嘛，还不晓得你也回来攘旱魃了。好久回来的哟？先没看到你呢？"

二人边说边沿着崎岖的山路往下走。丑娃说他没卖耗儿药，是在赶场的时候，听到卖耗儿药的人在这样唱，觉得有趣，就学了几句。今天攘旱魃攘高兴了，别个唱，他也跟到吼了几句。

"你在哪里看到过这个卖耗儿药的？"

"嗬，我在好几个地方都看到过，建兴、义兴，他都去摆过摊摊。"

"义兴？你说的是西充县的义兴场吧？"

"就是，那狗日的生意好球得莫法，天晴下雨都戴他妈顶草帽子，手头拿几个铁坨坨搓得溜溜旋。我还拿死耗子去换过耗儿药，五个一包。"

"你晓得他的名字不？"

"晓得叫他个啥名字呢——"丑娃一边挠头一边认真地思索，然后看着王文昭说，"好像有人喊他'老何'吗啥子，记球不醒豁了，这舅子——"

"哦——"王文昭不再说话，一路沉思着随众人走进院子。

晚上和母亲摆龙门阵的时候，王文昭听到她又一次唠叨："文昭，有空多去学校看看陈校长哈。人要知恩图报哦，娃儿。那年你爹在医院头解不出大便，人家硬是用手指帮你爹抠的呀，亲生儿子都不一定做得出来呀。是他把你爹送老归山的哟……"

第二天，老人专门炕了几个油饼子，用芋叶包好，让王文昭给陈德愚带去。

也许旱魃真的被攘走了，第二天下午果真就下雨了。雨不大，细细密密的，下得天地昏昏沉沉、冷冷飕飕的，持续了一周。

10

从建兴中学出来，王文昭刚走到位于河边的供电站外一拐角处，突然双手往青砖砌成的围墙上一搭，身子一纵便跃了进去，然后通过围墙上的小孔认真地观察外面的动静。他发现袁建军又在跟踪他了。果然，袁建军看到王文昭突然消失，于是快步走过来，着急地绕着围墙寻找。王文昭已看到了袁建军那张充满恐惧和疑惑的脸。

这时，王文昭再从围墙内嗖的一声跳出来，稳稳当当地落在袁建军面前，二人相距不足一尺。

袁建军"妈哟"一声惊叫，然后红着脸，尴尬而手脚无措地望着王文昭。王文昭逼视着他，小声问道："想干啥呢？"

"没——没有，我就转路——转路。你——你也在转路哈，王所长。"

王文昭一把抓住袁建军衣领，一用力将他提起来，再狠狠地往地上一杵，袁建军双腿一软便坐到地上。王文昭没有松手，将他拉起来又问道："哪个喊你跟踪我的？"

"没、没、没有。王所长，你说啥子哦，哪个敢、敢、敢——跟踪——你哟。"袁建军脸色发白，声音发颤。

"小袁，你晓得老子当年在前线是干啥子的吧？侦察兵！就你这两刷子，各家规规矩矩给老子搁到。像你恁个搞侦察，早就被敌人打成筛筛了。我好几天前就发现你的鬼把戏了，也懒得理你，但你没完没了地跟踪就不知趣了噻。我现在正式警告你，不管是哪个喊你来的，要是下次被我逮到，老子一把把你扔进宝马河。滚——"

看着袁建军仓皇逃去的背影，王文昭自言自语道："这下——摊牌了啊！"

油印房屋顶有一处漏雨，连续不断的阴雨天，雨水漏进屋内，打湿了屋内堆放的纸张。下午，陈德愚从后勤处仓库借来一架长约二丈的竹梯，准备上房顺一下瓦片。谢世昆敲完钟刚好从此处经过，陈德愚便请他帮忙扶一下梯子。

顺好瓦片，陈德愚从房顶刚踩到竹梯上准备下来，看到谢世昆双手虽然扶着竹梯，脸却扭向操场，笑笑地看着上体育课的学生在老师的指导下练习杠上运动。陈德愚轻轻下了几级竹梯，突然一松手便从竹梯上摔了下来。

"哇呀——"谢世昆一声惊呼，便冲过去扶陈德愚。几乎与此同时，他看到坐在地上的陈德愚，正用如炬的目光瞪着他。谢世昆突然僵在原地，左手惊恐地捂住自己的嘴巴。

"走吧，去你屋里说吧。"陈德愚小声说完，右手在地上一撑便站了起来。把竹梯放进油印房后，陈德愚便与谢世昆一起去了那间位于半山的小屋。

"你究竟是谁?"二人一进屋，陈德愚关上房门便问。

"请坐下说。"谢世昆指了一下屋内唯一的一把木椅，自己则坐在床沿上。

"你叫林锡平，对吧?"

"对。"

"和平村是你放的火吧?"

"是，你都知道啦？"

"知道啦。"

"对不起！"

"现在说对不起有啥用？"陈德愚努力控制住自己的情绪，稍一停顿，才自言自语道，"大火过后的第三天深夜，我在和平村遇到了一个人，他看到我后惊叫一声便逃走了。直觉告诉我，这个人可能与大火有关，他应该就是传说中的外地人。我们这儿的人受到惊吓时，一般会本能地大叫一声'妈哟'，而那个人的惊叫声太特别了，且完全不是本地腔调。我一直在寻找这个人，可是刚才，我又听到了那个特别的惊叫声。我找得好苦啊！"

"实在对不起，陈校长，那个人的确是我，可我当时并不知道是你。纵火过后，我逃到碾垭熬过了几天战战兢兢的日子，发现风声渐渐平静了，便趁夜偷偷潜回建兴场。我想再去看一眼和平村，同时对惨死的张老师和已被毁掉的和平村废墟磕几个头，没想到却碰到你了。我欺骗你太久了，但我也身不由己呀！"

"说吧，慢慢地说吧。很多事情我都想不明白，也希望你能说清楚。"

林锡平于是把在流马场认识李元成，到火烧和平村，到差点死在牛滚崖，再到被张朝建救起等经过，详详细细地向陈德愚诉说了一遍。

2

"那你为啥不回广东，还要装成哑巴留在建兴中学呢？你那个谢世昆的残疾人证明又是怎么回事？"陈德愚继续问道。

林锡平说："和平村大火过后，我本来也想一走了之，但后来发生的一些事，改变了我的初衷。我被李元成玩弄得太惨了，非常恨他。当我知道和平村在建兴中学的地位以及张老师被烧死时，十分难受后悔，我太对不起这所学校和张老师了，所以，在离开这里之前，我一定要让李元成受到惩罚。我万万没想到，他太狠毒了，居然想杀人灭口，我差点就死在宝马河里了。后来，张朝建老人救了我，我才知道张永泰是他的儿子，而且是他唯一的亲人。我深感罪孽深重，当即决定不走了。

　　"我还打算去县公安局举报李元成，可是，凭我对他的了解，他心狠手辣，做事不择手段，加之他在南部县势力太大了，我又是外省人，担心斗不过他，所以就决定暂不举报。我想，只要我还留在建兴，就有机会与他斗下去。刚好我在县城捡到了那张残疾人证明，也就趁机装成'谢世昆'。到了建兴中学后，我必须成为'哑巴'——一是残疾人证明上写的是哑巴，二是我说话稍有不慎，就会露出外地口音，所以也不敢说话。我戴帽子，戴眼镜，少剪须发，也是为了伪装。

　　"留在建兴中学，除了寻找报复机会和暗中照顾张朝建老人外，还有一项十分重要的任务，就是谢罪。我在县城问过一个专门帮人打官司的人，他说像我那种情况，至少要判十二年徒刑。但他又说，我是在不知情的情况下犯的罪，罪行要轻一些，同时喊醒学生，减少了死亡，算有立功表现，估计只会判个七八年。所以，我到建兴中学后，只干活，不领工资，权当自我劳动改造。我想，一旦干满八年，我就要表露真实身份，那时再与李元成拼个你死我活，没想到现在却提前暴露了。

　　"我以前在广东一家文物店工作，'文革'期间被迫停止了，改革开放后又偷偷摸摸地干了起来。来建兴之前，我带着几个兄弟在成都做古玩生意，但也只是小打小闹，摆摆地摊，不成规模。后来，国家政策越来越开放，我们的生意也越做越大，很快在成都送仙桥就有了正儿八经的店面，我当老板。由于我对古玩有点研究，所以我就负责在外面收货，他们负责销售。

"到建兴中学后，我就很少去成都了，也再也没有出去收过货了。学校每次放寒暑假或者忙假，你以为我回旺苍了，其实我在平桥赶车就去了成都，其间也回过几次广东。生意主要靠此期间回去打理，平时只有通过书信指挥。但长期这样下去还是不行，后来，我就把我的古玩资产按股份分了一部分给我那几个兄弟，他们就从我的打工仔变成了合伙人，当然，我还是最大的股东。生意就靠他们经营了，我只当幕后老板，每次回成都查查进出账单及各种开销清单就可以了。他们都是我很好的兄弟，其中还有两个是我的亲弟弟，对我从无二心，我不在的时候，生意照样很好。以前靠我在外面收货，后来政策开放了，就可直接在门市上收货了，天天都有送货上门的。"

"这样说来，那年学校收到的那三万元汇款也与你有关啰？"

"是的。"

"暑假天我去成都，在送仙桥看到的那个人，应该就是你吧？"

"对，是我。我当时看到你非常惊喜，很想当即承认我的真实身份，但理智提醒我，不能这么早暴露。你走以后，我难过了很长一段时间。那几天，我看到谁都想发火，拿到啥东西都想砸。我多想在成都好好陪你玩几天哪，陪你看看草堂、逛逛青羊宫，或者去浣花溪钓鱼，或者去昭觉寺烧香，晚上再痛痛快快地陪你喝喝酒、聊聊天，与你说说这么多年憋在心里的好多话。

"那年这里闹饥荒，我的生意才刚刚起步，既没成立公司，也没有店面，我就给他们拍电报让尽快给我筹钱。当时要一次筹够三万元非常不容易，所以他们每筹够一万元就给学校汇过来，分三次才筹够。在等第一笔钱时，我看娃娃们饿得太恼火了，才把那块手表卖了买的大米。那块表是阿爸留给我的唯一遗物。

"我太对不起张永泰老师了，所以，我要求每次都以他的名义汇款，我希望把我能做到的所有善举都记到他名下。这么多年，我还不间断地匿名给张朝建老人汇款，希望他日子能尽量过得舒坦些。"

"不容易，你能做到这一步已经非常不容易了啊！如果有一天法院要审判你，我一定出面做证，希望他们能够考虑到你的功劳，适当减刑。当然，我也希望张朝建老人能够原谅你。"陈德愚无限感慨地说。

"能够对我减刑，当然更好，不减也无所谓，怎么判我都服从。"林锡平稍稍停了一下说，"至于张朝建老人，我还真不敢面对，虽然我也救过他一命。"

"你救过他一命？"

"说来话长啊。我到建兴中学后，平时闲得无事，就喜欢上花果山走走看看，时间一久，还看出了点名堂。后来，我发现花果山不是一个普通的山包，它是一座汉代帝王的陵墓。"

"啥——？"

"千真万确。这里没有外人，我也就直说了。以前为了找老货，我很不光彩地干过不少盗墓挖宝的勾当，所以对古墓风水就有一些研究。不知你平时观察过没有，花果山四边有棱，顶部平整，这是秦汉时期覆斗式墓葬的典型特征。花果山没有一块天然岩石，挖坨泥土放在手上一捏，会发现泥土颗粒均匀，证明整个山都由夯土构成，进而说明花果山就是一个大大的封土堆。所以，别人说花果山风水好，不是没有道理的。"

"我就说嘛，你当时让我一定要守住花果山，原来你早就知道其中的秘密了嗦?”

“那时也只觉得花果山有点不同寻常而已。”

“那——秦勇全也知道这个秘密哟?”

“他是在葬魏八公他爹时才发现这个秘密的。劝魏八公把他爹葬在这里，是李元成用的计，他原以为你会坚决反对，想借此挑拨你与魏八公的关系，没想到真就葬在这里了，这让李元成十分后悔。”

“问题是，你唧个晓得这些的呢?”

“我慢慢讲给你听嘛。到学校一久，就渐渐知道你与李元成之间的矛盾了，也明白了他要烧掉和平村的真正动机。我担心他还会做坏事，所以常常在暗中防着一切可能会危及学校的人和事。

“发现花果山的独特与神秘之后，我喜欢从不同的方位观察那里。有一次去白鹤洲，我想从那个方向看看花果山，没想到碰上了秦勇全。当时他正摆弄着罗盘，并认真地观望着花果山和幸福山。我当即明白，这个人一定是个风水先生，而且正在打花果山的什么歪主意。我当时并不知道他叫秦勇全，当然他也不认识我，后来才知道他居然是南部县最有名的风水大师。

“在葬魏大贤之前，他们只知道花果山风水很好而已，挖金坑时，秦勇全才从土质的异样逐渐发现这是一座汉墓。其实，我也是那个时候才确认花果山是汉墓的。秦勇全知道，凭他的能力是不可能动得了花果山的，于是就将这个天大的秘密告诉了李元成，并与他一起策划开挖古墓。如果要挖花果山，魏大贤的坟墓就会成为新的障碍，加之李元成知道魏大贤的确占据了风水宝地之后非常后悔，同时为了制造你与魏八公之间的矛盾，当天晚上，李元成便让朱三娃和朱四娃把尸体挖出来扔了。”

“咹?”

“魏大贤下葬那天晚上，我一夜未眠，总觉得要发生什么事。半夜起来，我想到山上去转转，刚到山顶，果然就隐隐听到山下有动静。我悄悄顺着山坡下去，藏在树丛间认真观察，于是就看到了二人掘坟抛尸的全过程。我当时没看清这两个人是谁，心想肯定是反对把魏大贤葬在这里的人，甚至认为是学校的老师，就没有吱声。就在二人抬着尸体走向河边的时候，从麦地里突然冲出一人，大嚷大叫要阻止他们。当时那人大声说自己叫张朝建，我听出他就是张永泰老师的爹。那二人根本不听劝，在把尸体抛进河里后，转身几拳就把他打昏也扔进河里了。我知道老人有危险了，立即冲出去将二人打走后，跳下河去便把他救了上来。我是走近二人时才认出他们的，但他们不知道我是谁，张朝建老人也不知道。

"后来我就有了一个习惯，白天没事的时候，或者晚上睡不着的时候，总喜欢独自一人到山上去看看。我发现秦勇全老是在花果山周围转悠，而且越来越频繁。我知道他一直都在打花果山的主意，因此更加注意提防他。这学期刚开学不久，也是半夜，我发现秦勇全果然带着锄头铁钎到山上开始行动了。我着急了，不得不现身当面警告他不要动花果山，可是他根本听不进去。第一次正面交锋就这样不欢而散。

"在不久前的晚上，我在山上又碰到他了，于是当即戳穿了他与李元成的阴谋，也说中了他认为只有他与李元成之间才知道的秘密。由于一直不知道我是谁，他当即认定我就是高人大师，对我既佩服又害怕。在我的警告和诱导之下，他把他们前前后后所言所干所想的事全都告诉我了，包括如何避开魏八公挖花果山等内容。"

"这怎么可能呢？挖花果山，全建兴中学的人都会知道啊。"

"可是，李元成就能想出办法。魏八公只知道花果山风水好，关于山里的秘密，秦、李二人却没有告诉他。为了不让更多的人参与分配古墓里的财宝，李元成策划了一个修建图书馆的阴谋。他告诉魏八公，说是为了巩固他在建兴中学的地位，决定为学校修一座图书馆。实际上他是打算以挖图书馆地基为名，进行秘密挖宝。按李元成的计划，他把宝贝一挖出来，就该去县上工作了，所以根本就没打算修什么图书馆。"

"阴险哪，可恶啊！我还说魏八公为学校修图书馆是一件功德无量的大好事，也从心底里开始佩服他。我也觉得奇怪，当初魏八公那么高调地当着全校师生宣布要修图书馆，可接着就没下文了。这个秘密你要不说出来，除了你和李元成，恐怕全世界现在再也没有人知道了啊。"陈德愚突然小声说，"我听说，秦勇全死的那天下午去过李元成办公室，你是否也多少知道一点他的死因呢？"

"可以说是被我吓死的。"

"为啥？"

"由于他们的很多秘密都被我说中了，他认为我道行非常高深，且十分神秘，一定要知道我是谁，家住哪里。恰巧那两次，我都穿一身白衣服，那是我睡觉时才穿的一套睡衣，他觉得很奇怪，问是怎么回事。我告诉他，我是几年前被烧死的张永泰，现在住在和平村里，这身白衣是我的裹尸布。他受到惊吓，哇哇大叫着朝河边跑去，然后一头就栽进河里了。我以为他会游泳，没想到却淹死了。其实我也只想吓吓他，不让他挖花果山就行了。"林锡平随后从床后墙角拿出一把锄头和一根铁钎，杵在陈德愚面前说，"这两样东西都是他的。"

4

"好，我不会怀疑你说的每一句话，所有真相马上就要大白于天下了。接下来，你有什么打算？"陈德愚开始替林锡平考虑了。

"对于建兴中学，我犯下了不可饶恕的罪行，也造成了无法挽回的损失。而这里的人不仅救了我的性命，包括你在内的众多好人还一直善待我，我会永远铭记在心。

"我在成都的古玩商店现在经营得很好，这么多年也挣了不少钱。自从张朝建老人把我从死神手中拉回来后，对于钱，我就再也没有兴趣了。我现在所有心思都是如何赎罪和感恩，这也是我还一直关心着成都生意的唯一原因。我想为建兴中学做两件事：一是按原貌重建和平村，二是修一座图书馆。我知道这也是你的心愿。"

"老谢——不、不、不，老林，这可要花很多钱哪。"

"我已经请人预算过了，我有这个经济实力。图书馆修好后，我希望把这栋楼命名为'永泰楼'，不知行不行？"

"行、行、行，这名字既文雅又吉祥，永远安泰，好、好、好。老林，我先代表建兴中学全校师生感谢你了！你的案子移交后，我到时一定请全校师生联名向南部县检察院求情，希望能对你免于起诉。"

"谢谢你！我还有一个心愿。那年我从道士湾不辞而别，给张朝建老人留了一封信，说只要还有可能，我一定回去做他的儿子。人，说了话就要算数。现在让我心里没底的是，他会不会原谅我？"

"你说的是这个吧？"陈德愚从上衣口袋里掏出一张折好的纸条，小心展开，然后递给林锡平。

"对、对、对，就是这个，怎么会在你手里？"

"王文昭已经向张朝建了解过情况了，他当时就把这张纸条借给了王文昭。王文昭是个聪明人，通过这段时间的调查，他肯定已经清楚你的真实身份了。他把这个给我，口头上说让我帮着分析分析，实际是在试探我的态度，看我是否会提醒你尽快自首。我当时一眼就认出是你的字，也进一步确认了你就是林锡平。"陈德愚从林锡平手中收回纸条，折好放回口袋后说，"如果把所有情况都告诉张朝建，我想他会原谅你的。这样，过几天，我与王文昭陪你一起去一趟。"

"如果老人家能原谅我，我就改名为'张永泰'，做他的儿子。我仍不离开建兴中学，继续当一名敲钟人。他若愿意到学校来生活，我就把他接过来与我住在一起，若不愿意，我放学或放假后就到道士湾去，到时再把那几间草房改成瓦房就行了。"

"你不回广东老家吗?"

"不回了，家里没什么亲人了，两个弟弟都在成都。阿爸去世好些年了，阿妈前不久也去世了。"

"是半期考试前的事吧?"

"对，你——?"

"你收到电报了，半夜哭着喊'阿妈'，很伤心。我都听见了。"

在派出所审讯室，王文昭正在审问何勇。

今天义兴逢场，王文昭一大早就骑着摩托过去了，在场口，果然看到何勇在说说唱唱地卖耗儿药。王文昭亮明身份后，便连人带耗儿药一起带回了派出所。

经过简短的审问，王文昭让何勇戴上帽子、墨镜，把他带到朱四娃的肉摊附近让他指认。在离朱四娃大约二十步开外，何勇指着朱四娃小声对王文昭说："就是他，一共买了一百五十包。"

做完审讯笔录，何勇按王文昭指令，在笔录末页上写上"以上内容完全属实"，然后签上名，按上手印。

在何勇就要离开派出所的时候，王文昭突然问道："何勇，上次你与我在拱背桥聊天后，为啥就再不来建兴场了呢？"

"你当时问我认不认识那个人，还问长什么样子，就引起了我的警惕。我卖耗儿药这么多年，被警察问过很多回了，每次都问我认不认得买药的人，长什么样子。一看你头发，顶部平整，周围有压痕，显然是戴盘盘帽的，我当时就知道你是警察。我想哪里可能又发生投毒案了，后来一打听，才晓得建兴中学发生了那么严重的投毒事件。我被吓倒了，不敢再来了。"

"你卖耗儿药没有错，这事不能赖你，别人把药买去干啥你也管不了。你安心做你的生意，照样来建兴场卖，没人干涉你，但你得随时配合公安机关的调查。你走吧。"

何勇刚离开建兴场，林锡平便扛着秦勇全的锄头、铁钎，与陈德愚一同来到派出所。据秦勇全的老婆兰菊芳后来指认，锄头和铁钎的确是她家的。林锡平再次将他近几年在建兴的经历，向王文昭讲述了一遍，并就和平村纵火案向派出所自首，陈德愚做他的证人。

在近期的侦破过程中，王文昭处处回避李元成，就算李元成频繁来派出所，有意无意地打听案件侦破进展，王文昭总是顾左右而言他，应付了事。但一些重要信息，不知为何，还是零零星星地传进了李元成的耳朵。王文昭在河边警告袁建军之后，李元成越来越害怕了，进而惶惶不可终日。

吃过晚饭，四娃应李元成召唤，早早地来到了他家中。一进门，就看到李元成一个人心事重重地站在屋中抽闷烟，屋内已烟气腾腾，烟头白花花地落了一地。

"老弟，有件事已经火烧眉毛了，今晚把你喊来，就是想和你商量一下对策。"李元成待四娃靠着方桌刚坐下，便反锁木门神色凝重地说，"现在有人已经把刀架在你我的颈项上了，估计过不了多久，我们的脑壳就要落地了啊！"

"咋——咋回事？"四娃从来没见过他的大靠山如此沮丧和无助，知道事态的确已经非常严重了，当即吓得脸色发白。

"都是你们干的好事啊。"李元成软软地说，浑身像抽了筋，连发火的力气都没有了——也许发火已经毫无意义了。他吸一口烟道："你们那天晚上喝醉了，把根根底底、肠肠肚肚的事都给王文昭说了。他顺着你们说的那些线索深挖细刨，这几天又收集了大量的证据，已经拔出萝卜带出泥，不光投毒的事，连和平村、林锡平、魏大贤这些事情，他通通都晓得了。还有，我今天才听说，你们抛尸那天晚上还打死了一个人，他也晓得了。王文昭已经把那个卖耗儿药的人找到了，那个人也已指认你了。"

"那——那嘟个办嘛？"四娃哭丧着脸问道。

"没有办法了，只有等死了。我熬了半辈子，眼看就要当副县长了，没想到一世英名，却毁在你两个短命娃娃的手上啊。种种迹象表明，王文昭这次是吃了秤砣铁了心地要跟我干下去了。我苦口婆心地劝过他，希望他看在大家都是亲戚的分上，不要在这些事情上扭到膜了，可他根本听不进去。我把他调到建兴来，除了为他当副局长做准备外，也是为了我在建兴干事利索些，没想到搬起石头砸自己的脚啊。"

"他为啥恁个弯经呢？"

"陈德愚，全都是陈德愚这个家伙在捣鬼。他天天都要去派出所啊，他是在催命哪。现在你知道了吧，他们关系不一般哪，要是换成其他人，他王文昭会连自己的亲舅子都不认？"

"狗日的，这个人太坏了。"四娃咬牙切齿地说。

"坏不坏，你看看这个就晓得了。"李元成边说边从口袋里掏出一封信，交给四娃道，"你自己看嘛——他说你的杀猪房污染了宝马河，已向王善奎写信举报了，还建议把杀猪房关掉。王书记要我处理，我到现在都没理这个事。凭我对他的了解，他很快又要向县委甚至向地委反映。真要那样，恐怕你那个杀猪房就是天王老子也保不住了哦。"

"杀猪房关哒，老子非弄死他不可。"四娃看完信，气得拿着信纸的手抖得哗哗响。

"杀猪房关哒算个球啊，现在最重要的是，我们保命要紧。你还弄死他，人家马上就要弄死我们了。"

"老子明天就动手，看哪个先弄死哪个。"

"你——敢?"李元成用鄙夷的目光毫不隐晦地表达自己的质疑。

"老子从来就杀人不眨眼,不信试一下嘛。"四娃受不了李元成那近乎侮辱的眼神。

李元成意味深长地看了四娃一眼,稍停,才压低声音道:"四娃,现在的确已经到了你死我活的紧要关头了,形势十分危急。趁王文昭还没有把所有调查材料和证据交到公安局,我们做最后一搏,也许还有一线生存希望,一旦错失出手的机会,一切都完了。留给我们的时间已经很少很少了啊。"李元成随即把眼睛一鼓,阴森森地说,"要保住我们的人头和杀猪房,恐怕只有铤而走险了!"

"那——到底干掉哪个,陈德愚还是王文昭呢?"

"他们两个穿的连裆裤,王文昭知道的东西,陈德愚肯定也知道,留下任何一个,都后患无穷。王文昭已经完全不想认我这个舅老倌了,最近处处躲着我,生怕我打听案件的侦破情况。既然他都不认我了,我还认他捞球。我李元成从区公所普通工作人员干起,一步步干到今天不容易呀。谁敢阻止我的仕途,老子非与他拼命不可。"

"那就把两个都干掉,一个都不留。"

李元成不置可否,只是用十分严肃的眼神看着朱四娃,用极低的声音说:"四娃,我们现在已经没有一丁点儿退路了,成败在此一举。你务必谨慎行事,周密谋划,不可有半点闪失。三娃做啥事都不靠谱,所以这个事就不要他来掺和了,也不要告诉他,免得他酒后又说漏嘴了。"李元成说完,重重地叹了口气。

朱四娃从区公所宿舍出去的时候,已是深夜了。李元成从窗口看着四娃的背影,自言自语道:"对不起啊,四娃,也只有牺牲你了啊。"

3

　　天刚亮，四娃喊其他几人把肉背到摊子上去卖，要捡娃留在杀猪房。待众人走后，他才把正在外面打整卫生的捡娃喊进屋来。四娃坐在床沿上，他要捡娃对坐在床前的一条板凳上。捡娃觉得很不适应，犹豫了一下，才挠着头别别扭扭地坐下。

　　"捡娃，杀猪房的所有人中，你最小，对我最忠心，所以，我最放心不下的就是你。有件事，我很不忍心说出口，但现在已经火烧眉毛了，不得不说了。我也只对你讲，他们都是大人了，莫来头。"四娃边说边从床头枕头下拿出一沓钞票伸给捡娃，"捡娃，拿去自谋出路吧，这是你应该领的工资，一直放在我这里的。"

　　捡娃一脸恐惧地把双手往身后倏地一藏，似乎手一伸就会被人剁掉。他从板凳上站起来，带着哭腔说："四娃哥——你——要撵我——走啊？"

　　"捡娃，你恁个聪明勤快，我啷个舍得撵你走嘛。有人向县委书记举报了我们，说我们污染了宝马河，杀猪房马上就要关了哇，我现在都毛焦火辣的呀。"四娃也哽咽起来，同时抬起袖口揩眼睛。

　　"哪个要关杀猪房嘛？我们不是有李县长照顾到的嘛？"

　　"李县长也没得办法了，你自己看嘛。"四娃把手中钞票放到床上，再从枕头下拿出陈德愚那封检举信交给捡娃说，"以后你要多保重，不要和人家打架，免得人家欺负你。李县长要到县上去了，杀猪房也要关了，在建兴场我自身都难保了，也就照顾不到你了。"

　　"四娃哥，我还能去哪儿嘛？"捡娃说完，眼中滚出两行泪水，然后咧开嘴，无助地嗷嗷大哭起来。

　　四娃也哭了。在他的印象中，这还是第一次看到捡娃哭，哭得如此伤心。他流着泪说："李县长昨天告诉我，王书记把这封举报信批给他后，他一直都没让我关，可现在陈德愚又在往地委、省委告，他也莫得法了。"

"有——有莫得办法——法让他——他不要告了嘛?"捡娃边抽泣边说。

"这个狗日的是头顶上害疮脚后跟流脓——坏透了的，他看到我们杀猪卖肉赚了钱就眼红，一心想整垮我们。变狗是改不了吃屎的，要让他不告，除非他死他妈哒就不得告了。"

捡娃突然停止了抽泣，他眼睛一亮，呆立在原地认真地思考着四娃刚才的话——除非他死他妈哒就不得告了。渐渐地，他眼中掠过一丝杀气，然后从牙缝中挤出几个字："让——他——死!"

王文昭已经整理完了对陈德愚、林锡平、冯文普、何勇、三娃、四娃等人的调查记录及人证物证清单，并做好了发生在从林锡平认识李元成到秦勇全溺亡期间的众多案件的详尽分析。他今天要去公安局汇报案件侦破进展，同时，还将向巫启旺申请增派八名警察，补给四辆警用摩托及其他警用设备——他要出手了!

在上午的全所干警会议上，他简短地讲了针对相关案件的近期侦破进展和大致工作计划，目的是提醒大家这几天一定要提高警惕，同时做好打硬仗的准备。

吃过午饭，王文昭便骑着摩托突突突地驶离派出所。建兴正街与莲花上街的拐角处，停着一辆解放牌大货车，挤占着本来就不宽敞的街道。王文昭骑摩托车从这里慢慢挤过时，摩托差点就擦在货车高高的车轮上。

摩托车缓缓驶出人来人往的建兴场，路上的行人越来越少了，黑色的柏油路也越来越通畅。初冬的寒风，刮过他的帽檐，哗哗作响。道路两边，桉树叶在悠悠飘落，大片大片的庄稼地，在冬日软软的阳光下，沁出淡淡的绿色。

一过大王场，就要到反壁崖了。反壁崖在当地又称魔鬼崖，人们常常谈之色变。这里道路一侧是高高的绝壁，绝壁的石缝间长着一蓬一蓬黑褐色的蓑草和零零星星的青冈树，道路的另一侧也是绝壁，绝壁下便是宝马河。宝马河在这里变得更深更急了，与建兴场一带相比，河水也清亮了许多。再前行三里，宝马河从定水场注入西河，这条河就这样把它的生命托付给了另一条河。

国道 212 线在这里突然来了一个九十度的急弯。不光道路是急弯，山崖和河道也都是九十度急弯，从而形成从高到低三个相互平行的直角梯度。不熟悉路况的人，第一次从大王场方向驱车而来，会形成道路突然中断，前面突然横着一条河流的错觉，车祸往往就这样发生了。

快到拐弯处，王文昭早早就减速了。就在这时，他突然感到身后一辆大车正在加足马力疾驰，马达的轰鸣声和货厢剧烈的抖动声，伴随一股热气，从后面直逼过来，地面随之猛烈震动。他下意识攥稳方向，加大油门，同时扭头一看，发现正是那辆停在正街拐角处的大货车。凭着警察的机敏，他已经意识到此车的动机了。

大货车马上就要撞上摩托了，但丝毫没有减速和避让的意思。王文昭将摩托微微向右一偏，大货车也跟着向右压。行至急弯处，摩托几乎是骑着道路的边线在行驶，他已经看到了绝壁下的滚滚河水，再也无法避让了。他感到偏斗下的轮子突然悬空，车身右侧一虚，于是将身子本能地朝左狠狠一压，同时向左急打方向，在摩托转身的一瞬间猛轰油门。大货车也疾速转向，继续紧追，猛烈抖动的货厢，发出令人心惊的哐啷声。

刚转过这道急弯，接着又是一处阴角弯。警用三轮摩托在高速行驶下，偏斗会产生一股很大的拉力把车身朝右拽，加之这辆车又老又破，驾驶起来本来就不利索，因此，王文昭始终没能摆脱大货车的紧逼。他扫了一眼右边的悬崖和河水，突然朝左猛打方向，摩托就紧靠左边的山崖行驶，希望这样能避开大货车。摩托刚到阴角弯的最深处，大货车突然就从马路右侧哐的一声猛撞过去——他无路可逃了！

就在大货车撞上偏斗的一瞬间，他松开抓住方向的双手，双脚抬起用力在摩托背上一踩，腰身一挺，同时探出右手，稳稳抓住大货车车厢围栏上沿的铁杆向空中腾跃，待身子跃起，双脚在崖壁上竭力一蹬，便顺势滚进了车厢。

大货车猛烈撞上摩托，再将摩托抵上岩石，整个摩托就压成了一堆扁扁的废铁。货车保险杠歪向一边，引擎盖高高掀起，反光镜从车头上挂了下来，一块簸箕大的岩石被撞垮到路上，空气中瞬间就弥漫着浓浓的汽油味。突然轰的一声巨响，摩托爆炸燃烧了。火苗哗的一声，顺着溅到货车上的汽油，引燃了大货车。

驾驶室右侧门突然打开，先后跳下两人，一个是朱四娃，另一个是汪启友。汪启友是区公所的货车司机，他在部队是汽车兵，多次翻越二郎山往返川藏线，去年才从西藏转业到区公所，与派出所的曹正平是同一个连队的战友，二人关系甚密。这辆大货车一直就是他在开，经常帮四娃在外地拉生猪。

这时，从定水方向过来一辆幸福250摩托，嘎的一声停在二人面前。二人翻身上车后，摩托轰的一声就朝建兴方向疾驰而去。

王文昭从车厢上跳下来，刚跑出不到三十步，大货车也爆炸了。货车燃烧后腾起十余丈高的黑烟，同时发出噼噼啪啪的爆燃声。大火点燃了石缝间的蓑草和青冈树，崖壁上立即就挂起了无数的火把。

交通中断了，来往的车辆很快就在两端堵起了长龙。司机们从车上下来，三三两两地围在一起，望着远处的烟柱议论纷纷。

王文昭惊魂未定地返回建兴场，正准备让教导员黄大辉马上去公安局汇报今天下午的离奇车祸，却听到另一件更加令人震惊的事——陈德愚被人杀了！

据黄大辉讲，王文昭下午刚离开派出所，陈德愚就来了，他听说王文昭去公安局了，啥也没说转身就走了。刚从莲花上街下来走到正街拐角处，捡娃不知从哪里出来突然冲到他面前，用剔骨刀连捅了陈德愚胸部七刀。陈德愚大叫一声便倒了下去，鲜血喷了一地，红红的一大片。

当时街上有很多人，大家听到陈德愚的叫声才看到这血腥的一幕。有人马上冲过来将捡娃扭住，并夺下他手中的剔骨刀；有人背起陈德愚就大喊大叫地冲向人民医院；有人跑到派出所报了警，两名警察立即就将捡娃抓了起来。

王文昭回到派出所之前，医院已经对陈德愚实施了最基本的止血和急救措施，然后输上血输上液输上氧，由医院唯一一辆救护车一路鸣笛送往南充川北医学院附属医院。梅兰也哭着和好姐妹何菊芳一起跟了去。地区教委主任陆大鹏接到电话后很快就赶到了川北医学院。

王文昭听完黄大辉的讲述后，立即从派出所出来，他要亲自去医院看看陈德愚的伤情。出门前，他将一支手枪揣进了裤袋。在陈德愚被刺杀的地方，王文昭看到了那摊殷红的血迹，在通往医院的路上，一路也是血点。王文昭的心紧了，那乌红的血点，像是从他心里流出来的。

他找到那位参与过抢救工作的代姓医生询问情况，代医生看了他一眼，重重地叹了一口气，然后摇着头说："凶多吉少啊！初步判断，至少有三刀刺穿了肺部。根据我二十年的急救手术经验，类似的情况还没——"代医生看到王文昭眼中正喷着怒火，不敢再说下去。王文昭一言不发，在原地僵立了一阵，才神态木然地慢慢挨回派出所。

回到派出所，他瘫坐在木椅上，又发了一阵呆，然后才抓起电话，向巫启旺简要汇报了今天下午的车祸和陈德愚被杀的事，并称建兴的形势十分可怕，急需公安局支援。巫启旺在电话那头大声骂道："狗日的，疯了嗦。"他要王文昭不要害怕，先稳住阵脚，保护好自身安全，公安局增援队伍马上就出发。巫启旺随即派出八名干警分乘四辆摩托驰往建兴场，并命令所有增援人员一律听从王文昭指挥。

增援车队一驶进派出所大院，王文昭就立即命令所有干警在院中紧急集合，然后进行了简单分工并下达了抓捕令。他认为在目前的局势下，开拘留证都太过文雅了，于是就口头宣布了抓捕名单：朱三娃、朱四娃、钟天棒、刘莽娃、千万干不得，另外还有区公所的袁建军和汪启友。

下达完抓捕命令，王文昭铁青着脸站在阶沿上，扫视了一下整支队伍后大声吼道："堂堂建兴中学的校长，居然被一个小混混杀了，而且就在派出所门口。我本人今天下午也遭到了暗杀，手段极其狠毒。可见建兴场这股黑恶势力已经疯狂到何种程度。这是我们公安队伍的奇耻大辱！我们看起来威风八面，要枪有枪，要弹有弹，可是，连一个文弱书生都保护不了，人民养我们还不如养一条狗！

"各行动小分队，必须带足武器，包括一支手枪、十发子弹。不管什么人，不管遇到多大阻力，都必须全部抓回来，没有任何条件可讲。一旦有人拒不接受抓捕，甚至暴力袭警，你们可动用所有警具，必要时可开枪击伤，无须向我请示。

"行动中不得使用警报器，不得扰民，不到万不得已不许鸣枪。今天的抓捕行动必须秘密进行，不得走漏风声。我先提醒一下大家，我们内部已经出现了叛徒。上过前线的都知道，队伍里一旦出现了叛徒，就意味着流血，意味着牺牲，意味着全军覆没，所以这是决不可容忍的。在之前的侦破过程中，所里的好多秘密都被泄露了，令我们的工作十分被动。我要去公安局的事，今天上午才决定的，除了所里的人，我没对任何人讲过，可是别人就能准确掌握我的行踪。老子差点连命都丢哒，这还得了，哎？"他突然大喊一声，"曹正平，给老子滚出来！"

曹正平用颤抖的声音应了一声，才怯怯地从队伍中走上阶沿——他已吓得面如土灰了。王文昭瞪着曹正平，突然一记横勾拳朝他头部猛砸过去。曹正平"哎哟"一声，身子一歪，一头就撞在砖墙上，发出咚的一声闷响。待曹正平扶墙站直，王文昭转过身去，脸朝地，肩膀一耸，大吼一声："给老子抓起来。"两名警察走了上来，嚓的一声就将曹正平铐上。

6

抓捕朱四娃等人十分顺利，几乎没费一枪一弹。也许他们自信有区长撑腰，没做任何反抗，甚至十分配合。但抓捕袁建军和汪启友则遇到了麻烦。

四名带着手铐警棍的警察，一到区公所，整个大院都惊动了。派出所民警到区公所抓人，这在建兴场可是闻所未闻的大事。楼下的嘈杂声惊动了李元成，他一打听，才知道大致原委，于是手里夹一支烟，从楼上慢慢下来。

"你们要抓谁呀？"他猛吸一口烟，吐出长长的烟雾，自信而沉稳地问警察。

"袁建军、汪启友。"其中一名警察回答道。

"呵呵——为啥呢?"

"不晓得。"

"那——你们哪儿来哪儿去。"李元成脸色一阴,用夹着烟的手,朝着四人往外面一挥。

"不行,我们现在必须将他们带走。"

"反了!敢到我区公所撒野,胆子不小啊。"李元成把烟头往地上一砸,然后指着地面说,"你们也不看看这是谁的地盘,想抓就抓呀,嗯?"

"王所长命令我们来抓人,我们就得奉命行事,希望李县长不要为难我们。"都知道李元成是王文昭的亲舅子,也知道他即将升任分管公安的副县长,刚才还雄赳赳的几名警察开始发虚了。

"那好,我不为难你们,你们去把王所长喊来,让他把抓人的理由先给我说清楚再说。"

四人灰溜溜地回到派出所,看到王文昭正在打电话,于是就耐心地候在门口。王文昭打完电话,不解地看着门口几人问道:"人呢?"

其中一名警察回答道:"李县长不让我们抓人,他要你先去给他说清楚抓人的理由再说。"

"哼——"王文昭冷笑一声说,"我刚才已经给巫局长汇报过我们的抓捕行动了,他肯定了我们的做法,并授权我在这里代他指挥作战。他说他明天还要将这边的情况向王书记汇报,争取得到县委的支持。我现在是不会去给他讲什么理由的,到时候会——有人给他讲得很清楚。"

王文昭说完,大喊一声"大辉",黄大辉就从另一间办公室跑了过来。他看着黄大辉说:"大辉,你再带四人,加上他们四个,去区公所把那两个人给我抓了。"

"要是李县长和区公所的人还要阻挡我们又啷个整呢?"一名警察小声问道。

王文昭从腰间拔出手枪往桌上用力一砸,咬牙说道:"你们的枪呢? 管他哪个阻挡,今天踏平区公所也要把人给我抓回来,一切后果由我承担。如果再抓不到人,你们八个人都不要回来。"

黄大辉带着八人,浩浩荡荡地走向区公所。途中,一名小警察怯怯地说:"所长今天火气也太大了嘛,派出所大闹区公所,这可是犯上哦。李县长不光是他的上级,还是他的亲舅子的嘛。"

黄大辉瞪了小警察一眼:"你晓得个铲铲,他是在炮灰里滚过两次的人,惹毛了,天王老子都不得认。他现在是在代巫局长发号施令,公安局到区公所抓犯罪嫌疑人,为啥不可以?"

袁建军、汪启友都不在各自办公室。黄大辉命令四人守在楼下,然后带着其余四人到所有办公室逐一寻找。一询问,办公室的人都说"找不到"。

李元成的办公室关着,黄大辉轻敲了一下木门,门就开了。他看到二人正在里面与李元成说话。

看到警察站在门口,李元成仰靠在椅子上,拖着声音居高临下地问道:"王文昭——没来?"

"他在给巫局长汇报工作,没时间。"黄大辉冷冷地说。

李元成恼羞成怒地吼道:"给老子滚!"然后叫袁建军把门关上。袁建军果真就哐的一声关上木门,顺手哗啦一声插上门闩。

黄大辉唰的一声从腰间拔出手枪并托于手上,向后退出一步,然后高高抬起右腿,一脚朝门板中间猛踹过去。随着哐当一声巨响,整扇木门应声砸向室内。四名警察鱼贯而入、电光石火、兔起鹘落,袁、汪二人还没来得及做任何反应,便被戴上了冰冷的手铐。李元成僵在座位上,张着嘴,目光茫然,夹着烟的手仍悬在空中,似乎根本不知道发生了什么。

由于派出所关不下那么多突然增加的犯罪嫌疑人，除了捡娃、四娃需要马上进行审讯外，其余的立即送往公安局，包括曹正平。

下班后，王文昭正在紧张地整理案情记录，门口突然一暗，他疲倦地抬起头来，看到李元成站在门口。

李元成神态自若，像什么都没发生过。他一只手扶着门框，对王文昭说："文昭，晚上一起吃饭哈，我有事要对你说。"

王文昭眼神一凝，迟疑了一下才说："三娃的馆子都关了的嘛，我今天也特别忙，改天嘛。"说完，又埋头看桌上的资料，不再搭理他。

"文昭，我知道你现在很不想与我说话，更不想与我喝酒，这我能理解。但是，你不是想尽快破案吗？你今天抓这些人，不都是冲着我来的吗？既然这样，我就把与我有关，或者我知道的一些事情，干脆都告诉你算了，免得大家都累。我去平桥饭店二楼一号雅间等你，去不去随便你。"说完便转身离去。

李元成走到平桥中间，迎面突然过来一人，一身黑衣，头戴草帽。那人不仅没有避让，而是肆无忌惮地朝他猛撞过来。李元成一个趔趄，差点就撞到桥下。他扭头看了那人一眼，发现那人并没有道歉或逃离的意思，而是站在原地，眼中射出挑衅的光，似乎在等他做出反应。

要是换成平时，李元成会毫不含糊地一巴掌扇过去，然后将其痛骂一顿，再喊警察抓进派出所，而现在，他已没有任何心情照顾自己的尊严和体面了。他继续埋头前行，这才感觉到那人撞击的强大力度，同时觉得那人十分眼熟。一种莫名的恐惧感突然袭来，他猛一回头，那人已不知去向。

王文昭整理完手中的资料，天已黑定。他抬腕看了一眼时间，然后出门朝平桥饭店走去。

平桥横跨宝马河，将国道 212 线南北两端的道路连接起来。该桥自建成以来，虽然桥面和桥墩经过多次损毁和修缮，但桥面始终无栏杆，桥名也从未改变。

平桥饭店位于平桥以北约半里处，是全建兴场第一家开设雅间的饭店。所谓雅间，只不过是一个单独的房间而已，与外面的大堂相比，其实雅不了多少。

深邃的夜空静谧而遥远，几点星火洒落在河面上，闪烁着神秘莫测的幽光。河水淙淙流过，在寂静的夜晚讲述着谁也捉摸不透的故事。微风从河面吹来，王文昭突然感到了一阵逼人的寒意。

桌上已上了四五碟菜，相对放着两只酒杯、两瓶塔山大曲。王文昭推门进来的时候，李元成正一脸茫然地面对桌面发呆。

"呵呵，来了就好，来了就好，坐，坐。"看到王文昭进来，李元成高兴地招呼道，"肚子饿了吧，来，先吃点东西。"他右手抓起桌上一把长短不齐的箸子，哗的一声往桌面上一杵，然后手指呈环，松松地拢着箸子，左手抽出两根一样长的放到王文昭的碗上。

面对一桌好酒好菜，心事重重的王文昭既不知肚子饿，也没有胃口。面前这位大名鼎鼎的区长，既是自己的舅老倌，又是自己的媒人，同时还是自己仕途的一座大靠山，在他即将升任副县长的重要关口，自己却要将他亲手灭掉，王文昭的心一阵紧似一阵。为了使屋内的气氛不至于太过压抑和尴尬，王文昭努力挤出一丝微笑，以应和李元成的热情。当然，他知道自己一定笑得十分难看。

一阵沉默后，二人都不说话，也不看对方，兀自吱吱地拧铁皮瓶盖，然后神情专注地往各自的酒杯斟酒。

"兄弟，今晚你能来，我就非常高兴了，先谢谢你了。"李元成朝王文昭举了一下酒杯，然后一饮而尽。王文昭也干掉杯中酒，仍旧一言不发。

"兄弟，到目前为止，不管过去发生了什么，也不管有多么复杂，其实都还在你的掌控之中。长草短草，一把绾到，只要你愿意压下来，一切都还来得及，就看兄弟认不认我这个哥哥了。"李元成举起酒杯，十分卑微地望着王文昭。王文昭不接话，只顾埋头频频斟酒饮酒。

"你总认为那些事与我有关，可是，你查了恁个久，和平村是我放的火吗？魏大贤是我抛的尸吗？食堂是我投的毒吗？陈德愚是我杀的吗？都不是嘛。哪个杀人你抓哪个，哪个放火你关哪个就是了，为啥偏要把矛头对准我呢？我就没弄醒豁，我把亲妹妹嫁给你，又把你调到这里当所长，也为你当局长打好了基础，难道这些都错了吗？文昭兄弟，我李元成哪怕对不起天下所有的人，但都对得起你。你们今天荷枪实弹，大闹区公所，这在全南部县都是闻所未闻的事啊，也让你的亲舅子——我这个建兴区的区长，现在只有把脸抹下来装进裤裆里呀！"李元成独自干下一杯后继续幽幽地说，"我话都说成话饼，你听得进去就听，听不进去就算球哒，但希望你睡到三更半夜，还是把手放在心口上好生摸一下。"

二人仍旧默默饮酒，对一桌佳肴索然无味，连箸子都未动一下。

李元成继续说："一个副县长的位子，你晓得全县有好多人正绿起眼睛盯到起的不？你晓得现在有好多人正利用各种手段在治我不？这下好了，你帮了他们一个大忙啊，他们该好好感谢你呀，我的好兄弟！

"我再劝你一句，不要那么较真，实在不行，也要把我与他们划清界线。四娃也好，捡娃也好，投毒杀人的事是他们干的，该坐班房就坐班房，该敲沙罐就敲沙罐，我都支持。四娃，处死他就当为民除害；捡娃，孤儿一个，死哒就死哒，连问都没人问一声。只要四娃、捡娃一死，就永远死无对证了噻，从此也就天下太平了噻。"

"晚——了——"王文昭大声吼出今晚唯一的两个字，然后站起身来，抓起酒瓶仰起脖子将剩下的半瓶酒一饮而尽，再将酒瓶哗啦一声砸在地上便愤然离去。

几个服务员慌慌张张地冲进来，看到李元成苦着脸，耷着头，失魂落魄地倚靠在木椅上，大口大口地喷着酒气。他把手软软地朝外一挥，示意服务员出去。又呆坐了一阵，他才摇摇晃晃地站起来，也抓起酒瓶，将瓶中酒一口喝干。

"完了，完了！"走出饭店大门的时候，李元成无助地喃喃自语，有人甚至听到他说话时带着哭音。

夜深了，街上空无一人。一阵寒气袭来，李元成不禁打了个冷战。

平桥桥头有一盏路灯，孤零零地挂在高高的木柱上，昏黄的灯光，让初冬的夜晚更显寒冷和凄凉。

李元成一步一挨地走到桥头，才看见灯柱下坐着一人，头戴草帽，身着黑衣，远远看去像坨黑不溜秋的大石头。由于那人坐在地上，李元成看不到他的面容，但还是一眼就认出此人正是先前在桥上撞他的那个人。

他努力使自己清醒了一点，然后走到那人面前，默默站定。这时，他听到那人在埋头念道："知生知死，知因知果；抽签算卦，祈福避祸；消灾除难，救人水火……"

李元成这才听出此人不过是个算命先生。醉意蒙眬中，他觉得此人并不可怕，甚至认为可能是他最后的救命稻草，于是迫不及待地问："你——你晓得——我——我有灾祸么？"

"你相信我吗？"那人反问道。

"相——相信。"

"你大祸临头了。"

"真——真的呀？"他大吃一惊。

"你可能——活不过今夜。"那人冷冷地说。

"啥——？"他倒吸一口凉气，稍一凝神，才着急地说，"大师，你不是说要消灾除难吗？麻烦大师——"

那人打断李元成道："先抽一签再说吧。"然后从怀中伸着一只大大的布袋，可布袋里装的并不是一般算命先生用的竹签，而是几根长逾一尺粗若手指的木棍形的东西。李元成觉得很诡异，还是蹲下去抽了一根，一看，原来是个白色纸筒，用细绳绑扎着。

李元成将抽出的纸筒递给那人，那人解开细绳慢慢展开——是一张纸。那人看了纸张一眼，叹了口气，然后把那张纸交回给李元成道："自己看吧。"

李元成接过纸张，借着路灯认真一看，突然吃惊地"咦"了一声。原来纸上是一幅画，用铅笔勾画而成，不算精细，却简洁传神。画的内容是火烧和平村的情景—— 一人手持火把，正在鬼鬼祟祟地点燃和平村。

"啥——啥意思？"李元成扔掉那张纸问道。

"下下签，很糟糕。"那人把布袋又往李元成面前一伸，"还有一次机会，再抽一签吧。"

李元成很不耐烦地看了那人一眼——当然也只看到了帽檐，然后十分狐疑地又抽出一根。这次他没把纸筒交给那人，而是一把扯掉细绳，兀自展开纸张。这仍是一幅画，画的是林锡平在牛滚崖被打入宝马河的情景—— 一人在河边钓鱼，另一人在其背后高高地举起木棒。

李元成猛地将那张纸扔在地上，吃力地站起身来，往后摇了两步，指着那人，喘着粗气问道："你——你——是什么人？"

"我——不是人！"

"唉——？"李元成十分惊恐地又往后退了两步。

"你刚才看到的这两幅画，都与我有关，也与你有关。和平村是你让我放火烧掉的，我却在牛滚崖被你的人打死在宝马河里。"那人摘掉草帽，头一抬道，"李区长，还认识我吗？我是林锡平哪——"

"你、你、你没死？"李元成已看清了林锡平的面孔，也听出了他那略带广东口音的四川话，双腿抖得像筛糠。

"我死了，已经死去五年了，我死得惨哪。你作恶多端，丧尽天良啊。你不该让人刺杀陈德愚啊，他是好人哪！我变成宝马河的水鬼后，就一直在找你，直到今天下午才找到你。你阳寿已满，走吧，跟我走吧……"林锡平用低缓而瘆人的哭音说着，突然站起来，夸张地伸出双手张开五指，一步一步逼向李元成。

李元成惊叫一声，转身发疯般冲向平桥。林锡平突然大吼一声："你死期到了——"

一辆汽车开着大灯由南向北疾驰而来。车行至桥中，车头朝左微微一甩，车身左前侧不偏不倚咚的一声撞上亡命奔跑中的李元成，并将他重重地抛入河中。李元成哼都没哼一声，像一块大大的石头，哗的一声砸入冰冷的河水。一个巨大的旋涡，瞬间就被缓缓流淌的河水抹平，像什么都没发生。

汽车并未停下，一路继续向北驰行，还长长地鸣了一声喇叭。没人看清是辆什么车，更没人看清牌照。当时桥上究竟发生了什么，或许永远都没人知道了。

李元成死了！

次日的《蜀北日报》发了一条小消息，标题是"区长月夜检查工作，不幸落水身亡"。一看报纸的日期栏——冬月初三，人们都笑了，这个日子要是有月亮，太阳就有病了。

接到李元成的死讯，县委书记王善奎刚听完巫启旺关于建兴场一系列案件侦破情况的详细汇报。王善奎长叹一声道："一了百了啊！"然后指示对李元成丧事一切从简，并尽快入土为安，对于李元成的是是非非，盖棺不论定。

魏中华是以关心陈德愚被刺案件的侦破进展为名，才去派出所看到一系列案件的卷宗的。他终于清楚了李元成劝他把他爹葬在花果山的真正动机，明白了他爹的坟并不是陈德愚挖的，也知道了李元成说要修建图书馆的真实目的。看完卷宗，他咬牙切齿地骂道："你狗日的，机关算尽哪，活该呀！"

回到学校，魏中华立即起草了一份《关于辞去建兴中学代理校长职务的申请书》，并于当天下午就回县城了。

莲花山西南侧山脚，一座毫不起眼的黄土堆，便是李元成的葬身之所。

天将向晚，梅兰一身素衣，臂缠黑纱，手提一只竹篮，神情木然地沿着山间小路，朝李元成的坟堆走去。竹篮里装有纸钱、烟、酒，她要去看看李元成。她面色发黑，眼神无光，几天之内，明显瘦了很多，也憔悴了很多，似乎又老了十岁。

梅兰和何菊芳随救护车一同将陈德愚送进川北医学院后，就一直守在手术室外。南充教委、南部县委等领导分别来到医院，均未能看到陈德愚本人，他们与医院相关科室领导做了简单的交流后便无功而返了。

深夜的手术室外，惨白的灯光和着消毒水的特有气味，令人烦乱而焦虑。手术室的门开开合合，一辆辆装着各种医疗用品的小推车进进出出，白衣白帽白口罩的医生护士，都板着脸，行色匆匆。

嵌着大幅玻璃内挂布帘的木门每次稍微一动，梅兰便十分紧张地跑上前，何菊芳也跟着她，可出来的医生护士没带给她们任何一点好消息。天快亮的时候，木门又一次吱地响了一声，一位身材瘦小的医生出来后，站在门口长长地嘘了一口气。梅兰心里一沉，她不敢问什么，只是条件反射地抢到医生面前，屏住呼吸，眼巴巴地望着他。医生取下口罩捏在手上，以同情的眼神看着她问道："家属？"

"呃——是、是、是。"梅兰不停点头。

"手术现在才做完。病人肺部受伤太重，失血过多，心律失常，血压偏低，根据我们多年的临床经验来看，凶多吉少，你们要做好最坏的思想准备。"医生像宣判一样，硬邦邦地说完便匆匆离去。

梅兰还想说点什么，两行泪水却决堤般涌了出来。医生越走越远，脚步声在走廊里击起的回音越来越弱。

何菊芳把她扶到木椅上坐下，不知该怎么劝说，干脆也陪着一同落泪。过了很久，梅兰渐渐停止抽泣，十分冷静地对何菊芳说："菊芳，你回吧，劳慰你了。他要是不能活着出来，我也……"何菊芳一把将她抱住，二人又呜呜地痛哭起来。

天亮了，医生护士开始陆续换岗。梅兰没有等来陈德愚的任何好消息，却等来了李元成的死讯。当区公所的小刘来告诉她这个噩耗后，她像被人用木棒砸中了头部，一下便瘫在木椅上。

梅兰虽然从来没爱过李元成，甚至十分厌恶他，但他毕竟是她儿时的"哥哥"、后来的丈夫。这个在官场上呼风唤雨、威风八面的大男人，虽然长期受尽她的冷眼和奚落，却一直舍不得对她放手。

一个问题第一次从梅兰的脑海中冒了出来：究竟是李元成不理

解她，还是她从来就没想过要理解李元成？虽然她曾经多次提出要离开李元成，可是，当她知道这个年富力强、身体壮硕的男人，已经永远地离开了这个世界时，一丝深深的忏悔，像一丛盛夏的野藤，从她的内心疯狂蹿出，无休无止。

　　心力交瘁的梅兰突然想起另一个问题——捡娃为啥要杀陈德愚呢？她一定要亲自去问个明白。

　　对于捡娃，梅兰是认识的，知道他是个孤儿，是四龙乡的人，与陈德愚还是同一个村。她一直觉得捡娃并不讨厌，甚至还有点可爱。有次她的自行车坏在平桥了，推都推不走，还是捡娃帮她扛到拱背桥的修车点的。

　　在派出所，王文昭告诉梅兰，通过调查发现，捡娃是在不知情的情况下，被四娃教唆后杀人的。四娃之所以要杀陈德愚，是因为陈德愚投诉过杀猪房的污染，并建议关闭杀猪房，但更深层次的原因是李元成想除掉陈德愚。

　　"小流氓，该拉出去枪毙了！"梅兰听完王文昭的讲述，怒不可遏地吼道。

　　"不可能。"王文昭摇了一下头。

　　"为啥？"梅兰十分不满。

　　"不管陈校长结果如何，捡娃都不会被枪毙，一则他是在被人教唆下犯的法，二则他还未满十八岁，所以对他量刑要轻很多。"

　　"你咋知道他还未满十八岁？"

　　"我已经调查过了，捡娃本名叫彭正朝，父亲去世后，他便成了孤儿。他父亲并不是亲生父亲，而是养父，他是别人在外面捡回来送给他父亲的，所以，他是真正的'捡娃'。"王文昭叹气道，"唉——说来令人寒心哪，捡他的人正是陈校长的父亲陈元礼。我在调查这个案子时，老爷子告诉我说，那年他走人户回来，在路边看到了一个弃婴，便捡回去送给了本村彭家湾的彭明朴。彭明朴因家里穷，一直没娶到老婆，是个老光棍，正想抱养一个娃娃。彭明朴把捡娃抱回家换尿片时，发现他身上有一张纸条，上面写有他的生辰八字——1967年冬月十二丑时。所以，他今年才十六岁。"

"啥——？"梅兰惊叫道，"在哪捡的？"

"三官乡六村的彭家桥桥头。"

"天——哪——"梅兰哭着叫道，"快——快把他喊出来。"

"咋回事，梅兰？"王文昭不解地问，然后叫人把捡娃带过来。

梅兰从上到下认认真真地打量了一阵戴着手铐的捡娃，似乎害怕漏掉每一个细微之处，然后战战兢兢地小声问道："捡娃，你——右脚——是不是少一根——幺趾？"

"你——啷个晓得的？"捡娃吃惊地问。

梅兰突然蹲下去，一把抓起捡娃右脚并扯掉胶鞋，看到脚上果然没有幺趾！梅兰捏着那只鞋唰地一下站起来，接着向后一个趔趄，再努力站定，眼泪就簌簌地滚落下来。稍一愣怔，她才神情凄楚地看着捡娃，语无伦次地说："捡娃——娃——你爹——你爹呀——"